Seekoller
Eine Bodensee-Miami Krimikomödie
Ines Fox' dritter Fall
von Christiane Kördel

AF237298

Buch

Ines Fox hat den Bodensee satt und freut sich auf den ersten Urlaub mit ihrem Dr. Frieder. Kurz vor der Abfahrt wirft ein skurriler Doppelmord ihre Pläne über den Haufen: Amerikanische Flitterwöchner, die aussehen wie Barbie und Ken, sitzen tot in einer Fahrradrikscha auf der Konstanzer Promenade. Natürlich kann Ines ihre Finger nicht von dem Fall lassen. Kurz entschlossen fliegt sie allein nach Miami, um zu ermitteln. Sie geht auf Tuchfühlung mit der Mafia und muss erkennen, wie gefährlich das ist. Wie kommt sie aus dem Schlamassel nur wieder heraus?

Der dritte Fall der eigenwilligen Hobbydetektivin, locker und mit Wortwitz erzählt. Ein humorvoller Krimi, der sich nicht immer wie ein Krimi anfühlt. Die ideale Urlaubslektüre.

Weitere Ines Fox Krimis:
„Seezeichen 13" – Ines Fox' erster Fall
„Seeblick kostet extra" – Ines Fox' zweiter Fall

Die Folgen können unabhängig voneinander gelesen werden, mehr Genuss verspricht die Autorin jedoch, wenn man bei „Seezeichen 13" beginnt.

Mehr Informationen zur Autorin und zu ihren Büchern unter
www.christiane-koerdel.de

Christiane Kördel

Seekoller

Eine Bodensee-Miami Krimikomödie
Ines Fox' dritter Fall

Bibliografische Information der
Deutschen Nationalbibliothek:
Die Deutsche Nationalbibliothek
verzeichnet diese Publikation in der
Deutschen Nationalbibliografie;
detaillierte bibliografische Daten sind
im Internet über http://dnb.dnb.de
abrufbar.

Cover Design: Alex Scuta

Herstellung und Verlag:
BoD – Books on Demand, Norderstedt

ISBN 978-3-7528-0451-5

Für Erika S. Sautter, die für mich schriftstellerisch eine Ziehmutter geworden ist.

Ohne Dein Zutun, liebe Rica, hätte ich wohl nie etwas veröffentlicht. Keine versteht es wie Du, mich zu ermutigen.

Kapitel 1

Eine Dünung hebt mich an, sanft, kaum merklich bringt sie mich dem Himmel ein Stückchen näher. In meinen Ohren gluckert es, ich spiele toter Mann in der Fassung tote Frau.

Oben im Blau fliegt eine Seeschwalbe. Von der Sonne blendend weiß ausgeleuchtet genießt sie ihre Freiheit. Sie dreht mehrmals das Köpfchen, beäugt mich und kommt zum Schluss: Unten im Blau schwimmt ein seltsames Tier, zu groß fürs Frühstück, unberechenbar, mal besser Abstand halten. Recht hat sie.

Kurz darauf verwandelt sich die Dünung in eine Brandung. Na, Brandung ist zu viel gesagt, schließlich ist das der Bodensee, von dem wir hier reden. Die Wellen, durch ein Schiff erzeugt, versetzen die Bodenseekiesel für kurze Zeit in Aufruhr. Stein rollt auf Stein und kommt wieder zur Ruhe. Bis zur nächsten Brandung.

Ich muss mich mehr bewegen. Die ideale Badetemperatur ist noch nicht erreicht, dafür ist es zu früh am Tag, zu früh in der Saison.

Frühsommer. Noch ist alles möglich und so kann ich mir vornehmen: Diesen Sommer werde ich nach allen Regeln der Kunst genießen. Ich werde ihn bis zum letzten Tropfen auspressen, bis er am Ende, wenn der Herbst kommt, alles gegeben haben wird. Schließlich gilt es, einiges nachzuholen. Für mich fanden Sommer und Herbst letztes Jahr nur ansatzweise statt. Mord, Cybercrime, Gerichtsverfahren, ein weiterer Mord und eine Genesungsphase nahmen mich in Beschlag. Es wird mir nicht noch einmal passieren, dass ich den Sommer versäume. Egal, was passieren wird, aber das nicht!

Übrigens, mein Name ist Ines Fox und ich wohne in Konstanz, der größten Kleinstadt am Bodensee. Ich bin Jungunternehmerin und führe Foxinet, ein Kleinunternehmen für Webdesign, das besser laufen könnte. Die letzten Monate habe ich mächtig rangeklotzt, konnte aber nicht alles wettmachen. Hobbyermittlungen in zwei Mordfällen waren nicht gut fürs Geschäft. Doch was will man machen, wenn die eigene Nase sich nicht aus Sachen heraushält, die sie nichts angehen?

Ja, ich habe ein Problem mit der Neugier. Man kann es getrost Einmischeritis nennen, denn es ist pathologisch. In Verbindung mit meinem eigenen Chaosstil entsteht ein explosives Gemisch. So stolpere ich in allerlei, wo ich eigentlich nicht hinwill. Das geht mir allerdings oft erst in der Rückschau auf. Etwas verpeilt? Vielleicht. Dabei bin ich durchaus eine vernunftbegabte Person. Schon meine Mathelehrerin meinte, ich sei gescheit. In der zweiten Klasse war das.

Bei Druck hingegen: Kurzschluss im Oberstübchen. Und wenn das Gehirn außer Gefecht gesetzt ist, handelt man aus dem Bauch heraus. Daran will ich arbeiten. Mehr Kontrolle darüber, was mein Geist Flatterhaftes fabriziert, und mehr Kontrolle über meinen Bauch. Vor allem mehr Kontrolle über meinen Bauch, denn auf den ist kein Verlass. Er hat fast nur Schokolade und Speck im Kopf, Schokolade am liebsten in Form von Schokokuchen, im Sommer tut es auch Schokoeis, idealerweise Schokokuchen mit Schokoeis.

Das mit dem Speck ist eine neuere Entwicklung. Ich will gewisse Dinge nicht mehr essen. Gesunde Ernährung ist dabei sekundär, in erster Linie zählt das Tierleid allerorts, bei dem ich mich weigere, mitzumachen. Denn kaufen heißt genau das: mitmachen.

Die Änderung in meiner Ernährung führt zu regen Diskussionen mit meinem Bauch. Unnötig zu sagen, dass er das anders sieht als ich und bei ihm der reine Genuss im Vordergrund steht. Zudem ist sachliche Argumentation nicht seine Stärke.

Aber lassen wir das. Vor dem Frühstück schon an Schokolade und Speck zu denken, ist nicht förderlich. Der Figur nicht, der gesunden Ernährung nicht, dem Tierwohl nicht und dem inneren Frieden zwischen mir und meinem Bauch auch nicht.

Ich tauche, begebe mich ganz ins kristallklare Nass, das so früh in der Saison noch keine Alge trübt. Als ich auftauche, erschrickt ein Haubentaucher in der Nähe und ich mit. Er flattert mit Doppelantrieb davon, Flügel oben, Paddelfüße unten.

Das ist mal eine Kompetenz, die ich gerne hätte: Übers Wasser wandeln. Bei mir hat sich nach der Schrecksekunde nur der Puls beschleunigt. Auch daran will ich arbeiten. Weniger schreckhaft.

Ich seufze und tauche wieder ab. Das kann ich gut, da gibt es nichts zu meckern. Geld verdienen lässt sich damit allerdings nicht, Morde aufklären auch nicht.

Nach der Lösung des letzten Falls kam mir das Arbeitsleben in der Internetbranche vergleichsweise ereignisarm vor. Spielte ich doch tatsächlich mit dem Gedanken, das Fachgebiet zu wechseln. Nur kurz, nur bis der vernünftige Teil meines Gehirns mir den Vogel zeigte. Habe ich womöglich Blut geleckt?

Diese und ähnlich interessante Fragen dürfen zurückstehen, denn ich muss dringend raus aus dem Wasser. Am Ufer suche ich nach Kleidung und Handtuch. Ich hätte schwören können, ich habe das Stoffhäuflein neben dieser Weide abgelegt. Da ist es nicht.

Unruhe steigt in mir auf. Wenn ich ehrlich bin, und warum sollte ich nicht, ist es bereits leichte Panik. Aber ich habe mir vorgenommen, alles weniger aufzubauschen. Vielleicht ändert das alleine schon etwas an meinem Ruf und an meinem Erregungszustand. Auch daran will ich arbeiten. Wobei, der eigene Ruf beurteilt sich schlecht. Und beim Erregungszustand muss ich feststellen, so mittendrin im Versuch, den Fall der abhandengekommenen Kleidungsstücke nüchtern zu betrachten: Da ändert sich nichts. Von außen betrachtet mag Panik übertrieben wirken, aber wer nackt badet, ist durchaus dazu berechtigt. Streng genommen halte ich Panik hier für schwer angebracht, alles andere wäre unvernünftig.

Glücklicherweise sind so früh am Morgen kaum Leute unterwegs. Außerdem habe ich einen Badeplatz gewählt, den Schilf und buschige Weiden leidlich vom Uferweg abschirmen. Soweit zum Hier und Jetzt. Mittelfristig allerdings habe ich ein Problem.

Erneut suche ich die Gegend ab, peile die Steine entlang, begucke das Umfeld. Habe ich mich in der Weide vertan? Sie sind sich doch alle recht ähnlich. Diesen Abschnitt des Sees kenne ich wie meine Westentasche – ein Vergleich, der splitterfasernackt vorgetragen etwas hinkt – andererseits traue ich meinem Realitätssinn manchmal nicht.

Es findet sich nichts. Kein Fitzelchen Stoff, nicht mal ein Feigenblatt. Die Panik wächst. Meine blühende Fantasie malt Szenarien, keines vermag Beruhigung beizutragen. Blank und bloß, wie Gott mich schuf, trotzdem gesellschaftlich nicht akzeptiert.

Wer zum Henker hat meine Klamotten geklaut?

„Kann ich helfen, junge Frau?", erklingt eine Knödelstimme, die ich beinahe nicht erkannt hätte, weil er sie verstellt hat.

Mir plumpst ein überdimensionaler Bodenseekiesel vom Herzen. Als der Tathergang sich offenbart, brodelt mein Temperament hoch, möchte etwas nach ihm werfen. Doch trage ich nichts bei mir und Kiesel zu schleudern wäre selbst für mich überzogen.

Stattdessen schieße ich kreischend auf den zu, der sich da aus dem Schilf schält. „Du!", brülle ich lachend. Ich wähnte ihn mit den Hunden Richtung Bäcker unterwegs, will heißen weit weg von hier, weit weg von mir.

„Wollte, dass du dich nackt auf mich stürzt", lacht Dr. Frieder, zeigt sein gewinnendes Grinsen unter funkelnden blauen Augen und Blondschopf, neigt leicht den Kopf und breitet die Arme aus. Er hier hat so was von Spaß an seinem gelungenen Streich.

Rechts und links von ihm wuseln mein Hund Santo und Dr. Frieders Dalmatinerdame Fila aus den Halmen. Erstaunlich, dass mein blonder Wuschel und die braun Getupfte sich ins Komplott verwickeln ließen, ohne es durch Rascheln oder Winseln zu enttarnen.

Wie so oft: Egal was Dr. Frieder anstellt, ich kann ihm nicht lange böse sein. Und ich muss zugeben, er hat mich drangekriegt. Hätte mir gleich komisch vorkommen müssen, als er angeboten hat, das Schwimmen gegen einen Besuch beim Bäcker einzutauschen. Das schreit nach Rache. Ich mache eine Gedankennotiz, dass die fürchterlich ausfallen muss.

Nachdem ich meine rote Mähne ausgewrungen, mich leidlich trockengelegt und in ausgefranste Jeansshorts samt grüner Bluse gepackt habe, schlendern wir am Seeufer entlang zurück nach Hause. Die Sonne wärmt uns den Rücken und bügelt meine Gänsehaut. Santo und Fila jagen einander in und aus dem Wasser und begrüßen Hundefreunde.

Die Krönung dieses Seeabschnitts ist die Schmugglerbucht mit ihren alten Bäumen und überhängenden Ästen. Die Ufermauer bröckelt morbide, ein Baum ist abgerutscht und dient den Enten als Aussichtsplattform bei der Morgentoilette.

Im Anschluss spazieren wir am Yachthafen vorbei und die Seestraße entlang. Die Konstanzer Flaniermeile präsentiert sich, wie es sich gehört: zivilisiert, geteert, mit dressierten Platanen, jede in ihrem Separee von zweimal drei Rasenmetern. Fußgänger und Radler sind im Eiltempo unterwegs zum Ernst des Lebens.

Ich wohne in einer Nebenstraße hinter der Seestraße, fußläufig zur Altstadt, fußläufig zum See und damit für meine Begriffe ideal.

Zu Hause angekommen brummelt mein Bauch: ‚Mönsch, keine Croissants. Die hat er uns doch aber versprochen‘.

Ich setze Kaffee auf. Da hat mein Bauch ausnahmsweise Mal recht. Dr. Frieder war es wichtiger, mich reinzulegen, als für ein Genussfrühstück zu sorgen. Eine Untat.

„Müsli mit dem Rest Erdbeeren?", schlägt Dr. Frieder vor.

Ich nicke. Nichts weiter im Kühlschrank. Ich hatte gehofft, den Tag ohne vernunftgesteuerte Ernährung zu eröffnen. Wieder nichts. Es wird einem aber auch nicht leicht gemacht, in der heutigen Spaßgesellschaft.

„Du weißt schon, dass du das wiedergutmachen musst?", teile ich Dr. Frieder mit gespielt böser Miene mit. Mein Zeigefinger droht ihn aufzupiksen.

Er grinst breit und zwinkert. „Oha!" Das klingt schwer norddeutsch. Dr. Frieder könnte kaum aus einem entfernteren Zipfel Deutschlands kommen. Geboren auf Amrum, Gymnasium auf Föhr, Medizinstudium in Hamburg. Das sorgt für Kontrast zu Südbaden und seinen Bewohnern inklusive mir Bodenseegeschöpf. Nicht nur im Kommunikationsstil, auch in der Grundhaltung konzentriert sich mein Norddeutscher aufs Wesentliche und besticht durch Tiefenentspannung in jeder Lage. Der Richtige für mich kapriziöses Ding, wie ich zugeben muss. Es gibt nicht viele, die es auf Dauer mit mir aushalten.

Mein Ex David konnte es nicht. Wobei, das zeichnet ein verzerrtes Bild, denn ich konnte es auch nicht mit ihm. Also war es beidseitig. Und das ist gut so. David hat mittlerweile eine Stelle beim Landeskriminalamt in Stuttgart angetreten und schrammt nur noch gelegentlich an meinem Leben vorbei.

Was Dr. Frieder angeht, so hat er den ursprünglichen Plan, eine fünfjährige Facharztausbildung zum Rechtsmediziner in Freiburg zu beginnen, um ein Jahr verschoben. Dr. Frieder betont wiederholt, es sei nur verschoben. Vermutlich will er, dass ich nach Ende des Jahres nicht enttäuscht bin, wenn wir doch noch in einer Fernbeziehung landen. Im kommenden Herbst ist das.

Im Zuge des letzten Falles wurde die Leitung der Pathologie im Klinikum Konstanz frei, der ehemalige Leiter rechtskräftig verurteilt. Er sitzt ein, schuldig der Mithilfe zum Mord. Die Stelle wurde neu besetzt. Mit einer Koryphäe, wie Dr. Frieder meint, von der er viel lernen könne.

Dr. Frieder ist kein ausgebildeter Pathologe, hat die Tätigkeit lediglich als Station zum Endziel Rechtsmedizin gebraucht und tituliert sich gerne als Azubi. Obwohl die Tätigkeit eines Pathologen sich deutlich von der eines Rechtsmediziners unterscheide, sei es für ein Jahr in Ordnung. Außerdem sei es so schlecht nicht, in Konstanz und bei mir, und er wäre schon gespannt, was mir alles einfiele, um ihm den verlängerten Aufenthalt zu versüßen. Eine Herausforderung, die ich gerne annehme.

Ich hege den Verdacht, dass es keine rein berufliche Wissbegierde ist, die ihn in Konstanz hält. Nach den Wirren der letzten Fälle wollte er sichergehen, dass ich wieder auf die Beine komme. Darüber gesprochen haben wir wenig. Gar nicht, eigentlich.

Es irritiert manchen, dass ich den Vornamen meines Freundes nicht benutze. Ich sage einfach gern ‚Dr. Frieder‘. Noch lieber sage ich, ‚Du, Dr. Frieder?‘ Marc, ja nicht schlecht, davon gibt es einige. Mein Dr. Frieder aber ist einzigartig.

Meinen heiligen Morgenkaffee in Händen hocke ich, Beine angezogen, auf einem windschiefen Gartenstuhl. Er steht auf dem Sitzplatz im Hof hinter dem Altbau, in dessen Erdgeschoss ich hause. Dr. Frieder balanciert zwei Müslischüsseln auf einem Tablett aus der Küche nach draußen. Ein gehäufter Löffel Kakao hat das Frühstück aufgewertet, nun macht es Anleihen bei einem Erdbeerschokokuchen. Natürlich fehlt Schlagsahne.

So hat jeder seine Vorlieben. Dr. Frieder schneidet gerne Leichen auf. Das kommt jetzt seltsam rüber. Tatsächlich halte ich Pathologie und Rechtsmedizin für weniger gruselig, als man meinen könnte. Nur dabei sein möchte ich nicht, auch nicht in der Nähe. Vorstellen möchte ich ihn mir dabei auch nicht.

„Wann fahren wir los?", frage ich auf beiden Backen kauend.

„Morgen."

„Ich dachte heute? Ich wollte nur die Uhrzeit wissen."

„Muss noch was erledigen."

Der erste Urlaubstag. Seit Langem. Seit Monaten des ununterbrochenen Arbeitens, der fehlenden Work-Life-Balance, der müden Augen, der Nackenverspannungen und des übermäßigen Kaffeekonsums.

Ich kneife die Augen zusammen und starre ihn prüfend an.

„Morgen", wiederholt er.

„Okay", sage ich gedehnt.

Mehr wird nicht aus ihm herauszuholen sein, so meine Erkenntnis der letzten Monate. Dieser Nordfriese ist ein Fels in der Brandung, selbst wenn ich die Brandung bin.

„Unter keinen Umständen gehe ich heute ins Büro. Urlaub geht auch alleine. Urlaub geht auch hier", sage ich im Brustton der Überzeugung und bekräftige das Gesagte mit wiederholtem Kopfnicken. „Morgen dann aber ganz früh. Bei Sonnenaufgang!"

Er nickt und lächelt.

Kapitel 2

Ein Tag Zwangsurlaub am Bodensee. Ich könnte es schlechter treffen. Die Sonne lacht, eine Brise mit Blütenduft streicht um meine Nase. Ich bin frisch gewässert, habe ein wohlgenährtes Bäuchlein und die Aussicht auf einen Tag für mich.

Dr. Frieder murmelt etwas von Pathologie und Bruchbude und schlendert von dannen. Dr. Frieder eilt nicht, schon gar nicht hetzt er. Schlendern ist die Gangart, die seine Fortbewegungsweise am besten beschreibt. Dabei vergräbt er die Hände in den Vordertaschen seiner Jeans.

Ich lungere auf der Terrasse herum. Die Hunde liegen platt auf der Seite und lassen sich den Pelz trocknen. Ich nehme mir ein Beispiel, lege die Beine auf den Terrassentisch und schließe die Augen.

Urlaub.

Wie kann etwas so Schönes einen solch hässlichen Namen haben? Urlaub. Klingt eher nach uraltem Herbst, nach modernden Blättern.

Ferien.

Schon besser. Das klingt nach Feiern, nach Freiheit, nach Fest.

„Fe-ri-en!", wispere ich. Santo, mein blonder Wuschel, hebt den Kopf und schaut mich fragend an. Ich lächle ihm zu.

Wie das so ist, wenn ein überarbeiteter Geist Entspannung verordnet bekommt: Er kann nicht loslassen. Nicht auf Anhieb. Aufgaben, die zurückstehen mussten, tauchen auf, spielen sich in den Vordergrund, wedeln mit der Fahne des schlechten Gewissens.

Ich könnte das Bad putzen. Dann freue ich mich bei der Rückkehr. Ich könnte Mama fragen, ob sie mit mir Mittagessen geht. In letzter Zeit habe ich sie vernachlässigt, wie ich es stets tue, wenn ich bis über beide Ohren in Arbeit festsitze. Oder spaziere ich doch ins Büro, um nach dem Rechten zu sehen? Nur kurz?

Fabelhaft, mein Gehirn. Bevor ich Gefahr laufe, zu tun, was dem Geist der Ferien widerspricht, schaltet es das Licht aus. Ich schlafe ein und träume wirres Zeug, wie meist, wenn ich in der Sonne wegdöse. Durch den Traum schießt der Gedanke, dass ich in der Sonne sitze, was mich aufschreckt, hellwach. Keine zehn Minuten kann meine weiße Haut ungeschützt in freier Wildbahn überleben, es sei denn, die freie Wildbahn wäre ein Erdmännchenbau. Also nach drinnen ins Bad hechten und mit Lichtschutzfaktor 50 gegen UV-Strahlen imprägnieren.

Kräftig eingeschmiert stehe ich im Flur meiner kleinen Altbauwohnung: zwei Zimmer, Küche, Bad, Miniterrasse, Minigärtchen.

Nachdem mir letzten Herbst eine Horde aufgebrachter Konstanzer Bürger Fenster, Türen und das Mobiliar kurz und klein schlugen, ist alles nigelnagelneu, der Versicherung und dem Vermieter seien Dank. Ein paar Anschaffungen wie der Fernseher warten auf höheren Pegelstand auf meinem Konto. Derweil versuche ich, mir den sanierten Zustand meiner Wohnung schönzureden. Man mag es glauben oder nicht, der unrenovierte Zustand war mir lieber – also der, bevor alles kurz und klein gehauen wurde.

Und jetzt? Gepackt ist schon. Ich bin versucht, meine Mails zu checken, habe mir aber geschworen, es in den Ferien nur einmal am Abend zu tun, der besseren Erholung wegen. Den Vorsatz will ich nicht gleich am ersten Tag kippen.

Ratlos stehe ich im Flur. Mir will nicht einfallen, was ich tun könnte. Dabei würde ich gerne so vieles tun. Es gibt Gedankenlisten, unglaublich lange Gedankenlisten, die ich während der letzten arbeitsamen Monate angefertigt habe. Es kann doch nicht so schwer sein, sich einen Tag zu vergnügen, wenn auch zwangsverordnet?

„Wir gehen raus", melde ich Santo und Fila, die mich seit einigen Minuten erwartungsvoll anblicken. Die Entscheidung trifft auf Gegenliebe. In Nullkommanichts sind wir auf der Seestraße, die Hunde mit den Nasen an einem Baum, ich mit dem Allerwertesten auf einer Bank. Ich atme bewusst ein, breite die Arme auf der Lehne aus und lasse meinen Blick über den Konstanzer Trichter schweifen. Der Bodensee glitzert mir entgegen. Die Sonnenbrille, die nötig wäre, habe ich vergessen. Macht nichts. Weniger ist mehr in den Ferien.

Den See kenne ich schon ein paar Tägchen. Er zeigt immer neue Farb- und Lichtspiele, nichts wiederholt sich, jeder Moment ist einzigartig, über alle Tages- und Jahreszeiten, selbst über Jahrzehnte hinweg. Normalerweise werde ich nicht müde, es zu predigen, einem Mantra gleich, ob es jemand hören will oder nicht. Jetzt, in diesem Moment, glitzert der Konstanzer Trichter fröhlich vor sich hin, dass es eine wahre Wonne ist. Nein, dass es eine wahre Wonne sein *müsste*. Für mich sieht er aus, wie vor fünf Minuten, und – schlimmer – wie gestern, vorgestern und – noch schlimmer – wie vor einem Jahr und dem Jahr davor. Uah, als würde ich in einer Zeitschleife festhängen!

Gut, da ist ein Schiffchen von rechts nach links getuckert. Gut, der Schwanenbürzel, der eben noch gen Himmel zeigte, ist zurück in der Waagrechten. Aber abgesehen davon ist nichts passiert. Nichts, das mein Interesse weckt, mich in Verzückung versetzt, amüsiert oder fesselt.

Ich kenne mich selbst nicht mehr. Verblüfft stelle ich fest: Der See langweilt mich. Konstanz ödet mich an. Ja so was! Das ist neu. Ich wusste gar nicht, wie sich das anfühlt. Habe ich eine Art Lagerkoller? Einen Seekoller?

Santo und Fila haben genug geschnüffelt und vor mir Platz genommen. Sind auch sie der Seestraßengerüche überdrüssig, haben die Nase voll davon? Jeden Tag die gleichen Aromen der gleichen Artgenossen? Zwischen den Ohren aufgestellt tragen Santo und Fila einen Schriftzug: ‚Öd!‘ Darunter als Subtext: ‚Und jetzt? Was machen wir jetzt?‘

„Ihr könnt einem leidtun“, flüstere ich. „So ein schöner Ort und ihr langweilt euch. Andere kommen extra her. Gebt euch mal ein bisschen Mühe!“

„Sie habe ich ja lange nicht mehr gesehen“, spricht mich eine zierliche ältere Dame an. Sie trägt eine zerknitterte Brötchentüte und ein strahlendes Lächeln, das ihre eigenen Falten an einigen Stellen zusammenschiebt, an anderen glättet.

„Rosa Strickjäckchen!", rufe ich und springe auf. Unverkennbar freue ich mich, sie zu sehen. Bei Leutchen ihres Alters ist man froh, wenn sie noch sind.

„Wie meinen?", wundert sie sich.

Das Blut steigt mir in die Wangen. Bei all unseren Begegnungen auf der Seestraße trug sie eine rosa Strickjacke. So auch jetzt. In Folge war es mein Spitzname für sie. Selbstredend weiß sie davon nichts.

Zeit, um meine neue Strategie zu testen, nämlich Fragen, die komplizierte Antworten zur Folge haben, einfach zu übergehen. Wenn es klappt, dann nächstes Mal für Fortgeschrittene, will heißen, ohne rot zu werden.

„Ja, lange nicht gesehen. Wie geht es Ihnen?"

„Ich füttere die Enten."

Fährt sie die gleiche Strategie?

„Prima", sage ich.

„Ein schönes Paar." Sie deutet auf Santo und Fila.

Ich nicke. „Was würden Sie machen, wenn Sie jetzt sofort alles tun könnten, was Sie wollten?", frage ich spontan.

„Eis essen", kommt wie aus der Pistole geschossen mit Lachfältchen um die Augen. Ihre knubbeligen Hände zeigen die Größe, die ihr vorschwebt: Monstergröße.

Mein Bauch jubelt: ‚Die Omi hat ja wohl mal voll den Durchblick. Der beste Vorschlag des Tages.'

„Gehen wir Eis essen. Ich lade ein. Mein erster Ferientag", sage ich.

Rosa Strickjäckchen leckt sich begeistert über die Lippen.

Wenig später stehen wir in der Schlange der Eisdiele Pampanin, die sich um diese vormittägliche Stunde überschaubar zeigt, aus uns beiden bestehend.

„Bestellen Sie, was Sie wollen", ermuntere ich.

Als das Persönchen sechs Kugeln Eis bestellt – wobei sie dem Jungen hinter der Theke zweimal einschärft, dass es von enormer Wichtigkeit sei, die Reihenfolge der Sorten einzuhalten, sonst leide der Genuss, sonst könne man es grad wegwerfen – blinkt ein zartes Warnlicht hinter meinem rechten Ohr.

„Sie haben nicht etwa Diabetes, Bluthochdruck oder Ähnliches, wofür das da", ich deute auf das Monstereis, das sie mit beiden Händen umfasst, „schädlich wäre?"

„Ach i wo", sagt sie vergnügt und beginnt zu lecken. „Pumperlgesund, nur vergesslich."

„Aha." Ich hege leise Zweifel. Kann man seine Zuckerkrankheit vergessen? Ich schicke ein Stoßgebet, dass meine Ferienspontanität nicht nach hinten losgehen möge.

Dann widme ich mich meinem eigenen Eis. Natürlich muss ich bei der Anzahl der Kugeln mithalten. Das Ömchen ist die Hälfte von mir, außer bei den Jahren, da dürfte sie dreimal so viel sein. Wie sähe das denn aus, wenn ich mit zwei Standardkugeln neben ihr spazieren würde? Eben.

Da rosa Strickjäckchen bei Sortenwahl und Sortenreihenfolge die Expertin raushängt, habe ich mir das Gleiche bestellt. Ich konsumiere in umgekehrter Reihenfolge aus der Eistüte: Schoko, Pistazie, Schoko, Vanille, Schoko, Kirsch. Die Komposition ist exquisit.

Während sie in ansehnlicher Geschwindigkeit vor sich hin schleckt und selig aus dem rosa Strickjäckchen guckt, schwächle ich bei Kugel Nummer drei. Da habe ich mich wohl etwas übernommen. Ja, im Nachhinein wundert das wenig, das Frühstück ist nicht mal eine Stunde her. Ich drossle das Schlecktempo und konzentriere mich auf Schadensbegrenzung, lecke nur ab, was herunterläuft.

„Sie sind zu langsam", kommt prompt von der Expertin.

„Hatte ein mächtiges Frühstück."

„Ja und?" Sie schüttelt mit überzogen kritischer Miene den Kopf. „Die Jugend von heute! Nicht mal Eis essen können die richtig."

„Wie häufig und wo üben Sie denn Eis essen?"

„Wie das schmeckt!", seufzt sie und verdreht genüsslich die Augen.

„Ich heiße übrigens Ines. Wie heißen Sie denn?"

Rosa Strickjäckchen sieht mich mit gerunzelter Stirn an, denkt nach. Das Warnlicht hinter meinem rechten Ohr blinkt wieder, das hinter dem linken gesellt sich dazu. Ich halte den Atem an.

Sie grinst breit. „Ha! Sie haben Angst, ich hätte meinen Namen vergessen. Reingelegt!"

Ich atme aus und lache erleichtert auf.

„Habe ich auch", sagt sie grinsend.

Schlagartig werde ich wieder ernst.

„Und noch mal reingelegt! Sie sind aber leicht aufs Glatteis zu führen."

Ich nicke bestätigend und seufze. „Heute ist Alle-legen-Ines-rein-Tag."

„Ach so, na dann. Ich heiße Käthe, eigentlich Katharina, früher Katrinchen, ab nächstem Jahr Katinka. Das klingt so schön exotisch. Können Sie sich schon mal vormerken."

„Mach ich."

„Ich bin erst dreiundneunzig", plappert sie, „und möchte hunderteins werden. Wenn ich nur hundert werde, habe ich Pech gehabt." Aus ihren Augen sprüht der Schalk. Sie hat sich bis Pistazie Übergang Schoko geschleckt und knabbert die Eiswaffel rundherum ab. Da steckt System dahinter. Als wäre fachmännisch Eis zu essen ein Ausbildungsberuf. Sie bezwingt ihre Monstertüte lange vor mir. Nun schielt sie, ich möchte fast sagen lüstern, nach der meinen. Santos Hundeblick ist ein Dreck dagegen.

Mein Handy klingelt, was rosa Strickjäckchen alias Käthe gelegen kommt. Ich drücke ihr mein Eis in die Hand, um den Anruf trotz der Hundeleinen annehmen zu können.

„Juchhu!", rufe ich Dr. Frieder vergnügt entgegen. Das muss der Zuckerrausch sein. Erkenntnis des Tages: Es gibt nichts Besseres, als die Ferien mit einem Eis einzuläuten.

„Ferien am Bodensee?", fragt er und sein Lächeln schwingt mit durch den Äther.

„Wie viele Kugeln Eis kannst du auf einmal essen?"

„Sieben."

„Käthes aktueller Stand", ich werfe ihr einen Blick zu, den sie zwinkernd erwidert, „liegt bei siebeneinhalb. Ziel sind achteinhalb."

„Wer ist Käthe?"

„Rosa Strickjäckchen."

„Is nich wahr."

Ein kurzes Schweigen.

„Der Grund deines Anrufs?", helfe ich ihm auf die Sprünge.

„Hab ich schon gesagt. Was hältst du von Urlaub am Bodensee?"

„Wieso?"

„Zwei Tote. Todesursache ungeklärt."

„Hui, zwei gleich?" Ich bemerke ein leichtes Kribbeln in der Magengegend. Das kommt nicht vom Eis. Es ähnelt den Schmetterlingen, wenn man frisch verliebt ist. Spannung, Aufregung und etwas Angst vor dem Ungewissen. Ja, ich gebe zu, das ist ein bisschen schräg. „Wer, wieso, warum?", frage ich und winke der Nordsee in Gedanken zu, sie müsse noch eine Weile ohne uns an Amrums Kniepsand branden.

„Arthur hat angerufen. Wenn du dich beeilst, kannst du aus der Ferne zusehen. Ich muss an den Gondelhafen." Er betont ‚aus der Ferne' deutlich über Gebühr.

„Du darfst die erste Leichenschau machen?"

„So sieht's aus."

Kapitel 3

In Windeseile verabschiede ich mich von der eisseligen Käthe, schaffe die Hunde nach Hause, schwinge mich aufs Rad und radle via Seestraße über die alte Rheinbrücke. Den unveränderten Traumblick zu ignorieren fällt mir leicht. Ich fege die Konzilstraße entlang bis zum Konzil, nur um dort von einem Fuß auf den anderen zu treten, weil die Schranke am Bahnübergang unten ist.

Jeder Zug, der den Konstanzer Hauptbahnhof anfährt, muss durch das eingleisige Nadelöhr. Die Schranke ist häufiger unten als oben. Auf jeden Fall, wenn ich es eilig habe.

Der Gondelhafen liegt auf der anderen Seite der Gleise, zwischen Konzilgebäude und Stadtgarten, abseits des Hafens der weißen Bodenseeflotte, gleichwohl im touristischen Getümmel. Die Tret- und Elektroboote werden meist von Touristen gemietet.

Heute ist mordsmäßig was los. Ein Menschenauflauf, der durch rot-weißes Absperrband und den körperlichen Einsatz von Polizeibeamten in Schach gehalten wird.

Als ich vor mich hin warte, dass die Schranke sich hebt, sehe ich auf der anderen Seite Dr. Frieder ungewohnt schnellen Schrittes aus Richtung der Anlegestelle für Kursschiffe kommen. Sollte er sich zum falschen Hafen begeben haben? Das wäre peinlich. Hätte ich Einheimische den Zugezogenen davor bewahren müssen?

Endlich hebt sich die Schranke. Alles wuselt über die Schienen, ich mittendrin im Pulk. Drüben schließe ich mein Rad ab und nähere mich dem Event. Ganz klar: Das Vorkommnis ,Tote Personen im Gondelhafen' stellt die Gesamtheit aller Konstanzer Sehenswürdigkeiten in den Schatten.

Etliche Fahrradrikschas mit der Aufschrift ,Seepferdle Express' stehen kreuz und quer in der Sonne, die ungehindert auf den Asphalt trifft. Ich drängle mich nach vorne. Ein Trupp Polizisten stellt Sichtschutzwände und ein Zelt auf. Kurz bevor sich die letzte Sichtschneise schließt, bemerke ich eine rote Rikscha mit der Nummer 01, in der – mir verschlägt es den Atem – ein Pärchen sitzt. Sie punktuell üppiger als Mutter

Natur es in der Regel vorsieht, und mit langem blondem Haar. Er das passende Gegenstück mit klassischem Herrenschnitt in Braun. Beide etwas jünger als ich, vielleicht Mitte zwanzig, in der Blüte ihres Lebens. Das perfekte Paar aus einem Hochglanzmagazin – perfekt bis auf den Umstand, dass sie allem Anschein nach tot sind.

Jemand hat Barbie und Ken umgebracht?

Die letzte Lücke im Sichtschutz wird geschlossen und Seepferdle Express 01 samt Barbie, Ken und Dr. Frieder tauchen in die Diskretion ab.

Ich frage die schulterfreie Carmenbluse neben mir. „Weißt du, was passiert ist?"

„Zwei Tote in einem Seepferdle. Sieht man ja. Der da drüben meinte, Amerikaner auf Hochzeitsreise." Sie zeigt auf einen jungen Typ mit schulterlangen schwarzen Locken, der sich hinter der Absperrung vor dem Sichtschutz befindet. Er trägt ein blaues Poloshirt mit der Aufschrift ‚Seepferdle Express', eine Kapitänsmütze und sieht gut, aber etwas mitgenommen aus. Um ihn herum weitere Menschen mit gleicher Oberbekleidung und Kopfbedeckung.

„Der Fahrer der beiden?", rate ich.

Sie zuckt mit den Achseln. „Ha ja! Der arme Kerl." Sie kramt in ihrer Schultertasche und steckt eine Zigarette zwischen die knallroten Lippen.

„Eine Ahnung, wie?"

„Der Fahrer hat vorhin zu seinem Kollegen gesagt, er hat nichts mitgekriegt." Carmenbluse kruschtelt erneut in ihrer Tasche. Sie zückt ein Smartphone, schießt ein paar Bilder und beginnt mit beiden Daumen zu tippen, während sie die Zigarette zwischen Zeige- und Mittelfinger hält. „Ich poste das mal grad", informiert sie.

Ein naheliegender und sinnvoller Plan. Ich nicke ihr zu und schiebe mich durch die Menge direkt ans Absperrband, nähere mich den Seepferdle Kapitänen.

„Zieh dir den Schuh nicht an", sagt eine Fahrerin zu den schwarzen Locken. „Du hast sicher nichts falsch gemacht, nur, weil du ein paar Minuten nicht mit deinen Fahrgästen geredet hast." Sie tätschelt ihm den Arm. Er sieht nach Sportstudent aus, der den Nebenjob als Rikschafahrer nutzt, um während des Geldverdienens die beachtliche Oberschenkelmuskulatur zu trainieren.

Wie aus dem Nichts tritt ein Herr im Anzug an die schwarzen Locken heran und präsentiert seinen Ausweis. „Kriminaloberkommissar Arthur von Leisfall. Ich bin der leitende Kriminalermittler in diesem Fall. Herr de Luca, darf ich Sie bitten, mich in das Einsatzfahrzeug zu begleiten? Dort sind wir ungestört. Ich muss Ihnen ein paar Fragen stellen."

Wie immer macht Arthur einen guten Eindruck in seinem hellgrauen Maßanzug. In Kombination mit der kerzengeraden Körperhaltung umgibt ihn die Aura eines Schwarz-Weiß-Films. Da spielt es kaum eine Rolle, dass seine Arme zu kurz geraten sind und seine Figur leicht gedrungen wirkt. Korrekt und zudem sparsam in seinen Signalen, ist seinem Pokerface auch heute keine Regung zu entnehmen.

Ob Arthur mich so bezeichnen würde? Keine Ahnung, aber ich sehe ihn als Freund. Kein enger, aber ein Freund. Wir haben zwei Mordfälle gemeinsam durchschritten, das verbindet, selbst wenn er mich zeitweise auf seiner Liste der Verdächtigen führte. Da er kurzzeitig auch auf meiner Liste stand, sind wir dahin gehend quitt. Es versteht sich von selbst, dass er davon nichts weiß.

Arthur wirft mir einen Blick zu, nickt minimalistisch und vollführt seine charakteristische Andeutung eines Dieners.

Ich grinse zurück und versuche mich an einer ähnlichen Verbeugung. Wieso ist mir danach zu grinsen? Dies ist kein Heiterkeit auslösender Moment. Zwei junge Menschen sind ums Leben gekommen. Sie wollten den weiteren Lebensweg zusammengehen, voller Liebe und Optimismus der gemeinsamen Zukunft zugewandt. Ihr Tod ist tragisch, auch in romantischer Hinsicht. Womöglich haben die beiden schon Kinder geplant. Oh Gott, hoffentlich war Barbie nicht schwanger!

Ich schüttle den Kopf über mich. Zum zweiten Mal heute erkenne ich mich nicht wieder. Bedenklich. Sind das Folgen des Seekollers?

Arthur verschwindet mit den schwarzen Locken im nächsten Einsatzfahrzeug.

Hier gibt es nichts mehr zu sehen. Planlos schiebe ich mich durch die Heerscharen von Schaulustigen. Als gäbe es hier etwas umsonst. Gibt es ja auch. Information ist das Gold des einundzwanzigsten Jahrhunderts. Getuschel, vielsagendes Nicken, verschwörerische Blicke, wohin ich schaue. Man könnte den Eindruck gewinnen, die hiesige Schwarmintelligenz hat den Fall längst gelöst.

„Hast du die Oberweite der Tussi gesehen? Silikon in D oder Doppel-D, da wette ich", tuschelt es rechts neben mir.

Okay, das mit der Intelligenz nehme ich zurück.

„Sie mal eener an", ertönt eine bekannte Stimme. Godehard Gruber aus Berlin mit den viel zu großen Händen steht deutlich zu lässig an ein Polizeifahrzeug gelehnt.

„Spar dir die Luft", sagt er, noch bevor ich durchgeatmet habe, um ihn zu befragen. Ich meine, wer würde ihm keine Frage stellen wollen? Eben.

„Och Godehard", schmolle ich und schiebe die Unterlippe nach vorne. „Ein klitzekleines Frägchen. Komm schon!"

„Kannste vergessen." Rigorose Großhandbewegung.

„Ist Helmut irgendwo?" Ich sehe mich um.

Godehard grient. Es gefällt ihm, wenn jemand vorhat, den ranghöheren Helmut reinzulegen, zumal der den Hang hat, Godehard zu drangsalieren und sei es nur, indem er dem Berliner das Konstanzerische aufzwingt.

„Nee, hat Urlaub."

„Schade. Ein amerikanisches Pärchen auf Hochzeitsreise stirbt in einer Konstanzer Fahrradrikscha, ohne, dass dessen Fahrer was mitkriegt. Da fragt man sich doch, wie das gehen konnte, oder nicht? Du hast dir bestimmt schon Gedanken gemacht und Schlussfolgerungen gezogen. Oder Godehard?"

„Mahn, hör uff mit dit Jeseire!", brummt er mit gerunzelter Stirn, stößt sich vom Blech ab, wendet sich von mir ab und einem Kollegen zu.

Ich muss lachen. Godehard ist ein Komiker und ahnt es nicht mal.

„Klappt nicht", schmunzelt Mama und tritt an mich heran. „Godehard ist nicht Helmut." Sie küsst mich auf beide Wangen und den Mund, unser übliches Begrüßungsritual. Nein, das macht mir nichts aus, so mitten in der Menschenmenge. Ich geniere mich wenig, Mama ebenso. Es ist ja nicht, als ob ich splitterfasernackt nach Hause laufen müsste.

Als Teenager dachte ich, ich sei eine misslungene Kopie meiner Mutter. Als hätte der Betreiber des Kopierers versäumt, ausreichend Toner einzufüllen. Bei ihr sitzt jedes Haar der rotblonden Kurzhaarfrisur. Das passt zum sonnengebräunten Teint und der beneidenswerten Selbstbeherrschung und Disziplin in allen Lebenslagen, rot lackierte Fingernägel und Designerbrille on Top. Die meisterhaft gebügelte weiße Bluse überzeugt selbst nach einem Überstundentag, als wäre Mama gerade erst hineingeschlüpft.

Dreht man das alles ins Gegenteil, erhält man in etwa mich. Meine roten Locken sind so widerspenstig wie das Innere meines Kopfes, meine Blusen, meine Wohnung, mein Leben im Allgemeinen und im Besonderen. Über meine weiße Haut, die keine Sonne verträgt, habe ich schon referiert. Gemeinsam indes ist Mama und mir die krankhafte Neugier. Sie setzt sie allerdings zielgerichtet für ihren Beruf als Journalistin ein: Ressort Lokales bei der hiesigen Tageszeitung Südkurier. Im Gegensatz zu uns sensationslüsternen Gaffern ist Mama dienstlich hier.

„Dir hätte er vielleicht etwas verraten, oder nicht?", tippe ich.

„Nein. Godehard ist unerbittlich. Ich werde offiziell vorsprechen müssen und hoffen, dass Arthur von Leisfall einen weniger zugeknöpften Tag hat. Bei einem Verbrechen dieser Art wird eine offizielle Pressekonferenz abgehalten, aber sicher nicht vor heute Abend. Was treibt dich her?"

„Marc darf die erste Leichenschau machen", sage ich nicht ohne Stolz und deute auf den Sichtschutz, hinter dem Dr. Frieder zugange sein dürfte. Komisch, dass ich anderen gegenüber seinen Vornamen benutze. Abgesehen davon klinge ich nach einer Helikoptermutter, die am Spielfeldrand dem Sprössling hinterherblickt, der seinen Spaß auslebt.

Mama nickt anerkennend. „Euer Urlaub?"

Ich zucke mit den Achseln, betrübt, aber nicht zu sehr, das wäre eine Lüge.

„Täte dir aber gut." Sie mustert mich. „Du siehst müde aus. Reif für eine Luftveränderung. Reif, dir eine Meeresbrise um die Nase pusten zu lassen und den Kopf freizukriegen."

„Schon okay." Leicht erstaunt bemerke ich, dass das stimmt. Seekoller zum Trotz freue ich mich auf ... ja auf was eigentlich? Darauf, meine Tätigkeit als unerwünschte Hobbyermittlerin wiederaufzunehmen? Das kommt in etwa hin. Diesmal ganz ohne mein kleines Unternehmen Foxinet im Genick und das schlechte Gewissen, das damit einhergeht, wenn Recherchetätigkeiten im Mordfall zulasten der Arbeitszeit und des Unternehmenserfolgs gehen.

Kurzerhand entscheide ich, Mama und ihrem Presseausweis erst mal nicht von der Seite zu weichen und alle Informationen abzugreifen, die ich auf diesem Wege kriegen kann.

„Südkurier. Was haben Sie gesehen?", fragt Mama die nächstbeste Schaulustige, eine hagere Seniorin, die interessiert beobachtet, wie Mama ein Diktiergerät herauszieht und ihr unter die Hakennase hält.

Ja so was! Mamas Vorgehen gleicht meinem.

„Ein Kripobeamter hat den Rikschafahrer gerade verhaftet und zu dem Auto da gebracht", berichtet Hakennase eifrig und deutet zum Einsatzfahrzeug. Ort und Zeit, Subjekt und Objekt stimmen, das Prädikat nicht.

„Haben Sie zuvor etwas beobachtet?"

Hakennase bringt ihren Mund an das Diktiergerät und senkt verschwörerisch die Stimme. „Der Fahrer ist bestimmt Ausländer, klar, so schwarze Haare. Dass man denen den wichtigen Posten gibt, Touristen durch unsere Stadt zu fahren. Ich hätte dem nicht getraut."

„Aha, interessant", sagt Mama mit dem Tonfall und einer Miene, die glasklar offenbaren, sie meint das genaue Gegenteil. „Ich danke Ihnen."

Schon schwenkt sie zu zwei Pärchen im Radlerdress, die in den letzten Tagen zu viel Sonne abbekommen haben. „Südkurier. Haben Sie mitbekommen, was passiert ist?"

Der größere der Männer drückt den Rücken durch, präsentiert den Bauchansatz und hebt das ergraute Kinn mit Viertagebart, sodass ich damit rechne, er schlägt gleich die Hacken seiner Radlerschuhe zusammen. Darauf verzichtet er zwar, berichtet aber in zackigem Tonfall. „Zwei Fahrgäste der Rikscha mit der Nummer 01, eine Frau und ein Mann Mitte zwanzig, sind vermutlich keines natürlichen Todes gestorben. Ursache bisher unbekannt. Der leitende Kriminalbeamte spricht derzeit mit dem Fahrer der Rikscha, der mutmaßlich vom Zustand seiner Fahrgäste so erstaunt war, wie sie selbst. Nun, ich denke, Sie verstehen, was ich sagen will. Ich meine gehört zu haben, dass die Fahrgäste im hiesigen Inselhotel abgestiegen sind, sich nur kurz in Konstanz befinden, da sie umfangreiche Flitterwochen in Form einer Europareise gebucht ..."

Weiter kann ich dem Bericht nicht folgen, denn jemand tippt mir auf die Schulter. Als ich mich umdrehe, grinst mir Dr. Frieder entgegen.

„Das man ein Auflauf, was?" Er stellt die Tasche ab und begrüßt Mama mit angedeuteten Küsschen rechts und links. Sie verabschiedet sich. „Ich muss dann mal weiterarbeiten", und bricht auf zum nächsten Interviewpartner.

Dr. Frieder nimmt mich in den Arm und bedenkt mich mit einem seiner Wir-haben-alle-Zeit-der-Welt-Küsse, die mich immer etwas atemlos zurücklassen.

Ich hole Luft. „Äh, ja", entgegne ich geistlos, will heißen, mein Geist hat bei Dr. Frieders Küssen nicht viel zu melden. „Und?", gelingt es mir zu fragen.

Dr. Frieder zieht eine Grimasse, die geheimnisvoll aussehen soll. „Mysteriös", haucht er und reißt die Augen unnatürlich auf.

„Potz Blitz!", kann ich da nur beisteuern.

Die Umstehenden spitzen die Ohren. Sie haben mitbekommen, dass mein Norddeutscher hinter der Informationssperre hervorkam.

Dr. Frieder legt mir den Arm um die Schulter und formuliert wohlartikuliert: „Was für ein schöner Frühsommertag das doch ist, meine Teuerste. Meinst du nicht?"

„In der Tat, in der Tat", bestätige ich.

Nachdem wir die Menge hinter uns gelassen haben, schäle ich mich aus Dr. Frieders Arm, baue mich vor ihm auf, verschränke die Arme und vollführe eine auffordernde Kopfbewegung von unten nach oben. Eine Art Negativnicken, dem ein treffender Name fehlt.

Dr. Frieder grinst. Natürlich grinst er. Er genießt, die erste Leichenschau an zwei Opfern durchgeführt zu haben, woraus er offensichtlich Erkenntnisse gewonnen hat. Die will er mir so lange wie möglich vorenthalten, um mich auf die Folter zu spannen und zu ärgern.

Ich neige den Kopf zur Seite, kneife die Augen zusammen und schenke ihm einen finsteren Blick.

Sein Grinsen wird eine Spur breiter. „Du bist angefressen."

„Wer, ich?" Dazu gibt's eine abfällige Geste. „Kein Stück."

„Hundertpro hast du Blut geleckt." Dr. Frieder freut sich.

„Pah!", mache ich. „Schließ nicht von dir auf andere, Herr Doktor. Und ist ‚Blut geleckt' nicht eine etwas pietätlose Formulierung angesichts dessen?" Ich vollführe eine Kopfbewegung Richtung Sichtschutz.

„Du willst demnach nicht wissen, was ..."

Ein ohrenbetäubender Knall reißt jede Aufmerksamkeit im Umkreis von mehreren Kilometern an sich. Ich erschrecke total, zucke zusammen, habe den Drang, in Deckung zu gehen. Einen Wimpernschlag später fahren Dr. Frieder und ich simultan herum. Wir stürzen zurück zum Ort des Geschehens, in Richtung der schwarzen Rauchwolke, die über dem Gondelhafen aufsteigt.

Flammen schlagen aus einem Boot. Dem armen Ding ist nicht mal mehr anzusehen, ob es ein Tret- oder ein Elektromotorboot war. Ein Mittvierziger stürzt vom Kassenhäuschen die Gangway zum Schwimmsteg hinunter, einen Handtaschen-Feuerlöscher in der Hand. Zwei Polizeibeamte in Uniform folgen ihm auf dem Fuße.

Die Gaffer in heller Aufregung. Schreie und Kreischen in allen Frequenzen. Ich habe nicht den Eindruck, dass die Menschen davonstürzen, eher, dass die von rechts nach links und die von links nach rechts wimmeln.

Dr. Frieder läuft Slalom durch die aufgescheuchte Menge und ich Huhn hinterher, nicht, ohne mit anderem Federvieh zusammenzustoßen.

Auf dem Schwimmsteg ruft er: „Jemand verletzt?"

Der Mittvierziger richtet seinen Minifeuerlöscher zwei Sekunden lang auf das lodernde Inferno. Keine Auswirkung. Das Boot brennt lichterloh.

„Alles Okay!", schreit er und wischt sich mit dem Handrücken über die Stirn. „War keiner auf dem Steg." Die Erleichterung steht ihm ins schweißnasse Gesicht geschrieben.

Polizeibeamte, darunter Godehard Gruber, kommen mit einer Reihe ansehnlicher Feuerlöscher angerannt. Wenig später zeugt nur noch eine aufsteigende Rauchsäule von der Explosion. Wie durch ein Wunder ist niemand verletzt.

„Wie zum Henker kann ein Boot mit Muskel- oder E-Antrieb in die Luft fliegen?", murmle ich vor mich hin.

Arthur steuert auf den Mittvierziger zu, der Seepferdle Kapitän mit den schwarzen Locken bleibt verloren neben dem Einsatzfahrzeug zurück. Ich bin hin und hergerissen, entscheide mich dann für schwarze Locken und versuche Dr. Frieder durch Augenkontakt und minimale Kopfbewegung zu übermitteln, er möge sich an seinen Kumpel Arthur hängen. Mein Norddeutscher nickt und grinst. Auch ihm scheint der Ernst abzugehen, den eine derartige Situation erfordert. Ja, wir passen gut zusammen in unserer leicht befremdlichen, schrägen Art.

Aus der Ferne ertönt die Kakofonie mehrerer Martinshörner, die sich mit wachsender Lautstärke nähern. Ich schiebe mich durch die Menschenmenge, die durch das Wimmeln an Dichte verloren, sich aber nicht verringert hat. Zwei Leichen, gut, das ist interessant. Ein Boot, das in die Luft fliegt? Eine Sensation! Jeder Zweite hat ein Handy in der Hand, fotografiert und filmt, was das Zeug hält.

Ich bin schon fast bei schwarze Locken angekommen, da fahren im Schritttempo vor: ein Drehleiterfahrzeug, das so schön nach Spielzeug aussieht, ein Löschfahrzeug und ein Kommandowagen. Die Menschenmassen teilen sich nur widerwillig. Die Einsatzhörner dröhnen. Aus kurzer Entfernung rüttelt die Druckluft an jeder meiner Körperzellen, wummert im Magen, als würde ich bei einem Rockkonzert zu nah an den Boxen stehen.

Wenig später kriecht das rote Gespann unter Dieselmotorengebrumme und Blaulichtgeflatter zwischen die gestutzten Platanen. Beim Kassenhäuschen kommt es zum Stehen. Ich reiße mich los von der Faszination Feuerwehr und marschiere auf schwarze Locken zu.

„Hi, ich heiße Ines Fox. Wie geht's dir inzwischen?" Ich strecke ihm lächelnd meine Hand entgegen.

Er bemüht sich um ein Lächeln. Sein Autopilot ergreift meine Hand und stellt vor: „Hi, Tom de Luca. Danke, geht schon."

„Hat Arthur von Leisfall dich gebeten zu warten, oder seid ihr fertig? Kannst du gehen?"

„Fertig. Total fertig." Er produziert ein leicht gequältes Lächeln, nimmt die Kapitänsmütze ab, fährt sich durch die Mähne und wirft sie nach hinten. Die Hälfte der Frauenwelt dürfte auf seine Haare neidisch sein. Er ist Marke Dressman, Anfang Mitte zwanzig. Aktuell wirkt er etwas verloren, was verständlich ist.

„Kaffee da drüben?" schlage ich vor und zeige über die Schienen hinweg zum Fischmarkt, wo verschiedene Lokalitäten um die Gunst der Konsumenten buhlen. „Weg aus der Meute hier", ergänze ich.

„Warum nicht."

Kapitel 4

Tom trägt einen Rucksack über der Schulter.

„Was zum Umziehen mit?" Ich deute auf den Seepferdle Express Schriftzug auf seinem T-Shirt.

Er folgt meinem Blick und nickt, zieht die royalblaue Berufskleidung einhändig über den Kopf und schmeißt sich in ein völlig zerknittertes Hemd – selbstredend steht ihm auch dieses tadellos. Ein paar dünne Handschuhe werden aus der vorderen Tasche seiner Jeans befördert und landen zusammen mit dem T-Shirt im Rucksack.

Die Bahntaktung ist uns hold, die Schranken sind oben und wir gleich drüben. Ich werfe einen Blick zurück: keine informationsgeilen Verfolger, trotz Striptease des Hauptzeugen. Gut so.

Wir setzen uns ins erstbeste Café. Nachdem sich jeder eine Weile auf sein Glas Latte macchiato konzentriert hat, verbreitet der Milchschaum seine beruhigende Wirkung. Tom seufzt und blickt mich schief an. „Ines Fox, was?"

Ich nicke und spüre, wie ich erröte. Oh Mann! Das gilt in doppelter Hinsicht. Erstens kommt es in letzter Zeit häufiger vor, dass Konstanzer mich oder meinen Namen erkennen, zwei Morde und einem Fluch seien Dank. Und zweitens ärgere ich mich, dass das Gesagte mich zum Erröten bringt. Ein weiterer Nachteil meines hellen Teints und gefühligen Innenlebens.

Er lächelt auf eine nette Weise, mitfühlend. Sollte ich nicht diejenige sein, die meinem Gegenüber Mitgefühl entgegenbringt?

Ich produziere ein einseitiges Achselzucken. „Tja, was soll ich sagen, so ist es nun mal. Aber insofern dürfte dir klar sein, dass ich im Durchleben ungewöhnlicher Lebensumstände durchaus Erfahrung habe, an der du nun teilhaben kannst."

Tom produziert ein eigentümliches Nicken, eher seitlich orientiert und unentschlossen.

„Willst du mir kurz erzählen, was passiert ist?", frage ich.

„Nichts. Das ist es ja", brummt er. „Ich habe Vanessa und Jeff am Konzil aufgesammelt. Sie hatten eine Reservierung.

Erst etwas Small Talk. Sie waren nett. Während der Rundfahrt habe ich die üblichen Infos erzählt, alles auf Englisch. Am Anfang zumindest. Sie waren mehr mit sich selbst als mit Sightseeing beschäftigt. Da habe ich es irgendwann aufgegeben, bei den Stationen anzuhalten, auszusteigen, meinen Vortrag zu halten und auf die Fotomotive hinzuweisen. Ich bin stumm die Route abgefahren. Als ich mich bei der Rheinbrücke zu ihnen umdrehte, waren sie schon ..."

„Also nichts gehört und nichts gesehen", fasse ich zusammen. „Wo seid ihr langgefahren?"

„Die XXL-Strecke, neunzig Minuten. Start am Konzil mit Imperia und Hafenpromenade, rüber in die Altstadt, Zollernstraße, Hohes Haus, weiter zum Münster, in die Niederburg, einen Schlenker durchs Paradies, Seerheinpromenade, Seestraße und zurück zum Konzil."

Ich nicke. „Ganz schön lang. Wo hast du sie zuletzt lebend gesehen oder gehört?"

„Du stellst die gleichen Fragen wie der, wie heißt er?"

„Kriminaloberkommissar Arthur von Leisfall." Ich versuche, dessen deutliche Artikulation nachzuäffen. Für meine kleine Parodie setze ich mich kerzengerade hin, Hals maximal gestreckt, Augenbrauen blasiert angehoben, Augenlider auf Halbmast.

Ja, ich überzeichne, was aber seinen Zweck erfüllt, Tom lacht auf. Kurz darauf wird er sofort wieder ernst. „Ich meine, auf der Seestraße."

„Wo da genau?"

„Auf der Hinfahrt, am Anfang, bei den Häusern."

Ich nicke. „Bist du die Strecke schon oft gefahren? War heute irgendwas Besonderes?

„Die große Strecke wird seltener gebucht, aber ich bin sie schon öfter gefahren. Über die Rheinbrücke zurück haben zwei komisch gewunken."

„Du meinst, die entgegenkommenden Radler haben gesehen, dass mit deinen Passagieren etwas nicht stimmt?"

„Denke ich. Die beiden haben schief hinten dringehangen, als ich mich umgedreht habe. Ich bin weiter zum Konzil gefahren."

„Sonst alles wie immer?"

„Alles wie immer. Nein, halt, ich musste vorher den gekühlten Champagner abholen und habe sie damit empfangen."

„Aha!" Mein Zeigefinger pikst begeistert in die Luft. „Vielleicht war Gift im Champagner. Wurde sonst etwas konsumiert? Petit Fours, Kanapees, Finger Food?"

„Petit was?"

„Kleine Snacks."

„Nein."

„Wo ist die Champagnerflasche jetzt?"

Tom zuckt mit den Schultern. „In der Rikscha nehme ich an." Er schüttelt den Kopf und wirft die schwarzen Locken erneut zurück, was wirkt, als hätte er es ausgiebig vor dem Spiegel eingeübt.

„Weißt du, was Vanessa und Jeff noch vorhatten?"

„Keine Ahnung", sagt er zögerlich und fabriziert eine übertriebene Denkerstirn.

„Du bist dir nicht sicher?", rate ich.

„Ich überlege, ob sie nicht Boot fahren wollten."

„Was?" Ich springe auf. „Boot? Vom Gondelhafen aus? Die Explosion war womöglich Plan B!"

Kapitel 5

Nachdem ich mit Tom die Nummern ausgetauscht und ihm geraten habe, er solle nicht mit der Presse sprechen – sorry, Mama – sich überhaupt etwas rarmachen im öffentlichen Raum, ziehen wir beide unserer Wege. Meiner führt mich zurück an den Ort des Geschehens.

Der Menschenauflauf hat an Umfang verloren, Sichtschutz und Zelt sind weiter an Ort und Stelle, Polizisten zugange. Ich tigere herum, ob ich jemanden entdecke, den ich kenne. In Ermangelung dessen spreche ich eine hochgewachsene Beamtin in Uniform an. Selten, dass ich zu einer anderen Frau hochschauen muss. „Entschuldigen Sie bitte. Ich kenne den Rikschafahrer und er hat mir erzählt, dass die Opfer vorher Champagner getrunken hätten. Wissen Sie, ob die Flasche und die Gläser gefunden wurden?"

Sie tritt an das Absperrband heran und mustert mich argwöhnisch von oben herab. „Das betrifft die aktuellen Ermittlungen und ist nicht für die Öffentlichkeit bestimmt."

Ich seufze. „Okay lassen Sie es mich anders formulieren. Bitte informieren Sie Arthur von Leisfall, dass Ines Fox gesagt hat, es gelte die Champagnerflasche und die Gläser zu finden, wenn sie nicht in der Rikscha sind. Das kann ich ihm aber auch selbst sagen." Ich zücke mein Handy.

„Nicht nötig, ich richte es gerne aus."

Ich nicke ihr zu und wende mich ab. Da ich ihn weder in der Nähe der Rikscha noch am Bootssteg erblicken kann, rufe ich Dr. Frieder an. „Wo steckst du?"

„In der Pathologie".

„Mit den beiden?"

„Jou."

„Bin gleich da!", flöte ich und habe schon aufgelegt.

Es gilt, sich zu beeilen. In der Regel werden die Opfer eines Gewaltverbrechens unverzüglich ans Institut für Rechtsmedizin im Universitätsklinikum Freiburg überführt. Mein angedachter Besuch im Inselhotel und die Begehung der Teilstrecke, auf der Tom meinte, nicht mehr mit Vanessa und Jeff gesprochen zu haben, muss warten. Sowohl das über sechshundert Jahre alte Gemäuer als auch die Seestraße werden später noch da sein.

Als ich mich aufs Rad schwinge, meldet mein Bauch: ‚Das bisschen Eis ist jetzt restlos verstoffwechselt.‘

‚Ich wette, nicht restlos, sondern zu Hüftgold verstoffwechselt‘, teile ich ihm mit. ‚Auf die nächste Mahlzeit, mein Lieber, müssen wir noch eine Weile warten. Wichtiges steht an.‘

Mein Bauch grummelt.

Nach einer flotten Radtour habe ich eine Viertelstunde später die Klinke der Tür in der Hand, die eine waschechte Hürde für mich darstellt. Immer noch. Pathologie prangt in schwarzen Lettern auf weißem Türblatt. Die Buchstaben tanzen vor meinen Augen auf und ab, als würden sie sich über mich lustig machen.

Hinter dem Buchstabenballett lächelt Dr. Frieder mir sonnig entgegen, nimmt mich in die Arme und hält mich fest. Er weiß, dass es mich Überwindung kostet, sein Gruselkabinett zu betreten. Ich kreuze das dritte Mal hier auf. Ohne Anlass, will heißen, ohne das Opfer eines Gewaltverbrechens, bin ich hier nicht anzutreffen.

Ich atme mehrmals tief durch den Mund, denn bei aller Liebe, der Geruch an Dr. Frieders Arbeitsplatz ist grauenhaft.

„Geht's?", fragt er.

„Ja, erstaunlich gut. Was weißt du?"

Statt mir zu antworten, richtet er eine hochauflösende Videokamera so aus, dass ein vergrößerter Ausschnitt von Vanessas nacktem Oberarm auf dem Display erscheint. „Darf sie nicht anrühren, weißt du ja. Ist den Jungs aus Freiburg vorbehalten, ne? Aber gucken darf ich."

„Da hast du ja Glück, dass sie nur ein Top anhat, was?"

„Jou."

Mein Finger deutet von ganz allein auf einen wespenstichgroßen Punkt, der auf dem Monitor in Kirschgröße dargestellt wird.

Dr. Frieder nickt und grinst.

Ich starre ihn erwartungsvoll an.

Er trägt wieder diesen geheimnisvollen Gesichtsausdruck. Ich neige den Kopf und blicke ihn mit zusammengekniffenen Augen an. Dann muss ich grinsen. „Du weißt, woran sie gestorben ist. Wieso sollte ich raten?"

Er simuliert einen Schmollmund und grinst dann ebenso, vielleicht etwas breiter. „Okay, ein Hinweis. Als ich kam, steckte da eine Spritze."

Mir klappt der Unterkiefer herunter. „Der frischgebackene Ehemann hat ihr während der Fahrt eine Giftinjektion verabreicht?"

Er schüttelt den Kopf. „Denke nicht. Einmal darfst du noch."

Ich zucke mit den Achseln. Wie sonst kann eine Spritze in Vanessas Oberarm gelangen? Tom? Während Jeff danebensitzt? Kaum. Ein Passant?

„Ich kann nicht glauben, dass du nur vom Umstand, dass eine Spritze in Vanessas Arm steckte, wissen willst, wie die dahin kam. Wie kannst du das wissen?"

Wieder dieses freche Grinsen. Sagte ich schon? Dr. Frieder genießt diese Augenblicke außerordentlich.

„Nun sag schon!", quengle ich.

„Was krieg ich?"

„Keine Prügel", knurre ich.

Er lacht auf. „Das Ende der Spritze besteht aus einem roten Quast."

„Quast? Wie jetzt Quast?"

Seine ausgestreckte Hand vollführt eine waagrechte Flugbahn.

Ich reiße die Augen auf. „Die kam geflogen?", wispere ich. Das muss sich erst mal setzen, aber nur kurz. „Und wie abgefeuert? Gewehr? Pistole? Blasrohr? Das ist ja eine total außergewöhnliche Tötungsmethode, oder?", plappere ich. Habe ich je davon gehört, dass jemand so ums Leben kam? Habe ich nicht.

„Und er?" Ich deute auf Jeffs Leichnam, der auf dem Nebentisch liegt.

„Nichts."

„Wie nichts?"

„Nichts zu sehen. Keine Spritze. Müssen abwarten, was die Jungs in Freiburg herausfinden, ne?"

Hätte Dr. Frieder seine Ausbildung zum Rechtsmediziner in Freiburg wie geplant letzten Herbst angetreten, wäre er jetzt Teil des Teams, das sich der beiden mysteriösen Todesfälle annimmt. Er würde Dinge mit den Opfern anstellen, die ich mir nicht ausmalen möchte.

Ich lege meine Hand auf seine Schulter und wispere ihm ins Ohr: „Du hast Urlaub. Im Urlaub darf man alles machen, was man will."

Er dreht den Kopf, sodass er mir über seine Schulter in die Augen sieht. Ich nicke und lächle.

Kapitel 6

Ich bin auf dem Rad unterwegs, diesmal nach Hause. Während Dr. Frieder versucht, die Jungs in Freiburg zu einem spontanen Kurzpraktikum zu überreden, will ich Nützliches mit Angenehmen verbinden.

„Ihr sollt auch nicht leben wie ein Hund", informiere ich die Fellnasen, die sich schier umbringen vor Freude, und es mir schwer machen, bei all dem Gewusel die Wohnungstür hinter mir zu schließen. Als wäre ich tagelang weg gewesen. Als hätten sie mich schon aufgegeben gehabt. Nun bin ich da und unversehrt, Grund genug für ein Freudenfest.

Mein Blick trifft die gepackte Reisetasche, die in einer Ecke des Flurs kauert. „Du allerdings hast wenig abwechslungsreiche Tage vor dir", eröffne ich ihr.

Spreche ich mit einem Gepäckstück? Der Lagerkoller, Pardon Seekoller, scheint die Phase der Depression abgeschlossen zu haben, es folgt der Irrsinn. Man darf gespannt sein, wie lange die Wutausbrüche, das Werfen von zerbrechlichen Gegenständen und das Anfallen von Mitmenschen auf sich warten lassen.

Ich schmeiße, allerdings nur mich in ein Blümchenkleid, einfach, weil es mir für den Ort, den ich aufsuchen möchte, passender erscheint, als abgewetzte Jeansshorts, aus denen zu viel Bein ragt.

„Lust auf Mittagessen?", frage ich in die Runde.

‚Immer. Schreib es dir endlich mal auf: So was musst du mich nie fragen. Wirklich nie', sagt mein Bauch.

Die Reisetasche fühlt sich kurz angesprochen, sinkt jedoch sogleich in ihre Lethargie zurück, als ihr bewusst wird, dass sie nicht gemeint ist. Santo und Fila verstehen kein Wort, entnehmen aber der Satzmelodie, es müsse sich um Nettes handeln und sind sofort Feuer und Flamme.

Eine der liebenswerten Eigenschaften, die Hunde uns Menschen vorausbaben: Vertrauen. In der Regel gehen sie davon aus, dass der Zweibeiner Gutes mit ihnen im Sinn hat. Das ist selbst bei Santo der Fall, der den ersten Teil seines Lebens auf der Straße gelebt und zahllose Gegenstände auf sich zufliegen gesehen hat. Immer wieder staune ich, mit welcher Nonchalance mein Sonnyboy durch die Weltgeschichte schwänzelt. Trotz allem Erlebtem glaubt er an die Menschen – vermutlich mehr, als sie es tun.

So philosophiere ich vor mich hin, während ich vor dem Spiegel stehe und das Kleid nach der Winterpause zurück im Leben begrüße. Es bedeckt deutlich mehr Bein als die Shorts, es bedeckt jedes Stückchen Bein. Allerdings musste die extra Portion Stoff oben eingespart werden – aus rein betriebswirtschaftlichen Gründen nehme ich an.

Prüfend drehe ich meine rote Mähne zu einem Knoten. Eine Prise Eleganz? Sicher! Solange das nicht bedeutet, dass ich mich auf Stöckel stellen muss. High Heels? Näh!

Zurück vor dem Flurspiegel. Diesmal mit Hochsteckfrisur, Smokey Eyes und Lippen in einem Korallenton, was ich nur offenbare, weil die Lippenstiftfarbe für uns Rothaarige ein heikles Thema ist. Andernfalls würde ich nie mit solchen Details langweilen, gilt es doch, einen Doppelmord aufzuklären. Passend zum Styling gibt es ein aufreizendes Lächeln, das ich in einem Selfie verewige und an Dr. Frieder schicke.

Prompt pingt die Nachricht herein: ‚Frau Fox! Bin in 5 Min da.'

Kurz darauf klingelt mein Handy.

Ich muss grinsen. „Die Aufmachung ist nicht für dich", eröffne ich meinem Norddeutschen. „Praktikum?"

„Klappt. Bin in vier Minuten da."

Kurz bin ich hin- und hergerissen. Ein bisschen von Dr. Frieder auf die nette Art aufhalten lassen? Ich lächle mein Spiegelbild an.

‚Auf geht's, sonst ist die Mittagessenszeit um', drängelt mein Bauch.

‚Kaffee und Kuchen ist auch nicht schlecht', entgegne ich.

‚Ich will Mittagessen *und* Kaffee und Kuchen', nölt nun mein Bauch.

Die Hunde sitzen an der Tür und schauen vorwurfsvoll, ich hätte ihnen aushäusiges Mittagessen versprochen, von Kaffee und Kuchen wäre nie die Rede gewesen. Wo sie recht haben …

Die Klinke in der Hand hangle ich nach der Tasche, da wird die Tür von außen geöffnet und ich kann gerade noch einen Satz nach hinten tun.

Dr. Frieder hat die Schwelle noch nicht überschritten, da mustert er mich bereits unverhohlen von oben bis unten. Ein wohliger Schauer prickelt durch meinen Körper.

Auch ihm scheint die ungleiche Verteilung des Stoffs aufzufallen. Er grinst. „Frau Fox!"

„Vier Minuten, ja?", frage ich lächelnd.

„Ha ja."

Kapitel 7

Nachdem Dr. Frieder mich auf die nette Art aufgehalten hat, gilt es einiges instand zu setzen. Ich stehe in ein Handtuch gewickelt vor dem Badezimmerspiegel und hantiere mit Tiegelchen, Tübchen, Stiftchen und Pinselchen.

Er zupft sein duschnasses Haar kurz zurecht. „Was hat der Schönling gewusst?", fragt er.

Ich blicke erstaunt seinem Spiegelbild in die Augen. „Schönling?"

Er grinst und fährt sich durchs Haar, wirft eine virtuelle Mähne in gekonnter Imitation nach hinten.

Ich muss lachen. „Nicht schlecht."

Kurz setze ich Dr. Frieder von dem Spärlichen in Kenntnis, das ich beim Kaffeetrinken mit Tom erfahren habe.

„Was hat Arthur gewusst?", frage ich im Gegenzug.

„Nichts. Die Explosion wird untersucht. Zur Vernehmung von Tom de Luca war nichts aus ihm herauszubekommen."

Wenig später habe ich mich von Dr. Frieder verabschiedet, trete auf die Straße und setze die Sonnenbrille auf. Mittagessenszeit ist definitiv vorbei. „Es gibt bestimmt eine kleine Karte", tröste ich die Hunde, die mir unverhohlen vorwurfsvolle Blicke zuwerfen.

‚Mich tröstest du nie so nett', grummelt mein Bauch.

Der Frühsommertag könnte schöner nicht sein. Am See kämpft ein Hammerblick gegen meinen Seekoller und ... verliert. Ich zolle ihm Respekt für den Versuch. Die Bänke auf der Seestraße sind gut besetzt, einige Sonnenanbeter sitzen auf der Ufermauer. Zehn beschwingte Pfoten schlendern an ihnen vorbei über die alte Rheinbrücke und genießen es, mal nicht in Eile Slalom laufen zu müssen, weil sie sich heute im Takt derer bewegen, die Zeit haben.

Ich trete durch die gläserne Eingangstür des Inselhotels, nicke den makellos gekleideten Mitarbeitern an der Rezeption lächelnd zu und steuere in den Kreuzgang.

Das Luxushotel, ein ehemaliges Dominikanerkloster, liegt auf einer Insel, wie wohl naheliegend, und trägt die schöne

Adresse ‚Auf der Insel 1'. In erster Reihe für einen atemberaubenden Seeblick, der extra kostet, was aber heute nicht das Thema ist. Der Umbau in ein Hotel wurde im neunzehnten Jahrhundert durch Graf Eberhard Zeppelin veranlasst. Wem der Name bekannt vorkommt: der Bruder des Herrn mit den Luftschiffen.

Im Kreuzgang schluckt der dicke rote Teppich jeden meiner Schritte, als ich rund um den ehemaligen Klosterhof an den großformatigen Fresken entlangwandle. Sie zeigen die Geschichte der Insel seit der Zeit der Pfahlbauten. Die Atmosphäre des alten Gemäuers, die Schwingungen der Jahrhunderte samt den vielen Seelen, die hier vor uns gewandelt sein müssen, bewirken auch bei den weniger Kulturinteressierten in meiner Gesellschaft eine gewisse Demut. Hund läuft zivilisiert Seite an Seite, als wisse man, was sich gehört, als würde man das täglich tun. Bei Fila meine ich, einen leicht blasierten Gesichtsausdruck zu erkennen.

Am Seerestaurant angelangt, werden wir von einer dienstbeflissenen Seele angehalten. „Guten Tag. Hunde sind im Seerestaurant nicht erlaubt."

„Wir möchten auf die Terrasse."

Ein Nicken. „Sehr gerne."

Nun mag man es mit Luxushotels halten, wie man will, ein Kurzaufenthalt auf der Terrasse des Inselhotels ist grandios und weniger steif als in der Vorstellung.

Zwischen Mittagessen und Kaffeezeit habe ich das Glück gelichteter Reihen und ergattere den ersten Tisch vorne an der Balustrade. Unter mir plätschern die Wellen gegen die Ufermauer. Santo und Fila spähen durch die Brüstung nach den Enten, die sich dort tummeln.

Ich frage mich, wieso ich hier nicht öfter herkomme. Objektiv betrachtet: Die Aussicht von der Seeterrasse ist fabelhaft. Zur Linken die Bauschönheiten der Seestraße, geradeaus der Konstanzer Trichter, zur Rechten der Stadtgarten mit seinen gestutzten Platanen. Mein Seekoller macht daraus: ja, ganz okay.

Ich atme tief ein und seufze aus. Objektiv betrachtet ist es wirklich schön hier und wird noch schöner, als mir die Speisekarte mitteilt, Mittagessen serviere man auch jetzt.

„Haben Sie das von dem Doppelmord heute gehört? Ein amerikanisches Pärchen in einem Seepferdle? Schlimm, oder?", frage ich den jungen, schmächtigen und sehr blassen Ober, der meine Bestellung entgegennehmen möchte.

„Ein amerikanisches Pärchen? Das werden doch nicht ..."

„Oje, haben Sie die beiden gekannt?", frage ich voll Anteilnahme, dekoriert mit etwas schlechtem Gewissen.

Er bewegt den Kopf in Unschlüssigkeit, nickt, kippt den Kopf nach rechts und links, nickt wieder.

„Ein hübsches Paar. Ich habe sie zufällig gesehen. Sie blond und kurvig, er sportlich mit braunen Haaren. So Mitte zwanzig vielleicht", assistiere ich.

Jetzt nickt er betrübt, schwankt leicht und wird noch blasser, auch wenn ich vorher nicht gedacht hätte, dass das bei seinem Teint noch möglich ist. „Das klingt nach Vanessa. Und Jeff." Er sucht Halt bei einer Stuhllehne.

„Dann haben Sie sie wirklich gekannt? Das tut mir leid. Wollen Sie sich kurz setzen?" Ich schiebe ihm einen Stuhl zurecht.

Der blasse Ober schaut sich um und schüttelt den Kopf. „Das geht nicht."

Ich erhebe mich, schiebe ihm den Stuhl in die Kniekehlen und befehle: „Jetzt setzen Sie sich! Ich nehme es auf meine Kappe."

Gehorsam lässt er sich auf den Stuhl sinken.

Eine weibliche Bedienung eilt auf mein Zeichen herbei. „Bringen Sie Ihrem Kollegen bitte ein Glas Wasser? Ich habe ihm gerade von dem ermordeten amerikanischen Pärchen erzählt, das er wohl kannte."

Die mädchenhafte Gestalt, die ihre schwarzen Haare in einem Pferdeschwanz trägt, schaut bestürzt. „Was?", haucht sie und reißt die stark mit Mascara getuschten Augen auf.

„Sie kannten sie auch?", schließe ich.

Sie nickt, deutlich blass um die Nase.

Ich schiebe ihr einen Stuhl hin. Jetzt habe ich nur noch einen auf Vorrat.

Wie auf Autopilot greift sie nach meinem Wasserglas und nimmt einen Schluck. Sie legt ihrem Kollegen eine Hand auf den weißen Hemdsärmel und bietet ihm mein Glas an. Er reagiert nicht, stiert dumpf vor sich hin.

Was ist denn hier los?

Santo kommt mal gucken, ob er dem betrübten Zweibeiner seelischen Beistand leisten kann. Abwesend wuschelt der blasse Ober ihm über den Kopf.

„Sie kannten die beiden offensichtlich gut. Mein Beileid." Nun habe ich wirklich ein schlechtes Gewissen, weil ich munter drauflos gequatscht habe. Mamas Stimme hallt in meinen Ohren: ‚Fingerspitzengefühl, Ines!' Aber konnte ich das ahnen?

Während ich ratlos zwischen den beiden kläglichen Gestalten hin und her blicke, schreitet die dienstbeflissene Seele von vorhin resoluten Schrittes auf uns zu. Die Frau mittleren Alters dürfte die Vorgesetzte der beiden sein.

„Was ist denn hier los?", fragt sie in gestrengem Tonfall.

„Meine Rede", kann ich da nur sagen. „Die beiden kannten Vanessa und Jeff, das amerikanische Pärchen, das heute einem Gewaltverbrechen zum Opfer fiel. Ich habe ihnen angeboten, sich auf den Schreck kurz zu setzen." Im nächsten Moment muss ich ihr den letzten Stuhl unterschieben.

Dankend nimmt sie mein Glas entgegen, das die junge Bedienung ihr reicht.

„Mein Beileid", murmle ich.

Von der anderen Seite der Terrasse ertönt ungeduldig: „Bedienung!" Kurz darauf prasseln von allen Seiten Rufe nach dem Servicepersonal, das durch die Bank weg bei mir am Tisch sitzt.

Die dienstbeflissene Seele hebt die Hand und entgegnet in außerordentlicher Lautstärke und dennoch bestem Dienstleistungssingsang: „Einen Augenblick bitte, meine Herrschaften. Ich bin gleich bei Ihnen."

Die Gäste verstummen artig. Ich bin beeindruckt.

Sie schaut mich an und schluckt. „Vanessa hat letzten Sommer bei uns an der Rezeption und im Büro gearbeitet." Sie schluckt erneut und ihre Augen bekommen gefährlich viel Glanz. „Gestern Abend haben wir auf ihre Hochzeit angestoßen."

„Das tut mir leid", murmle ich. „Haben die beiden hier übernachtet?"

Sie nickt.

„Wie heißen sie mit Nachnamen und woher stammen sie?"

„Aus Miami. Vanessa West und Jeff Smith. Ich glaube, sie haben West-Smith als Nachnamen gewählt. Oder war es Smith-West? Vanessas Familie gehört das Art déco Hotel The Charmond in Miami Beach", sprudelt die Jüngere. „Sie ist Hotelerbin, soll das Ganze übernehmen, wollte Erfahrungen in Europa sammeln, sogar in Paris", schwärmt sie, kramt ein Taschentuch aus ihrem Rock und tupft sich die inneren Augenwinkel. „Obwohl sie sich ja schon gut auskannte an der Rezeption. Ha, bei dem Background. Und sie kann Englisch, Französisch, Deutsch und Spanisch."

So wie sie schwärmt, könnte man glatt vergessen, dass Vanessas Lebenslauf seit Kurzem nicht mehr so attraktiv klingt.

„Und Jeff?"

Schulterzucken reihum.

„Kein guter Jeff?", tippe ich.

„Ich finde, sie kannte ihn zu kurz", prescht die junge Bedienung wieder vor und zwirbelt das Ende ihres Pferdeschwanzes um den Zeigefinger. „Letzten Sommer gab's Jeff noch nicht. Da gab's einen anderen und eine Menge Verehrer. Klar, so wie sie aussah."

„Sarah!", schimpft die Vorgesetzte.

„Stimmt doch", mault Sarah.

Der blasse Ober hockt noch immer in sich gekehrt wie ein Häuflein Elend auf dem Stuhl, wischt sich hin und wieder einen Augenwinkel und betrachtet seine Schuhe.

„Alles soweit in Ordnung?", frage ich.

Er nickt.

„Er war einer von der Menge ...", beginnt Sarah.

„Sarah!", sagt die Vorgesetzte erneut.

Der blasse Ober schaut nun erstmalig auf.

„Tut mir leid, Niklas, aber stimmt doch." Sarah blickt ihn trotzig an.

Er nickt. „Sie war etwas ganz Besonderes", flüstert er kaum hörbar.

„Ja klar", spottet Sarah mit einer raumgreifenden Handbewegung in Brusthöhe. Ihr Pferdeschwanz wippt.

„Sarah! Jetzt ist aber Schluss! Zurück an die Arbeit!" Spricht's, erhebt sich mit geradem Kreuz, die jüngeren Kollegen tun es ihr gleich.

„Nur noch kurz: Könnt ihr euch vorstellen, wer Vanessa und Jeff umgebracht hat?"

Alle drei schauen auf mich hinunter, dann einander an, bleiben aber stumm.

„Ihr habt eine Idee, stimmt's?"

„Nun", beginnt die dienstbeflissene Seele. „Es gab da einen Verehrer."

„Ich glaube, der Typ war sauer, dass sie ihn hat abblitzen lassen", schaltet sich Niklas ein. „Wenn ihr mich fragt, hat er sie gestalkt."

„Na, gestalkt ist zu viel gesagt, oder? Ich denke, der stand auf sie. Waren sie nicht eine Zeit lang zusammen?", entgegnet Sarah.

„Wisst ihr, wie er heißt?", frage ich.

„Tom de Luca", sagt Niklas.

Kapitel 8

Während die Drei zurück an ihre Arbeit gehen und sich um die missgestimmten Gäste kümmern, brauche ich nur zu warten, bis mein Essen kommt.

Tom soll etwas mit dem Tod von Vanessa und Jeff zu tun haben? Warum sollte Vanessa akzeptiert haben, dass ein ehemaliger Verehrer oder gar Stalker sie durch die Gegend chauffiert? Und warum sollte Tom sich freiwillig vor den Karren des jungen Glücks spannen, und sie aus dieser Position heraus ermorden, in aller Öffentlichkeit, mit Garantie, dass er befragt wird? Die Mordmethode schreit ja nun nicht gerade nach ‚frustrierter Lover‘.

Niklas reißt mich aus meinen Gedanken und stellt das Essen vor mich auf den Tisch: Bodenseefelchen mit Salzkartoffeln.

Entgegen der ursprünglichen Absicht zögere ich, meine vierpfotigen Begleiter offiziell am Mittagessen teilhaben zu lassen.

‚Das gehört sich nicht. Hier schon gar nicht. Auch angesichts der Umstände‘, sagt mein Bauch. Er hat seine Gouvernantenstimme ausgepackt und intrigiert gegen Santo und Fila. Das tut er öfter. Fressneid.

‚Aber die beiden warten darauf. Schau mal, wie süß die gucken‘, sage ich lächelnd.

‚Pah, Hundeblick‘, knurrt mein Bauch abfällig.

Durch eine fahrlässige Ungeschicklichkeit meinerseits landet ein Teil des Fischs samt Kartoffeln in hohem Bogen auf der Luxusterrasse.

Niklas hat es aus dem Augenwinkel gesehen und eilt herbei. Er schüttelt mit einem leisen Lächeln den Kopf, als er sieht, wie sich die Hunde über das Malheur hermachen.

„Ich weiß nicht, wie das passieren konnte“, jammere ich mit Unschuldsmiene an Niklas gewandt.

‚Ich weiß genau, wie das passieren konnte‘, motzt mein Bauch. ‚Tierliebe. Der Ursprung allen Übels.‘

‚Ich kenn hier nur einen Ursprung allen Übels‘, murre ich zurück.

„Schön sauber putzen", ermahne ich dann die Hunde lächelnd. „Keiner will Fettflecke auf der Nobelterrasse."

Später schließe ich bei Espresso und Mousse au Chocolat die Augen. Was für ein Genuss! Sobald mein Gaumen so vortrefflich gekitzelt wird, ist es nebensächlich, dass die Sonnenstrahlen mich wohlig wärmen, der See vor sich hinplätschert und das eine oder andere Möwengeschrei ertönt.

‚Mmh‘, mache ich.

‚Mmh‘, macht mein Bauch.

Ein rarer Moment der inneren Eintracht.

Im Doppelmord hat sich manches offenbart. Zu gerne hätte ich das Hotelzimmer der beiden gesehen. Aber selbst, wenn ich das arrangieren könnte, würde es mich in Konflikt mit den offiziell Ermittelnden bringen. Ob Arthur & Co momentan dort oben zugange sind? Ich öffne die Augen und drehe mich, um die weiße Fassade in Augenschein zu nehmen, als könnte ich so erkennen, was hinter den Geranienkästen vor sich geht.

Wenig später wandle ich erneut auf dickem roten Teppich durch den Kreuzgang. In der Lobby stehen zwei Herren in Anzügen und sprechen mit den Rezeptionisten. Sofort trete ich den Rückzug an. Ich will mich ungesehen verkrümeln, was gelingen würde, wüssten die Hunde von meinem Plan. Drei Wesen durch zwei Leinen verbunden in drei Richtungen unterwegs, das führt zu nichts Gutem. Fila quietscht. Santo reißt sich los und rennt zurück zum Ausgabeort der Bodenseefelchen. Ich versuche, mich zu fangen, rudere mit den Armen, verliere dann doch das Gleichgewicht und segle in einer ungraziösen Drehbewegung der Erde entgegen. Dort lande ich neben dem dicken roten Teppich, sprich auf hartem Stein.

„Öff", blöke ich, als die Luft meiner Lunge entweicht. Das Blümchenkleid ist unfein nach oben gerutscht, dem ich hastig entgegenwirke.

„Ines", grüßt Arthur, tritt zu mir und reicht mir galant die Hand.

Ich ignoriere sie.

„Was tust du hier?" Ein minimales Erstaunen auf seiner sonst so maskenhaften Miene.

„Bodenseefelchen auf der Seeterrasse." Ich rapple mich hoch. „Oberlecker", und nicht gelogen.

Er betrachtet einen Moment, wie ich mein Kleid zur Ordnung zupfe. „Welches Interesse hast du an dem Fall?"

„Du meinst außer dem Interesse, das jeder Konstanzer Bürger hat, wenn mitten in seiner Stadt zwei Menschen ermordet und ein Boot in die Luft gejagt werden?"

Sein Mund umspielt die Ahnung eines Lächelns. „Doch nicht mit mir, Ines. Also, was interessiert dich daran?"

Ich seufze. Mein Gesicht spricht wohl wieder Bände. „Nichts im Besonderen. Ich möchte einfach wissen, wer Vanessa und Jeff umgebracht hat und warum. Warum tötet jemand amerikanische Flitterwöchner in der südbadischen Provinz? Wie kann das jemand *nicht* wissen wollen?"

„Sicher. Die wenigsten stellen jedoch selbst Ermittlungen an, sondern lassen uns unsere Arbeit machen. Warum also?"

Ich seufze. „Ich bin nur neugierig und ..."

„Und?"

„Und es reizt mich", erkläre ich leise und spüre, wie mir das Blut in die Wangen schießt. Na hervorragend.

Er nickt und nimmt es hin. Einfach so. Dann will er sich schon abwenden, hält jedoch kurz inne. „Was hast du in Erfahrung gebracht?"

Ach sieh mal einer an! Ich muss grinsen. Die Peinlichkeiten von Sturz, derangiertem Kleid und Schamesröte sind schlagartig vergessen.

Santo kommt um die Ecke getrabt, schleift die Leine hinter sich her und grinst gleichsam von einem Ohr zum anderen. Erfolg an der Ausgabestelle für Bodenseefelchen?

„Bilde dir nichts drauf ein." Arthur lenkt meine Aufmerksamkeit mit erhobenem Zeigefinger auf unser Gespräch zurück. Um seine Mundwinkel erneut die Spur eines Lächelns.

„Mach ich nicht, mach ich nicht." Zur Unterstützung wedle ich mit beiden Händen. „Vanessa und Jeff haben hier übernachtet, was du weißt, sonst wärst du nicht hier."

Ich fasse kurz zusammen, was ich erfahren habe. „Während sie hier arbeitete, hatte sie einen Freund, wer das war, weiß ich nicht, und viele Verehrer darunter ...“ Gerade noch so kriege ich die Kurve. Ich schlucke den Namen Tom de Luca herunter, bevor er mir über die Lippen sprudeln will. Vorher muss ich mit Tom sprechen. Ich kann ihn mir nur schwer als Stalker vorstellen, schon gar nicht als durchgeknallten, mordenden Stalker.

„Darunter?“, hilft Arthur mir auf die Sprünge.

„Darunter einige, die nicht erfreut waren, dass die Schöne sie hat abblitzen lassen. Das war's so weit.“

Arthurs Augenbrauen wandern den Bruchteil eines Millimeters nach oben, so dezent, dass es mir beinahe entgangen wäre, würde ich ihn nicht kennen. Sein Kollege macht Notizen.

„Danke“, erfreue ich mich an Arthurs Äquivalent einer Wertschätzung.

„Mit wem hast du gesprochen?“

„Sarah und Niklas samt ihrer Betriebsmama. Nette Menschen, die recht mitgenommen sind. Besonders Niklas hat am Tod von Vanessa zu knabbern. Ich denke, er war letzten Sommer hoffnungslos in sie verschossen.“

Während ich mich noch über meine Wortwahl wundere, nickt Arthur, wendet sich ab und der Rezeption zu.

„Gern geschehen“, rufe ich seinem Rücken zu und marschiere durch die Tür, mit wehendem Blümchenstoff und zwei Hunden im Kielwasser. Erst draußen geht mir auf, dass ich meinerseits versäumt habe, Informationen abzugreifen. Unwahrscheinlich, dass Arthur sich etwas hätte entlocken lassen, einen Versuch wäre es aber wert gewesen. Ich seufze. Das gehört geübt.

„Nächster Halt: Seestraße“, setze ich die Hunde in Kenntnis.

Wir bummeln unsere satten Seelen zurück über die alte Rheinbrücke und gelangen bald auf den Abschnitt der Seestraße, der durch Büdingen flankiert wird. Auf dem vierzigtausend Quadratmeter großen parkähnlichen Grundstück stand einst das Badhotel Konstanzer Hof, danach das Sanatorium Büdingen. Seit den 1970ern schlummert das Sahnestück in tiefem Dornröschenschlaf. Weitestgehend sich selbst überlassen, konnte der alte Baumbestand sich prächtig entfalten. Immer mal wieder trat jemand an und wollte das Grundstück bebauen, nun sieht es so aus, als würde bald ein Hotel gebaut.

Der Duft nach frischem Knoblauch. Weiße Blüten blitzen aus einem Meer von Dunkelgrün. Auch der Bärlauch darf hier machen, was er will, was er hemmungslos tut.

Ich linse durch die Hecke, die das Grundstück vom Radweg der Seestraße trennt. Hier gäbe es genug Möglichkeiten, aus dem Blattwerk auf die Passagiere eines Seepferdle zu zielen, weshalb mir dieser Ort auf der von Tom skizzierten Route gleich am interessantesten erschien. Wäre ich der Schütze, ich hätte mich hinter einen der Bäume nahe der Hecke platziert – vorausgesetzt, ich wäre schnell und treffsicher. Denn, das wird mir bewusst, als ich die Radler vorbeisausen sehe: Ein bewegtes Ziel auf die kurze Entfernung von ein bis zwei Metern zu treffen, bedarf eines versierten Scharfschützen und einer Position, aus der man das Ziel kommen sieht. Nein, Moment. Tom sagte, dass die Seepferdle auf der Seestraße oft auf dem breiteren Fußgängerweg fahren würden. Das deckt sich mit meiner eigenen Beobachtung. Damit liegt allerdings alles auf dem Radweg in der Schusslinie. Würde ein Schütze das Risiko eingehen? Die Entfernung betrüge nicht ein bis zwei, sondern vier bis sechs Meter. Dafür hätte der Heckenschütze mehr Zeit, um zu reagieren.

Ich google, was es für Methoden gibt, einen Injektionspfeil abzuschießen, und, bis zu welcher Entfernung die Methoden jeweils als treffsicher gelten.

Es gibt Blasrohre, Pistolen mit CO_2- bzw. Druckluftversorgung und Gasgewehre. Bei Blasrohren kommt es auf die Länge an, auf den Durchmesser sowie das Können des Schützen. Es gibt Blasrohre mit drei Metern Länge. Unauffällig ist anders. Zumindest lassen sich diese Modelle meist zusammenstecken. Die Zielgenauigkeit wird bei kürzeren Blasrohren mit etwa zehn Metern angegeben, bei CO_2-Pistolen mit fünfzehn bis zwanzig Metern und bei Gasgewehren mit bis zu fünfzig Metern. Alle drei Waffen kämen also infrage.

Mitten durch meine Überlegungen flattert der Gedanke, dass Tom womöglich nicht die Wahrheit gesagt hat. Wenn ich Niklas glaube und Tom ein Stalker ist? Ich seufze. Irgendwo muss ich anfangen. Also vertraue ich darauf, dass nicht alles gelogen war, was Tom mir aufgetischt hat.

Büdingen kann von jedermann leicht erreicht werden, wenn auch das Betreten des Privatgrundstücks verboten ist. Magisch angezogen von der romantischen Oase mitten in der Stadt, verirren sich öfter Leute dorthin. Ein Leut mehr erweckt da kaum Aufsehen, sei es ein Schütze, sei es eine Schnüfflerin.

Die Flügel des schmiedeeisernen Tores hängen schief in den Angeln und werden durch eine Kette zusammengehalten. Dahinter stakt ein Warnschild in der verwilderten Wiese, auf dem ein Männchen von einem Baum erschlagen wird. In der Ausführung ähnelt die Warnung einem Comic.

Ich warte auf eine Lücke im Tröpfeln der Passanten und Radfahrer und lasse die Hunde auf Kommando – formvollendet wie beim Springreiten – rechts des Tores über den Zaun setzen. Sie sind ganz wild darauf, den Abenteuerspielplatz zu erkunden. Entsprechend Mühe habe ich, sie im Zaum zu halten, dabei will ich schnell hinter dem Grün und damit aus dem Blickfeld der Passanten verschwinden. Ich muss mein ganzes gut gefüttertes Gewicht zum Einsatz bringen, und bin trotzdem kurz davor, auf der Nase zu landen.

„Mensch Santo, Fila. Reißt euch mal zusammen!", zische ich.

Das hilft. Na, für eine Sekunde, dann sehen sich die beiden eher angestachelt. Da muss eine ganze Horde von Eichhörnchen, Katzen, Füchsen oder was weiß ich im Unterholz lauern.

So wird das nichts. Kurzerhand binde ich die beiden Zugmaschinen an einen der Jungbäume, die in ein paar Jahren eine Allee zwischen dem zukünftigen Hotel und dem See bilden werden. So in ihrem Aktionsradius begrenzt winseln

Santo und Fila kläglich, zum Glück nicht in der Lautstärke, als dass es das Stadtviertel in Alarmbereitschaft versetzt.

Zu früh gefreut. Je weiter ich mich von den offensichtlich hoffnungslos Verzogenen entferne, umso lauter wird deren Kommentar. Schließlich versteifen sie sich darauf, Park samt Seestraße zusammen zu jodeln. Ganz prima, wirklich.

„Was machen Sie denn da?", ertönt prompt die Frage eines älteren Herrn. Ein Haupt, bedeckt mit einer Schiebermütze aus Tweed, erscheint in der Hecke. Zwei wässrige Augen bestirnrunzeln, was ich da mache. Dabei mache ich nicht mal was. Wenn der Herr nicht Stress erzeugen würde, sähe es witzig aus, wie sein Kopf aus dem Grün der Hecke hervorschaut, als würde er schweben, als gäbe es keinen Körper dazu, als wäre die Hecke ein Bauzaun mit Gucklöchern.

„Das ist Privatbesitz. Haben Sie das Schild nicht gesehen?" Sein Gehabe in Kombination mit dem Tweed gibt ihm etwas von englischem Landadel.

„Doch, doch. Ich muss nur schnell was kontrollieren."

„Bringen Sie Ihre Hunde zur Räson!"

„Jaja. Ich bin gleich wieder weg."

Sir Tweedmütze bleibt, wo er ist. Ein kritisches Augenpaar folgt mir. Ich versuche, es zu ignorieren.

Bei einem der Bäume nahe der Hecke scheint der Bärlauch deutlich mitgenommen. Blitzt da Rotes aus dem niedergetrampelten Grün? Ich zögere. Handelt es sich um den Ort des Geschehens, würde Arthur mir nie verzeihen, würde ich Spuren zertrampeln. Und recht hätte er. Keiner will Beweise aufs Spiel setzen, selbst die chaotische Ines Fox nicht.

„Was ist nun?", fragt Sir Tweedmütze ungeduldig.

Santo und Fila hängen in ihren Geschirren, Leinen maximal gespannt, als würden sie den Baum fällen wollen. Fila jodelt. Santo lässt sie machen, es reicht, wenn eine negativ auffällt.

Ich halte eine Hand als Stoppschild empor, was nur beim menschlichen Zaungast Beachtung findet. Die andere Hand wurschtelt das Handy hervor und ruft Arthur an. Er lässt mich schildern, was es Neues gibt.

„Ich habe die Kriminalpolizei gerufen", informiere ich Sir Tweedmütze im Anschluss.

Zwei buschige Augenbrauen verschwinden unter dem Schirm der Mütze. Erstaunen gepaart mit Unsicherheit. „Kriminalpolizei? Wieso Kriminalpolizei?"

„Dies ist ein möglicher Tatort."

Sir Tweedmütze klappt der Unterkiefer herunter. Gleichzeitig schieben sich zwei Hände durch die Hecke, die wohl ihm gehören müssen, und legen sich auf den Zaun. Der zugehörige Oberkörper womöglich samt den unteren Körperteilen will die Barriere überwinden.

„Bleiben Sie ja da drüben!" Ich habe meinen Hundebefehlston ausgepackt und zeige mit spitzem Zeigefinger auf ihn. Nicht ohne Wirkung. Er bleibt in der Bewegung stecken und denkt nach. Kurz darauf sinkt der Oberkörper hinter die Hecke zurück, die Hände verschwinden, nur der Kopf bleibt.

Reaktion bei Fila: keine. Sie winselt, jodelt, bellt und knurrt, immer abwechselnd, das ganze Programm der lautstarken Hundekommunikation. Passend dazu tänzelt sie, soweit die Leine es erlaubt, und springt ins Geschirr, dass es zu reißen droht. So kenne ich Dr. Frieders Hundemädchen gar nicht. Testweise drehe ich mich im Kreis, gebe vor, mich weiterbewegen zu wollen, zeige in verschiedene Himmelsrichtungen. Es sind Unterschiede zu erkennen, nicht nur bei Fila, auch bei Santo, der ein Wuff hören lässt, wenn ich vorgebe, mich einem der Büsche zu nähern. Ich verharre mittig zwischen dem roten Objekt nahe der Hecke und dem Busch im hohen Gras. Als ich einen Blick nach unten werfe, wird mir mulmig. Meine nackten Füße, geringfügig mit den Riemchen der Sandalen bedeckt, sind mit einer rötlich braunen Substanz verschmiert, ebenso der Saum meines Kleides. Das sieht aus wie ... Blut?

Neben Sir Tweedmütze ploppt der erhitzte Kopf einer Joggerin durch die Hecke. Sie zieht weiße Kopfhörer aus den Ohren. „Wa ischn los?" Der Blick deutlich sensationslüstern.

Ich deute mit einer Geste zwischen den beiden an, Sir Tweedmütze möge die Joggerin in Kenntnis setzen, was er gerne tut und gleich ein paar Mal wiederholen kann, denn immer mehr Köpfe erscheinen in verschiedenen Höhen des Heckenbauzauns. Fila, die Alarmanlage, trommelt alles zusammen, was sich die Seestraße entlangbewegt.

Ich bin bemüht, mich nicht aus dem Konzept bringen zu lassen, und suche systematisch den Boden in der Richtung ab, die für die Hunde von Relevanz zu sein scheint. Mit der Zoomfunktion meines Handys hole ich den Busch an meine Augen heran, ohne mich fortzubewegen. Das Blut, egal woher oder von wem, will man nicht unnötig in der Gegend verschmieren.

In der Ferne ertönt ein Martinshorn. Das Polizeipräsidium liegt keine fünf Minuten entfernt. Unter den Köpfen in der Hecke hat eine lebhafte Diskussion eingesetzt. Das alles versuche ich auszublenden.

Seit ein paar Sekunden nun starre ich auf mein Smartphone, Atem unregelmäßig. Mein Gesicht scheint Bände zu sprechen, allmählich verstummt das Getuschel an der Hecke. Nur Fila kriegt sich nicht ein. Ohne hochzuschauen, spüre ich: Alle Augen sind auf mich gerichtet. Das Foto des Busches wird maximal vergrößert. Trotz der schlechten Auflösung, die sich ergibt, wenn man die Optik überfordert, kann ich eine Hand erkennen.

Kapitel 9

Als die Polizei eintrifft, habe ich ein paar Bilder des Busches samt seiner Umgebung geschossen und überall hineingezoomt, nicht ohne Grusel, man weiß ja nicht, was einen erwartet. Die Hand ist in ihrer Position unverändert, da bewegt sich nichts. Etwas weiter könnte ein Schuh liegen. Aufgrund der schlechten Auflösung bin ich mir unsicher, ob das, was mein Handy pixelig darstellt, nicht nur ein schuhförmiges Blatt ist. Nicht unwahrscheinlich, dass meine Augen mir einen Streich spielen. Schließlich ist heute Alle-legen-Ines-rein-Tag. Außerdem ist das Gras, die Vegetation insgesamt, außer Rand und Band.

Blaulicht huscht durch die Hecke, Arthur hingegen ist nicht in Sicht. Ich wappne mich seelisch dagegen, dass er mir in Bälde die Hölle heißmachen wird.

Mein Handy klingelt.

„Wo bist du?", fragt er.

Auf meine Erklärung hin erscheint sein Kopf in der Bauzaunhecke, Handy am Ohr. Ich hebe ein Bein, um ihm einen blutbesudelten Fuß zu präsentieren. Er schüttelt geringfügig den Kopf und schließt kurz die Augen. Angesichts der Öffentlichkeit bleibt mir die Kopfwäsche erspart. Vorerst.

„Weißt du, wie genau du an diese Stelle gelangt bist? Sei präzise", spricht er mit gedämpfter Stimme ins Handy.

Ich nicke.

„Ich schicke dir einen Kollegen von der KTU rein, der dir Überzieher bringt. Du wirst genau tun, was er sagt, und zwar ganz genau und ohne Widerspruch. Haben wir uns verstanden, Ines?"

Ich nicke.

Die ersten Taten der Polizeibeamten: Sämtliche Köpfe aus der Bauzaunhecke beordern, die Seestraße mit rot-weißem Band absperren und mit Einsatzfahrzeugen zuparken.

Wenig später stehe ich innerhalb der Absperrung gegen die Rückenlehne einer Parkbank gelehnt und halte krampfhaft die Hunde an der Leine, was völlig unnötig ist, sitzen sie doch brav auf dem Asphalt, als könnten sie kein Wässerchen trüben. Gedankenverloren kraule ich Santo hinterm Ohr.

Arthur hatte mich angewiesen zu warten. Jemand mit einem Köfferchen trat an, nahm Proben des Blutes an meinen Füßen, was nichts daran änderte, dass mein Kleid, meine Sandalen und ich weiterhin mit Blut besudelt sind. Das Blut von jemandem. Kurz schießt mir die Angst vor einer Infektion durch den Kopf. Unverantwortlich, mich so lange herumsitzen zu lassen. Und ich mache mir eine Gehirnnotiz: nie wieder ein langes Kleid.

Dreimal habe ich um etwas zum Säubern gebeten, vergeblich. Stattdessen steckte man mir ein Wattestäbchen in den Mund und rieb es derb an der Innenseite meiner Wange, um meine DNA einzufangen. Die Stelle fühlt sich immer noch pelzig an.

Abgesehen davon, dass Büdingen jetzt von den Offiziellen als Tatort bezeichnet wird, bin ich genauso schlau, sprich dumm, wie zu dem Zeitpunkt, als ich die Hand im Busch gesichtet habe. Keine neuen Erkenntnisse irgendwelcher Art. Was hat es mit der Hand auf sich? Was hat es mit dem roten Gegenstand auf sich? Bei Letzterem denke ich und wohl jeder andere, der ihn im Bärlauch hat liegen sehen, sofort an den Puschel eines Injektionspfeils.

Arthur lässt mich zappeln. Ich kann es ihm nicht verdenken. Abgesehen davon hat er im Moment Besseres zu tun, als eine eigensinnige Hobbyermittlerin mit deutlichen Anzeichen von Einmischeritis auf Stand zu bringen. Wieder einmal bin ich lästig und nervig für ihn, stehe im Weg, störe die Ermittlungen und – das ist neu – verunreinige den Tatort.

Mein Handy klingelt.

„Mama!", sage ich erstaunt und suche nach ihrem Gesicht in der Menge hinter der Absperrung. Sie lächelt mir entgegen, das Handy vor sich. Seit sie gesehen hat, dass ‚man das heute so macht', hat sie sich die althergebrachte Telefonhaltung innerhalb weniger Tage abgewöhnt. Nie hätte ich gedacht, das einmal sagen zu müssen: Disziplin macht flexibel.

„Meine Kleine", sagt sie mit warmer Stimme. „Alles in Ordnung?"

Nicht zum ersten Mal stelle ich fest: So alt kann ich gar nicht werden, als dass mir das Auftauchen von Mama in Krisensituationen nicht die Tränen in die Augen treibt. Sofort bin ich wieder ihre Kleine, die sie um einen halben Kopf überragt. Ich kann nicht verhindern, dass ich feuchte Augen bekomme.

„Alles gut. Ich bin nur in was hineingestolpert, wortwörtlich. Kannst du das Blut sehen?" Ich zeige einen Fuß.

Mama nickt eher seitlich. Vermutlich steht sie zu weit weg für beste Blutsicht.

„Ich weiß nicht, um wessen Blut es sich handelt. Gut möglich, dass hier der Tatort ist, an dem das amerikanische Pärchen aus dem Hinterhalt ermordet wurde. Arthur ist stinksauer." Ich harre der Standpauke, die da kommen wird.

Zu meinem Erstaunen lächelt Mama und schüttelt leicht den Kopf. „Es wird Zeit, dass ich mich bei dir entschuldige."

„Weswegen?"

„Weil ich dich dermaßen mit Neugiergenen vollgestopft habe", schmunzelt sie.

Ich muss lachen. „Meine Rede. Ich kann gar nichts dafür."

Mama erhält einen Kurzbericht darüber, was ich herausgefunden habe. Arthur wird nicht erfreut sein, dass die lokale Presse in Gestalt meiner Mama den gleichen Informationsstand hat wie ich. Das letzte Update – quasi Flitterwöchnermord Version 3.0 – fehlt mir allerdings, insofern sind die topaktuellen News von vor einer halben Stunde schon wieder überholt.

Ich muss warten. Als abzusehen ist, dass es noch dauern kann, setze ich mich runter auf die Stufen ans Wasser und wasche meine Füße. Das Blut ist angetrocknet, ohne Bürste und Seife bleibt das Ergebnis mäßig, besser als vorher ist es trotzdem. Dann nehme ich wieder meine Warteposition an der Promenadenbank ein.

Irgendwann schreitet Arthur gemäßigten Schrittes auf mich zu, Blick ins Handy versenkt, tippt er irgendwelche

Dinge ein. Kurz vor mir bleibt er stehen, ohne mich eines Blickes zu würdigen, ruft jemanden an und informiert, dass die Vernehmung einer Zeugin anstünde, was er angesichts ihres Zustands in deren Wohnung in der Nähe durchführen würde.

Ich stoße erleichtert die Luft aus und mich von der Bank ab.

„Was ist jetzt mit der Hand?", bedränge ich ihn, als er sein Handy endlich einsteckt.

„Lass uns erst zu deiner Wohnung gehen."

„Kannst du mir nicht wenigstens sagen, ob es einen weiteren Toten gibt?"

„Lass uns gehen." Arthur erweist sich als stur, was nichts Neues ist.

Schweigend legen wir die paar Meter bis zu meiner Haustür zurück. Im Flur streift sein Blick meine Reisetasche, die in der Ecke kauert und wartet, dass es endlich losgeht. Er hebt geringfügig die Augenbrauen und blickt mich fragend an.

„Wir wollten doch nach Amrum fahren. Ist erst mal verschoben."

Ein Hauch von Erinnerung huscht über sein Gesicht. Er wusste davon, natürlich. Schließlich stecken er und Dr. Frieder oft zusammen.

Arthur übernimmt das Kaffeekochen, damit ich meine Füße vom verbliebenen Rest eingetrockneten Blutes befreien kann. Das Blümchenkleid mit blutbesudeltem Saum landet zum Einweichen im kalten Wasser, in der Hoffnung, dass es noch zu retten ist.

Mit rosarot geschrubbten Füßen tapse ich in die Küche. „Schon besser." Ich versuche mich an einem Lächeln, das Arthur unerwidert lässt.

Wir sitzen am Küchentisch, jeder vor einer Tasse dampfenden Gebräus. Meinem heiligen Kaffee kommt das nicht im Ansatz nahe, was Arthur da fabriziert hat. Ich reiße mich zusammen, kein Gesicht zu ziehen, als ich den ersten Schluck nehme.

„Von Anfang an, jedes Detail." Arthur startet eine spezielle Memoapp. Sein Handy liegt zwischen uns und erwartet meine Aussage, die Arthur damit einleitet, dass er seine und meine Personalien, Ort und Zeit nennt und mich um mein Einverständnis bittet, das Gespräch aufzuzeichnen. Ich stutze kurz und erteile es ihm. Falls Zweifel bestanden hätten, macht er unmissverständlich klar: Dies ist eine offizielle Vernehmung. Noch immer weiß ich nicht, was sie zum Gegenstand hat. Da die Aufnahme läuft, verkneife ich mir die erneute Frage nach der Hand und ob festgestellt werden konnte, woher das Blut an meinen Füßen stammt.

Ich berichte so emotionsarm wie möglich. Meiner Einschätzung nach bekomme ich das erstaunlich gut hin. Ich beginne mit dem Moment, als ich Arthur und seinen Kollegen in der Rezeption des Inselhotels verließ, und ende mit seinem Eintreffen in Büdingen.

„Würdest du bitte die Erkenntnisse wiederholen, die du im Rahmen deiner Gespräche mit dem Personal im Inselhotel erlangt hast?", fragt er im Anschluss.

Ich nicke erstaunt, gebe aber brav den Abriss aus dem Foyer wieder, in vermutlich den gleichen Worten.

„Du hattest zuvor mit Tom de Luca, dem Fahrer des Seepferdle Express gesprochen. Was war der Gegenstand Eures Gesprächs?"

„Er wirkte etwas verloren, da habe ich ihn auf einen Kaffee eingeladen." Ich umreiße, worüber Tom und ich uns unterhalten haben. Zwischendurch nehme ich immer mal wieder einen Schluck des ganz und gar unheiligen Gesöffs, automatisch, weil man das halt so tut. „Darf ich jetzt endlich wissen, was es mit dem Blut und der Hand auf sich hat?"

„Gleich. Was hast du über Tom de Luca in Erfahrung gebracht?"

Ich schaue Arthur grimmig an und seufze. „Laut der Bedienungsmannschaft vom Inselhotel war Tom einer von Vanessas Verehrern des letzten Sommers, ebenso wie Niklas. Verehrer war deren Wortwahl, nicht meine."

Arthurs Augenbrauen wandern einen Millimeter nach oben, was in etwa dem entspricht, wenn wir anderen vor Verwunderung die Augen aufreißen. „Der Fahrer und eines der Opfer kannten sich?"

Ich nicke und zögere.

„Was noch?"

„Niklas meinte, wobei ich das nicht auf die Goldwaage ..."

„Was *genau* hat er gesagt!", unterbricht er mich. Sein Zeigefinger saust herunter und nagelt das Wörtchen ‚genau' an die Tischplatte.

„Er sagte, Tom wäre stinksauer gewesen, dass Vanessa ihn hätte abblitzen lassen. Niklas hat Tom einen Stalker genannt, was Sarah relativierte und ich mir nicht ..."

„Danke", unterbricht er. Sein Tonfall gefällt mir immer weniger. „Gibt es sonst irgendetwas, das bisher nicht thematisiert wurde und das du für relevant hältst, im weitesten Sinne für relevant hältst?"

Ich zause mir die Haare, weil das oft hilft beim Nachdenken, schüttle dann den Kopf.

„Bitte drücke es so aus, dass man es hören kann", sagt Arthur mit einer sparsamen Geste Richtung Smartphone.

„Nein!" Ich beuge mich leicht nach vorne, damit das Wörtchen unmissverständlich auf dem Voicerekorder landet. „Falls mir noch etwas einfallen sollte, könnte ich mich ja noch melden", schiebe ich hinterher und versuche es zum zweiten Mal mit einem leichten Lächeln, einem zugegeben falschen leichten Lächeln, kann ich mir doch im Moment nicht vorstellen, dass ich dem Freundchen hier freiwillig mehr mitteilen werde.

Arthur indes verzieht keine Miene, nickt und erhebt sich. Er beendet die Aufnahme, steckt sein Smartphone in die Innentasche seines Jacketts und schreitet entschlossen zur Tür.

„Äh, Moment mal!", rufe ich.

„Ja, bitte?"

„Was ist jetzt mit der Hand und dem Blut? Und war das rote Ding, das im Bärlauch lag, das Ende eines Injektionspfeils?", frage ich genervt, weil er entweder vergessen hat, dass ich das wissen möchte, oder – und der Verdacht beschleicht mich akut – es mir vorenthalten will.

Arthur verschränkt die Arme vor der Brust, sieht mich unverwandt an und antwortet in offiziellem Tonfall: „Das ist Gegenstand der laufenden Ermittlungen, und damit nicht für die Öffentlichkeit bestimmt."

„Das ist nicht dein Ernst!" Ich springe auf und funkele ihn böse an. „Ohne mich wärt ihr gar nicht dort aufgetaucht, oder wenn, dann deutlich später."

„Das ist irrelevant." Versteinerte Gesichtszüge. Er macht seinem Spitznamen Spock alle Ehre.

„Du willst mich jetzt nicht ernsthaft ausgequetscht zurücklassen, ohne, dass ich weiß, wessen Blut stundenlang an mir geklebt hat und um wessen Hand es sich handelt, die ich da entdeckt habe? Du A ..." Ich habe mich gerade noch so weit im Griff, ihn nicht mit wüsten Beschimpfungen einzudecken.

„Pass auf, was du sagst, Ines!" Er droht mit dem Zeigefinger.

„Du Arthur!", schreie ich.

Ich brodele, balle die Hände zu Fäusten und fühle genau, wie mir alles Blut in den Kopf schießt, als müsse der Überdruck rasch einen Ausgang finden. Es steht zu befürchten, dass ich unter Zisch- und Pfeifgeräuschen Dampf aus Ohren und Nase ablasse.

„Verlass sofort meine Wohnung, bevor mir hier der Hut hochgeht!", krakeele ich ihm hinterher, da ist er schon durch die Tür.

Kapitel 10

Als Geste der Genugtuung befördere ich die Kaffeereste mit Schwung in die Spüle. Es pflatscht gehörig. „Drecksbrühe! Was für ein Simpel muss man sein, um aus zwei Zutaten so einen Dünger zusammenzubrauen", schimpfe ich vor mich hin, während ich die braunen Tropfen von den Fliesen putze. Dann bereite ich frischen Kaffee. Die Routinehandgriffe beruhigen mich etwas.

Arthur hat mich wohlgeplant aufs Abstellgleis rangiert und gegen den Poller fahren lassen. Und ich habe gedacht, er wäre ein Freund. Pah! Toller Freund. Als Hobbyermittlerin sitzt man immer am kürzeren Hebel. So macht das keinen Spaß.

Ich suche nach Schokolade. Die brauche ich jetzt dringend.

Entgegen der landläufigen Annahme taugt die Lösung nichts, keine Schokolade einzukaufen. Nicht bei mir. Wenn ich Schokolade brauche und keine im Haus habe, ziehe ich sofort los, und überfalle die nächstliegende Quelle. In der Regel zeigt sich die Qualität des dortigen Sortiments stark eingeschränkt, weil die gewohnten Bezugsquellen geschlossen haben. Das Ergebnis ist die schlechteste aller Kombinationen: Schokolade, die ich in mich hineinstopfe, obwohl sie meine Anforderungen nicht erfüllt, den Titel Genussmittel nicht verdient hat und daher nicht umfänglich genossen wird. Merke: Bist du einer schokogebundenen Sucht verfallen, stelle sicher, dass du dich beim Dealer deines Vertrauens immer ausreichend mit gutem Stoff versorgst.

Meine aktuelle Strategie zur Eindämmung der Sucht habe ich Dummes-Eichhörnchen genannt. Und die geht so: Ich kaufe regelmäßig Schokolade ein, die meinen Anforderungen genügt, und verstecke sie kreativ. Wenn das Verlangen mich volle Breitseite trifft, gehe ich auf Suche. Wie ein Eichhörnchen merke ich mir die Verstecke meiner Vorräte nicht. Das Anlegen der Geheimlager erfolgt in vernünftigen Momenten, was zu wirklich anspruchsvollen Verstecken führt. Im Gegensatz zu Eichhörnchen muss ich nämlich auch an artunüblichen Stellen graben. Das dauert. Daraus ergibt sich die reelle

Chance, dass mir etwas dazwischenkommt, ich auf einen vermissten Gegenstand treffe, der meine Aufmerksamkeit auf sich lenkt, oder ich vergesse, wonach ich gefahndet habe. Ja, Suchen hat einen festen Platz im Dasein einer Ines Fox.

Zugegeben, die Methode Dummes-Eichhörnchen ist nicht idiotensicher, ich werte aber die Reduktion meines Schokoladenkonsums um ein Viertel als nennenswerten Teilerfolg.

Heute befinde ich mich im Ausnahmezustand, der Schokonotstand ist groß. Nach einer halben Ewigkeit werde ich im Schrank zwischen den unteren Handtüchern fündig. Eine Ragusa Noir, meine absolute Lieblingsschokolade. Yay! Weder vom Datum her abgelaufen noch durch Wärme davon- oder angelaufen. Yay!

Mit dem gehobenen Schatz und einer Tasse heiligen Kaffees bewaffnet setze ich mich auf die Terrasse. Santo und Fila folgen mir und finden ein Sonnenfleckchen. Ansonsten liegt der kleine Gartensitzplatz im Hinterhof im Schatten von Buchen und Eichen. Genüsslich stecke ich das erste Stück Schokolade in den Mund und schließe die Augen, lasse den zarten Schmelz auf der Zunge zergehen. Na, außer den Haselnüssen, die werden zum Schluss geknackt.

Wie machen Privatdetektive in Buch, Film und Fernsehen das? Auch sie haben keinen Zugriff auf die offiziellen Ermittlungsergebnisse und kommen trotzdem zurecht, irgendwie. Na stimmt nicht ganz, manche pflegen Beziehungen zu Polizisten, wobei das entgegenkommendere Exemplare sind, als mein hiesiges. Im Film sind Privatschnüffler schillernde Vögel und das Salz in der Suppe des Beamtenalltags. Im Film sind Privatschnüffler schnell dabei, das Gesetz zu brechen, alles im Sinne ihrer Klienten oder der Gerechtigkeit. Im Film. Ich in der Realität habe heute unerlaubt ein unbebautes Privatgrundstück betreten. Der reine Wahnsinn!

Es wird frisch. Ich wärme meine Finger an der Kaffeetasse. Der Sommer schwächelt noch, aber das wird.

Ich muss eingestehen, dass es mir an Ermittlungsexpertise mangelt. Lektüre? Einen Kurs besuchen? Ein Fernstudium für verkappte Hobbyermittler?

Gedankenverloren lecke ich die Schokofinger. War schon nicht schlecht, als ich noch außerkörperliche Erfahrungen hatte. Aus dem Schlaf heraus wurde mein Geist auf Reisen geschickt, mein Körper blieb, wo er schlief. Dann landete ich in Echtzeit bei irgendwem irgendwo über der Szenerie und sah zu, hörte zu. Die eine oder andere Information hat mir das eingebracht, wenn auch nicht alles nützlich war. Ich hatte Einblicke, die einem sonst nie zuteilwerden.

Ich seufze. Vorbei ist vorbei. Muss ich eben lernen, mit dem Defizit klarzukommen. Und die Hinweise müssen lernen, sich anderweitig bemerkbar zu machen. Das kann man ja wohl erwarten von den Hinweisen.

Wenn dies eine berufliche Herausforderung wäre, würde ich mich entweder weiterbilden oder einen Berater hinzuziehen. Mehrere Berater womöglich, je nach Fachbereich.

Apropos Berater: ob Dr. Frieder schon in Freiburg angekommen ist? Ich greife zu meinem Handy. Mein Anruf erreicht ihn im Auto.

„Stau", sagt er.

„Ach je. Gibt's sonst Neues bei dir?"

„Nee, bei dir?"

„Dein Kumpel von und zu geht mir gehörig auf den Senkel."

„Mal wieder?", schmunzelt er. „Was isst du?"

„Hab eine dunkle Ragusa gefunden."

„Oha." Er lächelt. Das kann ich selbst bei seinen zweisilbigen Wörtern klar erkennen. „So schlimm also."

„Ich bin mitten reingestolpert ins Blut. Das kannst du ruhig wörtlich nehmen." Mit wenigen Worten bringe ich Dr. Frieder auf den neusten Stand. „Dein feiner eloquenter Freund hat mir alles aus der Nase gezogen und nichts zum Ausgleich geboten, ist das zu fassen?", schließe ich.

„Hoi", lacht er. „Bei dir is ja was los."

„Ha du", sage ich grimmig.

„Ich ruf ihn mal eben an." Schon hat er aufgelegt.

Bevor sich mein bestens mit Schokoenergie versorgtes Hirn über die nächsten Schritte klar werden kann, klingelt es an der Tür.

„Hast du schon gehört, Ines?" Emma, die Erstklässlerin aus dem zweiten Stock kommt in meinen Flur gehüpft, das Jeansröckchen wippt. Die Bäckchen rosa vor Aufregung wedelt sie mit den Händen. „Eine Braut und ein Bräutigam sind tot. Beim Radfahren."

Wortlos folge ich ihr in die Küche und von dort auf die Terrasse.

„Santobär!" Emma hopst schnurstracks die Stufen hinunter, auf der Suche nach ihrem Freund, der heute spät dran ist mit seinem Job im hiesigen Begrüßungskomitee.

Mein blonder Wuschel legt einen fulminanten Kickstart hin, von null auf Freudentanz in einer Sekunde.

Nach ausgiebigem Knuddeln, Emma hat noch ihren Arm um Santo gelegt, reiche ich ihr ein Stück Schokolade. Gegen die Aufregung.

Nun könnte man sagen, was macht sie denn, das geht doch nicht, Ines ist selbst ein ausgemachter Schokojunkie, weiß um die Problematik und fixt das arme Ding trotzdem an? Unverantwortlich! Und recht hätte man, wenn sich Emma in einem schokounbeleckten Zustand befände. Allerdings kann ich ihr bei Konsumgeschwindigkeit und Fassungsvermögen nicht annähernd das Wasser reichen.

Emma lutscht und hat gelernt, in der Phase den Mund zu halten. Da ist sie vielen Erwachsenen um eine Nasenlänge voraus.

„Hab ich gehört. In einem Seepferdle. Die kamen aus Amerika", berichte ich derweil.

Sie reißt die Augen auf und lutscht schnell fertig. „Mit dem Seepferdle aus Amerika?", fragt sie dann hastig.

„Nein, mit dem Flugzeug aus Amerika. Seepferdle erst hier. Dr. Frieder hat sie gesehen."

Sie hopst auf der Stelle wie ein Gummiball. Röckchen und Pferdeschwanz tanzen. „Dr. Frieder hat sie gesehen? So richtig mausetot?"

Ich nicke.

„Darf ich sie auch sehen. Bitteee!" Emma kann gar nicht mehr aufhören zu springen.

„Keine Schokolade für Kängurus", melde ich. Sofort klebt Emma mit beiden Füßen auf den Terrassenfliesen.

„Gut", lobe ich und halte ihr das letzte Stückchen hin. „Du willst doch keine toten Menschen sehen. Das ist nicht schön. Da wird einem schlecht."

Sie schüttelt heftig den Kopf, kaut eilig, schluckt und verkündet stolz: „Mir nicht. Mir wird auch in der Kotzmühle auf dem Spielplatz nie schlecht. Der Felix, aus der 1b, würgt immer."

Ich muss grinsen.

Emma will weitererzählen, was so abgeht im aufregenden Leben einer Sechsjährigen, die weder auf den Kopf noch auf den Mund gefallen ist, da klingelt mein Handy dazwischen. Muss Emma halt wieder Santo knuddeln. Ihrem Blick nach zu urteilen ist Fila froh, dass ihr das Kampfgeschmuse erspart bleibt.

„Charles, was geht?", frage ich in meinem coolsten Tonfall.

„Hey, Chief. So hip heute?" Eindeutig sarkastisch. „Kein Urlaub, keine Nordsee, dann ziehen wir die Trainingseinheit heute durch." Keine Frage, eine Anordnung.

Nach einem Blick auf die Uhr meines Handys sage ich mit mehr Überzeugung in der Stimme, als ich aufbringen kann: „Aber unbedingt."

„Übliche Zeit, üblicher Ort." Ende der Durchsage. Ich scheine die eher wortkargen Persönlichkeiten anzuziehen.

Charles heißt Charlotte Ortburg, ist etwa in meinem Alter und die personifizierte Kampfmaschine. Als Freelancer im Sicherheitsbereich hat sie beim letzten Fall auf mich aufgepasst und für Foxinet gearbeitet. Daher rührt ihr Spitzname für mich: Chief. Das kommt davon, wenn man es für nötig hält, ‚Chief Executive Officer' auf die Visitenkarte schreiben zu müssen. Geschäftsführerin hätte es auch getan. Alle Versuche, Charles den Chief abzugewöhnen, sind gescheitert.

Was Charles' Funktion und Wertegefüge angehen, ist noch immer einiges ungeklärt. Alles, wenn man es genau nimmt. Sagen wir's, wie es ist: Ich traue ihr nicht hundertprozentig, wenig verwunderlich, hat sie doch mit dem russischen organisierten Verbrechen zu schaffen. Was auch immer, wie auch immer. Das gilt es, noch herauszufinden. Eines meiner Langzeitprojekte.

Anstatt sie mit ihrer Undurchsichtigkeit zu konfrontieren, wie es sonst meine Art ist, setze ich auf eine subtilere Strategie: Ich bleibe in Kontakt mit ihr und zähle darauf, dass sich etwas ergeben wird. In Folge habe ich mich mit ihr angefreundet, soweit das bei solch grundverschiedenen Typen, wie wir es sind, eben geht. Nebenbei übe ich mich in Selbstverteidigung, was jeder Hobbyermittlerin gut zu Gesicht steht, die sich durch ihre Einmischeritis regelmäßig in brenzlige Situationen manövriert.

Es gilt, sich zu beeilen. Charles kann ungemütlich werden, wenn ich zu spät komme, was sich darin äußert, dass das Training höllisch anstrengend wird.

„Ich muss gehen, Emma. Möchtest du Santo noch eine Weile kraulen? Schau, dass die beiden in der Wohnung sind, wenn du gehst, schließe die Terrassentür und zieh die Wohnungstür hinter dir zu, ja?"

Emma nickt und vergräbt ihr Gesicht wieder in das blonde Wuschelfell.

„Und du", sage ich und deute mit dem Zeigefinger auf Fila, „sei mal ein bisschen kontaktfreudiger."

Die Trainingstasche geschultert trete ich wenig später auf die Straße. Ich habe mich in mein Laufoutfit geschmissen, schwarzes Elastan unten, schwarzes Elastan oben. So komme ich wenigstens auf den ersten Blick cool rüber.

„So ein Mist", schimpfe ich, als ich mich vor dem Haus aufs Rad schwinge und beide Felgen ohne Luftpolster auf den Asphalt knallen.

Beide Reifen platt? Wie passiert denn so was? Die Alternativen sind endlich. Bus oder zu Fuß dauert zu lange. Das Auto lebt eher in der Werkstatt, als bei mir. Ich spurte hinein, angle im Flur die Fahrradpumpe aus dem Schrank, danke mir selbst, dass ich sie nicht suchen muss, spurte hinaus und pumpe, was das Zeug hält.

Ich schnaufe und komme ins Schwitzen. „Bitte haltet bis zum Hörnle", beschwöre ich die Reifen, stelle mich aber darauf ein, dass es nötig sein wird, unterwegs noch mal Hand anzulegen.

Jetzt muss ich mich ranhalten. Ich gebe alles, sause die Seestraße entlang, überhole andere Radler, klingle mir den Weg frei. Ein Ostwind hat eingesetzt, der es nicht leichter macht, denn er kommt von vorn, wie Wind beim Radfahren immer von vorn kommt. Die kleine Anhöhe beim Yachthafen hinauf gestrampelt und die hubbelige Straße Richtung Strandbad Hörnle hinaus, durch den Wald und, als Belohnung, den Berg hinunter bis zum großen Radparkplatz am Haupteingang des Freibades. Die Luft der Reifen hält, meine nicht.

Frisch hier draußen am Hörnle. Bei mir allerdings ist nichts frisch. Ich muss mir den Schweiß von der Stirn wischen. Zum Verschnaufen bleibt keine Zeit, schnell das Rad abgeschlossen und losgerannt. Auf halber Strecke hechte ich noch mal zurück, die Fahrradpumpe muss mit, sie findet sonst Liebhaber.

Ausgepowert komme ich vor Charles zu stehen, beuge mich vor und stütze die Hände auf den Oberschenkeln ab. Erst mal Luft schnappen.

Charles steht breitbeinig da, Blick auf die Uhr. Drückt sie eine Stopptaste? Ihre raspelkurzen, hellgrau gefärbten Haare schimmern an einzelnen Spitzen türkis. Das ist neu. Alt hingegen ist das Stammestattoo der Maori, das sie am Hals trägt. Nicht ihr einziges Tattoo, wie ich weiß, genau genommen endet das Tattoo erst an ihren Füßen.

„Nicht so schlecht, wie befürchtet, Chief."

„Was?", keuche ich.

„Deine Zeit.

„Wie?"

„Du bist immer recht spät, Chief, aber Reifen aufpumpen kannst du." Sie feixt.

„Du hast ... was?" Mir fehlt die Luft für vollständige Sätze, als es mir dämmert. Hätte mir gleich klar sein müssen. Schließlich ist heute Alle-legen-Ines-rein-Tag.

Sie nickt. „Was lernst du, Chief?"

Ich verenge die Augen zu Schlitzen und blitze sie an, noch immer kurzatmig. „Du bist eine Sklaventreiberin, hinterhältig und verschlagen?"

„Was noch?", fragt sie ungerührt.

„Ich sollte mein Rad einschließen."

„Was noch?"

„Ich sollte früher los."

„Was noch?"

Ich seufze. „Unvorhergesehenes einplanen."

Sie nickt. „Okay, deine Beine sind warm. Geh ein paar Mal auf und ab und kreise mit den Armen. Dann runter in den Liegestütz."

Kapitel 11

Charles triezt mich. Sie gibt mir deutlich zu verstehen, dass sie mit meiner Leistung unzufrieden ist. Hinterher bläut sie mir ein, eine eiweißreiche Mahlzeit folgen zu lassen, ordentlich Elektrolyte zu mir zu nehmen, in Form eines alkoholfreien Bieres zum Beispiel, und meine Muskeln zu pflegen.

Ich nicke müde und denke, ‚blöde Kuh!'

„Du brauchst nur ein Wort zu sagen, dann lassen wir das mit dem Training, Chief."

Als könne sie meine Gedanken lesen. Nun, sie wird wie jede Dahergelaufene in meiner Miene gelesen haben. Die verbirgt nichts. Ob die Tierart zu erkennen war?

Eine Beleidigung ist ein mehrschneidiges Schwert, ein dreischneidiges um genau zu sein. Da werden gleich mehrere herabgesetzt. Charles, weil ich ihr einen Wiederkäuer anhänge. Die Kuh, weil ich sie diskriminiere, bloß, weil Kopfrechnen und intelligent Gucken nicht zu ihren Stärken gehört. Und ich selbst, weil ich mir nicht anders zu helfen weiß, als in die Kiste mit den Schimpfwörtern zu greifen. Ein Armutszeugnis.

Ich schüttle müde den Kopf. „Nein. Ich danke dir. Heute ist nur nicht mein Tag."

Sie nickt.

Wer meint, das sei ein Freundschaftsdienst: mitnichten. Charles lässt sich ihre Personal Trainer Stunden gut bezahlen, per Vorkasse wohlgemerkt. Heute wäre ich nicht zum ersten Mal nahe dran, die Tortur unbezahlt zu lassen. So etwas zu absolvieren ist verrückt, dafür zu bezahlen ist abartig. Insofern erklärt sich, dass sie Vorkasse verlangt.

Auch wenn das heute keine Glanzleistung war, ich mache Fortschritte. Nach über sieben Monaten Einzelcoaching in Selbstverteidigung und Angriffstechniken darf man das erwarten.

Hinterher jedoch will ich sterben. Jede Faser meines Körpers schmerzt, die Lunge brennt. Ich streife Schuhe und Socken ab und lasse mich in voller Montur ins Wasser gleiten.

Dazu muss man wissen, dass es im eintrittsfreien Strandbad Hörnle flach hineingeht ins kühle Nass des Bodensees. Will man schwimmen, gilt es, zu waten. Keine Kraft für so was heute. Ich lasse mich und meine schwarze Ganzkörperbekleidung im Flachen zu Wasser und schiebe mich mit den Händen auf den Kieseln vorwärts. Das hat etwas von einer Seekuh. Eine Dame im Badeanzug watet an mir vorbei und schaut irritiert.

„Aus religiösen Gründen", sage ich bierernst.

Sie runzelt die Stirn.

Ich genieße die Abkühlung, die Schwerelosigkeit im Wasser. Der Ostwind lässt Wellen ans Hörnle branden, sie schaukeln mich, massieren meine schmerzenden Gliedmaßen.

Triefend nass, wie ich bin, steige ich aufs Rad. Ich hätte es mir sparen können, die Schuhe vor dem Bad auszuziehen, die Schwerkraft sorgt dafür, dass sie in kurzer Zeit durchnässt sind.

Selbst im niedrigsten Gang weigern sich meine bleischweren Beine, die Pedale zu bewegen. Den Hügel, den ich vor Kurzem hinuntergesaust bin, muss ich hochschieben. Charles fährt hupend auf dem Motorrad vorbei, was es nicht besser macht.

Ich radle durch den Wald und erfreue mich daran, dass es leicht bergab geht. Den Rest des Weges muss mein Rad alleine finden, ich bin ihm keine große Hilfe. Einer der Vorteile, ein einheimisches Rad zu fahren.

Selten habe ich mich so gefreut, endlich zuhause anzukommen. Mein Rad darf sich an die Hauswand anlehnen und ausruhen, direkt unter dem Schild „Räder anlehnen verboten", bei dem irgendwer ein rotes Ausrufezeichen ergänzt hat. Ich angle nach Tasche und Fahrradpumpe.

Etwas schießt auf mich zu. Ein Tier? Ich zucke erschrocken zusammen und schwinge im Affekt die Fahrradpumpe. Da erkenne ich Charles, die meinen Pumpenhieb sauber abblockt und das Bein in einer halben Kreisbewegung anhebt. Ihr Fuß saust auf mich zu.

Hinter mir das Rad, in der einen Hand die Tasche, in der anderen die Luftpumpe. Ich bin erstarrt, weiß nicht, was ich machen soll. Also kneife ich die Augen zu und harre der Dinge, die da kommen. Charles' Fuß tippt mich im Bereich des Solarplexus an, zart, aber stark genug, dass ich spüre, es hätte anders kommen können.

„Uff", mache ich, lasse Tasche, Luftpumpe und mich selbst fallen, krümme mich, halte mir die Mitte und stöhne die Töne eines gepeinigten Lebewesens.

Charles beugt sich schräg über mich, um zu schauen, wie es mir auf dem Boden so geht. Sofort lege ich meinen rechten Unterarm in ihre Kniekehle, den linken vor ihr Schienenbein, erzeuge eine Scherbewegung und drehe mich gleichzeitig auf dem Asphalt von ihr weg. Charles knickt ein, verliert das Gleichgewicht und segelt über mich drüber. Sie landet auf meiner anderen Seite auf dem Asphalt. Ich würde gerne berichten, sie lande unsanft, aber das trifft es nicht. Sie rollt geschmeidig ab und steht sofort wieder auf den Füßen. Wie eine Katze. Eine Kampfkatze. Jetzt grinst sie mich an. Wenn Charles grinst, was in Verbindung mit unserem Training nicht oft vorkommt, bilden sich zwei Grübchen. Das sieht nett aus.

Sie reicht mir die Hand, die ich ignoriere – man weiß ja nie. Mit so viel Würde und Grazie, wie ich aufbringen kann, rapple ich mich auf.

„Das wird langsam, Chief." Charles klopft mir auf die Schulter, dreht sich um und geht.

Ich starre ihr hinterher, unfähig etwas zu sagen. Ja, das gibt's, kommt aber selten vor.

Ein bisschen stolz bin ich schon auf mich. Nach anfänglicher Überforderung habe ich die Lage in den Griff gekriegt. Ob ich in einem realen Kampf dazu gekommen wäre, ist allerdings fraglich.

Aber dieses Geschehen könnte ein Wendepunkt sein, denn diese, meine Haustür ist seit jeher ein Ort übler Überrumpelungen. So gut wie alle Bösewichte der letzten Fälle haben mir hier aufgelauert, einige mehrfach, und machten mich zur Verliererin. Stehe ich an einem Haustürenwendepunkt?

Drinnen pelle ich mich aus dem Elastan. Wollte ich direkt nach dem Training sterben, wäre mir jetzt die Todesart egal. Unter Ächzen klettere ich in meine frei stehende Wanne mit den Löwentatzen und missbrauche sie erneut nur zum Duschen.

Es klingelt an der Tür – natürlich. Nicht zum ersten Mal beschleicht mich der Verdacht, in den Boden der Badewanne könnte ein Sensor integriert sein, der draußen den Schriftzug ‚Jetzt klingeln!‘ aufleuchten lässt.

„Wer immer du bist, was immer du willst, du musst wiederkommen, ich dusche jetzt!", schreie ich.

Wenig später prasselt heißes Wasser über meinen Kopf, rieselt mir auf die Schultern und rinnt meinen Körper hinab, lullt mich ein, entspannt die verhärteten Muskeln und wäscht einen Teil des Trainings ab.

In zwei Handtücher gewickelt, eines mittig, eines als Turban, tapse ich über knarzende Dielen durch den Flur zur Küche. Eiweiß und alkoholfreies Bier hat sie gesagt. Unglaublich, wie gut Charles es geschafft hat, mich eigensinniges Wesen zu dressieren. Wenig erstaunlich allerdings, dass ich weder das eine noch das andere finde. Wir wollten bereits auf der Fahrt gen Norden sein. Der Kühlschrank gähnt mir entgegen. Alkoholfreies Bier hat sich meines Wissens noch nie darin befunden.

„Würdest du jetzt bitte aufmachen?" Eine ungeduldige Stimme an der Wohnungstür, die ich gleich mal öffne.

„Na endlich", seufzt Yata.

Emma, Santo und Fila drücken sich an ihr vorbei in meinen Flur. Yata bleibt hölzern in der Tür stehen.

„Äh, wo kommt ihr denn her?" Unschwer zu erkennen, die Abwesenheit meiner vierbeinigen Mitbewohner ist mir entgangen.

„Du hast deine Hunde nicht vermisst?" Yata schüttelt minimalistisch den Kopf. „Ich wollte dich sprechen und Emma öffnete die Tür. Daraufhin haben die Drei etwas Zeit bei mir oben verbracht."

Yata Krüger bewohnt ein feudales Loft mit Seeblick direkt unterm Dach. Sie ist ganz große Business Frau von Welt, wenn auch nur einen Meter fünfzig groß und derzeit in ein wenig geschäftsmäßiges Mädchenkleid gehüllt, das bis zu ihren nackten Knöcheln reicht. Sie spielt mit einer ihrer platinblonden Strähnen. Die Haare fallen ihr heute offen über die Schultern und reichen bis zur Taille. Zwischen den mandelförmigen Augen verläuft eine zarte senkrechte Linie, die sie in Ungnade vertieft – wegen Ines der Hunderabenmutter. Alles in allem hat Yata etwas Elfenhaftes, ist aber weniger zerbrechlich, als sie wirkt.

An unserer Freundschaft hängt, wie an so vielem in meinem Leben, ein Fragezeichen. Ich bin mir sicher, dass Yata Dreck am Stecken hat, wenn sie auch keine Mörderin sein dürfte. Wir haben viel zusammen durchgemacht und wohnen unter dem gleichen Dach. Das verbindet.

Wortlos vollführe ich eine Geste, sie möge hereinkommen.

„Nein, danke. Ich möchte nicht stören. Ich wollte dich zum Abendessen einladen. Meine Zugehfrau hat gekocht, in einer Menge, die für eine ganze Kompanie ausreichend wäre. Ich habe vernommen, dass ihr nicht in Urlaub fahrt, und vermute, du hast sicher nichts mehr im Haus?"

Wieso scheinen andere Menschen einen besseren Überblick über mein Leben zu haben? Sie war vor mir über den Inhalt meines Kühlschranks informiert?

„Das ist aber nett von dir. Sehr gerne." Ich muss grinsen, wegen der Zugehfrau.

„Wäre dir um sieben recht?" Yata, die formvollendete Tochter aus gutem Hause.

„Sehr gerne", wiederhole ich an Yata gewandt, woraufhin sie lächelnd nickt und die Treppe emporschwebt. Anders kann man das nicht nennen. Wenn Yata barfuß geht, scheinen ihre Füße kaum den Boden zu berühren, als würde sie die Treppe hinaufgleiten wie ein Geist.

„Emma?", rufe ich in die Wohnung.

„Such mich!", kommt aus dem Wohnzimmer.

Ich rolle mit den Augen, langsam möchte ich mich mal anziehen, muss aber lächeln, denn schon von der Wohnzimmertür aus ist nicht zu übersehen: Ein Jeansrock und ein halber Santo blitzen unter dem Sofa hervor. Ich verkneife mir, ,kommt da raus, da ist es doch ganz staubig und voller Hundehaare'.

Stattdessen irre ich im Wohnzimmer umher, allem Anschein nach völlig überfragt. Ich schaue hinter Bücher, in Schubladen, im Übertopf der Zimmerpalme, hinter Sofakissen, als wäre ich auf der Suche nach Schokolade. Wie es der Zufall will, entdecke ich hinter Büchern eine Tafel Schokolade, die mächtig eingestaubt, vor acht Monaten abgelaufen und grau angelaufen ist. Schade drum. Ein Kollateralschaden der Methode Dummes-Eichhörnchen.

Letzlich bleibe ich nach offensichtlich erfolgloser Suchaktion am Fenster stehen und murmle: „Wie sie das nur immer macht? Nie finde ich die Emma. Unfassbar. Ich glaube, das Gör kann sich unsichtbar machen."

„Hier bin ich doch!" Emma kriecht unter dem Sofa hervor und freut sich.

Ich kriege einen famosen Stummfilmschreck: Hand auf der Lunge, aufgerissene Augen, eingesogene Luft.

Emma kichert. „Du bist ganz schlecht im Versteckspiel, Ines", stellt sie fest. „Und du erschrickst leicht."

„Das stimmt wohl. Willst du mal schauen, ob die, wie heißt sie, von nebenan neue Kleider für ihre Barbie hat?", schlage ich vor.

„Näh", mault Emma. „Die ist doof. Die will sich immer nur anmalen. Das ist langweilig."

„Verstehe."

„Außerdem ist der große Zeiger gleich auf der Zwölf und der kleine Zeiger auf der Sechs und ich muss heim zum Essen", doziert Emma bei einem Blick auf ihre rosa Armbanduhr mit Einhorn. Spricht's und hüpft durch die Tür die Treppe hinauf.

Zum Auftakt des Ankleideprozesses, will heißen eine Nanosekunde nach Ablegen der Handtücher, klingelt mein Smartphone.

„War ja klar", trällere ich ins Handy.

„Wattn?"

„Dass du anrufst, kaum, dass ich nackt bin."

„Nackt? Ohne mich?", fragt Dr. Frieder lächelnd.

„Ha ja. Zudem habe ich meine Hände in Dessous." Genauer gesagt wühle ich in der Schublade mit zweitklassiger Wäsche nach Akzeptablem. Alles Erstklassige habe ich in die Reisetasche im Flur gepackt, die ich mich weigere aufzulösen, weil es hieße, die Ferien völlig abzuschreiben.

„Solche Telefonate beginnen sonst mit: Was hast du an?", lacht er.

„Gar nischts 'abe isch an, 'err Doktor", hauche ich lasziv eine halbe Oktave unter meiner üblichen Stimmlage.

„Im Ernst? Telefonsex?", fragt er für meinen Geschmack zu abfällig, zudem er das Thema aufgebracht hat.

„Haben wir noch nicht probiert. Vielleicht üben wir das, dann können wir's im Herbst, wenn die Fernbezieh..."

„Ohne mich!"

„Och", meine ich und schweige mich eine Weile aus. Da habe ich ihn ja nun völlig falsch eingeschätzt.

„So wortkarg? Müde?", fragt er. Aha, drastischer Themenwechsel.

„Charles' Training."

„Oha! Lust auf Neuigkeiten?"

Sofort lasse ich Wäsche Wäsche sein und lege mir das Handtuch wieder um. „Aber immer. Bin ganz Ohr."

„Die toxikologischen Gutachten dauern noch an. Bei Jeff allerdings", er macht eine bedeutungsvolle Pause, nur der Dramaturgie wegen.

„Dr. Frieder!", rufe ich vorwurfsvoll. „Jetzt sag schon!"

Er lacht. „Die Untersuchungen sind noch nicht abgeschlossen, äußere und innere Obduktion aber schon durchgeführt. Geht immer schnell hier."

„Du hast sie verpasst?"

„Nee, das Beste mitgekriegt. Jeff hat sich erwürgt."

„Hä? Was?"

„Alter Rechtsmedizinerwitz. Man kann sich nicht selbst erwürgen. Erhängen ja, erdrosseln ja, aber nicht erwürgen."

„Dr. Frieder!"

„Jeff starb eines natürlichen Todes."

„Wie jetzt?" Ich klinge nicht sehr intelligent. Oder sagen wir, ich klinge weniger intelligent als sonst.

„Plötzlicher Herztod infolge eines Broken-Heart-Syndroms bei vorliegendem angeborenem Herzfehler."

„Habe ich richtig verstanden, er ist an gebrochenem Herzen gestorben?"

„So sieht's aus. Eine Stress-Kardiomyopathie, die zu Herzrhythmusstörungen und Kammerflimmern führte. Aus Jeffs Perspektive hat sich das wie ein Herzinfarkt dargestellt, nur waren seine Kranzarterien frei, es kam zu einer krampfartigen Verengung der Herzkranzgefäße infolge von Stress."

„Ja so was. So ein junger, gesund wirkender Kerl. Der hat doch sicher trainiert, und nicht zu knapp. Stress? Du meinst ..."

„Es ist davon auszugehen, dass er akuten Stress erfahren hat, als er mit dem gewaltsamen Tod seiner Frischangetrauten konfrontiert wurde. In der Regel ist das Broken-Heart-Syndrom selten letal, in Jeffs Fall jedoch ..."

„Wegen des angeborenen Herzfehlers? Unglaublich. Man kann echt an gebrochenem Herzen sterben?"

„Kann man."

Wir schweigen beide einen Augenblick. Ich, weil ich das verdauen muss und Dr. Frieder, weil er mir Zeit geben will. Ich denke über romantisch gebrochene Herzen nach, und was man demjenigen, den man vor Kurzem noch geliebt hat, oft antut. Selten entleiben sich zwei synchron, meist hat einer von beiden Vorsprung.

„Der Arme. Wie furchtbar", sage ich.

„Oder auch nicht."

„Wie meinst du?"

„Vielleicht war das Schicksal gnädig."

„Hui, so kenne ich dich gar nicht. Romantische Interpretation im Angesicht eines rechtsmedizinischen Falls? Du meinst, das Schicksal war gnädig, weil er zeitgleich mit seiner Liebe gehen durfte? So Romeo-und-Julia-mäßig?"

„Du kennst Romeo und Julia nicht wirklich, ne?"

„Na ja."

„Romeo und Julia haben Suizid begangen. Er, weil er dachte, sie sei tot, und sie, weil sie ihn nach dem Erwachen tot vorfand."

„Du kennst dich aus", stelle ich fest.

„Jou."

„Also Jeffs Tod ist ein Kollateralschaden?"

„Is so."

„Dann war allein Vanessa das Ziel. Das heißt, wir müssen in ihrem Umfeld suchen."

„Sehr scharfsinnig, Frau Fox", stichelt er.

„Jaja", sage ich und bin schon nicht mehr recht in unserem Gespräch. In Gedanken liste ich auf, was ich über Vanessa weiß. Viel ist es nicht.

„Wenn du heftig in jemanden verknallt bist, diejenige aber nicht kriegen kannst ...", beginne ich.

„Wird nicht passieren."

„Du meinst, wenn, dann kriegst du die Angebetete auch?" Ich grinse ihn an.

„Jou." Das kommt mit einem einzelnen Schulterzucken.

„Da mag was dran sein", muss ich zugeben. „Gut, dann stell dir vor, es wäre anders. Würdest du mit einem Blasrohr, einer CO_2-Pistole oder einem Gasgewehr losziehen? Ich meine, da ist doch Leidenschaft im Spiel. Will man sie da nicht eher erwürgen oder haut ihr im Affekt eine über die Rübe? Irgendwas, das befreit? Und abgesehen davon, bis über beide Ohren verliebt macht man sich vielleicht noch Hoffnungen. Bringt man nicht eher den neuen Typen um als die Angebetete? Schafft lieber ihn aus dem Weg als sie?"

„Typabhängig."

„Ich finde, Heckenschütze hat was von Auftragsmord und wenig von persönlichen Beziehungen. Du?", frage ich.

„Vielleicht, vielleicht auch nicht."

„Tom de Luca soll ja ..."

„Der Schönling?"

„Der Schönling. Der soll letzten Sommer einer von Vanessas Verehrern, vielleicht sogar ein Stalker, gewesen sein. Könnte der ihr die Spritze in den Oberarm gerammt haben?"

„In den Oberarm rammen würde ich ausschließen. Wäre dem Wundkanal anzusehen."

Wir schweigen einen Moment.

„Was wusste Arthur?", frage ich dann.

„Hat nicht viel gesagt. O-Ton: Mutmaßlich handelt es sich bei Büdingen um den Tatort. Sie haben einen zweiten Injektionspfeil gefunden, leer. Ich muss gehen."

„Halt! Wie lange bleibst du dort?", beeile ich mich zu fragen.

„Wieso? Ein paar Tage."

„Oh." Kann ich da nur sagen. Was habe ich mir denn vorgestellt? Ich weiß es nicht.

„Bis alles abgeschlossen ist", sagt er.

„Verstehe. Wo schläfst du?"

„Bei Herbert auf dem Sofa."

„Einer der Jungs aus der Rechtsmedizin?"

„Jou."

Kapitel 12

Nach dem Telefonat mit Dr. Frieder bin ich schlapp, was an Charles' Mördertraining liegen mag. Mamas Stimme klingt nach, ich sähe müde aus und könnte eine Luftveränderung vertragen. Das war vor dem Training. Wie muss ich jetzt erst aussehen?

Ich stehe im Schlafzimmer vor meinem Kleiderschrank. Nein, ich habe keinen Bodyguard, keinen Gorilla. Mein Kleiderschrank ist ein hochfunktionelles Möbelstück zur Aufbewahrung meiner Garderobe, die liegend und hängend darin Platz findet, wenn auch nicht in der Ordnung, die die Designer vorgesehen haben.

Während ich darüber brüte, was ich zum Abendessen mit Yata anziehe, geistern mir verschiedene Bilder durch den Kopf. Ein Meer, das sacht gegen einen Strand plätschert. Ein Meer, das sich in tosender Brandung auf die Küste wirft. Ein Meer, das Schaumkronen trägt, die der Wind vor sich hertreibt. Ein Meer, tiefblau, das Geheimnisse verbirgt.

Das mit den Ferien wird nun nichts. Nichts mit Meer. Ich bereue es nicht. Oder doch? Vielleicht ein kleines bisschen. Keine wilde Nordsee, kein Wind, der mir um die Ohren pfeift und mein Hirn lüftet. Schade. Ich habe mich wochenlang darauf gefreut. Auch wenn ich mich schnell entschieden habe, überrascht es nicht, dass ich mich erst daran gewöhnen muss, den Gedanken ans Meer aufzugeben. Dafür stecke ich im nächsten Kriminalabenteuer. Nicht hautnah diesmal, was es weniger strapaziös gestaltet.

Zurück zur Garderobe. Meine Wahl fällt auf ein schwarzes Leinenkleid, das für alle Gelegenheiten passt. Es steckt nur nicht in der Reisetasche, weil es dem Standardwind an Deutschlands Nordseeküste zu wenig entgegenzusetzen hat.

Bevor ich zu Yata nach oben steige, kann ich noch schnell bei Tom anrufen. Sein Befinden ist gut, er wirkt erstaunlich gelöst, schließlich hat er noch vor ein paar Stunden zwei Tote durch die Gegend chauffiert. Ich an seiner Stelle würde mir Vorwürfe machen, weil ich es nicht bemerkt habe und wäre unsicher, ob ich es hätte verhindern können, wäre ich aufmerksamer gewesen. Die Szene würde wiederholt vor meinem inneren Auge ablaufen. Dagegen könnte ich mich gar nicht wehren, selbst wenn mir bewusst wäre, dass Wiederkäuen bei zweibeinigen Rindviechern noch nie zu etwas geführt hat.

„Sag mal, du hast letzten Sommer für Vanessa geschwärmt?"

„Was heißt hier geschwärmt", weicht er aus.

„Na zumindest derart, dass jemand meint, du hättest sie gestalkt."

„Was? So ein Quatsch!"

„Das heißt, Vanessas ehemalige Kollegen haben sich das ausgedacht?", fasse ich nach.

„Ausgedacht, eingebildet, was weiß ich", brummt Tom.

„Aha", sage ich und warte ab, ob da noch was kommt.

Nichts kommt. Auch er wartet.

„Warum sollten die Kollegen lügen?", frage ich nach einer Weile, die kürzer ist, als sie wäre, würden wir uns von Angesicht zu Angesicht sprechen. Am Telefon fühlt sich eine Schweigeminute nach zweieinhalb Minuten an.

„Welche Kollegen?", fragt er prompt.

„Kollegen halt." Er muss nicht alles wissen.

Wenig erstaunlich, das Telefonat führt zu nichts. Wir eiern herum. Ich will was wissen, er will nicht, dass ich was weiß. Im Endeffekt bringt mich das nicht weiter, sieht man davon ab, dass er sein Verhalten von letztem Sommer verneint. Er wird vermuten, es könnte ihm angesichts der jüngsten Entwicklungen nachteilig ausgelegt werden. Da liegt er richtig. Außerdem wäre ich an seiner Stelle gegenüber einer dahergelaufenen Person wie mir ähnlich zugeknöpft.

Die menschlichen Quellen, die Informationen mit mir teilen, sind endlich. Also online recherchieren.

Ein Injektionspfeil ist ja nun recht ungewöhnlich, also google ich mal danach. Die meisten Ergebnisse sind aus dem Bereich der Veterinärmedizin oder der Fiktion. Leichtspritzen mit Stabilisator alias Quast werden für die tierschonende

Distanzinjektion verwendet, zur Impfung, zur Betäubung. Daktari lässt grüßen.

Ich google nach Mord mit Blasrohr. Da sieht es schon besser aus, so man es derart interpretieren darf, wenn es mehr Treffer und damit auch mehr Opfer gibt. Fröhlich klicke ich mich durch die Tiefen des Internets. Nebenbei erfahre ich, dass der Einsatz eines Blasrohrs nahezu lautlos ist, weshalb indigene Völker es schon seit Jahrtausenden bei der Jagd einsetzen.

Suchen wir nach einem Indio? Oder einem Großwildtierarzt? Oder einem indigenen Großwildtierarzt?

Der nächste Suchtreffer: In den 1950er Jahren wurde ein Waffenschmuggler in Genf durch einen Stahlbolzen getötet, der durch ein Blasrohr abgefeuert worden war. Die Tat stand in Verbindung mit dem Algerienkrieg. Interessant, führt aber nicht weiter.

Viele Suchtreffer stammen aus dem Bereich der Kriminalgeschichten, vorneweg der Roman ‚Tod in den Wolken‘ von Agatha Christie, der auch verfilmt wurde. Deutsche Synchronfassung: Die Wespe. Beim Mord in einem Flugzeug wurde das Blasrohr hinterlegt, um den Kreis der Verdächtigen zu erweitern. Tatsächlich hatte der sitzbenachbarte Mörder den Giftpfeil von Hand in den Hals des Opfers gedrückt. Ha! Die Idee hatte ich auch schon. Wurde ich inspiriert? Nicht völlig abwegig, dass ich den Film gesehen habe, ohne mich daran zu erinnern.

Zu Zeiten Agatha Christies konnte die Rechtsmedizin nicht feststellen, ob eine Nadel geflogen kam oder hineingedrückt wurde. Dr. Frieder meint, heute ließe sich das am Einstichkanal erkennen. Kann man das glauben? Bei so einem winzigen Loch?

Entgegen der Überzeugung meines fachkundigen Norddeutschen stelle ich Tom auf die kurze Liste der Verdächtigen, die ich hiermit in meinem Kopf eröffne. Es ist damit zu rechnen, dass ein Mörder sich durch Literatur und Film inspirieren ließ, wie man allerorten in Literatur und Film sehen kann.

Täter kopieren den Modus Operandi anderer, wenn er vielversprechend aussieht.

Ich klicke mich bei meiner Suchanfrage nach Mord mit Blasrohr auf die Folgeseiten. Dort entdecke ich kleine Artikel in Tageszeitungen, mit nahezu identischem Wortlaut, Agenturmeldungen. Demnach gab es vor zwei Jahren einen Blasrohrmord in Zürich, der als Auftragsmord klassifiziert wurde, die Substanz bleibt ungenannt.

Zürich. Wieso kann mir die Stadt nie wieder unterkommen, ohne dass ich an Roger Merian denken muss? Dabei weiß ich doch, dass er nicht bei allen Verbrechen seine Finger im Spiel hat. Trotzdem ein komischer Zufall. Komische Zufälle haben exponentiell zugenommen, seit ich weiß, dass es den Psychopathen Roger Merian gibt. Oder fallen sie mir jetzt nur auf? Erkenne ich ein Muster, wo es keines gibt? Wiederholt sage ich mir, dass ich mir immer wieder sagen muss, dass er nicht an allem schuld sein kann. Ich starre am Monitor vorbei die Wand an.

Zurück zum Artikel. Interessanterweise wurde zwar der Auftraggeber, nicht jedoch der Auftragnehmer gefasst. Ich setze ‚Auftragskiller‘ auf meine gedankliche Liste der Verdächtigen und seufze. Hinter einem angeheuerten Mörder kann sonst wer stecken, was den Täterkreis kräftig aufbläht.

Bei meiner Recherche nach Mord mit Gaspistole und Gasgewehr muss ich an der Menschheit zweifeln – einmal wieder. Eine Flut von Meldungen, wonach irgendein Idiot in der Gegend herumgeballert hat, ohne die Absicht, jemandem etwas zuleide zu tun, nur aus Jux und Tollerei. Keine Injektionspfeile im Einsatz, aber ziemlich alles andere, was sich verschießen lässt.

In einem Artikel wird beschrieben, wie ein Mann von seiner Wohnung aus die Scheiben des auf der anderen Straßenseite liegenden Gebäudes beschoss. Das äußere Glas der Doppelverglasung wurde durchschlagen, das innere hielt stand. Die Frau dahinter starb tausend Tode, wenn sie auch unverletzt blieb.

Ich stoße auf eine ungeklärte Mordserie mit neun Opfern, die sich bisher über sieben Jahre hinzieht. Das Muster: Der Täter hat Injektionspfeile mit hochkarätigem Gift auf seine Opfer abgeschossen, das Gift bleibt ungenannt. Die Ermittler gehen von einem Gasgewehr aus, Blasrohr und Pistole hätten eine zu geringe Reichweite. Bis heute weiß man nicht, warum die neun Menschen sterben mussten, die nichts verband, außer der Art, wie sie getötet wurden.

Ein Auftragsmord erscheint mir auch in Vanessas Fall immer wahrscheinlicher. Aber wie zum Henker löse ich Hobbyschnüfflerin einen Auftragsmord? Sind die Schwierigkeiten, auf die ich dabei stoße, der Grund, warum ich Tom auf der Verdächtigenliste lasse? Der Einfachheit halber? Oder sagen wir der Hoffnung auf Einfachheit halber? Selbst wenn die Spuren in Büdingen dem Szenario klar widersprechen?

Vermutlich ist es ja auch zu weit hergeholt, dass Tom im Vorfeld eine Spritze mit rotem Puschel im Park platziert und den Bärlauch niedergetrampelt hat. Das würde dem Hinterlegen des Blasrohrs in Agatha Christies Krimi entsprechen. Eine falsche Fährte. Wäre da nicht das Blut in Büdingen und die Hand im Busch, die ich nicht von meinem inneren Auge löschen kann. Was immer im Park geschah, wer immer dort war, es passt nicht damit zusammen, dass Tom mit dem Tod von Vanessa zu tun hat. Auch ist schwer wegzudiskutieren, dass kein Ehemann tatenlos zuschauen würde, wenn einer, der hinter seiner Frau her war, ihr eine Nadel in den Oberarm rammt, um dann vor lauter Schreck an gebrochenem Herzen zu sterben. Oder hat Jeff versucht, Tom abzuhalten, was ihm misslang, und erst das war dann zu viel für seinen Herzfehler? Aber hätte Dr. Frieder mir dann nicht von Abwehr- oder Kampfspuren berichtet?

Das Ganze ergibt von vorn bis hinten wenig Sinn, auch nicht von oben bis unten, auch nicht, wenn ich mich auf den Kopf stelle. Gleichwohl besteht meine Liste der Verdächtigen aus zwei Positionen: Auftragsmord und Tom. Eine Position wackliger als die andere.

Ich seufze. Das sieht nach einem komplexen Fall aus. Wo setze ich da an, vor allem, weil ich das Opfer nicht kannte und sie nicht aus der Gegend stammt, sodass ich in ihren familiären und sozialen Background einsteigen könnte?

Ich google nach Vanessa West und Jeff Smith sowie nach ihren Doppelnamen. Vorneweg erscheinen die üblichen Profile bei Facebook allerdings mit verrammelter Privatsphäre.

Bilder ihrer Hochzeit bei Instagram zeigen ein Traumpaar vor einer Traumkulisse. Im Hintergrund strahlt das Meer türkisfarben, vorherrschende Deko: Palmen. Die Sonne lacht über einem Brautpaar mit Modemagazinlächeln und perfekten Körpern, durchgestylt bis zur Haltung der kleinen Finger. Kein Gramm Fett, das an Stellen wäre, wo es nicht hingehört. Sie spontan mit Barbie und Ken tituliert zu haben, erscheint mir auf den zweiten Blick treffend, wenn es im Anblick ihres Todes auch respektlos war und weiterhin ist.

Schade, keine Offenlegung von Freunden in den sozialen Medien, bei denen ich anklopfen könnte. Meine Recherche bleibt unerwartet unfruchtbar, abgesehen von den Hochzeitsbildchen. Für eine Recherche nach College, Universität, Ausbildungsstätte, Arbeitsstelle oder sportlicher Leistung sind ihre Namen zu weit verbreitet. Die reine Google Bildersuche liefert die Hochzeitsbilder und viele fremde Gesichter. Wenn nichts anderes greift, könnte ich hier Fleiß hineinstecken und Bild um Bild durchgehen. Nach Fleiß ist mir nicht, noch nicht.

Stattdessen begebe ich mich auf einen virtuellen Rundgang im Hotel The Charmond in Miami Beach, Florida, und wünsche mich umgehend dorthin. Wäre beamen endlich möglich, ich wäre schon dort. Das Traumhotel mit rotem Neonschriftzug residiert direkt am Strand von South Beach, nahe des zeitlos hippen Art Déco Districts. Hach!

Auf der ersten Seite der hoteleigenen Website prangt prominent die Information, das Haus werde seit den 1940ern von der Familie West betrieben, was eine Seltenheit darstelle, darunter ein Bild der aktuellen Eigentümer Susan und John West.

Ehe ich mich versehe, stöbere ich, was ein Flug nach Miami kostet. Gar nicht so teuer, wenn es nicht Nonstop sein muss. Die Vervollständigung der Inneneinrichtung meiner Wohnung müsste allerdings dann noch etwas warten. Ich sehe mich bereits in South Beach unter Palmen flanieren, Blick auf Art déco Bauschönheiten, sehe mich in einer Bar einen Cocktail schlürfen, am Strand rekeln und im Meer aalen. Nach Miami wollte ich schon immer mal. Wink des Schicksals?

Was ganz anderes als die Nordsee, wenngleich auch Teil des Atlantiks. Mama hat mir Meer empfohlen, und man soll ja darauf hören, was die Mama sagt, richtig? Okay, nur, wenn es einem in den Kram passt.

In Miami könnte ich beides haben: Ermitteln und Ferien. Die Vorstellung, dem Bodensee und dem Seekoller für ein paar Tage den Rücken zu kehren, ohne die Ermittlungen zurückzulassen, beschwingt total. Da drüben würde ich nicht mit einem Arthur von und zu kollidieren. Ich könnte tun und lassen, was ich will. Der Refrain ‚Welcome to Miami‘ von Will Smith geistert mir durch den Kopf.

Ich brauche nicht lange, um Mama ein Also-gut abzuluchsen, sie nimmt für ein paar Tage Santo und Fila, ihre Dackeldame Debby freut sich über Hundegesellschaft. Kaum länger brauche ich, um online einen Flug zu buchen: Zürich – Miami, Florida, Vereinigte Staaten von Amerika. Na, und zurück natürlich.

Kapitel 13

Jeder Beobachter würde mir bescheinigen, dass ich die Treppe hinauf zu schweben vermag wie Yata, so beseelen mich meine Reisepläne. Oben angekommen überreiche ich ihr eine Flasche Pinot Noir, die ich gleich öffnen darf.

Während ich mit dem Korkenzieher zugange bin, amüsiere ich mich über die Begegnung der Vierbeiner. Santo und Fila treffen auf Felin die rot getigerte Katze, die in dem Nobelloft mit Seeblick residiert, inklusive Gangway für den exklusiven Freigang. Die Drei sind Kumpels, die rot Getigerte hat das Sagen. Das bekräftigt sie bei jedem Zusammentreffen mit einem herablassenden Gesichtsausdruck, damit das ja keiner vergisst. Ihr Name passt. Er möchte französisch nasal ausgesprochen werden, dabei heißt Felin einfach Katze. Soweit zu vornehmen Banalitäten.

Yata hat aufgefahren. Eine gusseiserne Pfanne randvoll mit einem Chili aus dreierlei Bohnen, selbstredend vegan, denn bei Yata und ihrer Zugehfrau kommt nichts anderes auf den Tisch. Daneben eine dampfende Schüssel Reis und ein Pfännchen, dessen Inhalt mir schwer nach Fleisch aussieht. Ich frage sie wortlos mit hochgezogenen Augenbrauen.

„Neuentdeckung", schwärmt sie. „Musst du probieren."

Wie sich herausstellt, handele es sich bei dem Fleischähnlichen um etwas aus Soja, das sich von der Textur her im Mund anfühle wie Fleisch.

„Gegen den Geschmack von Fleisch hatte ich nie etwas", sagt Yata, während sie uns große Suppenteller füllt, in denen man beim Italiener Spaghetti gereicht bekommt. „Ich will keine anderen Tiere essen. Aber wenn mir jemand einen ähnlichen Genuss beschert, den ich von früher kenne, ohne, dass ich Tier essen muss, dann probiere ich das gerne aus."

Ich nicke. Sie hat die Beantwortung meiner Frage vorweggenommen, die ich so flott nicht stellen konnte: Warum will jemand, der kein Fleisch essen will, etwas essen, das wie Fleisch schmeckt? Die Antwort trifft's.

„Das schmeckt toll! Kompliment an deine Zugehfrau."

Yata nickt das ihr eigene, huldvolle Nicken und nippt am Glas. „Dein Wein passt ganz hervorragend dazu."

Der Wein kann ihre Lippen nur befeuchtet haben. Ich versuche mich an einem ebenso huldvollen Nicken, das weniger dem Wein, als Yatas beherrschtem Weingenuss gilt. Vor ein paar Monaten hatte sie ein stressbedingtes Alkoholproblem, die Gute kippte alles in rauen Mengen. Das scheint sie in den Griff bekommen zu haben.

„Roger ist weg", sagt sie beiläufig zwischen zwei Bissen.

„Wie weg?"

„Er war mit seinem Learjet auf Geschäftsreise und ist verschwunden."

„Nein", hauche ich, verschlucke mich und muss husten.

Yata steht auf und klopft mir auf den Rücken.

„Wann?", krächze ich.

„Vor drei Tagen."

„Wieso weiß ich nichts davon?"

„Das entzieht sich meiner Kenntnis. Es ging durchaus durch die Presse."

„Und nun?"

„Derzeit wird die Flugroute mithilfe Satellitenauswertungen nachgestellt. Roger war auf dem Weg von Kuala Lumpur nach Peking. Anscheinend ist die Maschine vom Kurs abgekommen und spurlos verschwunden. Genaueres weiß man noch nicht."

Ich habe Schwierigkeiten, die Neuigkeit zu verarbeiten. „Spurlos verschwunden, wie im Bermudadreieck spurlos verschwunden?"

Sie nickt. „Nur auf der anderen Seite der Erde."

„Wie geht es dir dabei?"

Yatas verstorbener Vater und Roger Merians Großvater hatten Krüger & Merian gegründet, ein internationales Consultingunternehmen mit Niederlassungen weltweit, das von Roger Merian und Yata geführt wird. Mehr von ihm, als von ihr. Beide haben in etwa mein Alter und führen über viertausend Mitarbeiter in aller Welt. Yata und Roger waren zusammen aufgewachsen, was dazu führte, dass Roger Merian

Besitzansprüche auf Yatas Person entwickelt hat, wie sie mir erzählte. Er verwickelt sie seit jeher in kranke Spiele, inzwischen auch mich. Eines der Spiele brachte Yata für sechs Wochen in eine psychiatrische Anstalt, mit der Diagnose Schizophrenie stufte man sie für eingeschränkt geschäftsfähig ein. Verständlicherweise war das Yatas Zuneigung Roger gegenüber nicht förderlich. Sie ist der festen Meinung und konnte auch mich davon überzeugen: Roger Merian ist ein waschechter Psychopath, so richtig nach Checkliste.

Auch mir hat Roger Merian mehrfach das Leben schwer gemacht, mich bedroht, mich entführen lassen und seine Psychospielchen mit mir getrieben. Ich bin überzeugt, dass er hinter dem Ableben von zwei Menschen steckt, mindestens. Selbstredend macht er sich nie selbst die Finger schmutzig, dafür hat ein Roger Merian seine Mannen. Bisher konnte er sich herauswurschteln, auch vor Gericht. Macht, psychopathische Ader und Beziehungen zur russischen Mafia seien Dank. Kurz: Mir persönlich würde nichts fehlen, sollte Roger Merian von der Bildfläche verschwunden sein.

Yata sieht mich nachdenklich an. „Das ist eine gute Frage. Ich denke, erleichtert und besorgt gleichermaßen. Es könnte sich durchaus um eines seiner Spiele handeln."

Ich nicke. Wohl wahr. Bei Roger Merian weiß man nie, was ist oder was nur vorgibt, zu sein.

Eine Zeit lang essen wir stumm vor uns hin. Die Nachricht sickert in mein Bewusstsein. Trotzdem weiß ich nicht, was ich aus ihr machen soll. Roger Merian verschwunden? Ja so was!

„Ich wollte mich schon länger erkundigen, wie du das Leben ohne OBE, ohne Out of Body Experience empfindest", fragt Yata aus heiterem Himmel.

Meine Augenbrauen schnellen nach oben. „Über außerkörperliche Erfahrungen haben wir schon lange nicht mehr geredet", bemerke ich. Ich hatte angenommen, das Thema sei so was von durch und erledigt. „Wieso fragst du? Wie geht es dir denn dabei? Immerhin hattest du sie seit deinem sechzehnten Lebensjahr und ich nur ein paar Monate lang. Außerdem hat es mich doch sehr in Schwierigkeiten gebracht, medizinisch und überlebenstechnisch betrachtet."

Wie sich herausstellte, sind die außerkörperlichen Erfahrungen kein esoterischer Kram, wie allseits vermutet, sondern eine waschechte Krankheit. Yatas Katze hatte mir einen Parasiten angehängt, der nicht nur selten, sondern auch mutiert war. Ja ich weiß, das ist schräg, aber besser, als alle anderen Erklärungen des Phänomens. Nachdem die Diagnose feststand, wurde ich mit Medikamenten behandelt, ganz profan.

Yata stellt das Weinglas zurück auf den Tisch und sieht mich prüfend an. „Fehlt es dir auch so sehr?", flüstert sie leicht vorgebeugt mit einem, ich möchte fast sagen, irren Ausdruck in den Augen.

Ich zucke betont gleichgültig mit den Schultern. Wenn ich ehrlich sein könnte, würde ich ihr anvertrauen, dass ich es gar nicht mag, dass sie das Thema anschneidet. Aber darüber will ich mich nicht austauschen, am allerwenigsten mit ihr. Diese Episode meines Lebens soll aus und vorbei sein. Diese Episode wurde in die hinterste Ecke meiner Rumpelkammer von Gedächtnis verbannt. Dort, wo bei wenig Publikumsverkehr selten sauber gemacht wird, alles hineingestopft wird, was anderswo keinen Platz findet oder keiner mehr haben will. Dort liegt das Thema außerkörperliche Erfahrungen in einem Häuflein auf dem Boden, zusammen mit anderem unliebsamen Gerümpel. Keinesfalls möchte ich, dass es wiederentdeckt, aufgehoben, näher betrachtet oder gar zum Gegenstand von Gesprächen wird.

Ja, auch ich weiß: In der Psychologie heißt es landläufig, dass Dinge, die einen beschäftigen oder belasten, am besten verarbeitet werden, indem man darüber spricht. Ich setze allerdings auf einen natürlichen Mechanismus. Die Natur wird sich etwas dabei gedacht haben, als sie die Verdrängung entwickelt hat. Das wird schon seine Richtigkeit haben. Immerhin liegt diese Episode nun schon eine Weile im hintersten Gehirnwinkel – ein gutes Zeichen.

„Könnte ich bitte noch etwas Chili bekommen? Es ist ganz hervorragend. Richte deiner Zugehfrau bitte einen schönen Gruß von mir aus." Ich schiebe meinen Teller, obwohl noch halb voll, an die Pfanne.

Yatas senkrechte Linie auf der Stirn vertieft sich. „Du möchtest nicht mit mir darüber sprechen? Nun gut. Aber mit ihr hier", sie fischt eine Visitenkarte aus der Tasche ihres Kleides und schiebt sie mit der Schrift nach unten konspirativ über den Tisch, "solltest du sprechen. Ruf sie an! Meine Verfassung ist exorbitant besser." Sie hebt ihr Glas und prostet mir zu. „Und Alkohol ist auch kein Thema mehr." Sie setzt das Weinglas an, öffnet die Lippen jedoch nicht, benetzt sie nur und setzt das Glas wieder ab.

„Wow", kann ich da nur sagen. Ich stecke die Karte unbesehen ein. Damit sind sie und die außerkörperlichen Erfahrungen vom Tisch.

Ich weiß nicht, was mich mehr beunruhigt, eine sturzbetrunkene Yata, wie ich sie letzten Herbst erlebt habe, oder eine Yata, die den Wein nur bis auf die Lippen lässt. Letzteres ist abartig.

Kapitel 14

Auf der Abendrunde mit den Hunden landet die Visitenkarte ungelesen im ersten Mülleimer.

Ich rufe bei Dr. Frieder durch. „Ich fliege morgen nach Miami", verkünde ich ohne Umschweife.

„Oha!"

„Will mir The Charmond der Hotelerbin Vanessa West anschauen und die Eltern gleich mit. Santo und Fila sind so lange bei Mama. Es sei denn, du möchtest sie holen?"

„Lass man."

„Ist das in Ordnung für dich?", frage ich dann doch mal nach, weil er so zweisilbig norddeutsch daherkommt.

„Ändert das was?" Würde er nicht hörbar lächeln, müsste ich mir Sorgen machen.

„Eher nicht. Wollte nur höflich sein. Bist ja eh nicht da."

„Sach bloß. Nett. Wann bist du zurück?"

„In ein paar Tagen. Mal sehen."

Wer hätte gedacht, dass wir unseren ersten gemeinsamen, lang ersehnten Urlaub getrennt verbringen? Dr. Frieder wünscht mir viel Spaß, fragt galant, wie ich gedenke, zum Flughafen zu gelangen, und muss dann seinerseits zum Abendessen bei seinem Sofawirt Herbert.

„Bockwurst, Bier und Bräute!", grölt es im Hintergrund, was offensichtlich für mich gedacht ist. Gelächter, das satte Ploppen von Bierflaschen und kurz darauf das Klock-Klock, wenn Flaschen zum Anstoßen aneinandergeschlagen werden.

„Viel Spaß auf deiner Freizeit", sage ich lächelnd. „Sagst du mir Bescheid, was ihr Neues herausbekommt?" Das Letzte wird er nicht mehr gehört haben, er hat aufgelegt.

Das Telefonat lässt mich nachdenklich zurück. Ich stehe auf der Seestraße unter einer Laterne und betrachte, wie die Lichter der Stadt sich im Wasser spiegeln. Ein Reiher liegt auf der Lauer. Natürlich liegt er nicht, er steht in knöcheltiefem Wasser. Ohne Vorwarnung stößt er zu, ein Fisch zappelt in seinem langen Schnabel. Und schon ist er weg, der Fisch, und der Reiher verfällt wieder in Wartestarre.

Während die Hunde die Seestraßenneuigkeiten lesen, checke ich meine Nachrichten auf allen Kanälen. Eine Mitteilung zieht mich magisch an: Die Aufzeichnung der Pressekonferenz zu den heutigen Todesfällen in Konstanz am Bodensee steht online.

Ich beschleunige meine Schritte. Das möchte ich mir nicht auf dem Smartphone anschauen müssen. Wenig später sitze ich zu Hause vor meinem Notebook und starre gebannt auf das Video der Pressekonferenz.

An einem Tisch sitzen fünf Leute. Vor dem mittleren Platz ein Pulk von Mikrofonen diverser Fernsehsender. Der Polizeipräsident in Uniform, die anderen in dunklen Anzügen. Der leitende Oberstaatsanwalt beginnt mit einem zeitlichen Abriss, wechselt anschließend seinen Platz mit dem Polizeipräsidenten. Beim Wechsel nimmt jeder das Schild mit, das vor ihm auf dem Tisch steht, was dem Ganzen eine gewisse Komik verleiht, zumal es kurz zu Verwechslungen kommt. Ein Lächeln huscht über ein paar Gesichter, die sich sogleich darauf besinnen, dass sie angemessenen Ernst zeigen müssen.

Ebenfalls mit von der Partie ist der Leiter der Kriminalpolizei Konstanz, ein Waffenspezialist vom Landeskriminalamt, der Oberbürgermeister der Stadt Konstanz und Arthur. Ob der Waffenspezialist schon jemals mit einem Injektionspfeil zu tun hatte, der geflogen kam? Gibt es Injektionspfeilspezialisten?

Jeder der Offiziellen darf einen Beitrag leisten. Es werden Berichte verlesen, die Anwesenden spielen sich die Bälle zu, zeigen Betroffenheit, setzen auf Transparenz, ohne zu viel zu verraten. Eine Mischung, die zum vorliegenden Fall passt.

Das meiste kenne ich. Die Ermittlungen würden in alle Richtungen gehen, ein Schwerpunkt sei die Aufklärung der persönlichen Beziehungen der Opfer, was dadurch erschwert würde, dass es sich bei den drei Opfern um Nicht-Konstanzer handle.

Wusste ich es doch. Ein drittes Opfer.

Zwei der Opfer seien amerikanische Staatsbürger, die Identität des dritten Opfers, das in Büdingen aufgefunden worden sei, sei noch unbekannt.

Ich knurre Arthur an, der da stocksteif in seinem Anzug thront. „In die Welt hinausposaunen, aber mir nicht verraten, du Arthur du!"

Bei der Fragerunde der Journalisten vernehme ich Mamas Stimme: „Handelt es sich bei der Ermordung des amerikanischen Paares um eine Beziehungstat? Sie soll ja letzten Sommer im Inselhotel gearbeitet haben."

Der Leiter der Kriminalpolizei stutzt kurz, vermutlich, weil er sich fragt, woher Mama das weiß, und kredenzt den Standardsatz des Abends: „Darüber können wir zu diesem frühen Zeitpunkt der laufenden Ermittlungen keine Aussage treffen."

Eine Frage aus Reihen der Journalisten lautet, ob weitere Anschläge des Heckenschützen zu befürchten seien. Der Polizeipräsident informiert, dass nichts darauf hindeute. Auch wenn man in alle Richtungen ermittle, ginge man derzeit von einer Tat aus, die sich konkret auf die Personen beziehen würde. Daher sei nicht zu erwarten, dass es weitere Opfer gäbe, aber: „Mehr ist zum gegenwärtigen frühen Zeitpunkt der laufenden Ermittlungen nicht bekannt."

„Weißt du vom dritten Opfer?", frage ich wenig später Dr. Frieder am Handy. Im Hintergrund sind Partygeräusche zu hören.

„Jou."

„Aha!", kann ich da nur sagen.

„Es gibt ein drittes Opfer."

„Aha."

Schweigen im Vordergrund, Gelächter im Hintergrund.

„Und?", frage ich zu laut, aber bemüht, die Geduld nicht zu verlieren.

„Ein Wurfmesser in den Hals. Großer Blutverlust."

Ich habe das dringende Bedürfnis, mich ein zweites Mal abzuschrubben, mit mächtig viel Alkohol diesmal, äußerlich gegen Ekelkrätze und innerlich nur für den Fall.

„Wer?", frage ich.

„Identität unbekannt. Ein Obdachloser."

„Iiiih!", kreische ich und schüttle mich.

„Sein Blut ist nicht anders als deines und meines", tadelt Dr. Frieder.

„Ja schon. Aber der könnte trotzdem einiges haben, was du und ich hoffentlich nicht haben. Bitte sag mir, dass ihr nichts gefunden habt, HIV zum Beispiel."

Dr. Frieder schweigt.

„Kein Standardtest bei einem Tötungsopfer?", rate ich.

„Nein, aber ich kümmere mich darum."

Ich muss mich noch mal kräftig schütteln, dann stelle ich die naheliegende Frage: „Wurde er vielleicht Zeuge bei etwas, das er besser nicht gesehen hätte? War er vielleicht zur falschen Zeit am falschen Ort?"

„Mein Gedanke."

„Der zweite Kollateralschaden?"

„Jou."

„Injektionspfeil und Wurfmesser. Da hat aber jemand mächtig was fürs Fliegen übrig."

Er lacht leise.

Im Hintergrund wird nach einem Marc gerufen, ich brauche kurz, bis mir klar wird, dass mein Dr. Frieder damit gemeint sein dürfte.

„Geh nur."

„Alles in Ordnung?", fragt er.

„Nur Brechreiz auslösender Ekel", brumme ich.

Er lacht und legt auf.

Die Informationsbeschaffung stockt. Wenn selbst mein Dr. Frieder nicht mehr gleich mit allem herausrückt, wie soll das dann weitergehen mit meiner Karriere als Hobbyermittlerin? Ich tröste mich damit, dass ich allen Europäern bald einiges voraushaben werde, direkt vor Ort in Miami Beach. Und wer weiß, wen ich wann an meinen Erkenntnissen teilhaben lasse. Ha!

Im nächsten Moment revidiere ich es. Es dürfte einen regen Austausch zwischen der deutschen und amerikanischen Kriminalpolizei geben, wenn zwei amerikanische Bürger, darunter eine Hotelerbin, im barbarischen Europa zu Tode gekommen sind.

Ich will das Notebook schon zuklappen, da komme ich auf die Idee, nach Details zu Roger Merians Verschwinden zu suchen. Online finde ich, es handele sich nicht um einen Learjet, sondern um eine Gulfstream G 650, eines der schnellsten Geschäftsreiseflugzeuge mit einer Reichweite von 9.000 bis 13.000 Kilometern, je nach Geschwindigkeit und Menge getankten Kerosins. Etwas Anderes kommt für einen Roger Merian nicht in die Tüte.

Ich google nach der Entfernung zwischen Kuala Lumpur und Peking: 4.350 Kilometer. Ein Klacks für die Maschine.

Weiterhin heißt es, die Behörden seien zunächst von einem Absturz auf der Flugroute ausgegangen, irgendwo im Golf von Thailand, hätten aber inzwischen festgestellt: Das Flugzeug habe den Kurs gewechselt, und zwar mehrfach. Mysteriös!

Die Maschine habe in einem Gebiet, in dem eine Übergabe von einer Flugüberwachungszone zur nächsten habe stattfinden sollen, den Kontakt verloren. Die Radarüberwachung an den Rändern der Fluginformationsgebiete sei lückenhaft, bereits Wolken könnten das Signal verzerren. Militärflugzeuge würden diesen Effekt nutzen, um sich zu tarnen. Die gleichen physikalischen Begebenheiten würden es nun erschweren, die Privatmaschine zu finden. Nachteilig sei, dass die Verbindung zum Transponder zwischendurch unterbrochen gewesen sei. Ob absichtlich ausgeschaltet oder als Folge eines technischen Defekts könne nur gemutmaßt werden.

Was bringt einen Piloten dazu, den Kurs zu wechseln oder die Kommunikation zu deaktivieren? Zwangsläufig muss ich wieder an das Bermudadreieck denken, von dem es lange hieß, es würden mysteriöse Effekte existieren, die Kompasse täuschen würden. Können sich Piloten bei all der technischen Ausrüstung, die sie an Bord haben, heute noch verirren?

Kapitel 15

War ja klar. In der Nacht träume ich von blutverschmierten Füßen und einem blutbesudelten Kleid, nur, dass im Traum das Blut das Kleid durchtränkt und meinen Körper bedeckt, bis zum Hals. Als hätte ich mich in mehreren Litern Blut gesuhlt. Gruselig! Als ich den Kopf hebe, es schaffe, den Blick vom Blut abzuwenden, sehe ich geradewegs in die dunklen Augen von Roger Merian. Sein Maßanzug trieft vor Blut. Das sonst mit deutlich zu viel Gel nach hinten gekämmte dunkle Haar glänzt rotbraun, als ob er statt Pomade Blut verwendet hätte. Rote Rinnsale laufen ihm über Schläfe und Wange und sickern in den weißen Hemdkragen. Er lächelt mich an, spreizt seine Arme und fliegt davon. Gruselig!

Schweißgebadet wache ich auf. Ich springe aus dem Bett, nehme das feuchte ach so hübsche Kleid von der Duschstange, schnappe die blutbefleckten Sandalen, und pfeffere alles in den Müll. Und wenn sie die letzten Teile in meinem Kleiderschrank wären, ich werde sie nie wieder anziehen.

Dann kann ich nicht wieder einschlafen. Die Fieberkurve der anstehenden Reise klettert langsam nach oben. Außerdem habe ich länger nicht allein geschlafen. Was vor Dr. Frieder normal war, ist jetzt ungewohnt. Um drei Uhr nachts rufe ich ihn an.

Seine Stimme klingt alarmiert. „Alles in Ordnung?"

„Ich vermiss dich nur", flüstere ich.

Ein leises Lachen. „Ich dich auch. Gut, ne?", flüstert er zurück.

„Wieso gut?"

„Sich nicht zu vermissen wäre nicht gut."

„Stimmt", sage ich lächelnd.

Wir wispern uns noch eine Weile bedeutungsvolle Belanglosigkeiten zu und diskutieren, wer wen mehr liebt, bis ich einen Gähnanfall bekomme. Wir brauchen fünf Minuten, bis wir uns geeinigt haben, wer zuerst auflegt, um es dann gleichzeitig zu tun, nachdem wir synchron runtergezählt haben.

Nach dem Telefonat habe ich ein dümmliches Grinsen im Gesicht, das ich nicht mehr mitkriege, weil ich sofort einschlafe.

Der nächste Morgen stammt direkt aus dem Bodensee-Bilderbuch. Schön und langweilig, daran hat sich nichts geändert. Der See geht mir auf den Geist. Ich will mich nicht hineinsteigern, bemühe mich aber auch nicht, dagegen anzukämpfen.

Nach der Trainingstortur gestern komme ich heute schwer in die Gänge. Erstaunlich, wo man überall Muskelkater bekommen kann, selbst an Stellen, an denen ich keine Muskeln vermute.

Nach einem Frühstück – bei Yata geschnorrt – bin ich geschäftig. Ich bringe Santo und Fila zu Mama, beantworte Foxinet-Mails, um die ich mich gestern Abend nicht mehr gekümmert habe, besorge Devisen und passe das Reisegepäck an die geänderte Himmelsrichtung und Fortbewegungsart an. Aus schwarzer Reisetasche wird kanariengelber Trolley, Warmes muss raus und Luftiges darf rein, alles an Badebekleidung, was die Wäschekommode hergibt.

Aber dann, ja dann, geht es endlich mit dem Zug zum Flughafen Zürich. Dort packt mich hohes Reisefieber. Ich tauche ein in das Gewusel der Reisenden, die alle zu geheimen Orten unterwegs sind.

Einige sind schwer bepackt, teilweise überladen. Ein Baby schreit, ein Kleinkind quengelt, die Mutter zieht es hinter sich her. Ein wabbeliger Koffer purzelt vom Wagen, aus dem Inneren ertönen Bruchgeräusche. Gelächter auf Englisch, Flüche auf Deutsch. Ein Teenagermädchen, das auf Italienisch auf seine Eltern einredet, die lächelnd lauschen. Ein gebeugter Mann, der radebrechend eine Pummelige in Uniform befragt. Lautsprecherdurchsagen auf Deutsch, Englisch und Französisch. Angespannte Gesichter, vereinzelt gestresste Menschen vor und hinter den Schaltern, weit mehr lächelnde und aufgekratzte. Urlauber in Partylaune, laut gackernd und Witze reißend. Wichtig dreinblickende Menschen in Businessuniformen mit Minitrolleys, Menschen in Outdoor-Outfits mit überdimensionalen Rucksäcken, Menschen in farbenfrohen Saris, verschleierte Menschen, Menschen in knappen Sommerkleidern und High Heels ...

Großartig!

Ich sollte mir öfter einen Ausflug zum Flughafen gönnen. Die Welt ist bunt, ein internationaler Flughafen ist die Welt im Kleinformat. Alle verpacken sich und ihre Habe anders, wollen aber das Gleiche, haben dasselbe Ziel: Heil ankommen.

Beim Buchen vergisst man gerne die gestaffelten Prozeduren von Check-in, Passkontrolle, Sicherheitskontrolle und Boarding – na, vielleicht nicht gerne und nur diejenigen unter uns, die eine Begabung für Verdrängung haben. Doch das Warten in Stationen macht mir heute nichts. Es gibt viel zu sehen und zu hören.

Schließlich trabe ich vergnügt durch den Finger ins Flugzeug, strahle das Begrüßungskomitee von Flugbegleiterinnen an und richte mich auf meinem Sitz ein: eingepfercht auf einem Mittelsitz in der Mitte. Wer spät bucht, muss nehmen, was übrig ist.

Zu meiner Linken ein teigiger Mann, der eineinhalb Sitze bräuchte, die Armlehne zwischen uns sowie fünfzehn Prozent meines Sitzes mit Beschlag belegt und alsdann fröhlich vor sich hin transpiriert. Auf der anderen Seite eine zierliche, blumige Person mit fernöstlichen Wurzeln, ich schätze Thai, die nach Erreichen der Reisehöhe ihr Tischchen herunterklappt, Arme, Kopf und Oberkörper darauf ablegt und einschläft.

Thaiblume sitzt auf dem Gangplatz. Die Kaffeespezialität, die ich mir vor dem Boarding gegönnt habe, will wieder in die Welt. Ich schiebe es hinaus. Soweit möglich. Nun geht es nicht mehr. Als die Getränke verteilt werden, wecke ich meine Sitznachbarin. Übermüdung hin oder her, wie wir anderen sollte sie sich um ihren Wasserhaushalt kümmern. Thaiblume schreckt hoch, schlägt gegen den Becher, den ich für sie entgegengenommen habe und der gesamte Inhalt ergießt sich über ihren Schoß. Sie blickt mich verdattert an.

Wasser wäre schon unangenehm. Aber es ist Orangensaft. Die Reisebegleiterin hilft mit Papiertüchern, was wenig daran ändert, dass meine arme Sitznachbarin für den Rest des Fluges in nassen, klebrigen Klamotten auf einem nassen, klebrigen Sitz verbringen muss. Ich möchte in ein Mauseloch kriechen, das sich nicht findet, wäre in einem Flugzeug auch bedenklich.

Thaiblume nimmt es erstaunlich gelassen. Sie hört sich meine englische Entschuldigungstirade lächelnd an, führt die Hände vor der Brust zusammen und nickt überaus charmant ohne Worte. Dann legt sie sich wieder hin.

Nach zehn Stunden Flugzeit: Umsteigen in Chicago O'Hare. Ein gigantischer Flughafen, der sechstgrößte der Welt. Wir haben Verspätung und ich befürchte, dass ich den Anschlussflug verpasse. Das stresst. Schlangen vor der Immigration, warten, warten, Kanarientrolley einsammeln, die Bahn von Terminal 5 zu Terminal 1 nehmen, Kanarientrolley aufgeben. Mal eben umsteigen dauert drei Stunden.

Ich husche gerade noch so in den Flieger. Völlig außer Atem lasse ich mich in meinen Sitz plumpsen. Die Ersparnis von 3.000 Euro, die ein Nonstop-Flug in letzter Minute teurer gewesen wäre, habe ich mir durchaus erarbeitet. Na, wer rechnen kann, kommt auf einen Stundenlohn von 1.000 Euro oder 500 Euro bei Hin- und Rückflug. So gesehen ...

Als mein Puls wieder unten angekommen ist, versuche ich, die Schlafposition von Thaiblume nachzustellen. Bevor ich meinen Kopf nur in die Nähe des Tischchens bringen kann, hält ihn die obere Kante des Vordersitzes auf. Die Haltung funktioniert nur für kleinere Formate und Schlangenmenschen.

Mitten in der Nacht landen wir in Miami. Meine innere Uhr steht auf früher Morgen, was nichts daran ändert, dass ich alles durch einen Schleier wahrnehme.

Eine weiche, tropische Luft umfängt mich, hüllt mich sanft ein, als würde sie aus anderen Substanzen bestehen, als das Gasgemisch am Bodensee. Auch dieser Flughafen ist bunt, außerordentlich bunt sogar, was aber im Moment geringe Priorität hat. Streng nach der Maslowschen Bedürfnispyramide, deren Gültigkeit sich einmal mehr bewahrheitet, ist mir bunt gerade so was von egal. Solange meine Grundbedürfnisse unbefriedigt sind, steht alles andere hintenan.

Ein Taxi bringt mich nonstop vor das Charmond Hotel, auch wenn ich den Eindruck habe, dieser große Schlenker durch South Beach wäre nicht unbedingt nötig gewesen. Erstaunlich, wie viel hier noch los ist, so mitten in der Nacht, so mitten unter der Woche. Partyvolk, Pärchen, Grüppchen wohin man blickt, zu Fuß oder cruisend in Cabrios oder Autos mit heruntergekurbelten Fenstern. Überall beste Stimmung. Musik aller Stilrichtungen dringt aus Clubs und Bars, darunter viele lateinamerikanische Rhythmen. Mit übermüdetem Geist ist das Ganze unwirklich. Als wäre ich in einen Film gesetzt worden. In einen falschen Film. Diese Welt da draußen hat keinen Bezug zu mir.

Pinkfarbene Haare? Ich nehme eine Locke zwischen Zeigefinger und Daumen und führe sie mir dicht vor die Augen. Eindeutig pink, nicht rot. Hat mir jemand etwas ins Wasser getan? Stehe ich unter Drogen?

Der Taxifahrer wirft mir über den Rückspiegel einen amüsierten Blick zu. „Neonlicht", sagt er auf Englisch.

Ich nicke. Das ergibt Sinn. Die pinkfarbene Leuchtreklame eines Clubs flutet das Innere des Taxis. Keine Drogen. Ich gehöre wirklich dringend ins Bett.

Im Hotel schaffe ich es gerade noch, Dr. Frieder und Mama Bescheid zu geben, dass ich gut angekommen bin. Dann decke ich das Bett ab und lasse mich so, wie ich bin, hineinfallen.

Gut zweiundzwanzig Stunden sind vergangen, seit ich von zu Hause aufgebrochen bin. Soviel zu mal eben schnell zum Schnüffeln nach Miami fliegen.

Kapitel 16

Ein paar Stunden später bin ich hellwach und fühle mich bemerkenswert ausgeschlafen. Die Floridasonne knallt in mein Zimmer, entferntes Möwengeschrei und Meeresrauschen. Ich springe aus dem Bett direkt ans Fenster, reiße es auf und atme tief ein. Überwältigend! Der Duft von Meer mit einer blumig-fruchtigen Kopfnote und einem Hauch von angebratenem Speck.

Ein ovaler Pool mit einem einsamen Schwimmer, tropische Vegetation mit vielen Palmen und Sonnenschirmen an den Flanken, hinter dem Pool ein Pfad durch Gras, mehr Palmen und schließlich: la mer, el mar, das Meer. Die englische Übersetzung lasse ich weg, sie klingt zu sehr nach Bodensee.

Ruckzuck bin ich unten und flaniere am Pool vorbei auf den Holzsteg, der über eine Minidüne zum Strand führt. Stapel von Sonnenliegen, die ein Mitarbeiter in Reih und Glied stellt und daneben Sonnenschirme in den Sand pikst. Der Atlantische Ozean plätschert an den leicht abfallenden Strand. Mein letztes Bad im Bodensee scheint Wochen her, als wäre alles nicht nur räumlich, sondern auch zeitlich ganz weit weg. Dabei war es erst vorgestern.

Das Wasser ist warm, fünfundzwanzig Grad mindestens, und erstaunlich klar. Ich stehe mit den Füßen darin, lasse meine Knöchel umspülen und beobachte, wie der Sand um meine Zehen wirbelt. Ein Schwarm Braunpelikane zieht knapp über der Wasseroberfläche die Küste entlang. Ich schaue ihnen nach. Dann gleite ich hinein ins Nass, das mich genauso sanft umfängt wie die tropische Luft heute Nacht. Ich tauche ein und unter, lasse mich treiben, genieße den Auftrieb des Salzwassers. Zwei Möwen beäugen mich, sie patrouillieren das Ufer entlang, den Pelikanen hinterher. Zum Frühstücksbuffet für Seevögel?

Ich würde nicht mehr aus dem Wasser auftauchen, würde mein Bauch nicht etwas von Maslowscher Bedürfnispyramide grummeln. Er meint, er hätte aufgepasst, das hätte Hand und Fuß, sei wissenschaftlich bewiesen: thirst first, hunger first und dann lange nichts. Und er, der Bauch, hätte sich kürzlich mit der Nase unterhalten, es röche nach Speck, den man, wie wohl jeder wüsste, warm und kross genießen sollte. Wer es nicht bemerkt hat, mein Bauch tendiert zu Schachtelsätzen, wenn er sehr großen Hunger hat.

Kurz überlege ich, in Sachen Speck in die Diskussion mit meinem Bauch einzusteigen, bin dann aber zu gechillt, als dass ich es in Angriff nehmen mag. Ich lasse Bauch und Nase die Illusion, dass sich eine bauch- und nasengesteuerte Ines wenig später am Frühstücksbuffet einfindet.

Man mag vom unteren Ende der amerikanischen Kochkunst von Burger, Hotdogs & Co halten, was man will, aber die Frühstückskultur hat schon was. Da gibt es den besagten und zugegeben verführerisch duftenden Speck, der meine Nase seit einer Weile kitzelt, dass diese albern kichert. Neben allerlei auf der Basis von Ei und Bratkartoffeln überwältigt die Frischeabteilung mit allem, was der tropische Garten hergibt. Früchte einzeln aufgeschnitten und als Fächer drapiert leuchten um die Wette mit einem grandiosen Obstsalat. Am Buffet geht es bunt zu, wie am Flughafen. Es gibt Schokokuchen, direkt neben der Croissant-Abteilung und querab vom Key Lime Pie, einer hiesigen Spezialität aus dem Saft von Florida-Limetten, Eischnee und Kondensmilch. Klingt zweifelhaft, schmeckt aber himmlisch. So meint zumindest eine der Internetseiten, die ich konsultiert habe, um mich über die lokale Kochkunst zu informieren. Ich trete durchaus vorbereitet zum Frühstücksbuffet an.

Nase und Bauch schwärmen im Duett: ‚Boah, der Speck duftet unwiderstehlich. Zuerst zum Speck! Zuerst zum Speck!'

Ich seufze. ‚Ja, der Speck duftet verführerisch. Aber darf ich daran erinnern, dass wir so was nicht mehr essen?'

‚Ich will Speck!', brüllt mein Bauch unverhohlen. Ich kann froh sein, dass nur ich ihn höre, sonst würden wir des Lokals verwiesen.

‚Davon hatten wir's doch gerade, wir essen das nicht mehr.'

Mein Bauch fängt an zu heulen. Jetzt stehen wir an diesem famosen Frühstücksbuffet, genug Auswahl, um eine Woche lang jeden Morgen etwas anderes zu essen, und er versteift sich auf Speck. Nur, weil er den nicht haben kann. Typisch.

„Wie wäre es damit?", frage ich. Wir stehen vor Pancakes mit Ahornsirup. Dies sind nicht irgendwelche Pancakes, die da, wer weiß wie lange, warmgehalten werden. Nein, ein breit grinsender Jungkoch mit weißer Kochmütze bereitet die Pancakes frisch zu. Gut möglich, dass er deswegen so breit grinst, weil ich den letzten Satz laut ausgesprochen habe. Auf Deutsch wenigstens. Ich erröte, nur etwas, aber trotzdem.

‚Ohne Speck?', schnieft mein Bauch.

‚Ohne Speck', bestätige ich, bedacht, es nur intern zu tun.

‚Also gut', lenkt mein Bauch ein.

Ich seufze. Das Leben vereinfacht sich nicht dieser Tage.

Zum allumfassenden Frühstücksbuffet wird amerikanischer Kaffee bodenlos serviert, will heißen, soviel man möchte. Mama würde sagen, da hätte die Packung mit den Bohnen nur danebengestanden, ich würde sagen, bodenlose Frechheit, das als Kaffee zu bezeichnen. Aber er taugt, um der Süße in meiner Speisenwahl etwas entgegenzusetzen.

Letztendlich schwelge ich in Pancakes mit frischer Papaya, Ananas und Mango, ein paar Streifchen Speck und Ahornsirup. Das passt wunderbar zusammen, man mag es glauben oder nicht.

Ja, richtig, Speck. Ich bin schwach geworden und bin nicht stolz darauf.

‚Nur damit du's weißt', murre ich, ‚das nehme ich dir übel. Wir hatten eine Vereinbarung, die hast du gebrochen. Du dummer, dummer Bauch du. Wegen dir habe ich jetzt wieder ein schlechtes Gewissen und lebe nicht so, wie ich will. Und du weißt ja, was man sagt.'

‚Was sagt man?', fragt mein Bauch vergnügt. Er hat widerwärtig gute Laune, wenn er einen Sieg davonträgt. Anders ist nicht zu erklären, dass er völlig darüber hinwegsieht, dass ich ihn wieder einmal als dumm bezeichnet habe.

‚Ein schlechtes Gewissen schlägt auf den Magen', sage ich.

‚Oh', meint mein Bauch bedröppelt.

Nach dem Frühstück brauche ich einen Verdauungsspaziergang am Strand, um der Schwerkraft die Gelegenheit zu geben, die Unmengen an Nahrungsmitteln zu komprimieren. Ich bereue, dass ich am Buffet so zugelangt habe, denn ich bin in Bikiniland, in Fitnesswahn-Bikiniland um genau zu sein. Die ersten makellosen weiblichen und männlichen Exemplare rekeln sich am Strand und huldigen dem Körperkult.

Ich nutze den Strandspaziergang für eine Besichtigungstour der Lifeguard Posts: Bunte Holzhüttchen mit Terrassen stehen aufgebockt auf dem Strand, Ausguck für Rettungsschwimmer. Wie unsere DLRG-Posten, nur in cool und kreativ wartet die hiesige Hüttenkunst mit allen Farben und Formen auf.

Kapitel 17

Als ich zurück im Hotel die Rezeptionistin auf Englisch anspreche, schaut sie mich fragend an.

„Mrs. Vanessa West? Es tut mir leid, ich kenne keine Mrs. Vanessa West, Ma'am. Wer sollte das sein?"

„Der Eigentümer Tochter?", helfe ich ihr auf die Sprünge.

Sie schüttelt den Kopf und zuckt mit den Achseln. „Sorry, Ma'am."

„Würden Sie bitte so nett sein zu arrangieren, dass ich mit den Eigentümern sprechen könnte? Es ist eine Frage der höchsten Priorität in einer privaten Angelegenheit", krame ich mein höflichstes Englisch hervor.

Ihr Blick drückt weiterhin Zweifel aus, sie greift aber zum Telefon und flüstert hinein, bemüht, freundlich zu schauen. Sie bittet mich, zu warten.

Eine Mittfünfzigerin durchschreitet das Foyer. Ihr energischer Schritt wirkt zu groß für ihre Statur. Ich erkenne die Inhaberin von der Website des Hotels wieder.

„Hi, ich bin Susan West, der Manager. Nett dich zu treffen. Wie geht es dir?" Ein offenes Lächeln und eine Hand kommen auf mich zu. Kein Anflug von Trauer. Inzwischen müsste man sie über den Tod ihrer Tochter informiert haben. Wenn ich die Mutter betrachte, hege ich meine Zweifel.

Ich erwidere ihren Gruß und stelle mich vor. Was mache ich jetzt? Ich habe nicht damit gerechnet, dass ich die Hiobsbotschaft überbringen muss. Oder kann es sein, dass die Mühlen der internationalen polizeilichen Zusammenarbeit so langsam mahlen?

„Ich bin aus Deutschland. Aus Konstanz."

Sie nickt höflich lächelnd. „Das ist nett. Wie kann ich helfen?"

„Tust du den See von Konstanz kennen?"

Sie schüttelt den Kopf. „Nein, tue ich nicht, leider. Wo ist das?"

„Im Süden Deutschlands, auf der Grenze zur Schweiz."

„Interessant."

„Vanessa West. Sagt dir der Name etwas?"

„Leider nein. Warum würdest du das wissen wollen?"

„Du hast keine Tochter mit diesem Namen?"

„Bedauerlicherweise, ich habe überhaupt keine Tochter."

„Oh." Das trifft mich unerwartet. Ich muss kurz nachdenken. „Kannst du dir vorstellen, warum eine Vanessa West sagt, sie wäre deine Tochter?"

„Ich habe wirklich keine Idee." Ihre Augenbrauen ziehen sich alarmiert zusammen.

„Jeff Smith. Sagt dir der Name etwas?"

Sie sieht mich stumm an, verschränkt die Arme vor der Brust und meint: „Ich denke, ich muss die ganze Story hören. Bitte folge mir zu meinem Büro."

Wenig später sitzen wir genau dort, sie auf der einen, ich auf der anderen Seite ihres Schreibtisches, und ich habe den nächsten amerikanischen Kaffee vor der Nase. Mein Schreibtisch, das muss ich jetzt mal loswerden, würde im Vergleich zu ihrem hier einen Ordnungsfimmel-Contest gewinnen, aber nicht etwa, weil meiner so überaus aufgeräumt wäre.

Ich zücke mein Handy und zeige ihr ein Bild des glücklichen Brautpaares. Susan wird aschfahl. Ich wusste bis jetzt nicht, wie aschfahl genau aussieht. Nachdem ich nun ihr Gesicht gesehen habe: so!

„Ich kenne die Frau nicht, aber das ist Jeff Smith. Er hat eine Zeit lang mit uns gearbeitet, in der Administration."

„Mein herzliches Beileid", entfährt es mir auf Deutsch.

„Pardon?"

Ich erzähle, was es für Susan in meinen Augen an Wesentlichem zu wissen gibt. Ihre Augen werden immer größer, die Augenbrauen wandern stufenlos nach oben, bis sie am Haaransatz angekommen sind.

„Also, was denkst du?", frage ich.

„Ich weiß wirklich nicht, was das bedeuten soll."

„Das ist absurd, ist es nicht?", sage ich und erfreue mich an der englischsten aller Formulierungen.

„Ja, es ist. Ich bedaure, dass sie tot sind, aber ich muss auch sagen, dass etwas mit ihnen nicht stimmt, wenn er hier gearbeitet hat und sie sich als meine Tochter ausgegeben hat.

Denkst du, sie wollten The Charmond schädigen? Denkst du, sie haben The Charmond geschädigt?"

„Ich habe keine Ahnung", sage ich und verschwinde in meinen Gedanken. „Warum sollte man sich als Tochter von jemanden ausgeben?", frage ich mehr mich selbst auf Englisch, als sie.

Das Gespräch mit Susan regt an. Wir inspirieren uns gegenseitig zu Gedankengängen, spielen Brainstorming-Pingpong.

„Für einen oder mehrere Jobs", kommt mir in den Sinn. Ich sehe Susan freudig an, weil mir gerade ein Licht aufgeht. „Vanessa brauchte eine Referenz."

Wir kommen zum Schluss, ich sollte mit der Mitarbeiterin sprechen, die mit Jeff zusammengearbeitet hat.

„Und ich werde Jeffs Adresse nachsehen", sagt Susan, setzt sich eine Lesebrille auf, zögert und blickt mich über den roten Rand hinweg an. „Dies ist nicht in Übereinstimmung mit den Datenschutzvorschriften und unserer Unternehmenspolitik. Ich muss dich fragen: Welches Interesse hast du persönlich an der Sache?"

Ich spüre, wie mir das Blut in die Wangen schießt. Na ganz hervorragend. Über die Standleitung zwischen meinen Gefühlen und meiner Haut zu jammern, bringt nichts, hat es noch nie, wird es auch nie. Ich setze mich betont aufrecht hin und sage ihr mit festem Blick, wie es ist. Die Wahrheit. Die beinhaltet, dass ich nur meiner Neugier wegen quer über den Atlantik von einem Kontinent auf den anderen gereist bin, um mich an Vanessa Wests Wurzeln zu begeben, die, wie sich nun herausgestellt, nicht ihre Wurzeln sind. Ich hätte zufällig Ferien und wollte schon immer nach Miami. Kurz erwähne ich, dass ich letztes Jahr in ein paar Mordfälle hineingestolpert bin, und es den Anschein hat, als hätte ich Blut geleckt – im übertragenen Sinne.

„Ich bin eine Privatdetektivin ohne Auftrag, ich ermittle, weil ich neugierig bin und es wissen will."

Susan betrachtet mich und schmunzelt. „Wie Veronica Mars?"

Ich nicke, etwas verlegen, aber ohne rote Wangen. „Weniger organisiert, schlechter ausgerüstet und vermutlich älter, aber ja."

Sie zwinkert mir zu und dreht sich zu einem kleinen Tisch hinter sich, auf dem zwischen Aktenbergen ein Computer kauert. Kurz darauf schiebt sie mir einen Zettel mit einer Adresse über den Tisch: 615 NW 2nd Street, Suite 12.

„Du hast sie nicht von mir. Und du solltest dort nicht nach Sonnenuntergang sein, nicht allein." Sie steht auf und bittet mich zu warten.

Brav, wie ich da vor meinem kalten Kaffee hocke, obwohl es mir in den Fingern juckt, einen Blick auf Susans Monitor zu werfen, der mir entgegenleuchtet. Ich widerstehe. Gut so, denn sie kehrt schneller zurück, als gedacht, eine junge Mitarbeiterin an ihrer Seite. Das Metallschild an der hellblauen Businessbluse weist sie als Mariposa aus. Sie trägt die dicken schwarzen Haare zu einem strengen Dutt gedreht, auf ihrer Stupsnase sitzt eine riesige Brille, die sie alle Nasen lang mit dem Zeigefinger nach oben schiebt.

„Mariposa arbeitet in unserer Administration, viele Jahre schon. Sie war Jeffs Supervisor."

Viele Jahre schon ist amerikanische Übertreibung. Bei uns hieße das, zwischen zehn und zwanzig Jahren, Mariposa hätte im Alter von zehn Jahren hier anfangen müssen.

„Mariposa ist ein schöner Name", sage ich nach den üblichen englischen Begrüßungsfloskeln. „Was bedeutet er?"

„Schmetterling." Mariposa zieht eine Grimasse.

„How wonderful", rufe ich spontan. Ich für meinen Teil würde gerne Schmetterling heißen. Na ja, bei näherer Betrachtung vielleicht auch nicht.

„Was waren Jeffs Aufgaben?", komme ich zur Sache.

„Anfragen, Reservierungen, Buchungen, Datenablage und allgemeine Administration, Personal- und IT-Administration."

„Er hatte Zugriff auf alle Daten?"

Mariposa nickt und wirft Susan einen Blick zu, die ebenfalls nickt. „Ja, Ma'am."

„Was hast du von ihm gehalten?"

Sie schiebt ihre Brille nach oben. „Nun", und zögert. Wieder ein kontrollierender Blick zur Chefin, die aufmunternd nickt.

„Du weißt, dass er tot ist?", frage ich.

Mariposa nickt wieder. „Ja, Ma'am." Sie gibt sich einen Ruck. „Ich mochte ihn nicht. Er hat sich eingebildet, etwas Besseres zu sein. Er wollte Vorteile aus allem ziehen, die Fäden in der Hand halten. Und er war faul."

„Würdest du es für möglich halten, dass er The Charmond ausgenutzt, vielleicht sogar geschädigt hat?"

„Sofort!"

Susan runzelt die Stirn, setzt an, es zu kommentieren, lässt es dann aber bleiben. Vermutlich liegt ihr auf der Zunge zu erfragen, warum Mariposa bei derartigen Bedenken angesichts des sensiblen Postens nicht mit ihr darüber gesprochen hat. Ich zumindest würde es wissen wollen, sie vor allem ermuntern, in Zukunft sofort zu mir zu kommen, wenn sie derart über einen Mitarbeiter denkt.

Viel mehr ist aus Mariposa nicht herauszukriegen. Weder kenne sie Freunde von Jeff, noch wisse sie, ob er mit jemandem aus der Belegschaft näheren Umgang gepflegt hätte. Sie geleitet mich aus Susans Büro zurück ins Foyer, wo ich mich in einen weißen Rattansessel fallen lasse. Ein Gloria Estefan Mix dudelt. Mein Knie wippt im Takt von ‚Get on your feet'.

Was nun? Gedankenverloren betrachte ich die gerahmten Drucke von vintage Werbeplakaten für eine Wasserfluglinie auf den Florida Keys. Meine Informationsbeschaffung hat ja nun völlig andere Resultate zutage gebracht, als ich mir bei aller Fantasie hätte ausmalen können.

Vanessa West war nicht die schillernde Hotelerbin, für die sie sich ausgab, sie war … ja, was war sie? Eine Hochstaplerin? Allem Anschein nach. Aber keiner stapelt aus Spaß an der Freud hoch, sondern, um an etwas heranzureichen, das sonst zu weit oben hinge. An was wollte Vanessa heran? Sie bekam einen Job im Inselhotel, aber wozu?

Wenn ich Vanessa West wäre, eine Frau mit zweifelhaften Ambitionen, und ich würde mir eine gefakte Referenz schaffen wollen, um in Schaltzentralen von Luxushotels zu gelangen, was bräuchte ich dazu? Zeugnisse einer Hotelfachschule, Briefpapier des The Charmond idealerweise mit einer Empfehlung von Susan West samt Unterschrift, echt oder gefälscht. Um authentisch zu kommunizieren, am besten eine hauseigene E-Mail-Adresse.

Ich springe aus dem Rattan, flitze zurück zu Susans Büro und stürze im Überschwang hinein, ohne anzuklopfen. Susan schreckt auf, die rote Lesebrille, die zu weit unten saß, rutscht vollends von der Nase.

„Vielleicht hat Jeff für Vanessa eine Charmond-E-Mail-Adresse angelegt. Wenn ich es richtig verstanden habe, hatte er die Möglichkeit dazu. Wir sollten einen Blick darauf werfen", rufe ich in wackeligem Englisch. Die Aufregung wirft der Formulierkunst Knüppel zwischen die Beine.

Susan versteht sofort, winkt, ich möge ihr folgen, und schreitet voran. Kurz darauf stehen wir bei Mariposa im Büro, deren erstaunte Kollegin hinausgeschickt wird. Nur der Vollständigkeit halber: Das Büro ist wohlorganisiert. In diesem Zustand befanden sich sowohl Susans wie auch mein Büro nur für wenige Minuten, nämlich nachdem die Umzugsleute die Möbel abgestellt hatten und bevor wir Chaoten den Raum erstmalig betraten.

Mariposa wird blass um die Nase, als Susan und ich auf sie einreden, und ihr erläutern, was wir befürchten. Routiniert ruft sie das passende Programm auf. Ich stehe hinter ihr. Mein spitzer Zeigefinger deutet auf eine Zeile inmitten einer Liste von Einträgen:

vanessa@thecharmondhotel.com

„Bingo", flüstere ich.

Mariposa rutscht nervös auf ihrem Stuhl hin und her und schiebt alle zwei Sekunden die Brille nach oben. Vermutlich befürchtet sie, sie hätte etwas versäumt.

„Ich denke, es ist normal, die Liste nicht anzusehen. Normalerweise ist das kein Problem", sage ich an Susan gewandt.

In die Liste steigt der IT-Administrator nur, um eine neue E-Mail anzulegen, den Eintrag eines gekündigten Mitarbeiters zu entfernen oder umzuleiten. Man kommt, ändert gezielt und verlässt die Liste wieder, stöbert nicht darin herum. Wenig verwunderlich, dass der Eintrag unentdeckt blieb.

Mariposa lächelt mir erstmalig zu. Das sieht nett aus.

„Jeff hat eine Weiterleitung auf eine Google-Mailadresse konfiguriert, wie man sieht. Dort musste Vanessa nur die Mailadresse des Charmond als Absender eintragen, und schon sah es für jeden Korrespondenzpartner aus, als würde er sich mit einer Mitarbeiterin aus dem Charmond austauschen. Wenn wir Glück haben, hat Jeff vergessen, die Inbox zu deaktivieren", sage ich.

Mariposa nickt und klickt sich weiter. Und wir haben Glück. Nachrichten, die an Vanessas Hochstapler-E-Mail-Adresse gingen, wurden weitergeleitet und sind fein säuberlich in ein Postfach gelaufen.

Wir drei saugen geräuschvoll die Luft ein. Das hat etwas von synchronen Atemübungen.

„Oh mein Gott!", sage ich.

„Oh my god!", sagt Susan,

„Dios mío!", sagt Mariposa.

Der Posteingang ist gut gefüllt. Mariposa sortiert nach Absender und scrollt durch die Mails. Fünf Nachrichten stammen vom Inselhotel in Konstanz, die anderen aus europäischen Großstädten.

Mariposa öffnet wahllos ein paar Mails, die alle zum Gegenstand haben, dass Vanessa sich um eine Stelle beworben hat. Die Nachrichten enthalten entweder Absagen, klären Details oder beinhalten weitere Schritte hin zum Arbeitsvertrag. Einige enthalten genau das, Arbeitsverträge.

„Holy moly", murmelt Susan. „So viele!"

„Mariposa kannst du die Mails an diese Adresse senden, bitte?" Ich nehme einen Notizzettel vom wohlgeordneten Schreibtisch und notiere meine private E-Mail-Adresse.

„Sie hat wirklich The Charmond als Referenz missbraucht", murmelt Susan vor sich hin.

Ich lege ihr die Hand auf den Arm. „Es tut mir leid."

„Ich muss alle Hotels kontaktieren und es richtigstellen."
Sie springt auf, als wolle sie sofort loslegen.

„Ich denke, damit solltest du warten. Wir wissen nicht, was
Vanessa angestellt hat. Ich meine, nicht, dass jemand auf die
Idee kommt, du hättest verhindern müssen, dass etwas pas-
siert."

Susan sieht mich erschrocken an. „Ich hätte verhindern
müssen, dass etwas passiert? Aber was und wie?"

„Ich weiß nicht. Würde ich in deinen Schuhen stecken, ich
würde noch etwas warten. Nur für den Fall."

Kapitel 18

Dr. Frieder geht nicht an sein Handy. Dabei möchte ich die Neuigkeiten so schnell wie möglich loswerden. Kurz überlege ich, ob ich Vanessas Mails gleich an Arthur weiterschicke. Soll ich ihn darüber informieren, dass Vanessa nicht zur Charmond-West-Familie gehört? Näh! Ich will den Wissensvorsprung ein bisschen auskosten, aus bekannten und – wie ich finde – nachvollziehbaren Gründen. Außerdem darf man annehmen, dass die Ermittlungsbehörden sich Vanessas und Jeffs E-Mail-Konten vorknöpfen werden.

Ich sitze am Pool in einem Liegestuhl, nippe an einem Miami Cocktail, alkoholfrei wohl gemerkt, der aus Ananas- und Limettensaft, Pfefferminze und Zucker besteht, und lese mich systematisch durch Vanessas Mails, die Mariposa mir geschickt hat.

Ich komme auf dreiundvierzig Hotels, mit denen Vanessa korrespondiert hat. Von neunundzwanzig hat sie eine Absage erhalten. Bei den verbleibenden Vierzehn wurde in neun Fällen ein Arbeitsvertrag geschlossen. Sieben in der Vergangenheit, zwei Stellen sollte Vanessa in den nächsten Monaten antreten, jeweils für zwei Monate, wie im Inselhotel. Mit den restlichen fünf Hotels bleibt der Austausch unvollendet.

„Man kann nicht behaupten, dass du faul gewesen bist, Vanessa", murmle ich. „Deine Erfolgsquote für Initiativbewerbungen ist phänomenal. Da würden sich die meisten Bewerber die Finger danach lecken. Aber wozu wolltest du in all diese Hotels?"

In der Korrespondenz geht es um Handfestes. Ob ihre Sprachkenntnisse ausreichend seien? Vanessa gibt an, Englisch und Spanisch verhandlungssicher, Deutsch fließend und Französisch rudimentär zu sprechen. Bei abweichenden Gehaltsvorstellungen erklärt sich Vanessa schnell bereit, Abstriche zu machen. Darauf läge nicht ihr Fokus, schreibt sie mehrfach. Vielmehr sei ihr wichtig, Erfahrungen in Europa zu sammeln, um sich dafür zu wappnen, im zunehmenden Wettbewerb ihr kleines Hotel in Miami Beach erfolgreich durch die nächsten Jahrzehnte zu führen. Sie wolle eine bessere Vorstellung davon erlangen, was sich der europäische Gast wünscht. Sie schreibt auf hohem Niveau in der jeweiligen Landessprache. Über die spanischen Mails blättere ich hinweg.

Ein Räuspern. Ich schaue auf. Vor mir steht ein junger Ober, der ein rundes Tablett wie ein Steuerrad vor sich hält. Seine Arme und Beine sind extrem lang und dünn.

„Ich bin versorgt, danke", sage ich auf Englisch und proste ihm zu. Glas noch halb voll.

„Du bist Privatdetektiv?", fragt er und offenbart eine Lücke zwischen seinen Schneidezähnen, deren strahlendes Weiß in starkem Kontrast zu seiner dunklen Haut steht.

„Sozusagen."

„Ist es wahr, dass Jeff tot ist?"

Ich nicke. „Herzliches Beileid."

Er produziert ein abfälliges Schnauben, bei dem er ein Gesicht zieht, als hätte er in eine Zitrone gebissen.

„Du bist nicht traurig darüber?", interpretiere ich.

„Sicher nicht. Dieser Mann schuldet Jahrone Geld."

„Oh." Wer ist Jahrone?

„Weißt du, wo seine Lady ist? Vanessa?"

„Du kennst sie?"

Er schaut verdrossen. „Ja leider."

„Warum leider?"

„Seine Lady ist schlimmer als er. Ein schlimmer Finger."

„Ist sie das."

„Er war ein kleiner Gauner, sie ist eine große Betrügerin. Sie hat ihn gekillt, wette ich."

„Schwerlich", sage ich auf Deutsch.

„Pardon?"

„Vanessa ist auch tot."

„Eine fadenscheinige Ausrede", sagt er und winkt ab.

Ich blicke ihn entgeistert an, wie die Kuh, wenn's blitzt. „Äh, sie ist zuerst gestorben."

Jetzt sieht er mich mit offenem Mund an, wie der Ochs am Berg. „Du scherzt. Scherze nicht mit Jahrone."

Aha, er selbst ist Jahrone. Na dann ...

„Würde ich nicht wagen. Du sagst, sie war eine Betrügerin. Was genau hat sie gemacht?"

Jahrone winkt erneut ab, lässt den Kopf hängen, vermutlich, weil ihm klar wird, dass er sein Geld nicht wiedersieht. Er will schon von dannen ziehen.

„Bitte, Jahrone! Du würdest mir sehr helfen, wenn du mir sagen würdest, was sie gemacht hat." Das klang eindeutig zu verzweifelt.

Prompt grinst Jahrone mich über eine knochige Schulter hinweg an. „Weiße Touristinnen aus Europa, die ihn anflehen, ihnen zu helfen, mag Jahrone am liebsten."

Ich grinse und sage auf Deutsch: „Bilde dir bloß keine Schwachheiten ein, Jungchen."

„Was sagt sie?", fragt er.

Ich durchwühle mein Vokabelheft nach einer passenden Übersetzung, finde keine und winke ab. „Also, was hat Vanessa gemacht?", bohre ich nach, als mein Handy klingelt. Dr. Frieder ruft zurück.

„Nur eine Sekunde." Ich zeige Jahrone einen erhobenen Zeigefinger und flöte in höchsten Tönen ins Handy: „Hello my Darling. Darf ich dich gleich zurückrufen? Danke, tschühüss."

Jahrone blickt irritiert.

„Also, was hat Vanessa gemacht?", wiederhole ich eine Oktave tiefer.

„Irgendwas mit Computern."

„Geht's genauer?"

Er zuckt mit den Achseln. „Computer, Software und so 'n Scheiß."

„Aha. In Hotels?", tippe ich.

„Jahrone weiß nicht wo. In Europa."

„Und Jeff?"

„Ihr Mann. Jeff musste tun, was die Lady wollte. Du verstehst?"

Ich schüttle den Kopf und befürchte im nächsten Moment, dass ich keine Details hören möchte, was Jeff tun musste.

„Ja, du verstehst", sagt Jahrone.

Ich verstehe nicht und nicke trotzdem.

„Jahrone arbeitet, äh du arbeitest schon lange im The Charmond?"

„Drei Jahre. Guter Job. Der Boss ist cool."

„Susan?"

Er nickt. „Ya. Sie ist cool."

„Das ist sie", bestätige ich. „Wie viel schuldet Jeff dir?"

„Hundert Mäuse."

„Wenn es für deinen Boss okay ist, würdest du mir einen Gefallen tun? Für Hundert Dollar? Würdest du mich begleiten?"

Als er beginnt, breit zu grinsen und mir zuzuzwinkern, schlage ich mir mit der flachen Hand an die Stirn.

„Nein, nicht auf diese Art begleiten. Ich muss zu dieser Adresse." Ich zeige ihm den Zettel.

„In East Little Havana. Besser nicht nach Sonnenuntergang."

Es beruhigt, wenn zwei Menschen unabhängig voneinander die gleiche Meinung kundtun, beunruhigt aber kolossal, wenn es dabei um Sicherheitsfragen geht.

„Genau. Und besser nicht allein", bestätige ich.

Er nickt, taxiert mich und sagt: „Zweihundert."

Ich verenge meine Augen zu Schlitzen und fixiere ihn. „Hundertfünfzig. Fünfundsiebzig Dollar vorher, fünfundsiebzig Dollar, wenn du mich hier wieder ablieferst."

Er grinst Zahnlücke und hält mir die Faust hin.

Nachdem Jahrone in schleppendem, leicht hinkendem Gang abgezogen ist, was wohl lässig wirken soll, rufe ich Dr. Frieder zurück.

„Tut mir leid, musste mich mit Jahrone verabreden", witzle ich, obwohl das genau den Punkt trifft.

„Sach bloß. Jahrone klingt nach Karibik."

„Tut es das?"

„Jou. Wie geht's dir da drüben?"

„Sehr gut. Miami Beach ist toll", schwärme ich, obwohl ich außer einem überschaubaren Strandabschnitt noch nichts von Miami Beach gesehen habe. „Super Frühstücksbuffet. Würde dir gefallen."

„Denke ich."

„Stell dir vor, Vanessa ist nicht die Tochter von Susan West, der Eigentümerin vom Charmond. Jeff arbeitete hier im Büro und hat mal eben eine Charmond-E-Mail-Adresse für Vanessa angelegt. Mit der hat sie sich dann fröhlich in Hotels in Europa beworben, mit dem Charmond als Referenz."

„Oi!"

„Du sagst es."

Ich plappere eine Weile in sein Ohr, erzähle, was es Neues gibt und was mir einfällt und nichts mit dem Fall zu tun hat. Hemmungslos auf Deutsch zu quasseln, ohne nennenswert das Gehirn einzuschalten, tut gut.

Dann eröffne ich ihm, was ich vorhabe. Dr. Frieder ist erstaunlich schweigsam. Selbst für einen Dr. Frieder ist er das. Ja, da gibt es graduelle Unterschiede, die auszumachen, bedarf monatelanger Erfahrung.

„Und bei dir so?", frage ich.

„Hältst du es für eine gute Idee nach klein Kuba ..."

„Little Havana", korrigiere ich.

„Hältst du es für eine gute Idee nach Little Havana zu gehen? Jahrone hin oder her?"

„Ha ja."

„Musst du machen?"

„Muss ich machen."

Wir schweigen uns eine Weile an.

„Arthur wäre sauer, wenn er wüsste, dass ich es dir erzähle", sagt er dann.

„Und wir wollen nicht, dass Arthur sauer wird. Keiner will das. Also ich für meinen Teil werde es ihm nicht verraten. Was denn eigentlich?"

„Das dritte Opfer, bei dem der Öffentlichkeit gegenüber der Eindruck erweckt wird, es sei das dritte Tötungsopfer ..."

„Ist nicht tot?", wispere ich.

„Ist nicht tot."

Ich krame in meinen Erinnerungen, wie genau Dr. Frieder es am Telefon formuliert hat. „Aber hast du nicht gesagt, er

hatte ein Wurfmesser im Hals? Dr. Frieder! Du hast mich an-
gelogen!" Ich werde laut, aus purem Entsetzen. Das ist ja aber
auch zum Lautwerden. Soweit ich mich erinnere, ist es das
erste Mal, dass Dr. Frieder mir nicht die Wahrheit gesagt hat.
Ich formuliere besser um: Es ist das erste Mal, dass ich *entdecke*, dass Dr. Frieder mir nicht die Wahrheit gesagt hat.

„Würde ich nie. Nicht wegen so was."

„Hast du aber", insistiere ich.

„Nee. Er bekam ein Wurfmesser in den Hals, is so, und ich
habe von Opfer gesprochen. Das lässt die Diagnose offen."

Da verschlägt es einem doch glatt die Sprache.

„Hallo?", fragt er.

Da kann er lange halloen. Er mag nicht gelogen haben,
aber er hat zielgerichtet den Eindruck erweckt, die Lage wäre
eine andere.

„Hallo?"

„Ich würde ja sagen, komm du mir nur nach Hause, das
ergibt aber gerade keinen Sinn. Also, lass schon hören!",
brumme ich.

Ein leises Lachen. „Das Wesentliche weißt du. Ein Obdachloser mit großem Blutverlust durch eine tiefe Schnittwunde
im Hals, hervorgerufen durch ein Wurfmesser, das er sich offensichtlich selbst herausgezogen hat. Das Messer war vor
Ort, keine anderen Fingerabdrücke oder fremde DNA. Das
Opfer hat durch einen improvisierten Druckverband versucht, die Blutung zu stoppen. Der Mann ist eine ziemliche
Strecke gekrochen, daher die Blutspur, in die du gelaufen bist.
Von den ersten Beamten vor Ort wurde er tatsächlich für tot
gehalten. Sie sind nur nach den unsicheren Zeichen vorge-
gangen, fehlende Atmung, fehlender Puls und Hautblässe.
Mein erster Fall von Scheintod."

„Scheintod? Wow!"

„Meine Rede. Der Fachausdruck Vita reducta trifft's besser. Die Lebensvorgänge waren stark reduziert."

„Das heißt, wenn er aufwacht, wäre er ein Zeuge?"

„Jou."

„Für wie wahrscheinlich hältst du das?"

„Fifty-fifty."

„Und sonst so?"

„Ich vermisse dich."

„Oh", flöte ich und grinse von einem Ohr zum anderen. Es ist schön, vermisst zu werden. Aber ehrlich, ich muss ihn etwas zappeln lassen, wegen der Wahrheitslücke. Ich zähle bis zehn, länger ist nicht. „Ich vermisse dich auch. Gut, ne?", zitiere ich.

„Jou, sehr gut." Seine Stimme wird ganz weich.

„Hätte dich gern bei mir, komm doch rüber."

„Kann nicht weg. Praktikum in Freiburg, schon vergessen? Pass auf dich auf."

Kapitel 19

Im Anschluss bin ich wieder bei Susan im Büro und frage sie, ob sie es für eine gute Idee hielte, wenn Jahrone mich nach Little Havana begleiten würde. Beim Namen Jahrone huscht ein Lächeln über ihr Gesicht, die Sympathie scheint gegenseitig. Sie beteuert, sie hielte es für eine gute Idee, sie wüsste mich nicht nur sicherer, sondern auch besser unterhalten.

In der Folge habe ich mich in etwas geworfen, das nicht einengt, ohne dabei zu freizügig zu sein. Um es auf den Punkt zu bringen: Mein Outfit hat so gar nichts von Miami-Beach-Style. Zu viel Stoff, zu wenig tropisch, zu wenig Bein, zu wenig sexy, zu wenig Attitüde, zu viel Funktionalität.

Jahrone hat zugesagt, mich abzuholen. Ich trete aus dem Foyer auf die Straße, setze meine Sonnenbrille auf und sehe ihn lässig an eine Laterne gelehnt stehen.

„Wo hast du geparkt?", frage ich.

„Jahrone hat keinen Wagen", sagt er. „Wir nehmen den Bus." Dann hält er mir einen bemerkenswert schlüssigen Vortrag über den öffentlichen Nahverkehr im Allgemeinen sowie die hervorragenden Busverbindungen im Großraum Miami im Besonderen.

Die nächste Haltestelle liegt in Wurfentfernung vom Hotel in der Collins Avenue. Während wir dort warten, google ich aus egoistischen Sicherheitsgründen, welcher Bus wann wohin fährt, wo es umzusteigen gilt und wie ich zurückkäme, sollte Jahrone unterwegs einem Rock hinterherlaufen oder mir anderweitig verlustig gehen.

Wir steigen von tropischen dreißig Grad in den auf gefühlt sechzehn Grad heruntergekühlten Bus. Ich kriege eine spontane Gänsehaut und wünschte, ich hätte eine Jacke mitgenommen.

Jahrone derweil legt dar, dass die Welt ein CO_2-Problem hätte, das sich zu einer echten Monster-Bitch auswachse. Wenn die Baby-Jahrones der Baby-Jahrones – seine Worte – nett leben sollen, müssten wir verdammt noch mal den Hintern hochkriegen, und uns wirksam um das Klima kümmern. Denn, so führt er aus, es sei kaum relevant, ob dein Job über vierzig oder zweiundvierzig Stunden pro Woche ginge, wenn dir das Wasser bis zum Hals stünde, wie es gerade in Florida mit Hurrikans und Zeug immer öfter vorkäme. Ein Auto käme daher für ihn gar nicht in die Tüte. Abgesehen davon hätte er derzeit einen klitzekleinen finanziellen Engpass, was aber nur eine vorübergehende Erscheinung sei.

Jahrone quasselt ohne Unterlass auf mich ein. Unterhaltsam ja, auf Dauer aber anstrengend. Er gibt sich kaum Mühe, gut zu artikulieren. Ich höre eine Menge Wörter, deren Sinn ich nur erahnen kann. Dafür gewinnt es an Authentizität.

Das Miami Metrobus System spannt ein erstaunlich enges Netz über Miami Beach – die vorgelagerte Sandbank, wo das süße Strand- und Partyleben spielt – und das eigentliche Miami. Wir sitzen in der Expresslinie 120, die Miami Beach mit Downtown Miami verbindet, und sausen über den palmenbestandenen MacArthur Causeway. Er verbindet eben jene Sandbank mit der Innenstadt. Wohin der Blick sich wendet: überall Wasser. Links die Kulisse des Hafens mit Kreuzfahrtschiffen, zehn Stockwerke hoch, auf der anderen Seite Privatinseln wie Star Island mit Millionärsvillen, davor Segeljachten und Motorboote an Bojen, in Fahrtrichtung die Skyline von Downtown Miami. Ich wünschte, der Bus würde langsamer fahren.

In der Innenstadt steigen wir um in die Linie 11. Wenig später zieht Jahrone an der gelben Schnur, die unter den Fenstern über die ganze Länge des Busses gespannt ist, um einen Haltewunsch anzumelden. Eine Leine, an der man zieht, um etwas zum Halten zu bringen? Hat was von Pferdekutsche.

Der Bus spuckt uns Flagler Street Ecke Northwest 6th Avenue aus, direkt Mariposa vor die Füße.

„Was für eine Überraschung!", rufe ich und meine das in doppelter Hinsicht. Erstens, wie groß ist die Wahrscheinlichkeit, ihr in einer Millionenmetropole an einer beliebigen Straßenecke zu begegnen? Und zweitens zeigt sie sich kolossal verändert: Sie steckt in einem schwarzen Carmenkleid mit einem knallroten Gürtel, das schwarze Haar wallt ihr über die bloßen Schultern, die große Brille fehlt.

„Du siehst großartig aus."

Sie winkt ab und nickt Jahrone kurz zur Begrüßung zu.

„Sie hat recht, Bonita", sagt Jahrone.

„Wir sollten mal einkaufen gehen", revanchiert sie sich für mein Kompliment und deutet mit spitzem Finger im Zickzackkurs von oben nach unten auf mein Outfit.

„Praktisch", sage ich.

„Ihr Deutschen seid immer praktisch. Aber das ist nicht die Aufgabe. Es geht um Stil", belehrt sie mich. "Lasst uns gehen."

Jetzt erst wird mir bewusst, dass Mariposa uns wohl begleiten wird.

„Es ist gut, Unterstützung durch eine Latina zu haben", informiert Jahrone. Da ist was dran. Schließlich begeben wir uns nach Little Havana, wo ein Großteil der Einwohner lateinamerikanischer Herkunft ist oder zumindest dort seine Wurzeln hat.

Jeffs Apartment in 615 NW 2nd St, Suite 12 liegt nur ein paar Blocks von der Bushaltestelle entfernt. Die Adresse heißt so viel wie: die zweite Straße in nordwestliche Richtung parallel zur Fagler Street, dort zwischen der 6. und 7. Avenue, daher die Hausnummer 615. Bei einer Stadt Marke Schachbrett muss man sich nur wenige Straßen merken, der Rest lässt sich herleiten, selbst in welchem Block eine Hausnummer zu finden ist. Ganz einfach. Ja, auch ich bin froh, dass es Google Maps gibt, und würde auf Dauer Straßennamen wie Gartenstraße und Sonnentauweg vermissen.

Die Nachbarschaft erscheint mir weit weniger schlimm, als ich sie mir ausgemalt habe. Es liegt ein bisschen Müll hie und da. Das Apartmenthaus ist dreigeschossig, einfach, aber nicht verwahrlost, wenn auch das Banner ‚Apartment zu vermieten' über der Tür nur an drei Ecken hängt. Eine Palme davor. Die Anwesenheit von Palmen bedeutet ja prinzipiell, dass wir uns in paradiesischen Zuständen befinden und alles in bester Ordnung ist.

Rechts des Hauses eine Bretterwand, links ein großer Parkplatz, der über die ganze Tiefe des Baus verläuft.

„Es ist nicht zu schlecht", sage ich. „Was ist das Problem?"

„Das ist das Problem", sagt Mariposa grimmig, nimmt eine meiner roten Locken zwischen ihre Finger und wedelt mir damit vor der Nase herum. „Nach Sonnenuntergang. Jetzt nicht."

Ich verstehe immer noch nicht, will aber endlich anfangen.

Wir kommen schnell zum Schluss, es bei der Telefonnummer zu versuchen, die im Vermietungsangebot über der Tür angegeben ist. Kurz darauf plappert Mariposa in einem Affenzahn auf Spanisch in ihr Handy. Ich verstehe nur einmal ‚Hola' am Anfang.

„Er wird in fünf Minuten kommen", meldet sie schließlich.

„Lasst uns so lange auf der anderen Straßenseite nachfragen, ob jemand Jeff kennt. Jeff war kein Latino. Oder war er? Er ist vermutlich aufgefallen", sage ich.

Mariposa sieht mich kritisch an. „Du weißt nicht, was ein Latino ist?"

„Doch tue ich", widerspreche ich.

Eine Hand in die Hüfte gestemmt vollführt die andere wieder dieses Zickzack-Zeigefinger-Ding über meine Person.

„Was?", schnappe ich.

„Wir müssen einkaufen gehen und dich erziehen", sagt sie, als wäre ich ihr neues Sozialprojekt.

Seit Mariposa zu uns gestoßen ist, hüllt Jahrone sich in Schweigen, was zweierlei bedeuten kann: Entweder er kann sie nicht leiden oder er kann sie außerordentlich leiden. Da er sie hinzugebeten hat, tippe ich auf Letzteres, will die Sache aber beobachten, ob sich weitere Anzeichen finden.

Mit Mariposa und Jahrone im Fahrwasser marschiere ich über die Straße und klingle bei einem rosafarbenen Einfamilienhaus. Ein Tock-Tock nähert sich der Tür von innen. Nach einer halben Ewigkeit wird von einer gebeugten Frau mit Stock geöffnet. Sie blinzelt zu mir hoch.

„Hi, danke fürs Öffnen", sage ich auf Englisch und zeige ein, wie ich finde, gewinnendes Lächeln. „Kennst du Jeff, der gegenüber wohnt? So groß?" Ich deute mit abgewinkelter Hand eine Größe, die meiner eigenen entspricht. „Braune

Haare und trainiert. Hat eine blonde Frau." Ich lasse mich hinreißen und gestikuliere, dass Vanessa obenherum kräftiger war, als ich.

Beim nächsten Blinzeln ergießt sich ein Schwall Spanisch über mich, ein krächzender Schwall, bei dem meine Haare nach hinten flattern müssten. Dazu fuchtelt die Frau mit der Gehhilfe herum, führt sie gefährlich nah in meine Richtung. Ich gehe vorsorglich in Deckung, nur um aus halber Höhe zu verstehen, dass sie auf die gegenüberliegende Straßenseite deutet. Ich verstehe kein Wort, aber nett ist es nicht, was sie sagt.

Mariposa schiebt mich mit dem Ellbogen zur Seite, baut sich vor der Dame auf und schwallt zurück. Sie benutzt eine Hand zur Unterstützung und stemmt die andere in die Hüfte. Das sieht Angst einflößend aus. Ich weiß nicht, wen ich bedrohlicher finde, die alte Frau oder Mariposa. Ich werfe Jahrone einen Blick zu. Er starrt Mariposa fasziniert an und lächelt entrückt. Eindeutig: Er hat etwas für sie übrig.

Die Satzmelodie am Ende von Mariposas Redeschwall lässt auf eine Frage schließen. Das bestätigt sich, als die alte Frau wieder übernimmt. Der Tonfall ist freundlicher, aber nicht weniger schwallartig.

Wir gehen auf die andere Straßenseite zurück. Als Mariposa nicht von sich aus mit der Sprache herausrückt, frage ich mal nach: „Was hat die alte Dame gesagt?"

Mariposa sieht mich an und grinst. „Sie kennt Jeff. Er schuldet ihr hundert Dollar. Sie ist böse auf ihn. Er hat gesagt, er will für sie einkaufen, weil ihr Sohn keine Zeit hat. Das hat Jeff aber nie gemacht. Sie hat gesagt, wenn sie uns helfen kann, will sie das gerne tun, um diesem Hijo de Puta eins auszuwischen."

„Du hast ihr nicht gesagt, dass er tot ist?"

Mariposa zuckt mit einer Schulter. „Warum sollte ich?"

In dem Moment klappert und dröhnt ein Gefährt die Straße herunter und kommt vor dem Eingang des Apartmenthauses zu stehen. Heraus wälzt sich eine streng riechende Type mit rötlicher Haut. Limburger ist das Erste, was mir durch den Kopf schießt. Der Mann ist wie die Käsesorte: schmierig, mit Rotschimmel, der Stinkekäse schlechthin, der mit Schweißfüßen assoziiert wird. Das gestreifte Hemd steckt nur zur Hälfte in der Anzughose, die Limburger hochziehen muss, weil sie von seiner Wampe nach unten gedrückt wird. Danach fährt er sich durch die fettigen Haare und streckt mir die Hand entgegen. Sein Grinsen ist so unsauber wie die ganze Erscheinung.

„Du musst Mariposa sein", sagt er auf Englisch an mich gerichtet. Das ergibt ja nun überhaupt keinen Sinn, da er am Telefon Spanisch gesprochen hat und ich statistisch betrachtet eher nicht nach einer Mariposa aussehe.

Diese bemüht erneut ihren Ellbogen, wofür ich ihr diesmal dankbar bin. Sie schiebt mich aus der Reichweite des Limburgers und verhindert, dass seine Hand die meine berührt. Noch mal Glück gehabt. Da kann man sich ja sonst was holen.

Dann redet Mariposa auf ihn ein. Limburgers Lächeln wird schmaler, bleibt aber bestehen. Sein Blick flackert zwischen Mariposa und mir hin und her. Ich möchte nicht wissen, welche schmierigen Zahnräder hier ineinandergreifen. Dieser Kopf ist von innen mindestens so unappetitlich, wie von außen.

Egal, was Mariposa ihm gesagt hat, es wirkt. Limburger wurschtelt einen großen Schlüsselbund aus der Hose, die er erneut hochzieht, und schließt die Haustür auf.

Ich greife in meine Tasche und gebe eine Runde Latexhandschuhe aus. Ich bin durchaus etwas stolz darauf, meinen Koffer so vorausschauend gepackt zu haben. Eine Schnüfflerin auf Reisen. Die Handschuhe werden nicht verhindern, dass unsere DNA munter in die Welt springt, aber DNA wird bei der Einreise in die Vereinigten Staaten nicht genommen, Fingerabdrücke schon.

Mariposa nimmt die Einmalhandschuhe ohne zu zögern entgegen und nickt zustimmend, Jahrone stutzt kurz, zieht sie dann aber ebenfalls über.

Limburger schlappt uns voran durchs Treppenhaus. Auch das bleibt klar hinter meinen Befürchtungen zurück. Gottlob müffelt es nicht, na, außer nach Stinkekäse natürlich, in dessen Kielwasser wir uns bewegen.

Im ersten Stock muss Limburger einige Schlüssel probieren, bis sich die Tür mit der Nummer 12 öffnen lässt. Er stößt sie auf und lässt uns den Vortritt.

Wir betreten das Reich eines egozentrischen Mannes. Viel Schwarz, viel Grau, viel Edelstahl, große Musikboxen, maßlose Flatscreens sowohl im Wohnzimmer als auch im Schlafzimmer, Spiegel allerorten, auch über dem Bett. Im Bad hängt, ich kann ein Kichern nicht unterdrücken, ein Ölgemälde von Jeff mit freiem Oberkörper. Eher ein Narzisst als ein Egozentriker.

Wo immer Vanessa gewohnt hat, hier nicht. Gut vorstellbar, dass Jeff über seine Verhältnisse gelebt hat. Also haute er jeden an, der ihm über den Weg lief, ihm hundert Dollar zu leihen. Das läppert sich.

„Frag ihn, ob Jeff ihm auch hundert Dollar schuldet", flüstere ich Mariposa zu.

Sie schenkt mir einen schrägen Blick. „Habe ich schon. Tut er."

Ich nicke ihr anerkennend zu. Sie lächelt leicht.

„Kannst du ihn in ein Gespräch verwickeln, sodass ich ein paar Schubladen öffnen kann?", flüstere ich.

Sie nickt und steuert resolut auf Limburger zu.

Ich beginne im Schlafzimmer. Die Wäscheschubladen aufgeräumt, die Socken gerollt, die Boxershorts halb gefaltet, Gürtel, Krawatten. Wie aus dem Blog ‚Schubladenorganisation leicht gemacht'. Ein Narzisst mit Ordnungsfimmel? Das sind mir die Liebsten.

In der Schublade eines Sideboards werde ich fündig. Kein Computer, aber eine Liste von Hotels mit Adressen, die den Hotels in Vanessas E-Mail-Postfach entsprechen. Daneben ein paar Schriftstücke, die ihren Inhalt nicht auf Anhieb offenbaren. Kurzerhand fotografiere ich mit meinem Handy drauflos.

Erschrocken zucke ich zusammen. Jahrone tritt neben mich. Er deutet mit dem Kinn Richtung Schublade. „Was ist das?"

„Ich denke, das sind Papiere, die, wie hast du gesagt? Computer, Software und so 'n Scheiß, betreffen."

Ich blicke auf, Jahrone in die Augen und versuche den Gesichtsausdruck zu deuten. Seine Augenbrauen sind nach unten gerutscht, seinem Gesicht fehlt der sonst eigene Sonnenschein.

„Er hatte Geld. Dieses Arschloch hatte richtig viel Geld und hat sich von allen hundert Mäuse ergaunert, die es viel nötiger hatten", brummt er.

Ich nicke. „Aber du weißt nicht, ob das alles hier", ich mache eine ausladende Geste über die Dinge, die Jeff meinte, anhäufen zu müssen, „ihm gehörte. Und am Ende hat es ihm nicht genützt."

Jahrone legt für ein paar Schläge seiner langen schwarzen Wimpern die Stirn in Falten, dann zeigt er die volle Breite seiner blendend weißen Zähne. „Wo Jeff jetzt ist, möchte Jahrone nicht hin. Halleluja! Praise the Lord!" Beim letzten Satz wandern seine Hände in eine Aufwärtsbewegung und sein Blick nach oben.

Ich fotografiere die letzten Schriftstücke, da ertönt Lärm aus dem Treppenhaus. Ein Rumpeln, ein Trappeln, Männerstimmen, darüber Mariposas Organ in schriller Höhe, die Stimme des Limburgers in beschwichtigendem Singsang, alles auf Spanisch.

Jahrone spurtet los. Ich muss zunächst das Handy verstauen, die Papiere zurücklegen und die Lade schließen, sprich alles so hinterlassen, wie ich es vorgefunden habe, dann folge ich ihm.

Kapitel 20

Grund der Unruhe im Treppenhaus sind zwei Männer, die als Set verblüffende Ähnlichkeit mit Roger Merians Kleiderschränken haben. Sie sind kleiner, dafür breiter, und transportieren mehr Coolness. Muss an der Seite des Atlantiks liegen. Die schwarzen Haare tragen sie in Pferdeschwänzen, Gelverbrauch geschätzt eine Tube pro Woche. Ich dachte, das sei out. Sie warten nicht mit Maßanzügen auf, sondern mit schwarzen Hemden über schwarzen Hosen. Der eine trägt eine Lederjacke, der andere ein Goldkettchen. Die Verniedlichungsform kann man ebenso gut weglassen.

Ihr Styling wird durch verspiegelte Sonnenbrillen und Rap Industry Standard Bärte ergänzt. Wer sich fragt, auch wenn wir jetzt für solche Details keine Zeit haben: Der Bartstyle besteht aus einem dünnen Schnurrbart, der rechts und links des Mundes in einer dünnen Linie senkrecht nach unten bis zum Kinn verläuft, um dort auf einen gleichfalls dünnen Backenbart und einen Kinnbart zu treffen. Keine Gesichtsbehaarung, die sein Halter einfach erreichen kann. Das Teil will gut gepflegt sein. Hier tippe ich auf den Figaro des Vertrauens, bei dem sie jeden Tag vorbeischauen, unentgeltlich im Austausch dafür, dass sie dessen Mobiliar in einem Stück lassen.

Der Kleiderschrank mit Lederjacke umklammert Mariposas Oberarm mit festem Griff. Sie schimpft auf ihn ein, fuchtelt mit ihrer freien Hand vor seiner Nase herum, ihre Mähne fliegt, ihre Augen funkeln. Ihn scheint das nicht im Mindesten zu beeindrucken. Derweil drückt Goldkettchen den Limburger an die Wand. Der wimmert, windet sich und wischt wiederholt mit dem Handrücken über Stirn und Oberlippe.

Jahrone hat sich vor Mariposas Kleiderschrank aufgebaut. Naheliegend. „Hey man, cool it! Hey man, cool it!", wiederholt er in einer Tour, was wohl so viel bedeutet wie, der andere solle sich abregen. Dabei hampelt Jahrone herum, die dünnen Armen fliegen in Kreisbewegungen, was wenig abkühlende Wirkung hat. Der Kleiderschrank sieht mit starrer Miene durch Jahrone hindurch, wedelt mit der freien Hand, als verscheuche er eine Fliege.

Ich habe keine Ahnung, was hier Thema ist, also frage ich mal nach. Dabei gehe ich streng nach Charles vor: Rücken durchdrücken, Körperspannung herstellen, große, selbstbewusste Schritte ohne Zögern, eine tiefe, feste Stimme, laut, aber nicht geschrien. Der Kloß im Magen, der sich bilden, das Ines-typische Geplapper, das aus mir heraussprudeln will, das alles schlucke ich kräftig herunter und hoffe, dass es da bleibt.

„Was ist das Problem?", frage ich auf Englisch, stelle mich breitbeinig hin, Arme locker herunterhängend, und blicke von einem zum anderen Kleiderschrank, um festzustellen, wer das Sagen hat. Der bei Mariposa fühlt sich angesprochen. Klar. Wenn ich hier das Sagen hätte, würde ich auch dem anderen den Verwalter überlassen. Limburger will man nur mit Putzhandschuhen anfassen und der Goldkettchen Kleiderschrank hat, als hätte er's geahnt, Handschuhe an. Nicht etwa Putzhandschuhe, das wäre witzig, sondern farblich passende Lederhandschuhe, deren Anwesenheit ich in einer Situation wie dieser als unheilschwanger empfinde. Niemand zieht bei dreißig Grad Handschuhe aus modischen Erwägungen an. In seinem hinteren Hosenbund steckt denn auch das passende Accessoire: eine Waffe.

Mariposas Kleiderschrank schiebt seine Spiegelbrille nach oben und mustert mich. Sein Blick bleibt deutlich zu lange in Gegenden hängen, wo er nichts zu suchen hat. Auf seinem Gesicht geht ein Lächeln auf, das eine Reihe regelmäßiger Zähne entblößt, darunter einer mit einem Brillanten darin. Auch das, dachte ich, sei out. Dieser Jugendsünde ist er schon vor Jahren entwachsen, vor allem in die Breite.

„Was haben wir denn hier?", fragt er in anzüglichem Tonfall auf Englisch.

Soviel zur Wirkung meines funktionellen und, laut Mariposa, stillosen Outfits, das ich heute gewählt habe. Um es endlich Mal beim Namen zu nennen, jetzt wo gerade Zeit ist. Ich trage eine schwarze Haremshose. Wer sich fragt: Das sind die weiten Hosen, deren Schritt kurz über den Knöcheln hängt. Sie sind bei höheren Temperaturen luftig und angenehm zu tragen, bedecken sittsam die Beine und jegliche weibliche

Rundung, kaschieren Problemzonen, so vorhanden, ohne die Bewegungsfreiheit einzuschränken. Man kann sie getrost auch Fresshose nennen. Die letzte Berühmtheit, die solche Hosen trug, war Aladin.

„Was ist das Problem?", wiederhole ich leise, als hätte Brilli nichts gesagt und sehe aus geringer Entfernung starr in die nun unverspiegelten Augen hinunter. Ich lege meine Hand ruhig auf die seine, woraufhin er seinen Schraubstockgriff löst.

Mariposa reibt sich den Arm, blitzt Brilli zornig an und holt Luft. Ich befürchte eine weitere Schimpftirade, doch sie schließt unverrichteter Dinge den Mund.

„Würden die Herren gerne hereinkommen, damit wir besprechen können, was das Problem ist?", frage ich und lächle ihn an. Kein strahlendes Lächeln, ein verhaltenes Höflichkeitslächeln. Sein Brilli zeigt sich wieder.

„Sweetie, ich gehe überall hin mit dir", schleimt er, was ich auch diesmal behandle, als wäre es nicht gesagt worden. Stattdessen mache ich eine zuvorkommende Geste Richtung der Tür mit der 12, er möge vorangehen. Er nickt, besteht in Form einer Handbewegung aber darauf, er wolle uns den Vortritt lassen. Sein Kompagnon erhält ein Zeichen, lässt daraufhin den Limburger los, nicht ohne ihm mit dem Zeigefinger zu drohen, wie es ein Lehrkörper tun würde. Ist Limburger auf dem Gang gerannt und hat damit ein Verbot missachtet?

Drinnen bitte ich die Kleiderschränke mit einer Geste, auf Jeffs Ledersofa Platz zu nehmen, was sie brav machen. Mir stockt der Atem. Denn Goldkettchen zieht seine Waffe aus dem hinteren Hosenbund, jedoch nur, um sie vorne wieder hineinzustecken und sich aufs Sofa fallen zu lassen. Ich atme aus, ganz leise, und hoffe, dass meine Schrecksekunde unbemerkt bleibt. Die Kleiderschränke lümmeln breitbeinig, schließlich lebt man als Macho.

Mariposa folgt meinem Beispiel, schnappt sich einen Stuhl vom Esstisch und platziert ihn gegenüber dem Sofa, den Couchtisch zwischen uns und den Kleiderschränken. Jahrone steht lässig in den Türrahmen gelehnt, die dünnen Arme vor der Brust verschränkt, sein Blick undurchdringlich mit einer Prise Skepsis.

Limburger scheint uns nicht gefolgt zu sein, was sich kurz darauf bestätigt: Auf der Straße heult ein Motor auf, Reifen quietschen und ein Gefährt klappert und dröhnt davon. Dann ist es still.

„Gut. Nun sitzen wir zivilisiert an einem Tisch. Wie kann ich helfen?", frage ich mit einem Lächeln, das sich unsympathisch und selbstgefällig anfühlt, mir aber den Rücken stärkt. Ich sitze auf der vorderen Hälfte des Stuhls, leicht unter Spannung und trotzdem relax. Zumindest äußerlich. In mir will die chaotische Ines ans Ruder. Im Moment wird sie durch Charles' Training in Schach gehalten. Wie lange, ist allerdings die Frage, der Kampf erweist sich als höllenanstrengend.

„All dies", sagt Brilli und macht eine ähnlich ausladende Geste über die Inneneinrichtung wie ich zuvor, „gehört unserem Boss."

Aus dem Augenwinkel sehe ich, wie ein Lächeln über Jahrones Gesicht huscht.

„Darf ich fragen, wer dein Boss ist?", frage ich ausgesucht höflich.

„Nein, darfst du nicht", entgegnet Brilli schroff, besinnt sich dann aber. „Das tut nichts zur Sache. Mariposa kennt ihn."

Mariposa zeigt ein einzelnes grimmiges Nicken.

„Nun gut", sage ich. „Warum gehört all dies deinem Boss?"

„Jeff Smith hatte Schulden bei meinem Boss."

„Ich verstehe. Ihr wisst, dass Jeff tot ist?"

Er nickt und bekreuzigt sich. „Armer Kerl." Das kommt authentisch.

„Wie viel?", frage ich.

„150.000 Dollar."

Jahrone pfeift leise.

Man könnte zur Meinung gelangen, Jeff war alles andere als ein netter Mensch. Offensichtlich war er selbstverliebt, hat andere über den Tisch gezogen, wo er konnte, häufte Schulden an und hatte ein Unordnungsproblem. Klar, wenn ich ein

Ordnungsproblem habe, hatte er ein Unordnungsproblem. Erstaunlich, dass der Narzisst über Vanessas Tod dermaßen bestürzt war und am Broken-Heart-Syndrom verstarb.

Ich bin in meinen Gedanken versunken, eine Eigenschaft der chaotischen Ines, die sich kurzzeitig ans Ruder gemogelt hat. Die Charles trainierte Variante schubst sie weg und stellt sich breitbeinig in den Vordergrund.

„Wie ist das passiert, 150.000 Dollar?", frage ich. Auch wenn einiges Geld in diesem Apartment steckt, 150.000 Dollar sind es nicht.

„Spielschulden", sagt Brilli mit einem Grinsen. Soll die Mimik heißen, es ist gelogen? Ich bin mir nicht sicher.

„Kannst du dir denken, warum jemand Vanessa West umgebracht hat?"

„Du willst nicht wissen, warum jemand Jeff umgebracht hat?", fragt Brilli. Sein selbstgefälliges Lächeln weicht einem mild erstaunten Gesichtsausdruck.

„Ich habe meine Gründe." Ich versuche mich an einem Grinsen, das alles heißen kann. Na, das muss ich noch üben.

Brilli grinst zurück. „Sweetie."

„Und? Vanessa West?", hake ich nach.

„Jeff war ein kleiner Fisch, ein kleiner Gauner. Vanessa aber ...", Brilli pfeift am Glitzerzahn vorbei und schüttelt die Hand, als hätte er sich verbrannt.

„Was war mit ihr?"

„Wir hatten Order vom Boss, sie in Ruhe zu lassen. Sie hatte mächtige Freunde. Freunde ist vermutlich das falsche Wort."

„Welches ist das richtige Wort?", bohre ich nach.

„Kunden."

„Sie hat etwas an mächtige Menschen verkauft? Was?"

„Informationen. Private Informationen, Business Informationen, Kreditkarteninformationen. Sie war gut. Sprachen und Technik waren ihr Ding. Der Boss hat immer gesagt, Vanessa hätte einen scharfen Verstand. Ich fand ja, sie hatte einen scharfen Körper." Er grinst anzüglich und mustert mich wieder von Kopf bis Fuß. „Was ist das für ein seltsames Ding, das du da trägst?" Er deutet auf meine Hose.

Ich ignoriere ihn und denke laut nach. „Einer ihrer Kunden hat sie umgebracht?"

„Nicht selbst."

„Nein, natürlich nicht selbst. Aber warum? Weil sie etwas herausgefunden hat? Weil sie zu viel für eine Information wollte? Hast du eine Idee?"

Er zuckt mit den Schultern.

Ich springe auf und versetze Goldkettchen, der entspannt neben seinem Kumpel gefläzt hat, einen gezielten Fingerstoß hinter das Schlüsselbein. Direkt auf den Nervenpunkt. Sein rechter Arm ist außer Gefecht gesetzt, was er mit erstauntem Gesichtsausdruck zu Kenntnis nimmt. Ich ziehe die Waffe aus seinem Hosenbund und richte sie auf Brilli.

Ich habe lange mit mir gekämpft, ob ich es wagen soll. Charles hätte mir dringend abgeraten, weil zu fortgeschritten für meinen Trainingszustand. Wäre der Gegner in Bewegung, wäre das nicht zu machen. Aber wann hat man schon mal die Chance, dass einer ruhig dasitzt? Eben. Ich konnte nicht widerstehen.

Jahrone im Türrahmen atmet laut aus, Mariposa blitzt mich zornig an. Wieso blitzt sie mich an?

Goldkettchen hält sich den Arm, tastet ihn ab, wirkt fassungslos, soweit ich das seiner Spiegelbrille entnehmen kann, sagt aber kein Wort.

„Ich bitte, die Vorsichtsmaßnahme zu entschuldigen." Ich richte die Waffe weiterhin auf Brilli. In der Haremshose perlen ein paar Schweißtropfen am Bein hinunter. Das Herz schlägt mir bis zum Hals. Ich muss die Coole mimen, sonst geht es schief.

„Wir haben kollidierende Interessen, aber nur zeitlich. Ich möchte dich bitten, deine Waffe mit zwei Fingern langsam auf den Tisch zu legen. Mariposa wärst du so nett?"

Brilli greift in seine Lederjacke und betrachtet mich mit zu Schlitzen zusammengekniffenen Augen. Ich warte, bis die

Transaktion vollzogen ist. Goldkettchen reibt sich noch immer die Schulter und wirft mir einen verspiegelten bösen Blick zu.

„Ich bitte euch zu gehen. Kommt in einer Stunde wieder. Dann werden wir weg sein. Könnt ihr das für mich tun?" Ich habe absichtlich eine überhöfliche Formulierung verwendet. Es ist nicht nötig, dass ich sie wütend mache. Im Moment sehen sie – äußerlich zumindest – erstaunlich entspannt aus.

Brilli nickt stumm.

„Ich denke nach wie vor, dass ihr echt coole Jungs seid. Ich bitte um Verzeihung, dass dies nötig ist. Wir werden mit niemandem darüber sprechen. Ich kenne sowieso niemanden hier. Aber ich befürchte, wenn ich Euch ohne die Unterstützung", ich mache eine kleine Bewegung mit der Waffe, „darum gebeten hätte, zu gehen und später wiederzukommen, ihr hättet abgelehnt."

Brilli nickt. „Vermutlich", quetscht er hervor.

„Siehst du?", sage ich und strahle ihn an.

„Die beiden behalten wir. Ihr könnt sie mit den anderen Dingen abholen. Es war nett, euch kennenzulernen. Nächstes Mal auf einen Drink?"

Die Kleiderschränke hieven sich aus dem Sofa und verlassen das Apartment.

„Du bist verrückt!", schnauzt Mariposa mich an. Dass ich immer noch die Waffe halte, stört sie nicht. Sie baut sich in voller Größe vor mir auf und fuchtelt mit dem spitzen Finger vor meiner Nase herum. Das macht sie gern, das macht sie oft. Die von Brilli einkassierte Waffe hängt unbeachtet in der Hand, die sie in die Hüfte stemmt.

„Du wirst nach Deutschland zurückgehen, aber wir müssen hierbleiben. Weißt du, wie dumm das war?", blafft sie.

„Vermutlich war es das", sage ich leise. Tatsächlich beginnt mir das gerade aufzugehen. „Ich konnte sie nicht einschätzen. Wie weit würden sie gehen, für das Zeug hier mit uns als Zeugen? Ich wusste nicht, was passiert wäre."

„Nichts wäre passiert!", schreit sie. „Das sind Juans Jungs. Juan ist der Cousin meines Vaters."

„Oi", staune ich. „Wäre nett gewesen, wenn du das gesagt hättest."

Sie funkelt zu mir hoch, drückt mir die Waffe in die Hand, streift sich die Latexhandschuhe ab, bewirft mich damit, kehrt auf dem Absatz und rauscht in einem Wirbel ihres Kleides aus der Tür.

Jahrone schenkt mir noch ein schiefes Lächeln, zuckt mit einer dürren Schulter und schlurft ihr hinterher. War ja klar.

Ich seufze, lege die Waffen auf den Couchtisch und stecke die Handschuhe ein. Dann stehe ich einen Moment im Wohnzimmer, unschlüssig, was ich daraus machen soll. Gelegentlich schüttle ich den Kopf. Ich komme zum Schluss: Das war nicht die beste meiner Ideen. Dabei hat sich das im Verlauf der Aktion richtig angefühlt. Ich muss grinsen. Cool. Ich denke, ich war das erste Mal in meinem Leben cool. Daran könnte ich Gefallen finden.

Das sieht bestimmt gruslig aus, wie ich da alleine in Haremshosen im Wohnzimmer eines Narzissten stehe und dümmlich grinse. Zumindest zwei meiner drei Spiegelbilder sehen gruselig aus. Jeff hat wirklich ungeheuer viele Spiegel aufgehängt. Das ist doch nicht normal.

Ich mache, wofür ich die Show abgezogen habe: Ich setze die Durchsuchung der Wohnung fort. Unwahrscheinlich, dass ich die Kleiderschränke rein verbal hätte überzeugen können, mit der Räumung der Wertgegenstände zu warten. Die hätten mir einen Floridavogel gezeigt oder Derberes. Sicher Derberes.

Wenig überraschend präsentiert sich der Rest der Wohnung, jede von Jeffs Staumöglichkeiten, so geleckt wie seine Wäschekommode. Die Durchsuchung von etwas derart Wohlgeordnetem gefällt. Verglichen damit, wie ich mein Zuhause nach Schokolade durchwühle, erledigt sich der Vorgang hier wie von selbst.

Kein Notebook, kein Tablet, kein Computer. Was immer Jeff in der Richtung hatte, und fraglos hatte er das neueste Modell, er hat es mitgenommen.

Zurück im kleinen Flur, von dem alle Zimmer ausgehen, überlege ich: Soll ich weitersuchen? Möbel abrücken, Lampenabdeckungen abschrauben und dergleichen? Beeilen sollte ich mich. Gut möglich, dass die hiesigen Kleiderschränke die anvisierte Stunde eher zu ihren Gunsten auslegen und in Kürze mit Verstärkung wiederkommen.

Vor einem kleinen Schränkchen im Flur bleibe ich stehen. Es steht unter einem der vielen Spiegel. Ich habe es durchsucht, aber erst jetzt fällt mir auf, dass es vom Stil des übrigen Mobiliars abweicht. Es drückt sich in die Nische, als würde es sich schämen, weil es nicht zum Rest der Wohnung passt. Die schwarze Farbe wurde unfachmännisch aufgetragen, wo sie nicht deckt, blitzt brauner Lack hervor. Ein altes Schränkchen. Sollte Jeff Sentimentalität gezeigt haben?

Ich ziehe die oberste Schublade auf und betrachte das Schachbrettmuster der mit schwarzem Samt bezogenen Schubladeneinteilung: Zwölf Fächer, davon sieben mit Uhren besetzt, einige edel, die meisten protzig, mit Platz für mehr. Darunter nichts. In der nächsten Schublade ein ähnliches Bild mit Sonnenbrillen. Unter den Schubladen eine Tür, dahinter ein Einlegeboden, leer. Ich habe die Tür schon geschlossen, da bemerke ich: Die Tiefe im unteren Teil weicht ab. Die Schubladen haben eine einfache Arretierung, damit sie nicht versehentlich ganz herausgezogen werden. Dieses Hebelchen drücke ich weg und ziehe beide Schubladen ganz heraus. Unter ihnen habe ich schon gesucht, jetzt kann ich dahinter sehen. Der Korpus ist zehn Zentimeter tiefer als die Schubladen. Ganz oben, selbst ohne Schubladen nur zu entdecken, wenn man sich hinlegt, ist etwas mit Klebeband an der Unterseite der Deckplatte befestigt.

Eine Pappschachtel, darin ein USB-Stick, der sich in der Größe der Schachtel verliert. Als ob sich normalerweise etwas an seiner Seite befände. Ich habe nichts bei mir, womit ich ihn lesen könnte, also stecke ich ihn ein.

Ich schnappe mir das Home Handy, rufe die 911 an, mithin die Notfallnummer der hiesigen Polizei. Der Dame am anderen Ende schildere ich, Kriminelle würden die Wohnung eines kürzlich in Europa verstorbenen Amerikaners ausräumen wollen, mit dem Vorwand, er sei bei ihnen verschuldet. Ich hätte sie entwaffnet und weggeschickt, sie kämen aber wieder. Ihr ist anzuhören, dass sie mich für unzurechnungsfähig hält. Ich gebe den Namen Jeff Smith und die Adresse durch. Ich selbst nenne mich Emily Miller. Smith war schon vergeben.

„Bitte warte, Ma'am, bis die Beamten da sind. Geh nicht weg. Hör mir zu. Geh nicht weg", leiert sie. Das hat sie sicher schon unzählige Male heruntergebetet.

Ich gebe an, dass ich verstanden hätte, bevor ich auflege und mache, dass ich da wegkomme.

Kapitel 21

Die Straße ist leer. Das war sie vorher schon, aber jetzt fällt es mir unangenehm auf. Keine Menschenseele zu sehen, nur eine Katzenseele. Sie schleicht durch den Bretterzaun auf den Gehsteig, schaut mir kurz in die Augen, dreht um und verschwindet schneller als sie gekommen ist.

Ich wirke wie eine Leuchtrakete im Nachthimmel. Meine ganze Erscheinung schreit Touristin. Aus welcher Richtung wird die Polizei wohl kommen? Keine Ahnung.

Ich muss schnell weg von der Straße. Bevor ich vom Charmond Hotel aufbrach, habe ich mir die Umgebung bei Google Maps angesehen. Um die Ecke liegt der Miami-River, der aus den Everglades kommt und bei Miami ins Meer fließt. Kleine Marinas und Apartments an seinen Ufern, viele Zäune. Nichts, wo ich untertauchen könnte. Um zwei Ecken in die entgegengesetzte Richtung war ein Supermarkt eingezeichnet.

Wenige Minuten später stehe ich vor einem Minimarkt, der das Nötigste für die Nachbarschaft bereithält. Ein Schild auf Spanisch über der Tür, ein Münzwaschsalon nebenan, ein einzelnes Auto auf dem Parkplatz davor. Ich seufze, gebe mir einen Ruck und betrete den Laden. Erneut durchlebe ich den krassen Wechsel von dreißig Grad zu Gänsehaut erzeugender Klimaanlagentemperatur.

Das Mädchen hinter der Kasse lackiert sich die Fingernägel. Kein Kunde im Laden. Ich postiere mich vor das Getränkeregal und studiere die Inhaltsangaben der spanisch gelabelten Softdrinks. Man nehme Wasser, viel Zucker mit unterschiedlichen Namen, Farbe und künstliches Aroma nach Wahl, und fertig ist der Giftcocktail. Frei verkäuflich, ohne Rezept und Waffenschein. Diesem Kaliber fallen ganze Generationen zum Opfer.

Was nicht so alles in meinem Zuckerwattengebläse von Gehirn vor sich geht, wenn ich in einem Minimarkt auf Standby gehe und mich von der Adrenalinausschüttung einer verrückten Tat erhole.

Nach einer Weile ruft das Mädchen etwas auf Spanisch.

„Sorry, no hablo Español", radebreche ich. „English?"

„Brauchst du Hilfe?", fragt sie in tadellosem Englisch.

„Welches würdest du bevorzugen?" Ich halte zwei Flaschen zur Auswahl hoch, giftgrün und giftpink.

Sie schüttelt den Kopf, dreht den Nagellack zu und gesellt sich mit wedelnden Fingern zu mir vor das Getränkeregal.

„Nimm dies nicht. Schmeckt nicht. Nimm das." Sie deutet auf Coca-Cola Glasflaschen, die retro daherkommen. „Mexikanische Coke. Schmeckt am besten."

Ich muss grinsen. Das ist deutlich weniger exotisch, als ich des Lokalkolorits wegen bereit war, zu riskieren.

In der Ferne ertönt das amerikanische Pendant zum deutschen Martinshorn. Es kommt rasch näher. Das alles ist unwirklich. Der Jetlag trägt seinen Teil bei.

Das Mädchen sieht mich prüfend an. „Du okay?"

„Sicher. Warum?"

„Du schaust so seltsam."

„Bei amerikanischen Polizeisirenen fühle ich mich immer wie im Film." Ich grinse und hoffe, dass sie versteht.

„Woher kommst du?", fragt sie.

„Aus Deutschland. Und du?"

Sie sieht mich erstaunt an. „Ich bin von hier."

„Schön." Ich lächle sie an.

„Nun ja." Sie zieht eine Grimasse.

Ich schaue mich im Laden um und bemerke zwangsweise die Spiegel, die aufgehängt wurden, damit man von der Kasse aus die toten Winkel einsehen kann. Da hängen auch ein paar Videokameras. Mir wird mulmig. Zum einen habe ich nicht bedacht, dass eine Aufzeichnung meines Aufenthalts hier existieren würde. Und zweitens kommen mir, wie es mit Assoziationen so ist, die Spiegel in Jeffs Apartment in den Sinn. Das wird doch nicht alles verwanzt und mit getarnten Kameras ausgestattet gewesen sein? Oder wäre das die Erklärung, warum jemand derart viele Spiegel aufhängt?

Ich wünschte, Ideen, die zu spät kommen, hätten den Anstand, sich gar nicht mehr blicken zu lassen. Bei unpünktlichen Erkenntnissen fühlt man sich nur mies.

Die Polizeisirenen sind verstummt. Vor meinem inneren Auge sehe ich die Uniformierten das Treppenhaus stürmen, jede Ecke gut absichern und die Tür mit der 12 eintreten, um das Apartment dahinter leer vorzufinden. Zwei Waffen auf dem Couchtisch, der Rest penibel geordnet. Gewiss fragt man sich, was zum Teufel das soll.

Bei einem offensichtlichen Polizeiaufgebot werden Juans Kleiderschränke einen Bogen um die Wohnung machen. Ausräumen lässt sie sich auch morgen noch.

Ich treibe mich im Laden herum, suche einen Snack zu meinem Getränk. Das Mädchen folgt mir zum Keksregal.

„Du hungrig?"

Ich nicke.

Sie winkt mich weg von den Keksen zu einem Regal mit Chipstüten, deutet auf eine Familienpackung und auf das Kühlregal hinter sich. „Tortilla Chips mit Salsa. Besser als Kekse."

Ich folge der Empfehlung des Mädchens, hole eine zweite Cola, zahle an der Kasse, reiche ihr eine Flasche, öffne die Tüte und den Becher mit dem roten Dip und biete ihr mit einer Handbewegung an, zuzugreifen. Die Kombination aus süß, scharf und salzig schmeckt erstaunlich gut.

„Was hast du getan?", fragt sie, nachdem wir eine Weile stumm gesnackt haben. Mit einem dreieckigen Chip zwischen Daumen und Mittelfinger deutet sie in die Richtung, aus der zuvor die Polizeisirene zu hören gewesen ist.

„Nichts. Warum?", frage ich leicht erstaunt.

Sie sieht mich schräg von unten an, Gesicht zu einer Grimasse verzogen, Augen zusammengekniffen „Ja, sicher." Das kommt deutlich abfällig.

„Nichts, wirklich. Ich habe nur die Wohnung von einem Toten äh besucht." Ich kürze das Mal lieber ab.

„Wer ist tot?"

„Jeff Smith."

Ihre Hand wandert zum Mund. Sie unterbricht das Zermalmen des Chips, den sie sich soeben hineingeschoben hat.

„Jeff?", wispert sie hinter vorgehaltener Hand und sieht mich aus aufgerissenen Augen an.

Ich nicke und beobachte mit Staunen, wie ihre Augen an Glanz gewinnen, überlaufen und Kullertränen die Wangen hinunterschicken.

Wenig später zuckt ihr ganzer Körper, sie weint bitterlich. Ich lege einen Arm um ihre Schulter und produziere leise Sch-Laute, tröste sie wie ein Kind. Wie alt mag sie sein? Sechzehn, siebzehn? Noch immer kenne ich ihren Namen nicht.

Langsam beruhigt sie sich. Sie hickst noch vor sich hin und zieht die Nase hoch. Dann taucht sie unter der Kasse ab und mit einer pinkfarbenen Box mit Kleenex wieder auf. Sie zupft mehrere Tücher heraus, trocknet das Gesicht und schnäuzt sich geräuschvoll.

„Mein Name ist Ines."

Sie sieht mich aus geröteten Augen an. „Adriana."

„Ich freue mich, dich kennenzulernen. Es tut mir leid wegen Jeff. Hast du ihn gut gekannt?"

Sie nickt, schüttelt den Kopf, überlegt, nickt, schüttelt den Kopf.

„Hat er hier eingekauft?"

Adriana greift in die Tüte, nickt gedankenverloren, knabbert an einer Tortilla, den Blick aus der Schaufensterscheibe in die Ferne gerichtet. Eine einzelne Träne schlängelt über ihre Wange. Sie wischt sie mit dem Handrücken weg und schnieft. „Er kam fast jeden Tag, wenn er nicht reiste."

„Reiste er viel?"

„Ja. Nach Europa." Deutlich ehrfürchtig. Ihr Blick flattert durch das Fenster, geht allein auf Reisen.

„Was hat er gekauft?"

Ihr Blick kehrt zurück und fixiert mich argwöhnisch. „Warum würdest du das wissen wollen?"

„Ich will wissen, wer er war. Ich kann ihn nicht mehr kennenlernen."

„Warum würdest du das wissen wollen?" Sie sieht mich trotzig an.

Kurz zögere ich. „Wenn ich dir alles sage, was ich weiß, wirst du mir von Jeff erzählen?"

Ich vertraue ihr die ganze Geschichte an, na den Teil, den ich kenne, was wenig ist. Mich beschleicht schon länger der Verdacht, dass ich Einzelheiten dieses Falls selbst nach Abschluss aller Ermittlungen nie herausfinden werde.

Adriana scheint einer der wenigen Menschen zu sein, denen Jeff fehlen wird, warum auch immer. In meinen Augen gibt es ihr das Recht, die Umstände seines Todes zu erfahren. Im Gegenzug hoffe ich, mir ein umfassenderes Bild von Jeff zu machen. Wenn ich Glück habe, sind auch Informationen über seine Braut dabei.

Als mein Bericht zu der Stelle gelangt, in der ich Juans Kleiderschränken die Waffen abgenommen habe, schlägt Adriana sich die Hand vor den Mund und reißt die Augen auf. „Oh mein Gott. Du bist verrückt", flüstert sie.

Ich rolle mit den Augen. Mit der Diagnose steht sie nicht alleine da. Diese Zweitmeinung will ich nicht hören.

„Juans Jungs? Du bist verrückt!" Unwillkürlich rückt sie von mir ab. „Geh! Raus hier!"

„Aber warum? Du hast gesagt, du wirst mir von Jeff erzählen."

Adriana steht auf und schiebt mich Richtung Tür. „Juans Jungs kommen täglich vorbei. Du musst gehen! Jetzt!"

Ich krame in meinem Hirn, was Schutzgeld heißen könnte. Keine Vokabel aus meinem aktiven Englischwortschatz.

„Geh! Hau ab!" Sie öffnet die Tür und schiebt mich hindurch.

„Bezahlst du für ihren Schutz?", radebreche ich.

„Das geht dich nichts an. Geh!", sagt's, drückt die Tür hinter mir zu, zückt einen Schlüsselbund und schließt ab.

Ja so was! Ich stehe draußen und starre sie ungläubig durch die Tür an. Sie starrt zurück, Unterlippe vorgeschoben, ihr Kinn zittert.

Was habe ich mir nur wieder gedacht? Quatsche ich einfach drauflos, informiere eine Wildfremde über alles und jeden. Ich gebe mir in Gedanken eine Kopfnuss. Warum habe ich das noch gemacht? Nicht mal an den triftigen Grund kann ich mich mehr erinnern.

Ich will das Gespräch mit Adriana nicht als beendet akzeptieren. Abgesehen davon widerstrebt es mir, mich hinauswerfen zu lassen. Wenn ich es nun schon in alter Ines Manier vermasselt habe, kann ich genauso gut weiter aus dem Bauch heraus handeln. Für die durch Charles mühsam antrainierte Beherrschung fehlt mir gerade der Nerv.

Kurz entschlossen laufe ich um das einstöckige Gebäude herum, wo von der Seitenstraße eine kleine Gasse in einen Hinterhof führt. Ein Blick rechts, ein Blick links, keiner zu sehen. Ich klettere über das Eisentor, zerreiße mir die Haremshose, fluche und lande ungelenk auf der anderen Seite. Das gehört geübt.

Beherzt betrete ich das Lager des Minimarktes. Vollgestopft bis unter die Decke. Bedrohlich schiefe Stapel von Kartons jeder Größe auf dem Boden, Regale, aus denen Ware quillt, dampfende Hitze gepaart mit Staub und Beißendem. Tierexkremente? Mich schaudert, diesmal nicht vor Kälte.

Eine weiß gestrichene Tür, Spuren unzähliger schmutziger Finger am Rand, steht leicht offen. Der Geruch, der durch den Türspalt drängt, lässt mich würgen.

Ich schleiche zum Vorhang, der Lager und Laden trennt, habe die Hand schon am Stoff, da vernehme ich Stimmen von der anderen Seite. Sofort ducke ich mich hinter einen Stapel Kartons.

Adrianas Stimme auf Spanisch. Sie klingt erstaunlich gelassen, zumindest für meine Ohren. Eine Männerstimme. Die kenne ich doch! Brilli? Er hat einen Tonfall angeschlagen, den ich als fürsorglich deuten würde. Tröstet er sie, weil sie erkennbar geweint hat? Die Stimmen werden lauter, kommen näher. Sind sie am Vorhang?

Staub kitzelt in meiner Nase. Das wäre das reinste Klischee, müsste ich jetzt niesen. Hobbyschnüfflerin versteckt sich in lausigem Lager, muss niesen und die bösen Buben kassieren sie ein. Ähnlich stereotyp wäre, wenn ich eine Ratte sehen und verschreckt einen Stapel umstoßen würde. Was noch? Mein Handy könnte klingeln.

Zur Vermeidung des ersten Klischees halte ich mir die Hand vor Mund und Nase. Keine Ahnung, ob das hilft, ein einzelner Zeigefinger unter der Nase hilft im Film zumindest nie.

Adriana und Brilli sind jetzt ganz nah. Ich habe mich in eine brenzlige Lage hineinmanövriert, bestens geeignet, um zu lauschen, verstehe aber kein Wort. Ganz hervorragend und den Situationen nicht unähnlich, als ich in außerkörperlichen Erfahrungen über Roger Merian hing und er Russisch sprach. Das hat mich ähnlich weit gebracht. Ich mache eine Gedankennotiz: Kampftechniken sind nützlich, ja, aber in Zeiten der Globalisierung, die auch vor dem Verbrechen nicht haltmacht, sind Fremdsprachen unerlässlich.

Brilli redet viel, Tonfall onkelhaft, Adrianas Passagen sind kurz und unaufgeregt. Die Stimmen ziehen an meinem Kartonstapel vorbei in den hinteren Teil des Lagers.

Was machen die da? Ich kann es nicht haben, wenn Dinge im gleichen Raum vor sich gehen, und ich nicht im Bilde bin. Ich bin nicht mal im Ton, weil sie immer noch Spanisch sprechen.

Ich muss gucken. Nur kurz. Ganz vorsichtig schiebe ich mich nach oben, bedacht, nicht das nächste Klischee zu erfüllen, indem ich einen Zweig knacken oder Laub rascheln lasse, oder was immer dem in einem Lager entspricht. Langsam, wie in Zeitlupe, Zentimeter für Zentimeter drücke ich mich hoch, spähe über den obersten Karton. Und blicke geradewegs in die Augen von Goldkettchen. Keine Armlänge entfernt. Wie unerwartet!

„Huch", entfährt es mir.

Er zuckt ähnlich zusammen, wie ich. „Was machst du hier?" Feindseligkeit springt auf sein Gesicht. Nur verständlich.

Ich tue das Erste, was mir einfällt. Ich stürze mitsamt dem Kartonstapel auf ihn zu. Kurz schießt mir durch den Kopf, dass der Inhalt des Pappturms zu schwer sein könnte, als dass ich ihn bewegt kriege, doch da bin ich schon unterwegs.

Wie sich herausstellt, wiegen die oberen Kartons wenig, während die unteren mit Blei gefüllt sind. Oben rutscht es, unten bleibt es stehen. Dementsprechend beschleunigt mein Oberkörper aufs Vortrefflichste, und die untere Partie wird jäh abgebremst.

Die Kartons kippen auf den Kleiderschrank zu. Der vollführt instinktiv einen Ausfallschritt nach hinten. Das wäre passend, wenn dort nicht Ware lagern würde, die in Bewegung gerät. Er versucht sich festzuhalten, ergreift etwas, das sich nicht dazu eignet, kippt hinten über und purzelt mit viel Getöse zu Boden. Über ihm schlagen die Wellen, nein, die Kartons zusammen.

Wer nun denkt, ich würde eine bessere Figur abgeben: Ich hänge über den unverrückbaren unteren Kartons wie nasse Wäsche auf der Leine.

Brilli ist sofort bei mir. „Was haben wir denn hier?" Das scheint sein Standardsatz, den kenne ich bereits.

Ich lächle ihn müde an und stoße mich mit den Händen von den Kartons ab, fabriziere eine Art Liegestütz, wie bei Charles im Training. Ich hätte nicht gedacht, dass diese Kompetenz in einer brenzligen Situation nützlich sein könnte.

Nach dem Liegestütz kommt der Bocksprung. Dieser Kompetenzerwerb liegt ja nun etwas weiter zurück. Als würde sich endlich lohnen, dass ich gelernt habe, die Wurzel aus 81 zu ziehen oder Luftmaschen zu häkeln.

Ich schieße, Kopf voran, auf den Kleiderschrank zu. Der Abgang ließe sich optimieren, aber immerhin landet mein Kopf wie geplant mittig in Brillis weichem Leib.

„Uff", macht er, was international gebräuchlich ist, und segelt Goldkettchen hinterher.

„Ay!", ertönt es unter den Kartons vom Kollegen, was unserem Aua entspricht.

Ich rapple mich auf. Mein Blick trifft den von Adriana, die eingefroren dasteht, die Hand vor dem Mund, Augen aufgerissen. Ihr Kopf macht eine minimale Bewegung hin zum Vorhang. Der Empfehlung folge ich sofort.

Aus dem Augenwinkel sehe ich, wie sie vorgibt, Juans Jungs aufzuhelfen, wobei aus unerfindlichen Gründen weiteres Lagergut ins Rutschen gerät. Adriana schießt eine spanische Salve ab. Klingt nach Entschuldigung.

Im Laden flitze ich im Slalom um die Regale, hechte durch die Tür und jage auf die Straße. Ich schalte meinen Kopf aus, mein Unterbewusstsein soll mich führen. Das ist ein Tipp von Charles: Wenn du nicht weißt, wohin, betrifft das nur die kognitiven Teile deines Denkvermögens. Die älteren Gehirnareale, die wir mit den Reptilien gemein haben, wissen Dinge ... Dir würde schwindelig, hättest du eine Ahnung davon.

Augen auf im Straßenverkehr ist anspruchslos, die Straßen sind wie leergefegt. Keine Autos, keine Menschen, keine spielenden Kinder, auch wenn den Spielgeräten in den Vorgärten nach zu urteilen einige der Einfamilienhäuser durchaus Kinder beherbergen. Eine seltsame Gegend ist das.

Ich hetze ohne Sinn und Verstand, was sich als schwerer entpuppt, als es sich anhört. Mich meinem Unterbewusstsein anzuvertrauen, habe ich bisher vernachlässigt, wie wohl die meisten in unserer verkopften Gesellschaft. Ich muss mich in die Hände des Unbekannten geben, mich fallen lassen, ohne zu wissen, ob es glücken wird. Es hilft, dass die vorangegangene Stresssituation mich gefordert hat. Mein Intellekt gähnt und lässt nun gerne mal jemand anderes ran.

Dreißig Grad im Schatten, nur gibt es keinen und die Luftfeuchtigkeit ist hoch. Die Sonne brutzelt ungehindert auf Asphalt und Beton, unterbrochen durch die ein oder andere Palme. Nach wenigen Minuten rinnt mir der Schweiß in Strömen überall hin, auch in die Augen, und bringt Sonnencreme mit. Das brennt. Ich kann kaum noch gucken. Ob die reduzierten optischen Reize für mein Reptiliengehirn ausreichend sind, um den Weg zu finden? Ich renne und renne, kann gar nicht mehr aufhören.

Schließlich bleibe ich stehen und verschnaufe. Ich drehe mich um und erkenne die Bushaltestelle, die der vorausging, bei der Jahrone und ich ausgestiegen sind. An der wäre ich um ein Haar vorbeigerannt. Yay, Reptiliengehirn! Aber falsche Richtung. Der Bus fährt stadtauswärts. Da will ich nicht hin. Zudem eine Einbahnstraße. Man kann den Reptilien keinen Vorwurf machen, das Konzept von Einbahnstraßen war weniger geläufig damals.

Ich renne weiter zur Parallelstraße und setze darauf, dass die Städteplaner sich etwas gedacht haben. Und tatsächlich, eine gegenläufige Einbahnstraße führt stadteinwärts. Nach zwei Blocks habe ich eine Haltestelle gefunden und lasse mich völlig erledigt auf die Wartebank fallen.

Ich muss einen erbärmlichen Anblick bieten. Die Haare kleben mir in nassen Strähnen in Gesicht und Nacken, die Hose seitlich aufgerissen, die Augen gerötet, Tränen fließen. Ich blinzle an mir hinunter. Was ist das für ein roter Fleck auf meinem Top? Habe ich mich verletzt? Ich taste mich ab. Alles heil. Das wird dann wohl Salsa sein.

„Du in Ordnung?", fragt mich jemand, den ich durch den Tränenvorhang nicht erkennen kann.

„Alles Okay. Nur spät."

Kapitel 22

Die Dusche ist eine Erfindung der Götter. Ich stehe unter der Luxusausgabe von Tropenbrause in meinem Badezimmer im The Charmond und lasse mir wohltemperiertes Wasser über Kopf und Körper prasseln.

Zeit, die letzten Stunden Revue passieren zu lassen. Ich habe mich nicht mit Ruhm bekleckert, nur mit Salsa. Betriebswirtschaftlich betrachtet waren die Kosten für das bisschen Information deutlich zu hoch. Wenn ich mich von Juans Jungs zu ihrem Boss hätte bringen lassen, wäre die Rechnung vielleicht aufgegangen. Er scheint der Einzige zu sein, der weiß, was Vanessa genau gemacht hat und für wen.

Ist es mir übel zu nehmen, dass ich davor Angst hatte? Nein. Es ist vernünftig, sich zu fürchten, wenn gesundheitliche Gefahren lauern. Immerhin bin ich noch an einem Stück und wurde nicht aufgeschlitzt wie meine Haremshose.

Nach der Dusche steht Dringendes an, dazu begebe ich mich zur Rezeption.

„Ich möchte eine weitere Nacht buchen."

„Gerne. Sollen wir deine Kreditkarte mit dem Tarif von 950 Dollar belasten, Ma'am?"

„Entschuldigung?"

Wie sich herausstellt, verfünffachen sich am Wochenende die Preise ein und desselben Zimmers. Für meine Begriffe tat der Wochentagtarif schon weh, umwerfende Location oder her.

Die Rezeptionistin und ich diskutieren eine Weile herum. Ich erkundige mich nach einem kleinen Zimmer. Zu teuer. Ein Zimmer ohne Meerblick? Zu teuer. Ein Zimmer zur Straße hin? Zu teuer. Sie gibt mir zu verstehen, dass es schon nett von ihnen sei, mir nicht automatisch den Wochenendpreis zu berechnen, schließlich sei die Check-out-Zeit längst verstrichen. Wo sie recht hat ...

Susan wird hinzugeholt. Ob sie meine Position oder die der Rezeptionistin stärkt, wird sich zeigen. Sie bietet mir an, eine der Notunterkünfte der Belegschaft zu benutzen. Ich werfe der Dame am Empfang einen triumphierenden Blick zu, den sie leicht hämisch retourniert. Ich ziehe los, meine Sachen zu packen, und lasse mich zur neuen Unterkunft bringen.

Eine Abstellkammer. Nicht im übertragenen Sinne. Regale mit Toilettenpapier, Bettwäsche, Handtücher und einer Batterie von Duschgel, Shampoo & Co. Dazu eine Schießscharte zu einem Innenhof, in dem Müllcontainer stehen. Das Bett eine Pritsche, Canvas zwischen Holzstreben gespannt, keine Matratze, kein Komfort, aber eine Wolldecke samt Kissen. Ein Tischchen nebendran.

Eine beliebige Testgruppe würde den Begriff Notunterkunft einstimmig als treffend bezeichnen.

„Du kannst bleiben, solange du willst", sagt Susan mit einem Lächeln.

„Das ist nett, danke. Ich weiß es zu schätzen."

Ein Ort, um zu schlafen, für mehr nicht, selbst wenn eine ausreichende Menge Handtücher und Papier zur Verfügung stünde. Für derartige Bedürfnisse gibt es im Hotel den öffentlichen Bereich. Gut, dass ich für den Moment noch als frisch geduscht gelte.

Nachdem geklärt ist, wo ich die Nacht verbringen werde, lasse ich mich am Pool auf einer Liege nieder und bestelle Kaffee und ein Sandwich. Jahrone, so sein Kollege, hätte erst morgen wieder Dienst. Das kommt mir gelegen. Über die zweite Hälfte des Honorars zu diskutieren habe ich im Moment so gar keine Lust.

Die Tropenluft umspielt mich wie ein Seidentuch, weich und glatt, wärmend und kühlend zugleich. Eine Brise lässt die Wedel der Palmen tanzen, sie reiben sich aneinander und rascheln mit ihren Ballkleidern. Die Brandung hat an Kraft gewonnen, Wellen donnern auf den Sandstrand, schlagen einen Rhythmus und erfüllen die Luft mit Meeresduft. Nur wenige Gäste am Pool.

Die Aufregung der letzten Stunden fällt von mir ab. Auch die Arbeit, die mich die letzten Monate fest am Wickel hatte, bröckelt allmählich. Ich fühle mich schläfrig, leicht schwindelig, als hätte ich zu viel Alkohol getrunken.

Das zweite Mal nun wäge ich ab: Soll ich mit Juan sprechen? Selbstverständlich nur, wenn ich nicht übermäßig in Gefahr gerate. Das eigene Leben aufs Spiel zu setzen, um den Tod eines anderen aufzuklären, ist unverhältnismäßig. Das vergisst sich leicht. Schließlich kann ich das Schlimme nicht mehr verhindern.

Selbst wenn es mir gelänge, das Geheimnis um Vanessas Tod zu lüften, wird sich der Saldo von Gut und Böse nicht ausgleichen. Das Verbrechen fand statt. Es schlug voll für das Böse zu Buche, ob ich nun weiß, wer und warum, oder nicht. Der Mörder hat Menschen das Leben genommen, das lässt sich nicht umkehren. Ich könnte mir einbilden, dass er hinter weiteren Opfern her ist und meine Ermittlungsergebnisse helfen, das zu verhindern. Das kann ich annehmen, aber wissen tue ich es nicht.

Außerdem stellt sich die Frage: Schnüffle ich überhaupt am richtigen Ort? Ja, das kann jetzt und hier schon als schräger Gedanke eingestuft werden. Aber wer weiß? Vielleicht finde ich die nötigen Hinweise wirklich nicht hier, sondern in Konstanz? Bisher habe ich in Miami mehr Fragen als Antworten gefunden. Zwar weiß ich jetzt, dass Vanessa nicht die war, für die sie sich ausgab, und dass Jeff ihr geholfen hat, sich Zutritt zu europäischen Hotels zu verschaffen. Aber warum? Wie hat Brilli sich ausgedrückt? Private Informationen, Business Informationen und Kreditkarteninformationen, die sie an Kunden verkauft hat?

Ich habe erfahren, dass Jeff allseits unbeliebt war, außer bei Adriana. Er hat jeden um Geld angepumpt, war ein Egozentriker, der Spielschulden hatte, will man Brilli glauben. Jeff hat über seine Verhältnisse gelebt, außerdem bekam er nicht genug davon, sich im Spiegel zu betrachten, was beides noch kein Verbrechen ist.

Ja, ich musste dringend weg vom Bodensee, weg aus Konstanz, weg von allem Bekannten, Althergebrachten, Gewohnten. Aber muss es gleich der Hautkontakt zur Unterwelt sein? Ich vermisse Dr. Frieder. Ferien mit ihm wären erquicklich gewesen. Wieso habe ich nicht darum gekämpft? Als er mich fragte, ob ich Urlaub am Bodensee machen will, hätte ich einfach Nein sagen können. Ich hätte ausführen können, Mordermittlungen sind attraktiv, aber Ferien mit dir sind unwiderstehlich. Ich hätte darauf bestehen können, dass wir Ferien an der Nordsee brauchen, mal den Kopf freikriegen müssen, uns den Wind um die Nase wehen lassen sollten. Aber das habe ich nicht. Mir ging es wie ihm. Ich wurde magisch vom Verbrechen angezogen. Es hat alles überstrahlt. Das ist doch nicht normal.

Anzeichen des Seekollers? Oder Anzeichen dafür, dass ich überarbeitet war? Ein ausgeruhtes Ich hätte womöglich eine bessere Entscheidung getroffen. Oder läuft die heutige Ines außerhalb ihrer Spur, weil sie sich in der Senke nach einem Adrenalinhoch befindet?

Ich seufze und wurschtle mein Handy hervor.

„Hallo du", gurre ich.

„Moin. Wie geht's in Übersee?" Dr. Frieders Lächeln schwingt über den Atlantik und schrumpft den Blues.

„Gut. Und dir?"

„Oha! Was los?" Er kennt mich gut, ohne Frage.

Ich allerdings kenne mich selbst nicht. Mal wieder. Ich weiß nichts darauf zu antworten. Der Blues steigt in mir hoch. Völlig fehl am Platz.

„Was los? Heimweh?", fragt er mit einem leisen Lächeln.

„Nach dir." Meine Stimme presst sich zwischen meine verkniffenen Lippen hindurch. Der Blues soll mal schön drinnen bleiben.

„Das ist gut", flüstert er, „schon vergessen?"

„Ja, das ist sehr gut", fällt mir wieder ein.

„Erzähl mir von deinem Tag", sagt der weise Mann auf der anderen Seite des Ozeans. Er sitzt in Freiburg, das ähnlich viel Beschaulichkeit aufbringt wie Konstanz, nur mit doppelt so viel Einwohnern. Kontrast Miami.

Also erzähle ich. Wie es seine Art ist, stellt Dr. Frieder keine Zwischenfragen, macht keine Bemerkungen, gibt keine Töne von sich, die mich und mein Tun bewerten.

„Der USB-Stick?", fragt er am Ende.

Ich klatsche mir mit der flachen Hand an die Stirn. „Der USB-Stick!" Wie kann ich darüber sprechen und ihn zeitgleich vergessen? Ich wollte ihn mir noch anschauen.

„Willst du mir die Bilder schicken?"

„Gute Idee." Ich bin wie ferngesteuert, planlos, was ich als Nächstes tun soll. Das Gefühl mag ich nicht. Außerdem stört es mich ein klein bisschen, gut sagen wir's, wie's ist: Es ärgert mich, dass er einen einzigen Blick auf den Fall wirft und zwei schlüssige Bemerkungen von sich gibt, während ich ohne Plan herumlungere, obwohl ich hier die Eingeweihte bin.

„Du willst nicht wirklich zu dem Gangsterboss?", fragt er in meinen stillen Unmut hinein.

Bisher bin ich noch unentschieden, tendiere aufgrund des Risikos eher zu Nein. „Doch will ich!", höre ich es trotzig sprechen. Wer hat das gesagt? Aus mir kommt das nicht.

„Dann pass auf dich auf."

„Mach ich."

Im Gegenzug weiß Dr. Frieder nichts zu berichten. Das toxikologische Ergebnis ließe auf sich warten, das dritte Opfer sei noch nicht aufgewacht. Er würde alles, was ich schicke, zügig an Arthur weiterreichen, damit die Ermittlungen voranschreiten. Den Triumph des Informationsvorsprungs habe ich lange genug ausgekostet.

Dann ist unser Telefonat beendet. Kein Gesäusel diesmal, wer wen mehr liebt und wer zuerst auflegt. Ich schicke ihm die Fotos der Papiere aus Jeffs Schublade, die Liste der Hotels und die gesammelten E-Mails aus Vanessas Hochstapler-Account. Was immer der USB-Stick beherbergt, will ich erst sichten, bevor ich es in die Welt hinauslasse.

Trotz meines Unmuts darüber muss ich eingestehen: Dr. Frieder hat mir weitergeholfen. Es gibt Zeiten, da braucht man jemanden, der Impulse von außen gibt, und wenn er auch nur einfache Fragen stellt, auf die man selbst gerade nicht kommt. Nicht, weil man zu dumm ist, sondern weil man zu tief drinsteckt oder zu nah davorsteht. Mit dem Abstand vergrößert sich das Blickfeld und die Perspektive ändert sich.

In der Abstellkammer setze ich mich auf das Feldbett, packe mein Notebook aus, stecke den USB-Stick hinein und schmeiße den Virenscanner an.

Auf dem USB-Stick befinden sich die Verzeichnisse Konstanz, Miami, Paris und Zürich. Ich will bei Miami beginnen, da wandert der Mauszeiger von ganz allein auf Konstanz. Das Verzeichnis ist leer. Ja so was! Wieso legt jemand ein Verzeichnis an und füllt es nicht? War es gefüllt und wurde geleert oder sollte es erst noch gefüllt werden.

Im Miami Verzeichnis hingegen jede Menge Dateien. Eine Videodatei empfängt mich mit dem verwackelten Ausblick auf einen Herrn mit weißem Vollbart im Kurzarmhemd, das er vor Jahren ausgefüllt haben mag. Tätowierte Arme ragen aus breiten Ärmeln. Der Herr thront hinter einem Mahagonischreibtisch und strahlt Würde aus. Im Hintergrund erkenne ich Goldkettchen, der mit verschränkten Armen an der Wand steht, verspiegelte Sonnenbrille auf der Nase, wie man ihn kennt.

„Es geht nicht um einfache Kreditkarteninformationen und die üblichen Seitensprünge. Für diesen Fall möchte ich mehr haben", sagt eine Frau aus dem Off in tiefstem Alt und breitem amerikanischem Englisch. Für eine fest installierte Webcam wackelt das Bild zu sehr. Eine versteckte Kamera?

Es entsteht eine Pause. Offensichtlich erwartet die Frau, dass ihr Gegenüber in den Dialog einsteigt. Doch von da kommt nichts.

„Vierzig Prozent", sagt sie mit einem Seufzen.

Keine Reaktion. Der Herr sitzt es aus, ohne mit der Wimper zu zucken.

Ich kann nicht umhin, kurz an die außerkörperlichen Erfahrungen zu denken. Der dabei gewonnene Informationsgewinn war dem durch eine Videoaufnahme recht ähnlich. Erstere allerdings boten den Luxus von Livebildern und die Perspektive war eine andere: Ich schwebte zwei Meter über dem Geschehen. Und dann war da natürlich der absurde Touch, den außerkörperliche Erfahrungen mit sich brachten.

Mit Videoaufnahmen ist man dahingehend auf der sicheren Seite.

„Fünfunddreißig?", tastet die Frau im Video sich vor.

Der Herr schüttelt minimalistisch den Kopf. „Fünfundzwanzig." Dabei bewegt er kaum die Lippen.

Die Frauenstimme seufzt noch einmal. „Okay, dreißig."

„Fünfundzwanzig." Der weiße Bart verzieht sich zu einem schiefen Lächeln. „Immer ein Vergnügen, mit dir Geschäfte zu machen, Vanessa."

Der Videoausschnitt erhebt sich schwankend, verlässt den Weißbärtigen und ruht für einen Moment auf einem meisterhaft geformten Hinterteil, das der Kamera voraus durch eine Tür schwingt. Ende des Videos.

Das also ist Vanessa, zumindest in Stimme und Kehrseite. Hat Jeff die Aufnahme mit versteckter Kamera geschossen, mit einer Minikamera in Knopfloch oder Brille?

Gegenstand der übrigen Dateien im Verzeichnis Miami sind Vanessa und Jeff im Glück. Jede Menge Hochzeitsfotos, unglaublich viele Hochzeitsfotos. Die bessere Auswahl daraus kenne ich aus den sozialen Medien. Nachdem ich deutlich über hundert gesichtet habe, kann ich das grinsende Paar nicht mehr sehen. Ich will wegklicken und mir den Rest nicht mehr antun, da ploppen andere Motive auf. Vanessa, die Brilli einen Briefumschlag übergibt. Eine Bilderstrecke von Vanessa im Bikini, die sich wirkungsvoll am Strand auf einem Handtuch und mit unwesentlich mehr Stoff am Körper auf einem schwarzen Ledersofa aalt.

Das Verzeichnis Paris beherbergt eine einzelne Audiodatei, deren Tonqualität nicht überzeugen kann. Ich muss sie dreimal abspielen, bis ich die verzerrten Stimmen halbwegs verstanden habe.

„Wir würden es begrüßen, wenn du zu dem Meeting kommen würdest", sagt eine Männerstimme auf Englisch. Höre ich da einen Akzent? Italienisch vielleicht? In jedem Fall nicht Französisch. Die Stimmen klingen dumpf. Über einen Handylautsprecher mit schlechter Verbindung übertragen?

„Warum sollte ich das tun? Ich habe mich an die Vereinbarung gehalten", sagt Vanessas tiefe Stimme.

„Die Gerüchte sagen anderes."

„Du glaubst Gerüchten eher, als mir?"

„Nein. Aber ich muss Gerüchten nachgehen."

„Und was, wenn ich nicht will?", fragt sie.

„Dann solltest du besser anfangen, nach einem anderen Spielplatz zu suchen. Nicht Europa."

Ende der Audioaufnahme.

Das klingt nach geschäftlichen Schwierigkeiten. Ist Vanessa vom Weg der Verbrechertugend abgekommen? War das der Grund für ihren Tod?

Die Rubrik Zürich wartet mit einer ganzen Reihe von Videodateien auf, alle kurz und von der gleichen Art: Vanessa, die ein Gerät installiert oder am Computer sitzt und arbeitet. Die Auflösung der Filmaufnahme reicht nicht, um zu erkennen, was auf dem Monitor dargestellt wird.

Die meisten Orte der Hotels, die Vanessa in den letzten Monaten mit ihrer Anwesenheit beehrt hat, fehlen auf dem USB-Stick. Kann man davon ausgehen, dass Jeff die Aufnahmen machte und nicht überall dabei war?

Wozu das Ganze? Einige Bilder dürften für ihn von ideellem Wert sein. Was ist mit den Video- und Audioaufnahmen? War das Juan im ersten Video? Und mit wem hat Vanessa telefoniert?

Ich setze mein Notebook auf das Tischchen neben dem Feldbett und lasse mich zur Seite in die Horizontale kippen. Durch die Streben der Pritsche sind mir die Beine eingeschlafen. Nur kurz langlegen und in Ruhe nachdenken, was sich aus den Informationen klöppeln lässt.

Ich schrecke hoch. Ein Geräusch. Viel zu nah, als dass es Gutes bedeutet. Sofort springe ich hellwach auf beide Füße und stelle den Eindringling. Ja, das hätte ich gerne.

„Sorry Ma'am", sagt ein zierliches Wesen in einem hellblauen Kittel, während ich auf die Ellbogen aufgestützt versuche, die Augenlider auf Halbmast zu bringen. Das Wesen steht in weißen Sneakers auf Zehenspitzen am Regal und hangelt Bettwäsche herunter.

„Äh", sage ich und reibe mir die Augen.

„Sorry Ma'am. Muss sauber machen." Ihrem Lächeln stößt nicht unangenehm auf, dass es meinen Schlaf jäh unterbrochen hat. Ein Blick aufs Handy offenbart: 5:30 Uhr. Morgens! Die Schießscharte zum Hof meldet: Nacht.

Ich lasse mich brummend zurück auf die Pritsche fallen. Das Wesen im Kittel verschwindet, lässt mit Bettwäsche bepackt die Tür mit einem Rums hinter sich zufallen. Ich seufze. Da kann ich noch ein paar Minütchen ...

Ich schrecke erneut hoch. Ein Geräusch. Ähnlich nahe, aber lauter. Dieses Mal knallt die Tür schon beim Eintritt des Besuchers ins Schloss. Ein gut genährtes Wesen im gleichen hellblauen Kittel lächelt mich an, etwas hämisch würde ich sagen. Es sieht aus, als hätte es heute schon das Hotel von oben bis unten gewienert und noch Energie übrig für das nächste Hotel.

„Buenos días, Señora", schmettert das Morgenwesen.

„Hello", brumme ich und lasse mich auf mein Lager zurücksinken.

Ich sehe ein, dass das wohl nichts mehr wird. Abgesehen davon habe ich seit gestern Nachmittag genug Ferienzeit verschlafen.

So reihe ich mich ein in den Tross auf dem Highway. Nicht auf dem Autohighway, auf dem Jogging- und Walkinghighway, der direkt zwischen Strand und Hotel vorbeiführt. Halb Miami Beach ist auf den in Turnschuh geschnürten Beinen, die andere Hälfte tanzt noch. Es ist nicht mal sechs Uhr.

Die Sportbegeisterten sehen anders aus, als bei uns. Ohne Frage wirkt der Durchschnitt braun gebrannter, durchtrainierter, chirurgisch optimierter und zeigt mehr Haut. Aber auch hier setzt man einen Fuß vor den anderen, ganz normal. Das beruhigt.

Ergänzt werden die Standardläufer durch die Fraktionen, die walken und talken, in Pulks, die ihre Form dynamisch ändern wie Amöben. Die meisten dürften die sechzig deutlich überschritten haben. Das stimmt positiv für eine ferne Zukunft: Sie haben genug Luft zwischen den schneidigen Schritten, um Tagesthemen zu diskutieren und in Gelächter auszubrechen. Einige tragen seltsame Sonnenvisiere über ihren Brillen, seitlich abgeschlossen, wie Laborschutzbrillen. Die Tropensonne schläft noch, da rüstet man sich schon gegen sie.

Daneben gibt es Frauengruppen, die aus jüdischen und muslimischen Glaubensgründen mehr Stoff am Körper tragen, als der Durchschnitt. Ich süddeutsches Kleinstadtkind bin vermutlich die Einzige, der das auffällt. Schön, wie bunt es zugeht. Alle verfolgen das gleiche Ziel: Lange fit und gesund bleiben.

Die Meeresluft ist klar und umhüllt mit Sanftmut. Im Osten murmelt der Himmel vom Sonnenaufgang. Dann betritt der Morgen die Bühne, befeuert die Szene, zieht alle Blicke auf sich. Auch ich schaue gebannt hin. Der Faszination kann man sich nicht entziehen. So wunderschön das Morgenrot, so schnell vergeht es, wird von der Sonne verdrängt, die sich nach vorne schiebt und das Glühen überstrahlt.

Eine Weile laufe ich im Strom Richtung Süden. Der betonierte Weg schlängelt sich an Hotels entlang, gewährt Einblicke in Hotelgärten auf der einen Seite und auf Strand und Meer auf der anderen. Dann weicht die Hotelfront vom Meer zurück und macht Platz für den Lummus Park. Locker gepflanzte Palmen auf einer Rasenfläche längs des Ocean Drives, der zentralen Prachtstraße in South Beach, schöne Art déco Architektur vis-à-vis. Einmal rund um den Park getrabt, dann trete ich den Rückweg an.

Das Beste am Frühsport ist das anschließende Bad im Meer. Die Braunpelikane sind wieder da, ziehen die gleiche Bahn wie gestern. Nein, das Beste am Frühsport ist das Frühstück danach. Nach dem Dinner-Canceling habe ich mir das Frühstücksbuffet doppelt verdient.

‚Versuche erst gar nicht, mich in dein Gejammer hineinzuziehen. Heute gibt es keinen Speck, Punkt‘, teile ich meinem Bauch rigoros mit.

‚Aber ...‘, versucht er schwach zu widersprechen.

‚Nichts aber! Fertig aus und Schluss! Noch mal falle ich nicht auf dich rein.'

Mein Bauch grummelt noch etwas vor sich hin, aber nur, bis ich mir Unmengen des grandiosen Obstsalats einverleibe und ihn damit mundtot mache.

So gestärkt schaue ich bei der Büroversion von Mariposa vorbei. Sie sitzt mit Dutt in hellblauer Bluse an ihrem makellosen Schreibtisch, wirft mir einen grimmigen Blick zu, schiebt die Brille hoch und platziert beide Hände auf die Tastatur.

„Guten Morgen. Wenn ich gewusst hätte ...", beginne ich.

Sie winkt ab und starrt in den Monitor. „Ich muss arbeiten."

„Denkst du, es ist möglich, dass Vanessa im Auftrag von Juan getötet wurde?", frage ich.

„Es ist mir egal."

„Das glaube ich dir nicht."

Mariposa wirft ihrer Kollegin einen Seitenblick zu, verlässt ihren Arbeitsplatz und führt mich am Ellbogen aus dem Büro.

„Schau", sagt sie eindringlich. „Der Cousin meines Vaters macht alle möglichen Dinge. Das ist so, seit ich denken kann. Ich kann nichts dagegen tun, aber ich kann in eine andere Richtung schauen, mich um meine eigenen Angelegenheiten kümmern. Du solltest das Gleiche tun."

„Ich möchte nur von dir wissen, ob du es für möglich hältst, dass Juan Vanessa in Europa hat umbringen lassen. Mehr nicht."

Sie sieht zu mir hoch, geneigter Kopf, rückt ihre Brille zurecht und fixiert mich. Ich warte, dass sie weiterdiskutiert, aber das tut sie nicht.

„Und?", frage ich.

Sie stemmt eine Hand in die Hüfte und fuchtelt mit der anderen im Zickzackkurs vor meiner Nase herum, wie es ihre Art ist. Schwarze Augen blitzen.

„Du kannst nicht hören, kannst du?", schimpft sie.

„Nein, kann ich nicht. Ich dachte, du willst das Richtige tun. Du bist nicht wie der Cousin deines Vaters."

Sie starrt mich an, die eine Hand an der Hüfte, die andere vor Empörung in der Bewegung erstarrt. „Natürlich bin ich das nicht! Ich arbeite ehrlich und hart."

„Ich weiß", sage ich sanft und lächle sie an.

Sie überlegt und seufzt. „Ich kann mir nicht vorstellen, dass er jemanden in Europa umbringen lässt, obwohl seine Verbindungen weit reichen." Sie blitzt mich erneut an, schelmisch diesmal. „Fahren wir hin."

Jetzt bin ich es, die sie anstarrt.

„Du meinst ..."

„Genau. Du gibst keine Ruhe, gibst du? Also fahren wir zu Juan. In meiner Mittagspause."

Kapitel 23

„Falls Jahrone fragt: Es fährt kein Bus zu meinem Cousin",
sagt Mariposa, zwinkert und zirkelt ihren Kleinwagen aus der
Parklücke.

„Dein Cousin? Ich dachte, Juan ist der Cousin deines Vaters?"

„Ja. Mein Cousin zweiten Grades", meint sie mit einem
Achselzucken und steuert uns versiert durch den Verkehr von
Miami Beach.

Zuvor hat sie mir eingetrichtert, ich solle mich anständig
kleiden. Ich habe verpasst zu fragen, wie sie anständig defi-
niert. Gibt es einen Dresscode ‚Besuch beim Gangsterboss'?
Ich weiß nur, dass meine Haremshose durchgefallen ist, mit
dem Schlitz läuft sie eh keine Gefahr mehr, noch mal irgendwo dabei zu sein.

Ich habe in einem Kompromiss aus sommerlichen Temperaturen, Luftfeuchtigkeit, UV-Faktor und Gänsehaut produ-
zierenden Klimaanlagen einen Jeansrock, eine langärmelige
hellblaue Bluse und mittelhohe Wedges-Sandalen gewählt.
Wer sich fragt: Wedges sind Keilabsätze, transportieren etwas Bohemien Flair und nehmen der Hemdbluse die Strenge.
Bohemien Flair erkläre ich jetzt nicht.

Wir sausen auf dem MacArthur Causeway Richtung
Downtown, links Wasser, rechts Wasser. Ich kann mich gar
nicht sattsehen. Während mein Körper weiter geradeaus
fliegt, links Wasser, rechts Wasser, der Skyline entgegen, bie-
gen wir plötzlich auf eine Brücke ab. Sie führt zu einer der
künstlichen Inseln, die in der Biscayne Bay zwischen Miami
Beach und Miami liegen. ‚Palm Island' steht auf dem Schild.

Nach der Brücke ein terrakottagedecktes Häuschen, das
andernorts als Ferienhaus durchgehen würde. Der Wachposten darin fragt Mariposa auf Englisch, zu wem sie wolle. Mariposa antwortet auf Spanisch, woraufhin der Wachposten
den Schlagbaum hochfährt und wir passieren.

Wir fahren in einen Kreisverkehr mit Palmen rundherum
und einem vierstöckigen Zuckerbäcker-Springbrunnen in der

Mitte. Mir steht der Mund offen. Die Einfahrt zu einem Disney-World Resort?

Eine einzige Straße erschließt Palm Island. Sie heißt treffend Palm Avenue. Auch sonst macht die Insel ihrem Namen alle Ehre. Kann jemand Palmen nicht ausstehen, dreht er hier durch.

Villen in jeder Größe außer in klein und mittel. Alle Baustile sind vertreten, wobei der mediterrane dominiert. Der Großteil der Bauten verschwindet allerdings hinter Vegetation, Mauern und uneinsichtigen Zufahrten. Zwischen den Häusern penibel getrimmte Hecken und der ein oder andere Gärtner, der schnippelt, hackt oder wässert.

Wir bleiben vor einem Haus stehen, dessen Erdgeschoss durch ein zweiflügliges Holztor beherrscht wird. Alles weiß in Weiß. Jeder, der auf das Grundstück möchte, muss durch das Haus fahren. Das hielten sie schon im Mittelalter bei Burgen und Schlössern für ein vielversprechendes Sicherheitskonzept. Seitlich des Torhauses undurchdringliches Grün, das vermutlich Mauern kaschiert.

„Früher hat Al Capone hier gewohnt", sagt Mariposa nicht ohne Stolz. Sollte sie doch den kriminellen Gepflogenheiten ihrer Familie nicht ganz abgeneigt sein?

„Al Capone? Du scherzt."

„Nein, es ist wahr. Nachdem Al Capone auf Alcatraz war, hat er bis zu seinem Tod hier gelebt. Todesursache Lungenentzündung infolge von Syphilis. Natürlich wurde das Anwesen seitdem mehrmals umgebaut."

„Natürlich." Soll ich das glauben? Warum erzählt sie mir das?

„Sprich nur zu meinem Cousin, wenn er das Wort an dich richtet."

Ich will widersprechen. Wer würde das nicht? Aber Mariposa ist bereits ins Gespräch mit der Sprechanlage vertieft. Im nächsten Moment schwingen die Torflügel auf und geben die Einfahrt durch das Torhaus frei, geradewegs in einen tropischen Garten.

Von Dimension und Niveau her würde ich auf ein kleines Luxushotel schließen. Mehrere weiße Bauten liegen auf dem weitläufigen Anwesen verteilt, alle mit Arkaden im Erdgeschoss. Im hinteren Teil ein Pool, dahinter ein weißes Märchenhaus. Offene Bögen spiegeln sich im Türkis des Wassers und geben den Blick auf die Biscayne Bay frei. Von der oberen Etage hat man sicher einen atemberaubenden Blick.

Angesichts der Pracht habe ich ganz vergessen, mein Muffensausen einzuschalten, was ich aber sofort nachhole, als ich Brilli und Goldkettchen sichte. Die beiden treten aus einem der Häuser, bedeuten Mariposa, sie möge halten, und postieren sich beidseitig unseres Wagens.

Brilli empfängt mich auf meiner Seite und öffnet mir die Autotür. Als ich neben ihm stehe, schenkt er mir ein Aufblitzen seines Diamantzahns. „Pablo ist böse mit dir." Sein Kinn deutet auf Goldkettchen. „Besser du bist heute gut zu ihm."

„Und du bist nicht böse mit mir?", frage ich erstaunt und könnte mich einen Wimpernschlag später in den Hintern treten. So etwas fragt man keinen Kleiderschrank, dem man am Vortag eine Waffe und etwas Würde abgenommen hat.

„Fidel ist ein netter Kerl", sagt er schulterzuckend, „großzügig und gastfreundlich. Was war, war. Du bist Gast im Haus von Fidels Jefe." Dazu vollführt er eine ausladende Geste, als gehöre das Anwesen ihm. Offensichtlich scheint es hier durchaus üblich, von sich in der dritten Person zu sprechen. Sollte ich mal probieren.

Ich strecke Brilli alias Fidel meine Hand entgegen. „Hallo, ich heiße Ines. Wie geht es dir? Nett, dich kennenzulernen."

Ohne zu zögern ergreift Fidel meine Hand und dreht sie in einer routinierten Bewegung auf meinen Rücken. Ich schreie auf. Kurz befürchte ich, mein Arm gibt irgendwo nach. Jede Selbstverteidigungstechnik kommt zu spät. Der Polizeigriff erfreut sich nicht ohne Grund einer gewissen Beliebtheit.

Fidels Atem haucht warm an mein Ohr, als er mit Eisesstimme sagt: „Mira, Gringa! Du benimmst dich besser. Unsere Gastfreundschaft endet schnell. Verstanden?"

Ich nicke deutlich verkrampft.

Fidel lässt meinen Arm los, legt mir jovial den Arm um die Schulter und sagt mit breitestem Brillilächeln als wäre nichts gewesen: „Inés?" Er betont meinen Namen auf der zweiten Silbe. „Ein hispanischer Name. Sehr schön. Meine Tante heißt auch Inés. Mariposa du kennst doch noch meine Tante Inés?"

Mariposa nickt. „Selbstverständlich. Deine Tante Inés backt den besten Süßkartoffelkuchen, den ich je gegessen habe."

„Siehst du, Pablo! Mariposa meint auch, es ist der beste." Fidel strahlt entzückt über das ganze Gesicht.

Pablo brummt Unverständliches.

In dieser Art wird weiter geplaudert, als handele es sich um den Familienbesuch ferner Verwandter, die sich schon länger nicht mehr haben blicken lassen und nur alle fünf Jahre aus den Bergen heruntersteigen. Hauptthemen sind Essen und Trinken, wer welche Speise am besten zubereitet, was zu tun ist, wenn man sich den Magen verrenkt hat, zum Beispiel mit einem zu großen Stück von Tante Inés' Süßkartoffelkuchen.

Während der angeregten Unterhaltung bewegen wir uns im Schneckentempo auf das Haupthaus zu. Wir brauchen eine Viertelstunde, was nicht daran liegt, dass das Anwesen so groß wäre.

Dann stehen wir in dem Raum aus dem Video. Ich erkenne das Arbeitszimmer sofort wieder. Hinter dem Mahagonischreibtisch thront Juan, der Herr des Hauses, des Anwesens, der Herr mit dem weißen Bart, der Mafiaboss.

Der lichtarme Raum steht in starkem Kontrast zum sonnengefluteten Anwesen und Eingangsbereich, durch den wir gekommen sind. Dunkles Holz verkleidet die Wände und schluckt das bisschen Licht, das unter dem Sonnenschutz durch das halbgeöffnete Fenster hereinfindet. Eine Brise spielt mit dem braunen Vorhang.

Mariposa geht um den Tisch herum. Juan reicht ihr huldvoll die Hand, auf dessen dicken Siegelring sie einen Kuss platziert. Als wäre er der Papst persönlich.

Sie wechseln ein paar Worte auf Spanisch. Dann deutet er einladend auf die Besucherstühle. Hat er mich bisher ignoriert, als wäre ich nicht anwesend, fixiert er mich nun aus tiefliegenden Augen mit dunklen Schatten.

Wie im Video hat er auch heute ein Hemd mit halbem Arm an, dessen Dimensionen für einen korpulenteren Mann gemacht sind.

Mein Naturell möchte losplappern, möchte ihm sofort Fragen stellen. Als Erstes würde ich wissen wollen, wie sein Befinden ist, denn er sieht nicht gesund aus. Aber ich spüre Mariposas Bemerkung im Ohr und Fidels Bemerkung im Arm, also schweige ich. Ich lächle nicht mal, sondern versuche mich an einer friedfertigen Mimik, Buddha-artig.

„Erzähle mir, wer du bist. Woher kommst du?"

Nun, das ist einfach, das kann ich. Ich berichte von mir und, um es persönlicher zu gestalten, erwähne ich, dass ich gerne Schokolade esse, nenne sogar Sorte und Herkunftsland.

„Du kommst aus der Schweiz?", fragt Juan.

Das Blut steigt mir in die Wangen. „Nein. Ich komme aus Deutschland. Meine Lieblingsschokolade kommt ... aus der Schweiz." Meine Stimme stirbt gegen Ende hin ab. Ich bereue, im Ines-Style mit uneingeschränkt Unwichtigem verwirrt zu haben, nur, um das Klima zu versüßen.

„Ich verstehe. Was willst du in Miami, rothaarige Frau von Deutschland mit hispanischem Namen, die es liebt, Schweizer Schokolade zu essen?"

Vanessas und Jeffs Tod habe ich schnell umrissen, ohne überflüssige Details diesmal, ohne Todesursache und Tatort zu nennen, aber inklusive der Formulierung meines Ziels, den Verantwortlichen zu ermitteln.

„Ich verstehe. Aber sage mir, warum würdest du wissen wollen, wer Vanessa und Jeff getötet hat?"

Schon schwieriger. Schließlich ist nicht recht zu verstehen, warum ich mich über den Atlantik aufgemacht habe, um in Erfahrung zu bringen, wer eine mir völlig unbekannte Person umgebracht hat. Täglich sterben Tausende von Menschen durch die Hand anderer. Nicht überall würde ich hinfliegen, um die Fälle aufzuklären, genau genommen würde ich in den allerwenigsten Fällen hinfliegen.

„Du willst es nicht sagen?", fragt Juan, weil ich die Antwort bisher schuldig geblieben bin. Wie drücke ich es aus, dass er es nachvollziehen kann?

„Doch, ich will. Es ist nur nicht einfach zu erklären. Letztes Jahr wurde einer meiner Mitarbeiter getötet, im Anschluss gab es zwei weitere Tote. Ich weiß nicht, wie viele Todesopfer es in Miami gibt, bei uns sind es etwa drei im Jahr. Ich war in alles involviert, habe ermittelt. Jetzt gibt es erneut zwei Tote. Es ist für mich normal geworden zu ermitteln. Verstehst du, was ich meine?"

Juan nickt langsam. „Einer deiner Mitarbeiter wurde getötet? Das ist schlimm."

Ich nicke.

„Wir sind verantwortlich für unsere Mitarbeiter. Verantwortlich für ihren Schutz, verantwortlich für ihre Fehler."

Ich bin versucht wieder zu nicken, lasse es aber diesmal bleiben. Seine und meine Mitarbeiter haben ja nun gar nichts gemein, am allerwenigsten im Bereich Fehler.

„Vanessa war deine Mitarbeiterin?", frage ich.

Mariposa rutscht unruhig auf ihrem Stuhl herum. Stimmt ja, ich darf nur reden, wenn ich angesprochen werde.

„Bitte entschuldige", murmle ich und senke den Blick.

Er macht eine Bewegung mit der Hand, als würde er es wegwischen, eine vergebende Geste.

„Vanessa war eine unabhängige Unternehmerin, sie war unserem Konglomerat angeschlossen. Ich war nicht verantwortlich für ihre Fehler, ich war nicht verantwortlich für ihren Schutz."

Ich versuche zu verstehen, was das heißt. Egal, was Vanessa verbrochen hat, er hat sich herausgehalten? Sicher nicht, wenn sie ihm gegenüber Fehler begangen hat. Hier müssen dringend Fragen gestellt werden. Aber wie zum Teufel komme ich an mehr Informationen, wenn ich genau das nicht darf? Ach, was soll's.

„Was war der Gegenstand von Vanessas Unternehmen?",
frage ich.

Mariposa rutscht heftig herum. Soll sie doch! Ich bin ange-
reist, um Antworten zu bekommen und wie jedes Kleinkind
weiß, muss man dazu Fragen stellen.

Diesmal wischt Juan meinen Fauxpas nicht fort, im Gegenteil, er gibt Fidel ein Zeichen, der neben der Tür gewartet hat.

„Bitte Juan, es ist wichtig! Was hat Vanessa gemacht?",
rufe ich, während Fidel mich bereits wenig zimperlich hinaus-
komplimentiert.

Kapitel 24

„Welchen Teil von, sprich nur, wenn du angesprochen wirst, hast du nicht verstanden?", zischt Mariposa mich an, als wir wieder im Auto sitzen. Ihre Augen schleudern Blitze. „Ich muss verrückt sein, einer Gringa zu helfen, die sich nicht zu benehmen weiß."

„Sorry, aber ich muss es wissen. Deswegen bin ich hier."

„Musst du nicht! Es gibt Dinge, die du nicht wissen musst, glaube mir."

„Kannst du nicht noch mal reingehen, und ihn fragen?", bettle ich.

„Du bist absolut verrückt!"

„Dann gehe ich noch mal." Das verkünde ich nur so selbstsicher, weil Fidel und Pablo nicht mehr zu sehen sind. Ich öffne die Autotür.

„Inés, nein!", ruft Mariposa mir hinterher. Dann sehe ich sie auf ihr Lenkrad einhauen und vor sich hin fluchen. Da bin ich schon geduckt unterwegs.

Ich schleiche um das Haus herum und kauere mich unter ein halb geöffnetes Fenster, in dem ein brauner Vorhang sacht in der Meeresbrise weht. Eine bewährte Art und Weise, an Informationen zu gelangen, Teil meines Basisrepertoires.

Juan spricht Spanisch. Da das zu erwarten war, habe ich mein Handy hervorgeholt und zeichne auf. Nun ist Fidel am Zug. In seiner Muttersprache schlägt er gegenüber seinem Boss einen anderen Ton an, als mir gegenüber. Auch das war zu erwarten.

Zwischen den beiden geht es hin und her. Offensichtlich steht man nicht unter Zeitdruck, erörtert ausführlich, was immer da Gegenstand ist. Wie lange soll ich aufzeichnen? Thema könnte inzwischen völlig Unwichtiges sein, die Speisefolge beim heutigen Dinner zum Beispiel. Zähle ich doch noch bis dreißig und schleiche mich dann wieder davon. Mariposa wird nicht ewig auf mich warten.

Bei neunzehn miaut es neben mir. Laut. Fidel erscheint am Fenster und blickt lächelnd herunter, aber nur bis er erkennt, dass neben der rot Getigerten eine rothaarige Gringa hockt.

Derlei Katzen scheinen mich in Schwierigkeiten zu bringen, aber das nur nebenbei. Die Samtpfote wirft mir einen kurzen Blick zu, springt mühelos auf das Fenstersims und taucht im Dunkel des Arbeitszimmers ab.

Fidel ruft geistesgegenwärtig etwas auf Spanisch und will seinen über die Jahre aus der Form geratenen Korpus über die Fensterbrüstung hieven. Dazu feuert er Salven von Spanisch in alle Richtungen. Bin ich froh, dass es nur Worte sind, die mich von hinten treffen. Denn natürlich betrachte ich das nicht in aller Ruhe, ich sause bereits Richtung Auto und Mariposa.

Mein simpler Fluchtplan löst sich jäh in Luft auf. Zum einen parkt Mariposas Wagen nicht mehr da, wo ich ihn gerne hätte, zum anderen stürzen zwei Personen aus der Haustür. Pablo Goldkettchen und ein unbekannter Kollege, den ich Wäschepuff nennen möchte. Sein Körperbau ist tonnenförmig, die Ecken und Muskeln eines üblichen Kleiderschrankes fehlen oder sind gut unter seiner Leibesfülle kaschiert. Er trägt eine Waffe in der Hand. Nein, keine Waffe. Ein Hähnchenbein? Das rot karierte Geschirrtuch um den Hals unterstützt den Verdacht, und dass er auf beiden Backen kaut natürlich.

Mein Bauch meldet sich zu Wort und gratuliert dem Wäschepuff zu seiner grandiosen Idee. Ich habe nun wirklich keine Zeit, mich mit meinem Bauch auf eine Diskussion einzulassen, mache auf dem Absatz kehrt, weg von Haustür und Arbeitszimmerfenster, und flitze über die Rasenfläche zum Pool. Das Herz klopft mir bis zum Hals, mein Atem kommt stoßweise, was sich nur teilweise auf den Spurt zurückführen lässt. Das läuft ja nun alles gar nicht, wie ich mir das ausgemalt habe.

Das Schwimmbecken mit olympischen Ausmaßen liegt malerisch zwischen Gewächsen, überlegt angepflanzt, Palmen unterschiedlicher Art und Höhe, Bananen und in Pink blendende Bougainvilleen. Eine Oase.

Während ich den Pool entlang hetze, keimt Wut in mir auf. So ein wunderschöner Ort und keiner da, der ihn genießt. Andere kommen extra her. Aber als Gangsterboss geht man lieber in abgedunkelten Räumen finsteren Machenschaften nach.

Konzentrier dich, Inés! Habe ich gerade meinen Namen in Gedanken spanisch betont? Ich schüttle den Kopf, um die unsinnigen Gedankenfetzen loszuwerden, die unter Druck mein Oberstübchen lahmlegen. Die Charles-trainierte Ines muss her! Oder ist die mit Mariposa weggefahren? Wäre vernünftig.

Ich schüttle den Kopf. Der soll jetzt endlich tun, wozu er auf meinem Hals steckt: Intelligente Dinge denken und mich hier herausbringen.

Ein Blick zurück zeigt, die ansässige Ganovenschaft ist mir auf den Fersen. Dichtes Blattwerk verhüllt die Grundstücksränder. Hinter der Camouflage vermute ich eine schwer überwindbare Einfriedung.

Inzwischen habe ich den Pool hinter mich gebracht und bin beim Märchenhaus. Durch weiße Arkaden glitzert das Wasser der Biscayne Bay, dahinter die nächste Luxusinsel, die mit einer weiteren Brücke an Palm Island hängt. Ein traumhafter Anblick, ja, aber wie komme ich von hier weg? Der einzige Weg aufs Festland führt über die Brücke, die Mariposa und ich benutzt haben. Dazu müsste ich nicht nur an Juans Jungs, sondern auch am Wachhäuschen vorbei.

Miami bezaubert durch die Allgegenwärtigkeit von Wasser. Kaum ein Punkt, von dem man nicht einen Zipfel des Atlantiks oder der Bucht aufblitzen sieht. Zu Fuß indes wirkt das Wasser wie ein hübscher Stacheldrahtzaun. Hier käme die Kompetenz des Haubentauchers gut zum Einsatz: übers Wasser wandeln.

In Ermangelung dessen muss ein Boot her! Ein Boot mit steckendem Schlüssel bitte sehr! Vermutlich hängt eine stattliche Auswahl von PS-starken Wasserfahrzeugen gut vertäut an diesem Grundstück, damit der Gangster von Welt stets das Passende hat, um für einen Cocktail nach Miami Beach überzusetzen, zum Fischen zu fahren oder Drogen zu schmuggeln.

Nach Luft schnappend stehe ich am Ufer und kann es nicht fassen. Kein Steg, kein Boot. Rechts und links die Nachbarn und deren Nachbarn, die Nachbarn gegenüber auf der anderen Insel: Jeder, wirklich jeder dahergelaufene Multimillionär hat einen Steg mit mindestens einem Boot daran. Nur meiner nicht. Was ist nur mit diesen Ganoven los?

Das Nachbargrundstück zur Rechten trennt eine Steinwand. Ich bin fast dort. Im Laufen überlege ich, wie ich mich hinüberbringe. Das müsste zu schaffen sein, die Mauer hat etwa meine Höhe, ich muss nur etwas Schwung nehmen.

Ich strauchle und knalle der Länge nach hin. Habe ich doch beim Anvisieren des Hindernisses den Gartenschlauch übersehen, den jemand hinter dem Deckchair hat liegen lassen? Im Geiste höre ich Mamas Stimme, Unordnung würde mir irgendwann das Genick brechen. Nun, die Prophezeiung ist zum Glück noch nicht eingetroffen.

Bevor ich mich aber aufrappeln und meine aufgeschlagenen Knie begutachten kann, ist Pablo über mir. Er drückt mich auf das Sonnendeck zurück und biegt mir den rechten Arm auf den Rücken. Ich schreie auf. Bei den Kleiderschränken diesseits des Atlantiks scheint der Polizeigriff wirklich äußerst beliebt. Der zeigt sich ja aber auch wiederholt als wirksam. Er hält mich mühelos in Schach und treibt mir die Tränen in die Augen.

Pablo schimpft auf Spanisch. Gut, dass ich das nicht verstehe. Er zerrt mich hoch, setzt geschickt zwei Armhebel gleichzeitig an, sodass mir nichts anderes übrig bleibt, als nach vorne gebeugt zu stehen und zu gehen. Jeder Versuch, mich aufzurichten oder herauszuwinden, würde mir die Schulter auskugeln. Pablo verpasst mir ein paar Pferdeküsse, weniger um mir wehzutun, als um seinem Unmut Luft zu machen. Blaue Flecken gibt es trotzdem.

Entgegen meiner Erwartung bewegen wir uns nicht zurück zum Haupthaus, sondern erklimmen den ersten Stock des weißen Märchenhauses. Oben an der geschwungenen Treppe erhalte ich die Bestätigung: Der Blick ist in der Tat atemberaubend. Das glitzernde Wasser der Bay, die palmen-bestandene Insel mit Luxusvillen gegenüber, im Hintergrund die Hochhäuser von Miami Beach, dazwischen Wasser in allen Blau- und Türkisschattierungen.

Für mich geht es nicht in den feudalen Wohnbereich mit Traumblick, sondern zu einer Tür in der Ecke. Die Abstellkammer ist der im Hotel nicht unähnlich, allerdings ohne Fenster, Hotelwäsche und Shampoofläschchen. Nichts, außer nacktem Fliesenboden von einmal drei Metern. Wände, Decke und Tür sind gepolstert. Ich schlucke schwer. Wenigstens macht die Gummizelle einen sauberen Eindruck, wenngleich es unangenehm riecht. Ich will nicht darüber nachdenken, wonach.

Klonk! Die Tür fällt hinter mir ins Schloss, metallisch und gedämpft zugleich befördert sie mich in die Dunkelheit.

Kapitel 25

Trotz der misslichen Lage, in die ich mich gebracht habe, obwohl diverse Körperteile schmerzen und die offenen Knie brennen, bin ich guter Dinge und ein bisschen stolz auf mich. Denn als mir aufgeht, dass Pablo versäumt hat, mir die Handtasche samt Handy abzunehmen, denke ich geistesgegenwärtig daran, die Audioaufnahme an Dr. Frieder und Susan zu senden. Vermerk: ‚Gekidnapped Al Capone.‘ Jetzt hoffe ich, dass der Mitschnitt etwas hergibt und Juan sich mit Fidel über mehr als Kulinarisches ausgetauscht hat.

Die erfolgreiche Übertragung des Videos hat sich gerade akustisch bemerkbar gemacht, da öffnet sich die Tür zu meiner Zelle und Pablo streckt wortlos eine Hand herein. In der anderen hält er eine Waffe. Die Aktion kommt dreißig Sekunden zu spät aus seiner, gerade recht aus meiner Sicht. Na, lieber wäre mir schon noch gewesen, er hätte es komplett vergessen.

Pablo nimmt mir mein Handy aus der Hand, bückt sich nach meiner Tasche und lässt sie außerhalb der Kammer auf den Boden fallen. Dann deutet er an, ich solle aufstehen, und tastet mich einhändig ab. Ich muss einen Würgreflex unterdrücken, wage aber nicht, mich zu wehren.

Zum Schluss fällt ihm ein, seine Wurstfinger hinter mein Schlüsselbein zu drücken. Er trifft den Nervenpunkt nicht, versucht es noch mal, setzt wieder zu weit außen an. Er flucht auf Spanisch und gibt mir einen Schubs, der mich gegen die Polsterwand taumeln lässt.

Die Tür fällt zu und ich zurück in die Dunkelheit. Ein Lichtschimmer kriecht unter der Tür durch und leistet mir Gesellschaft. Nichts zu hören außer meinem Herzschlag.

Mein Stolz vergeht rasch, als mir bewusst wird, was alles in meiner Tasche steckt. Pass, Bargeld, Kreditkarte, mein Handy mit dem Rückflugticket, kurz alles, was mir als Ines Fox in der Fremde Sicherheit gibt und Voraussetzung für die Heimreise ist.

Wenn Juan und seine Mannen mein Handy durchsuchen – vorausgesetzt sie gelangen über den Zugriffscode hinaus, wovon ich bei ihrer Art Geschäfte ausgehe – wird Pablo Ärger kriegen. Er hat versäumt, mir das Handy ohne Zeitverzug abzunehmen, und mir damit die Möglichkeit gegeben, eine Nachricht abzusetzen. Wie war das? Man ist für die Fehler seiner Mitarbeiter verantwortlich? Was heißt das jetzt für Pablo?

Aber mache ich mir lieber Sorgen um mich selbst. Ich sitze im Dunkeln, einmal wieder, einkassiert von Kleiderschränken, weil ich meine Nase in etwas hineingesteckt habe, das mich nichts angeht. Diesmal brauche ich für das Abzählen der Rettungsmöglichkeiten keine Hand. Ob man es genau nimmt oder großzügig auslegt, ich bin auf mich allein gestellt.

Ich hätte den Gesprächsmitschnitt auch an Charles schicken sollen, sie hat zweifelhafte internationale Beziehungen, deren Ausmaß ich nicht mal erahnen kann. Vielleicht zeigt sich Dr. Frieder einmal mehr von seiner weisen Seite und informiert sie. Anzunehmen, dass er Arthur in Kenntnis setzt.

Alle, auf die ich normalerweise bauen kann, sind weit weg. Ich bin allein. Das wollte ich so. Wäre ich sonst hergeflogen? Ist der Seekoller schuld? Man muss sich nur lang genug an einem Ort aufhalten, ohne Tapetenwechsel, ohne neue Horizonte, ohne, dass sich etwas tut, gefangen in Gleichförmigkeit, schon reagiert man über und macht Dummheiten.

Ich bin allein mit dem, was ich am Körper trage und mit den wirren Gedanken in meinem Kopf.

Das Ausmaß des Bösen der hiesigen Kriminellen kann ich schwer einschätzen. Mit Sicherheit handelt es sich weder um Gentleman Gangster noch Kuschelganoven. Trotzdem: Kein Schlottern, kein Wimmern meinerseits, ich mache mir nicht in die Hose. Letzteres kann noch kommen.

Aber Hunger habe ich. Das Mittagessen ist ausgefallen. Das Bild des Hähnchenbeins in der Hand des Wäschepuffs geistert durch mein Appetitzentrum, mein bauchgesteuertes Appetitzentrum.

‚So ein Hähnchenbein', meint mein Bauch, ‚würde mir jetzt wohl schmecken. Danach ein Key Lime Pie vom Frühstücksbuffet.' Er knurrt laut.

Ich knurre zurück: ‚Dein Ernst? Das Hähnchen stammte bestimmt aus Massentierhaltung. Wären du und ich Masthühner, wären 43 andere Hühner mit uns hier drin, 15 pro Quadratmeter.' Kurz überlege ich, ob mein Bauch mit Zahlen etwas anfangen kann. Eher nicht.

Mein Bauch knurrt noch lauter als zuvor. Manchmal entzieht er sich damit der Diskussion. ‚Vor ein paar Monaten hätten wir das noch essen dürfen', mault er.

‚Ja, da waren wir beide auch noch dumm', schnauze ich ihn an. ‚Jetzt ist nur noch einer dumm.'

‚Jetzt wirst du wieder gemein. Das wolltest du doch nicht mehr sein', jammert mein Bauch.

‚Stimmt. Entschuldige. Du brauchst einfach etwas mehr Zeit, um dich darauf einzustellen.'

‚Ja', heult mein Bauch. ‚Und solange hätte ich sooo gerne so ein Hähnchenbein!'

Ich seufze. Wenn er heult, werde ich oft schwach. Natürlich weiß er das. Nur, dass das hier und jetzt, in dieser Situation, völlig sinnlos ist. Aber Sinn und Bauch passen halt nicht immer zusammen.

‚Also gut', meint mein Bauch nach einer Weile und schnieft. ‚Der Obstsalat vom Frühstücksbuffet?'

‚Ja, den hätte ich jetzt auch gern', murmle ich.

Danach hängt jeder wieder seinen Gedanken nach.

Ich bin nicht das erste Mal auf kleinstem Raum eingesperrt. Das erste Mal hat es mich deutlich mehr mitgenommen. Ich wusste weder wo ich war, noch wer mich dorthin verfrachtet hatte, noch wie der Raum im Hellen aussah, denn ich war bewusstlos eingeschlossen worden. Hier weiß ich, es gibt keine Lampe, Tür und Rahmen sind aus Eisen und die Tür geht nach innen auf. Keine Chance ohne Werkzeug. Ich weiß, Wände, Decke und Tür sind mit einer Polsterung bezogen, die Schall schluckt. Ich weiß, wer mich hier geparkt hat und dass es nur eine Frage der Zeit sein dürfte, bis etwas passiert. Vermutlich soll ich weichgekocht werden. Vermutlich will man mir Angst einjagen, nicht zu viel, nur ein bisschen, schließlich bin ich die Bekannte einer Verwandten. Ich setze darauf, dass der Umstand etwas wert ist. Im besten Fall gibt es ein frühes Abendessen. Mein Bauch knurrt zum wiederholten Male.

Erstaunlich, wie wenig wir Menschen auf unsere Instinkte zählen können. Ich sitze hier und denke vor mich hin. Aber wie lang genau? Oder wie lang in etwa? Es könnten 20 Minuten, genauso gut 2 Stunden sein. Ohne Kontakt zur Außenwelt geht mein Zeitgefühl unter.

Ich nehme den Mittelwert von 20 Minuten und 120 Minuten, ziehe von den 70 Minuten 20 % ab, weil sich die Zeit dehnt, wenn man nichts zu tun hat, und runde von 56 Minuten auf eine Stunde auf. Die sehe ich als gesetzt an. Nachdem ich ermittelt habe, dass eine Stunde 3.600 Sekunden fasst, zähle ich im Sekundentakt vor mich hin. Die Finger für die Stunden, die Zehen für jeweils 10 Stunden – Gott bewahre, dass die Zehen nötig werden.

Damit bin ich beschäftigt. Die Aufgabe verlangt meine ganze Aufmerksamkeit, wie eine Art Mantra, eine Meditationsübung. Das beruhigt. Mein Atem ist tief und gleichmäßig, ich bin eins mit den Sekunden, den Minuten, den Stunden.

Als ich das dritte Mal auf 3.600 gezählt habe, höre ich auf. Wozu soll es gut sein zu wissen, wie lange ich hier drinsitze? Das Wissen darum wird nichts daran ändern, wie im Moment gar nichts, was ich tue, etwas ändern wird. Stattdessen sollte ich meine grauen Zellen darauf ansetzen, die bisherigen Ermittlungen von allen Seiten zu beleuchten. Erkenntnisse könnten mich weiterbringen, wenn ich nachher mit Juan zusammentreffe und er von mir Informationen verlangt. Und das wird der Fall sein, da bin ich mir sicher, früher oder später.

Es ist warm, aber noch auszuhalten. Der Fliesenboden, auf dem ich sitze, kühlt leicht, ein Glas Wasser könnte ich trotzdem gebrauchen, gerne auch Stärkeres.

Ist der Lichtstreifen unter der Tür dunkler geworden? Dämmert es? Eine Weile starre ich auf das einzige Signal von außen, komme aber zu keinem Ergebnis. Ich schließe für dreißig Sekunden die Augen und schaue wieder hin. Dunkler? Heller? Auch hier versagen meine menschlichen Sinne komplett.

Wir sind nicht mit besonderen Fähigkeiten ausgestattet, die in kleinen dunklen Gefängnissen von Nutzen wären. Die Natur sieht nicht vor, dass ich hier sitze. Würde sie das, hätte sie per Evolution dafür gesorgt, dass ich weder Durst noch Hunger verspüre, aus mir selbst heraus Licht erzeuge, und via Nebennierenrinde Hormone ausschütte, die mich beruhigen und mir Kraft geben. Damit ich dieses weitverbreitete Übel der Gefangenschaft unbeschadet hinter mich bringe, meine Art nicht gefährde und meinen Auftrag in Sachen Reproduktion noch erfüllen kann. Aber ganz offensichtlich hat sich Homo sapiens in seinen 300.000 Jahren nicht oft genug an solchen Orten aufgehalten, sodass die Evolution nichts hervorgebracht hat, was mir heute nützlich wäre.

Ich seufze. Die Lösung des Falles wird von Stunde zu Stunde unwichtiger. Wie ich dieser Tage bereits festgestellt habe, bringen Menschen täglich Tausende Menschen um. Direkt oder indirekt, gewollt oder ungewollt. Ich meine einmal gelesen zu haben, dass es knapp eine halbe Million Opfer auf der Welt gibt, die durch ein vorsätzliches Tötungsdelikt ums Leben kommen. Fast 500.000! Jedes Jahr! Eine erschreckende Zahl, die noch unfassbarer wird, denn Opfer bewaffneter Konflikte, sprich Kriege, zählen nicht mit. Auch Opfer durch Drogenkonsum und Umweltgifte sind nicht eingeschlossen, oder wenn jemand durch die Fahrlässigkeit, Rücksichtslosigkeit oder Profitgier eines anderen zu Tode kommt, bei der Arbeit in einer baufälligen Kleiderfabrik in Bangladesch, in einem chinesischen Bergwerk oder im deutschen Straßenverkehr zum Beispiel.

Wieso noch mal haben mich diese beiden Opfer so brennend interessiert? Ach ja, meine krankhafte Neugier wollte mehr wissen. Und warum? Weil der Mord vor meiner Haustür passierte. Das macht etwas mit uns Menschen. Je näher es geschieht, um so betroffener sind wir. Perspektive. Kleine Dinge, die nah sind, erscheinen größer, als gigantische Dinge, die fern sind. Eventuell schwingt noch mit, dass es genauso gut mich selbst hätte treffen können. Wenn man es genau nimmt, war mein Interesse reiner Egoismus.

Wenn in Caracas jährlich 2.400 Menschen getötet werden, 120 Menschen pro 100.000 Einwohner, interessiert uns das wenig, wenn auch die Absurdität der Zahl uns kurz erschreckt. Auf Konstanz mit seinen knapp 90.000 Einwohnern übertragen hieße das – ich muss ein paar Mal hin und her rechnen, bis mir der Dreisatz im Kopf gelingt – dass es statt 3 Tötungsdelikten 108 pro Jahr wären. 36-mal mehr als aktuell. Ein Toter alle 3 Tage statt 3 Tote in einem Jahr. Unvorstellbar!

Aber ich will nicht mehr über Mord nachdenken, im Allgemeinen nicht und im Besonderen schon gar nicht. Keine Ahnung, wie die Mitglieder des hiesigen organisierten Verbrechens damit umgehen. Sie werden nicht vor Mord zurückschrecken, wenn sie es für nötig halten. Die Frage ist, wann sie es für nötig halten.

Was habe ich mir nur gedacht?

Ich weine vor mich hin. Lautlos und unaufgeregt weine ich über mich, wie ich mein Leben so leichtfertig aufs Spiel setzen kann. Und wofür?

Ich denke an Dr. Frieder. An seine blauen Augen, die mich verschmitzt anschauen und wie geborgen ich mich in seinen Armen fühle. Das Weinen wächst sich zu einem Wimmern, dann zu einem Schluchzen aus.

Es riecht nach Angst und Körperflüssigkeiten, die normalerweise einer Kanalisation bedürfen und nur optisch entfernt wurden. Was passierte mit den Menschen, denen die Körperflüssigkeiten gehörten?

Halt! Keine Gedanken mehr daran! Ich muss positiv denken, auch wenn es schwerfällt.

Der Lichtstreifen unter der Tür ist nicht mehr als solcher zu erkennen. Sonnenuntergang gegen zwanzig Uhr?

Ich bin eine feine Ermittlerin. Noch keinen Tag hier drin, schon flenne ich vor mich hin, habe jegliches Zeitgefühl und jegliche Selbstbeherrschung verloren. Ha, ich und Selbstbeherrschung, als hätte ich die je besessen.

Entschieden wische ich mir die Tränen von den Wangen.
Jetzt wird nicht mehr geheult! Ich hickse noch etwas und
schniefe, gebe mir Zeit, mich zu beruhigen. Zeit habe ich ja.
Wenigstens taugt Weinen dazu, Stresshormone abzubauen.
Evolution? Alles ist für was gut. Nur, dass ich hier eingesperrt
sitze, ist für nichts gut. Für gar nichts.

„Ich habe Hunger, ich habe Durst und ich will hier raus!",
schreie ich auf Englisch, nur so, um mal etwas Anderes zu versuchen. Außerdem: Schreien befreit. Ist also einen Versuch
wert. „Kann mich jemand hören?"

Nichts. War auch nicht zu erwarten. Diese Wände schlucken Schall. Ich höre mich ja selbst kaum.

Ich kicke gegen die Tür, beständig, ein Trommelfeuer auf
Polstern produziert gedämpfte Puffe. Wenn jemand vor der
Tür Wache schiebt, wird ihn das trotzdem nerven. Ob das klug
ist, sei dahingestellt, aber ich mache was, außer die Sekunden
zu zählen, blöde Dinge zu denken und mich selbst zu bemitleiden.

„Hört ihr mich? Ich will raus!", schreie ich und kicke.

Irgendwann werden meine Beine lahm und ich höre auf
damit.

Kapitel 26

Künstliches Licht gleißt in die Kammer. Es schmerzt in den Augen. Ich hebe die Hand zum Schutz und versuche zu erkennen, was sich hinter der Lichtquelle verbirgt.

„Zieh das an!", brummt Pablo und wirft Klirrendes auf den Fliesenboden. Ich taste. Zwei Paar Handschellen und eine lange Kette.

„Erst Füße mit Kette, dann Hände", brummt er.

Ich tue, wie mir geheißen. Ich habe Schwierigkeiten damit, schlaftrunken und erschöpft.

„Beeil dich!"

Ich gebe mir Mühe. Aber es klappt nicht auf Anhieb. Ich bin nicht weit davon entfernt, wieder in Tränen auszubrechen, da sehe ich Charles' Gesicht vor mir. Sie sagt mir eindringlich: ‚Wenn du in Bedrängnis kommst, mach dir bewusst, du musst gar nichts. Du musst nicht nachgeben, du musst dich nicht verletzen lassen, du musst nicht verzweifeln, gar nichts musst du.'

Ich schlucke die Tränen hinunter und nicke entschlossen.

„Hoch!", blafft Pablo.

Ich stemme mich an der Wand ab. Kreislauf und Gleichgewichtssinn brauchen einen Moment, um sich zu finden.

„Geh!"

Mit Geisha-Schritten tripple ich durch die Tür. Es wird Ewigkeiten dauern, anzukommen. Wo eigentlich? Die senkrechte Verbindungskette zwischen oben und unten schleift auf dem Boden. Ich muss aufpassen, nicht draufzutreten. Zum Ausgleich ist die Verbindungskette der Fußfesseln zu kurz, weil offensichtlich für Hände gedacht. Dafür ist die Verbindung zwischen den Händen ... Habe ich die Dinger wohl vertauscht.

An Flucht ist nicht zu denken. Der aufkeimende Gedanke an Befreiung bedeutet aber, ich habe mich gefangen. Ich kann wieder klarer denken und werde nicht nur von meinen Gefühlen beherrscht.

Pablo bedenkt meinen Fesselungsfehler mit einem kurzen Stirnrunzeln, sagt aber nichts.

„Ich muss ins Badezimmer gehen." Ich bin um eine feste Stimme bemüht, die zusammen mit meinem Gesichtsausdruck unmissverständlich klarmachen soll: Es ist dringend. Immerhin habe ich trotz meines Zustandes daran gedacht, dass Amerikaner nie von Toilette sprechen. Man geht ins Badezimmer, auch wenn man dort nicht baden kann und sicher nicht möchte. Man geht ins Badezimmer oder in den Ruheraum.

„Okay. Diesen Weg", grunzt Pablo und deutet in die andere Richtung. Er ist bedacht, die Waffe auf mich gerichtet zu halten, die, wie ich nun erkenne, durch einen Schalldämpfer verlängert wird.

Ich schlurfe vor eine Tür.

„Warte!", brummt er, zieht eine Rolle aus seiner Hosentasche und setzt an, mir den Mund zuzukleben.

„Ich muss trinken", presse ich noch hervor, bevor er mir die Lippen fest mit Klebeband verschließt.

„Später", brummt er, öffnet die Tür und schiebt mich in einen Raum, der alle Modernisierungen unbeschadet überstanden hat. Ein Badezimmer aus den 1920ern, schwarze Keramik gepaart mit vergoldeten Wasserhähnen und schwarz-gelben Fliesen. Das Waschbecken stützt sich auf zwei geschwungene goldene Beine. Al Capone Art déco Stil vermute ich.

Noch nie in meinem Leben habe ich mich so über diese Einrichtung moderner Zivilisation gefreut, wenn diese konkrete auch fast hundert Jahre alt sein dürfte und ich durch die Fesseln stark behindert bin. Wie schön, als die Entspannung einsetzt. Im Anschluss wasche ich mir genussvoll die Hände und spritze mir Wasser ins Gesicht, was nur gelingt, weil die Verbindungskette zu lang ist und ich auf Zehenspitzen stehe.

Dann wende ich mich dem Schiebefenster mit Milchglasscheiben zu. Ich schaffe nicht, es zu bewegen, es auch nur das kleine Stückchen nach oben zu schieben, das meine Handfesseln zulassen.

Wieder aus dem Bad nicke ich Pablo dankend zu, er nickt zurück. Wir begeben uns zur Treppe. Mein Blick fällt auf eine Schwarz-Weiß-Fotografie an der Wand: Al Capones Reich aus der Vogelperspektive, mit einer Mauer eingefriedet, alle Flächen rechts und links noch unbebaut. Über die komplette Grundstücksbreite des Anwesens ein enormer Steg mit Bootshaus, einem Boot und Platz für sechs weitere. Na danke auch. Ich stöhne. Wer kam auf die glorreiche Idee, den Steg zu demontieren?

Pablo sieht mich fragend an.

Ich produziere ein Schulterzucken und ziehe eine Grimasse, die der Klebestreifen bremst.

Am oberen Ende der Treppe bleibe ich stehen. Unmöglich, mit den Handschellen an den Fesseln dort hinunterzugelangen. Pablo erkennt das Dilemma, denkt drei Sekunden nach, packt mich kurzerhand in der Körpermitte und wirft mich wie einen Sack Kartoffeln über seine Schulter, die mir in den Magen drückt. Bin ich froh, dass wir einen Zwischenstopp eingelegt haben, sonst wäre es spätestens jetzt mit meiner Körperbeherrschung vorbei.

Unten darf ich wieder meine Minischrittchen machen. Ich werfe einen Blick zurück durch die Arkaden auf die Bay. Entferntes Rauschen der Großstadt und der Meeresbrandung, Tausende Lichter, die sich im Wasser spiegeln und die ganze Nacht durchtanzen. Unmöglich zu sagen, wie spät es ist. Spielt sich das Leben hier tagsüber am Strand ab, wandert es nach Mitternacht auf die Straßen, in die Bars und Klubs.

Wir bewegen uns Richtung Haupthaus. Ich tripple, Pablo schlendert in sicherem Abstand schräg hinter mir, Waffe im Anschlag. Punktuelle Beleuchtung unter Büschen und Palmen taucht den Garten in grüngoldenes Licht. Eine tropische Nacht, wenige Tiergeräusche, ein Rascheln hin und wieder. Das Anwesen wirkt friedlich, paradiesisch. Unvorstellbar, dass es das Böse anzieht, das sich daraufhin hier einnistet, zum zweiten Mal in seiner Geschichte schon. Von den Nachbarn ist nichts zu sehen oder zu hören, kein Lichtschimmer dringt durch das dichte Grün.

Am Haupthaus angekommen suchen wir Juans Arbeitszimmer auf. Es beruhigt etwas, dass ich es schon kenne. Aber die Bandbreite an Möglichkeiten, was nun kommt, lässt mich trotzdem erschaudern. Das Herz schlägt mir bis zum Hals, die Knie sind weich. Ich zwinge mich, aufrecht in den Raum zu trippeln, Schultern zurück, Kinn stolz erhoben.

Hier sieht es anders aus als um die Mittagszeit. Das Arbeitszimmer ist voll. Acht Männer einschließlich Juan und Fidel, Dresscode schwarz. Juan thront diesmal nicht hinter dem Schreibtisch, sondern in einem Ohrensessel aus Leder. Im Pendant daneben sitzt ein jüngerer Mann, der Juan ähnlich sieht. Die anderen stehen.

Juan nickt kaum merklich. Fidel stellt sich vor das geschlossene Fenster, ein anderer Mann schließt die Tür hinter uns. Pablo zieht mir mit einem Ruck den Klebestreifen von den Lippen.

„Aua", schimpfe ich und funkle ihn an.

Pablo zuckt mit einer Augenbraue nach oben, abgesehen davon drückt seine Miene keinerlei Gefühlsregung aus. Er postiert sich breitbeinig vor der Tür.

Ich stehe im Zentrum des Raums, die Blicke aller auf mir. Jetzt nur nicht die Angst anmerken lassen. Schwäche wird mir nicht helfen, Schwäche arbeitet gegen mich.

„Guten Abend Gentlemen. Dürfte ich um ein Glas Wasser bitten?", frage ich in höflichem Englisch. Ich habe eine feste, eher tiefe Klangfarbe gewählt und hoffe, dass meine Stimme nicht zittert.

Juan fabriziert eine seiner minimalen Kopfbewegungen. Einer der Männer übernimmt Pablos Posten, der sich aufmacht, am Sideboard hinter Juans Schreibtisch ein Glas Wasser zu füllen. Er reicht es mir. Als er einsieht, dass ich es mit der aktuellen Verkettung nicht selbst bis zum Mund bringen kann, hält er mir das Trinkgefäß an die Lippen. Fassungsvermögen des Glases: ein Schluck. Pablo muss noch dreimal nachfüllen, leert die Karaffe. Ich könnte das Zehnfache vertragen.

Während des Trinkvorgangs sind alle stumm.

Wie zu erwarten, richtet Juan das Wort an mich. „Für wen arbeitest du?"

Ich blicke ihn erstaunt an, was daran liegt, dass ich mit allem Möglichen gerechnet habe, nur damit nicht.

„Für niemanden. Wieso denkst du, dass ich für jemanden arbeite?"

„Für wen arbeitest du?", wiederholt er.

„Wie ich sagte, für niemanden."

„Bist du unabhängige Unternehmerin?", fragt der andere Mann im Ohrensessel, den ich für Juans Sohn halte. Seine Stimme klingt ähnlich. Er ist der Jüngste im Raum und wenig älter als ich.

Ich zögere. Das ist schlecht, ich weiß. Aber wenn ich die Frage verneine, wäre es gelogen. Und wie allseits bekannt sieht jeder Dahergelaufene sofort, was ich denke. Allerdings könnte diese Schwäche mir zur Abwechslung mal zum Vorteil gereichen. Mein Erstaunen über die Frage, für wen ich arbeite, hat gute Aussicht, geglaubt zu werden.

Juan hat den Begriff ‚unabhängige Unternehmerin' heute Mittag für Vanessa verwendet. Unternehmerin bin ich zweifelsohne.

„Es ist kompliziert. Ich kann es erklären, aber es wird etwas Zeit in Anspruch nehmen."

„Bitte", sagt Juans Sohn mit einer Handbewegung.

Also erläutere ich, dass ich Inhaberin einer kleinen Gesellschaft für Webdesign sei, Unternehmerin ja, aber nicht wie Vanessa. Ich wiederhole die Kurzzusammenfassung von vor einigen Stunden, erzähle, dass mein ‚Boy Friend' und ich ein gemeinsames Hobby entdeckt hätten, das da hieße, in Mordfällen zu ermitteln. Er als angehender Rechtsmediziner, ich als Hobbyschnüfflerin. Ich schildere Vanessas und Jeffs Tod in einer Fahrradrikscha, was Laute der Ungläubigkeit bei den Anwesenden hervorruft. Sie haben es bis dato nicht in Betracht gezogen, dass es in Deutschland in Transportfragen ähnlich zugeht wie in Indien.

Ich ergänze, dass ich eine impulsive Person sei, und ich meine Reise nach Miami im Nachhinein für keine gute Idee mehr hielte, ich aber immer schon mal nach Miami wollte und spontan losgezogen sei.

„Warum hast du das Gespräch zwischen meinem Vater und Fidel aufgenommen?"

„Ich hatte viele Fragen. Dein Vater hatte keine Antworten für mich. Ich habe das Gespräch aufgenommen, um es mir später übersetzen zu lassen. Ich hoffte, mehr zu erfahren."

„Du verstehst kein Spanisch?"

Ich schüttle den Kopf.

„Du weißt nicht, was du aufgenommen hast?"

Wieder schüttle ich den Kopf.

Der Sohn beugt sich leicht zu seinem Vater, die beiden flüstern auf Spanisch.

„Du hast das Gespräch an zwei Adressaten verschickt. Warum und wann?", fragt der Sohn.

„Als meine Versicherung, nachdem ich entdeckt worden war." Damit lüge ich nicht, wenn ich auch nicht ganz präzise bin. Für meine Situation macht das keinen Unterschied. Für Pablos Situation aber, der versäumt hat, mir Handy und Tasche sofort wegzunehmen, und mir damit ermöglicht hat, noch eine Nachricht abzusetzen, könnte es einen Unterschied machen. ‚Wir sind verantwortlich für unsere Mitarbeiter … für ihre Fehler.' Wer weiß, wann ich Pablos Wohlwollen brauche, und wenn es nur um einen Schluck Wasser geht.

„Du hast dir damit keinen Gefallen getan", sagt der Sohn. „Es schadet dir mehr als es dir nützt."

„Oh!" Mir wird flau. So habe ich das noch gar nicht gesehen. Ich setze an, etwas zu sagen, bin mir aber unsicher, ob ich sollte, ob ich darf.

„Du möchtest etwas sagen?", fragt der Sohn.

„Ich glaube nicht, dass euer Unternehmen in den Tod von Vanessa involviert ist. Ich denke, dass sie etwas herausgefunden hat, womit sich jemand nicht erpressen lassen wollte. Dieser jemand hat sie umgebracht. Darum wollte ich mehr über Vanessas Arbeit erfahren. Ich hoffte, das war das Thema zwischen deinem Vater und Fidel."

Erneut stecken Vater und Sohn die Köpfe zusammen und tauschen sich im Flüsterton aus.

„Die Papiere, die du gestern fotografiert hast, was ist das?",
fragt der Sohn.

„Papiere aus Jeffs Apartment. Eine Liste von Hotels, in denen Vanessa aktiv war. Ich weiß nicht, was der Rest der Papiere bedeutet."

„Hast du andere Informationen?"

Kurz schießt mir der USB-Stick durch den Kopf. Der steckt in meinem Notebook in meiner Abstellkammer im The Charmond.

„Nein", lüge ich und denke sofort: blöd! Jeder im Raum kann mir ansehen, dass ich gelogen habe.

„Bist du sicher?", kommt prompt die Frage.

Ich schüttle den Kopf, so unglücklich, dass dick und fett Lügnerin auf meiner Stirn aufblinken muss. Ein Wunder, dass kein Alarm losheult.

Der Sohn steht auf, geht zum Schreibtisch, öffnet eine Schublade und bringt mein Notebook zum Vorschein, in dem Jeffs USB-Stick steckt.

Ich erstarre. Binnen einer Sekunde entweicht jegliches Blut aus meinem Gesicht.

„Wir können dich nicht gehen lassen", sagt der Sohn.

„Aber ...", protestiere ich schwach. Ich muss mich zusammenreißen, dass meine Beine nicht ihren Dienst quittieren und mich auf den Boden sinken lassen. ‚Stärke gibt Stärke', höre ich Charles in meinem Kopf. Ich schlucke schwer und schwöre mich auf eine sichere Stimme ein.

„Keiner weiß, was auf dem USB-Stick ist. Ihr habt mein Handy und mein Notebook. Ihr könnt sehen, dass die Dateien vom USB-Stick nicht versandt wurden."

Keine Reaktion.

„Was, wenn ich jetzt gleich bei meinem Boy Friend und Susan anrufe und sage, es ist ein Missverständnis? Sie sollen die Audiodatei löschen. Mein Boy Friend kann kein Spanisch, er muss erst jemanden fragen. Das hat er vermutlich noch nicht. Auch Susan West hat die E-Mail wahrscheinlich noch nicht gesehen. Es ist Wochenende." Ich ziehe alle Register.

Meine Beine sollen gefälligst aufhören, sich wie Pudding anzufühlen. Beim Gedanken an Pudding knurrt mein Bauch laut. Alle Anwesenden müssen es gehört haben, lassen sich aber nichts anmerken.

Wieder tuscheln Vater und Sohn. Das nervt langsam, aber verschafft mir Zeit, nachzudenken.

Die Lüge hat meine Position geschwächt. Es wäre besser gewesen, bei der Wahrheit zu bleiben. Zu spät.

Wenn Dr. Frieder und Susan als meine Versicherung wegfallen, was sollte die sauberen Herren daran hindern, mich aus dem Weg zu räumen? Außer Mariposa weiß niemand, dass ich hier bin.

Mir wird schlecht, als der Satz wie ein unheilvolles Echo in meinem Kopf widerhallt: Außer Mariposa, der Cousine zweiten Grades dieses Gangsterbosses, außer Mariposa, die ich erst seit gestern kenne, weiß niemand diesseits des Atlantiks, dass ich hier bin.

Was habe ich mir nur dabei gedacht?

Und was für einen bescheuerten Vorschlag habe ich gemacht? Vermutlich wollen sie mich genau da haben, dass ich freiwillig meine Versicherung aufkündige. Dabei besteht durchaus eine gewisse Wahrscheinlichkeit, dass Dr. Frieder oder Susan oder beide meine Nachricht bereits gelesen und Taten haben folgen lassen.

Ich muss mich stark darauf konzentrieren, in der Senkrechten zu bleiben. Eine Bewegung lässt mich zusammenzucken. Einer der vier unbekannten Männer deutet Pablo an, er möge die Tür freigeben und verlässt den Raum, um kurz darauf mit einem Stuhl wiederzukehren, den er mir hinstellt.

„Setz dich", sagt er, ohne mich anzusehen. Mindestens die Hälfte der Anwesenden runzelt die Stirn. Seine Milde wird nicht von allen begrüßt.

„Danke", sage ich eine Spur zu inbrünstig.

Ich setze mich. Mein Kreislauf stabilisiert sich, mein Geist folgt. Gefasst warte ich darauf, was beim Vater-Sohn-Getuschel herauskommt. Bis mir einfällt: Wenn sie mein Notebook samt USB-Stick aus der Abstellkammer im The Charmond beschafft haben, sind sie auch bei Susan gewesen. Natürlich waren sie dort! Gut möglich, sogar sehr wahrscheinlich, dass es die Audiodatei dort nicht mehr gibt. Oder, dass es Susan nicht mehr gibt, flüstert eine fiese Stimme aus einem dunklen Hirnwinkel. Oh Gott, daran möchte ich gar nicht denken! Womöglich habe ich Susan in ernste Schwierigkeiten gebracht.

Der nächste Gedanke stößt mir einen virtuellen Dolch ins Herz: Wenn sie Susan etwas angetan haben, was sollte sie gehindert haben, Dr. Frieder etwas anzutun? Die Entfernung? Kaum. Solche Leute sind international gut vernetzt.

Ganz klar, aus ihrer Warte erhöht jede verronnene Minute das Risiko, dass der Gesprächsmitschnitt verbreitet wird und in Hände gelangt, die damit etwas anfangen können. Was zum Henker haben Juan und Fidel Weltbewegendes besprochen? Das Abendessen war es nicht.

Vater und Sohn sind fertig mit ihrer Unterredung. Ihre Gesichter gefallen mir nicht. Wie hat Mariposa es ausgedrückt? ‚Du wirst nach Deutschland zurückgehen, aber wir müssen hierbleiben.' Nun, das Zweite stimmt noch, das Erste ist nicht mehr sicher.

„Du bleibst hier. Erst mal", sagt Juans Sohn.

In mir fällt alles nach unten, es schnürt mir die Kehle zu, so dass ich nach Luft schnappen muss. Ich beginne zu zittern.

Juan nickt nur.

Fidel am Fenster blickt ernst, kein Brilli zu sehen.

Die anderen Männer im Raum zeigen keine Reaktion.

Pablo packt mich am Oberarm und zerrt mich vom Stuhl. Er hat mich schon fast durch die Tür bugsiert.

„Und gib ihr was zu essen, Pablo! Sie mag Schokolade", ruft Juan uns hinterher.

Kapitel 27

„Geh!", brummt Pablo, deutet den Gang entlang und schubst mich wiederholt. Wir landen in einer Küche. In einem Ballsaal von einer Küche.

„Setzen!" Er deutet auf einen Barhocker, öffnet ein paar Schränke, auch den zwei mal zwei Meter großen Doppelkühlschrank. Dann setzt er vor mich auf den Tresen: eine Plastiktüte Gummitoastbrot, Schinken, Käse, Mayonnaise, Ketchup und eine Zweiliterflasche Cola.

„Iss!"

Ich deute auf meine Handfesseln. Er seufzt, zückt einen Schlüssel, öffnet die Handschellen, fädelt die senkrechte Kette aus und schließt sie wieder. Dann schiebt er mir die Utensilien etwas näher heran.

Ich baue mir ein labbriges Sandwich aus den Zutaten, lasse aber den Schinken weg. Mein Bauch argumentiert schwach, wir könnten doch mal eine Ausnahme machen, angesichts der Umstände, so ein schöner rosa Schweineschinken. Das bügle ich radikal ab. Wenn man mal anfängt, Zugeständnisse zu machen, gerade meinem Bauch gegenüber, öffnet das Tür und Tor. Jetzt heißt es, Stärke zu beweisen, in der Außen- wie in der Innenpolitik.

Das Käsesandwich schmeckt phänomenal, ja auch mit all den zweifelhaften Soßen, die mir dabei über die Finger laufen. Ich lecke sie genüsslich ab.

„Wasser?", frage ich Pablo auf beiden Backen kauend.

„Cola!" Er schraubt die Flasche auf und schiebt sie mir in die Hand, als bräuchte ich eine Anleitung. „Trink!"

„Wasser", insistiere ich.

Pablo seufzt und füllt mir ein Glas am Wasserhahn, das ich in einem Zug leere. Dann stopfe ich mir das zweite Sandwich hinein.

Pablo beobachtet mich. Ich muss aussehen, wie ein halb verhungertes Straßenkind, na ja, nur älter und weniger dünn.

„Besser", seufze ich.

„Schokolade?", fragt er nach dem dritten Sandwich.

Ich nicke. Warum nicht. Ich kann jede aufmöbelnde Wirkung gebrauchen.

Pablo walzt zu einer großen Schublade und kommt mit einer Auswahl von Süßigkeiten im Arm zurück. Alles dabei, nur nichts, was ich Schokolade nennen würde. Gleichwohl zeige ich mich dankbar.

„Welche ist die Beste?", frage ich.

Die Konzentration aufs Essen hat geholfen, mich zu sammeln, anders ist kaum zu erklären, wie ich mich in der aktuellen Lage für Süßkram und dessen Kategorisierung interessieren kann.

Pablo deutet auf eine orangefarbene Verpackung auf der ‚Peanut Butter Cups' steht, Milchschokoladenzubereitung mit Erdnussbutterfüllung. Da er unverändert die Waffe auf mich richtet, wirkt das ziemlich schräg.

„Das schmeckt gut", melde ich. Das tut es tatsächlich, wenn es auch deutlich zu süß ist.

Pablo bedenkt das letzte Stück mit einem Sehnsuchtsblick.

„Nimm es bitte", sage ich. „Ich möchte es nicht."

Pablo nickt und steckt es in die Hosentasche.

„Darf ich ins Badezimmer gehen?", frage ich vor dem nächsten Glas Wasser.

Pablo nickt und macht sich daran, aufzuräumen. Als er sich wegdreht, um die Zutaten in den Kühlschrank zu packen, öffne ich die erst beste Schublade. Sie ist gefüllt mit einem Sammelsurium an Kleinzeug. Ich schnappe mir ein Plastikmesser, das obenauf liegt, schiebe es mir in den linken Blusenärmel. Dann muss ich die Schublade gleich wieder schließen, weil Pablo sich umwendet. Nochmal Glück gehabt! Wieder dreht Pablo mir den Rücken zu. Diesmal schaffe ich es, eine Rolle Klebefilm und zwei Büroklammern aus der Schublade zu hangeln und in die vordere Tasche meines Jeansrocks zu stecken. Jetzt hat Pablo nur noch die Colaflasche wegzuräumen, was mir einen Haushaltsgummi einbringt. Als sich ein Tütchen Cayennepfeffer in den Gummi verheddert – in Handschellen ist man nicht feinmotorisch unterwegs – bricht mir schier der Schweiß aus. Pablo schließt den Kühlschrank.

Ich schaffe es gerade noch, Gummi und Gewürztütchen in die Tasche zu stopfen und gebe vor, mich in der Leistengegend zu kratzen. Puh, das war knapp.

Pablo will mir den Mund zukleben, hat aber die Kleberolle vergessen. Er greift nach einem Küchentuch.

„Ich verspreche, ich schreie nicht. Und du hast die Waffe."

Er verharrt in der Bewegung, blickt mich an und nickt.

„Kein Wort!" Er droht mit dem Küchenhandtuch, steckt es demonstrativ in die hintere Hosentasche.

Selbst, wenn ich mir unsicher wäre, ob ich je einen Mann mit Waffe angreifen würde, lässt Pablo als versierter Berufsganove den Gedanken daran gar nicht erst aufkommen. Er hält den idealen Abstand. Zu groß, als dass ich ihn mit einer spontanen Bewegung überraschen könnte, und gering genug, um mit Schalldämpfer treffsicher zu bleiben. Nur Charles in ihrer aberwitzigen Geschwindigkeit könnte ihn außer Gefecht setzen. Ich bin nicht wie Charles. Ich werde nie wie Charles sein. Seltene coole Momente wie in Jeffs Apartment sind bei mir genau das: selten. Abgesehen davon wäre ich wie Charles, ich wäre woanders. Ich hätte mich gar nicht erst in diese fatale Lage gebracht.

Ich tripple vor Pablo her, zurück durch den Garten Richtung Märchenhaus, das ich angesichts des Gefängnisses, das es beinhaltet, schleunigst umbenennen sollte. Aber auch nachts wirkt es nun mal märchenhaft, wie es sich im Pool spiegelt, der dunkelgrün und mystisch daliegt. Unter den Arkaden brennt Licht.

„Schwimmt je irgendwer in diesem Pool?"

Pablo zuckt mit den Achseln. „Geh", brummt er, „und kein Wort."

Am unteren Ende der Treppe setzt er an, mich wieder zu packen.

„Ohne?", frage ich und deute auf meine Fußfesseln. Die Metallringe haben rote Striemen in meine Haut gescheuert. Jeder Trippelschritt schmerzt.

„Netter Versuch", meint er kopfschüttelnd und wirft mich wieder über seine Schulter.

Im Badezimmer unternehme ich einen weiteren Anlauf, das Schiebefenster nach oben zu bewegen. Glücklicherweise ist der Riegel auf, an den käme ich nämlich nicht heran, er ist zu hoch. Ich schätze, der letzte Maler hat zu viel Farbe verwendet, sie ist in die waagrechte untere Ritze gelaufen und hat sie zugeklebt. Mit den Zähnchen des Plastikmessers fahre ich die Ritze entlang, löse überflüssigen Lack, fege ihn sorgsam in die Handfläche und lasse ihn in die schwarze Keramik rieseln.

Pablo bummert gegen die Tür.

„Gleich fertig!", rufe ich und versuche ein letztes Mal, das Fenster zu bewegen. Nichts tut sich.

Vom Badezimmer geht es zurück zur Gummizelle.

„Du bleibst vor der Tür?", frage ich.

Pablo nickt und sieht mich forschend an, warum ich das wissen möchte.

„Badezimmer", sage ich mit einem Achselzucken.

Er nickt.

„Kannst du eine Lampe vor die Tür legen? Es ist so dunkel da drin."

Pablo überlegt, schließlich nickt er.

„Wird Juan meinem Boy Friend etwas antun?", frage ich auf gut Glück.

Pablo sieht mich ausdruckslos an. Keine Reaktion.

„Ich möchte nicht, dass er ihm etwas antut."

„Wette ich", brummt er, schiebt mich in die Kammer und schmeißt die Tür hinter mir zu. Er hat sich nicht die Mühe gemacht, mir die Handschellen abzunehmen. Dafür scheint wenig später etwas Licht unter der Tür hindurch.

Das war ja nicht so berühmt mit meinen Kommunikationsversuchen. Dabei habe ich mit einer ganzen Reihe von wortkargen Persönlichkeiten trainiert. Pablo erweist sich als harter Brocken.

Eine Weile kauere ich dumpf auf dem Boden. Ich bin über den Atlantik in ein Urlaubsparadies geflogen, die Luftveränderung war ja durchaus auch ein Motiv, wollte etwas von der Welt sehen. Nun bin ich so unfrei, wie selten zuvor, ich sitze in einer Gummizelle ohne Aussicht. Welche Ironie in Sachen Tapetenwechsel.

„Es tut mir so leid, Dr. Frieder", flüstere ich und kann nicht verhindern, dass die Angst um ihn aus mir herauswill. Sie steigt unaufhaltsam in mir auf. Dem habe ich nichts entgegenzusetzen. Nicht im Moment. Die Polsterung absorbiert meine Schluchzer. Es klingt, als ob ein Kleinkind sich unter der Bettdecke in den Schlaf weint.

Ich weiß nicht, warum ich mir sicher bin, dass Dr. Frieder in Gefahr schwebt. Weil ich an Juans Stelle bei Dr. Frieder ansetzen würde? Vermutlich.

Ich versuche, mich zu beruhigen und in Ruhe nachzudenken. Es dauert eine Weile, bis ich in den Zustand komme, in dem mein Organismus nicht von Angst beherrscht wird. Sie lähmt und lässt kein logisches Denken zu. Als ich endlich so weit bin, versuche ich mich in meine Freiheitsräuber hineinzuversetzen. Was würde ich an ihrer Stelle tun?

Ich würde sofort darauf einwirken, dass die Informationen, die ich nicht verbreitet sehen will, gestoppt werden und in der Versenkung verschwinden. Ich hätte frühzeitig mit der Gefangenen kommuniziert und sie dazu gebracht, die Nachricht zu widerrufen. Ich hätte möglichst rasch eine Folgenachricht hinterher geschickt mit dem Tenor ‚alles gut, war ein Irrtum, bitte Info nicht weiterleiten'.

Meine Mail war eindeutig ein Hilferuf. Sie müssen davon ausgehen, dass Dr. Frieder inzwischen Himmel und Hölle in Bewegung gesetzt hat, damit sich jemand diesseits des Atlantiks meiner Befreiung annimmt oder zumindest die Lage checkt. Als Gangsterboss wäre es in meinem höchsteigenen Interesse, zu verhindern, dass die Polizei bei mir auftaucht.

Das alles haben sie nicht getan, zumindest nicht, soweit ich das mitbekommen habe. Oder haben sie jemanden aufgetrieben, der Deutsch kann, und selbst einen Widerruf geschickt, mit meinem Namen darunter? Würde Dr. Frieder das glauben?

Die dunkle Wolke, die ich gerade vertrieben habe, zieht wieder auf. Ich kämpfe sie nieder.

Was, um Himmels willen, habe ich mitgeschnitten? Was versetzt diese Kriminellen dermaßen in Aufruhr? Welches gesagte Wort ist so schlimm? Die Erwähnung eines zukünftigen Verbrechens, von dem sie fürchten, es würde nun vereitelt? Die Erwähnung eines begangenen Verbrechens? Was?

Meine Gedanken kreisen, drehen ein paar ergebnislose Runden und segeln schnurstracks zurück zu Dr. Frieder. Womöglich sitzt er völlig arglos in Freiburg, weil eine zweite Nachricht von meinem Handy ihn in Sicherheit wiegt. Das wäre noch die bessere der Möglichkeiten.

Ich rede still auf mich ein, dass es niemandem nützt, wenn ich wie ein Häuflein Elend herumsitze und das Wasser aus mir herausheule, das ich gerade getrunken habe. Da ich das alles verbockt habe, ist es das Mindeste, dass ich mich anstrenge, darum kämpfe, uns aus dem Schlamassel herauszubringen. Mittlerweile könnte ich mich mal zusammenreißen und zielgerichtet denken.

Ich muss mit Dr. Frieder kommunizieren. Irgendwie. Ich muss wissen, wie es ihm geht und ihn warnen. Ich muss hier raus!

Eine Weile warte ich, damit es glaubhaft ist, dann bummere ich an die Tür.

„Ich muss zum Badezimmer gehen!", rufe ich.

Keine Reaktion. Also noch mal. Diesmal bringe ich meinen Mund direkt an den Spalt unter der Tür und brülle aus voller Lunge. Umgehend wird die Tür aufgerissen und Pablos Schattenriss erscheint im hellen Viereck, wird von Hintergrundbeleuchtung und Taschenlampe unwirklich angestrahlt. Sein Pferdeschwanz wirkt derangiert, er blinzelt mich verschlafen an.

„Oh habe ich dich geweckt? Das tut mir leid. Ich fürchte, ich habe das Sandwich nicht vertragen." Dazu lege ich eine flache Hand auf den Magen.

„Du kennst den Weg", brummt er und dreht sich aus der Türöffnung. Er steuert auf das Sofa zu, das ein paar Meter von der Tür entfernt steht, dekoriert mit einer zerwühlten Decke. Das Sofa ist da neu. Bester Blick auf die Gummizellentür.

Pablo macht ein paar Schritte zurück zum Sofa und dreht mir dabei den Rücken zu. Den Moment nutze ich, um die Schlossfalle in die Tür zu schieben und mit einem Stück Klebefilm zu fixieren.

Wer hat das nicht schon mal im Film gesehen? Frei nach Pipi Langstrumpf: Das habe ich noch nie probiert, wieso also sollte es nicht klappen?

Ich tripple zum Badezimmer. Derweil lässt Pablo sich schwer auf das Sofa fallen. Ellbogen auf den Knien abgestützt, kratzt er sich und blickt mir missmutig hinterher, Waffe im Anschlag.

Im Bad lasse ich Wasser laufen und wende mich gleich dem Schiebefenster zu. Das Plastikmesser hat arg mit dem Lack zu kämpfen. Ein paar Zähnchen sind ausgebrochen, lange macht es das nicht mehr. Zwischendurch betätige ich die Spülung. Obwohl ich einiges an Farbe zu weißen Krümeln verarbeitet habe, will sich nichts bewegen. Mit der Kette an den Händen kann ich nicht dort ansetzen, wo die untere Scheibe normalerweise in Bewegung gesetzt wird, an ihrem oberen Holm. Ich verpasse dem Rahmen aus Frust einen Schlag, kratze halbherzig herum, ohne viel Hoffnung, dass es was bringt. Ein letzter Versuch und siehe da, das Fenster lässt sich unter großer Kraftanstrengung ein paar Zentimeter bewegen. Ich linse durch den Spalt und schaue gegen Grün. Undurchdringliche Vegetation wenige Meter vom Haus entfernt.

Pablo bummert an die Tür.

„Gleich fertig!" Schnell schiebe ich das Fenster wieder zu.

„Öffne die Tür!", donnert er.

„Ja, gleich fertig." Die Lacksplitter landen in der Toilette und wirbeln in der Spülung nach unten. Ich öffne die Tür.

„Was zum Teufel hast du da drin gemacht?" Pablo wirft einen kritischen Blick an mir vorbei.

„Mir war schlecht." Ich ziehe eine Grimasse, als müsste ich mich übergeben und halte mir die Körpermitte. „Ich brauchte frische Luft, aber das Fenster ließ sich nicht öffnen. Tut mir leid wegen des Gestanks." Ich halte mir die Nase zu.

Pablo schnüffelt, zieht ein Gesicht und wedelt mich mit der Waffe nach draußen.

„Tut mir leid, dass ich dich geweckt habe", wiederhole ich und schließe als eine Art Wiedergutmachung selbst die Kammertür hinter mir, mit etwas Schwung, damit ein Klonk ertönt, und lehne mich von innen dagegen, damit sie auch sicher zu bleibt.

Eine Weile warte ich. Dann setze ich mich mit angewinkelten Beinen auf den Boden, Rücken an der Tür, krame meine Schätze hervor und lege sie in das Licht der Taschenlampe, das unter der Tür herein blinzelt.

Charles erhält einen virtuellen Dank über den Ozean. Nicht nur Selbstverteidigung, auch Befreiungstechniken haben wir geübt. Meine Spezialität sind zwar Kabelbinder, weil Handschellen mehr Geduld erfordern und diese rar ist in meinem Stärkefundus.

Ich biege die Büroklammer zurecht und gehe dann über zu dem Teil der Übung, der viel Ausdauer erfordert. Es will und will nicht klappen. Ich werde schon ganz kribbelig. Dann halt nochmal mit dem anderen Ende der Büroklammer. Und weiter versuchen. Aufgeben ist keine Option. Und mal ehrlich, ich habe gerade eh nichts anderes vor.

Ich schließe die Augen, atme dreimal tief ein und aus und visualisiere, wie die Handschelle aufspringt. Auf ein Neues! Kurz darauf gibt die Handfessel ein metallisches Klacken von sich. Sofort knöpfe ich mir die Fußfessel vor. Wenig später bin ich die Dinger los, oben wie unten. Ich reibe meine armen Fesseln und Handgelenke, stehe auf, mache mich locker und bringe meinen Kreislauf in Schwung.

Durch die Schallisolierung kann ich nicht hören, was draußen vor sich geht, schon gar nicht, wo Pablo sich aufhält. Schwer anzunehmen, dass er wieder auf dem Sofa liegt und döst.

In Ultra Slow Motion schiebe ich die Tür einen Spalt auf, gerade so weit, dass ich hindurchlinsen kann. Yay, der Klebestreifen hält. Pablo schläft friedlich im diffusen Licht der ersten Morgendämmerung. Die einzige Lichtquelle ist die

Taschenlampe, die skeptisch meine nackten Füße befunzelt. Meine Sandalen trage ich in der Hand.

Halb liegt Pablo, halb sitzt er auf dem Sofa, die Decke über seine füllige Mitte drapiert, darauf die Pistole von seiner Hand umschlossen. Er schnarcht. In der Morgendämmerung schlafe ich auch immer besonders gut, am seligsten, wenn in fünf Minuten der Wecker hochgeht.

Sanft schiebe ich die Kammertür hinter mir zu und husche an Pablo vorbei. Er grunzt. Ich erstarre. Ein Schweißtropfen rinnt von meiner Stirn. Ich halte die Luft an. Er schmatzt. Ich wage nicht, mich zu bewegen. Schlaf, Pablo, schlaf! Deine Gefangene ist ein Schaf. Er schmatzt erneut, kratzt sich und schnarcht im gleichen Rhythmus wie zuvor, in gleichmäßig rasselnden Atemzügen. Ich warte noch einen kurzen Augenblick, atme flach. Dann schleiche ich auf Zehenspitzen die Treppe hinunter. Ich will endlich mein ursprüngliches Vorhaben zu Ende bringen und über die Mauer zu den Nachbarn klettern.

Nein nein nein nein nein! Auf halber Höhe höre ich Stimmen. Es will laut aus mir herausfluchen, poltern, etwas gegen die Wand pfeffern.

Das ist so unfair!

Fidel und der Wäschepuff kommen längs des Pools auf das Märchenhaus zu, innig ins Gespräch vertieft. Sofort lege ich den Rückwärtsgang ein und schleiche zurück nach oben. Pablo schläft wie ein Baby, wie ein schnarchendes Riesenbaby.

Ich husche zum Badezimmer, schließe die Tür hinter mir und schiebe den Riegel vor. Plan B vorbereitet zu haben, war goldrichtig. Das Fenster will leicht geruckelt werden, lässt sich aber schließlich hochschieben. Es geht auf die Seite des Hauses hinaus, ist zwar schmal, aber ich müsste geradeso hindurchpassen. Meine Sandalen landen unten im Gras, dann quetsche ich mich durch die Öffnung.

Ich sitze auf dem äußeren Fenstersims und starre nach unten. Hui, ganz schön hoch! Vorwärts springen oder rückwärts hinunterlassen? Mir fehlen Erfahrungswerte. Überhaupt hat man im Leben durchweg zu wenig Erfahrungswerte. Einiges davon könnte man in der Schule lernen. Unverletzt aus dem ersten Stock zu klettern wäre wichtiger, als Luftmaschen zu häkeln.

Es kommt Leben ins Haus. Spanische Wortfetzen schießen um die Ecken. Die Nähe von Juans Jungs macht mir Beine. Ich drehe mich um und lasse mich am Fenstersims hinunter, bis ich mit der Nase an der Hauswand klebe. Ohne die Lautstärke der Kleiderschränke hinge ich vermutlich noch eine Weile herum, bis meine Kräfte nachlassen würden, ein Ereignis, das nicht in weiter Ferne liegt. Ich schmeiße mein Herz hinunter und lasse mich hinterherplumpsen, denke gerade noch an Charles' Falltechniken rückwärts.

Alles in allem habe ich Glück. Ich lande im wohlgenährten Rasen, rolle mich halbwegs elegant ab, schnappe meine Schuhe und wiesele die Hauswand entlang zum Wasser. Richtung freistehende Mauer, die das Grundstück zu den Nachbarn abtrennt. Ich weiß nicht, warum. Eine fixe Idee vielleicht? Etwas treibt mich an, endlich diese Mauer zu überwinden.

An der Hausecke stoße ich mit Fidel zusammen. Wir ziehen synchron hörbar die Luft ein vor Schreck. Ich reiße das Gewürztütchen auf und puste ihm Cayennepfeffer ins Gesicht. Er guckt verdutzt, klimpert seltsam mit den Wimpern und heult auf. Mit zusammengekniffenen Augen, aus denen die Tränen perlen, lässt er einen Schwall spanischer Flüche auf mich prasseln.

Die Mauer. Ich will jetzt endlich zu dieser Mauer! Es sind nur ein paar Meter. Schnell die Sandalen einsammeln, die ich beim Würzen von Fidel habe fallen lassen. Als ich wieder hochblicke, um los zu flitzen, blicke ich geradewegs in die Mündung von Pablos Schalldämpfer.

Sein Gesicht ist rot vor Wut, was mit dem Rest des Wuschellooks vom unterbrochenen Nickerchen eine eigenwillige Mischung ergibt. Er blickt mich aus zusammengekniffenen Augen an, denn ich schreie. Ich schreie, weil mein Frust nicht mehr zu halten ist. Er muss endlich raus. In Form eines Urschreis bricht er aus mir heraus, weil das so unfair ist. Ich will doch nichts weiter, als hier weg. Ich will doch nichts weiter, als diese blöde Mauer zu überwinden. Das ist doch nicht zu viel verlangt.

Ein Räuspern. Der Wäschepuff steht mit gezogener Schusswaffe hinter mir.

„Lass das", bellt Pablo mich an. „Die Nachbarn sind nicht zu Hause." Er greift hinten in seinen Hosenbund und zieht zwei Paar Handschellen hervor, die mir bekannt vorkommen.

„Wie hast du die aufgemacht?", fragt er, als er sie mir umlegt.

„Magie", höre ich mich antworten. „Ich habe gute Geister heraufbeschworen und sie gebeten, mir zu helfen."

Er sieht mich bass erstaunt an. In einem Kraftakt von Denken zieht er die Stirn kraus.

„Die guten Geister sind scharf darauf, mir zu helfen, weil ihr böse Menschen seid", verkünde ich feierlich.

Pablos Kollege sagt etwas auf Spanisch und hält ihm ein Bündel Kabelbinder vor die Nase. Daraufhin ersetzt Pablo den Metallschmuck an den Handgelenken durch Plastik, die Fußschellen bleiben. Er zieht die Kabelbinder so fest, dass ich vor Schmerz aufschreie. Dann gibt er mir ein, zwei Tritte, vermutlich hat er die Nase voll von mir. Ich kann ihn verstehen, mir geht es wie ihm.

Kapitel 28

Ich bin zurück in Juans Büro. Der Senior sitzt mir im Morgenmantel gegenüber, dessen seidiger Glanz im Kontrast zum zerknitterten Gesicht seines Trägers steht.

Junior hat einen flauschigen weißen Bademantel Marke Fünfsterne SPA übergeworfen und blickt mich nachdenklich an. „Deine Fähigkeiten zeigen, du bist keine Unternehmerin mit einem kleinen Business für Webdesign aus einer kleinen Stadt in Deutschland."

„Nach dem dritten Toten begann ich etwas zu trainieren. Mit meinen Fähigkeiten kann es nicht weit her sein, ich bin noch hier, bin ich nicht?"

Er lächelt. Das sieht erstaunlich nett aus.

Moment! Wie heißt das, wenn man nach einer Zeit in Gefangenschaft Zuneigung zu den Geiselnehmern entwickelt? Stockholmsyndrom. Das lassen wir mal schön bleiben, Frau Fox!

„Unsere Freunde in Europa haben deinen Boy Friend kontaktiert."

Schlagartig besteht keine Gefahr mehr, mein Gegenüber mit nur einer einzigen Zelle nett zu finden. Der Teppichboden tut sich vor mir auf und will mich verschlingen. Ich wünschte fast, er täte es. Junior hat es nicht explizit so formuliert, aber ich bin mir sicher, es heißt: Dr. Frieder ist in ihrer Gewalt.

Obwohl ich mich bereits darauf eingestellt habe, trifft es mich. Ich blitze ihn zornig an. „Wenn ihm etwas geschieht, dann ..." Der unvollendete Satz züngelt unschlüssig umher, er weiß nicht, wie ich ihn beenden werde, ich auch nicht. In Gefangenschaft, gefesselt, zwei Handfeuerwaffen auf mich gerichtet, erweist sich jede Drohung witzlos, weshalb es wenig stört, dass Juans Sohn mich unterbricht.

„Es liegt in deinen Händen, was mit ihm passiert."

„Was meinst du?"

„Wir sind Geschäftsleute. Wenn wir ohne Kosten zu verursachen gewährleisten können, dass die Informationen sicher sind, tun wir es. Wenn sich eine günstige Gelegenheit bietet, unser Geschäft zu fördern, tun wir es. Du wirst etwas für uns nach Europa bringen."

„Nein", protestiere ich schwach.

Ich kann richtiggehend beobachten, wie die Wut kraftlos aus mir heraussickert, als das Gesagte sich in meine Gehirnwindungen drängt und versucht, dort Sinn zu generieren. Derweil starre ich ihn an.

„Deine Wahl. Die Freiheit und körperliche Unversehrtheit von deinem Boy Friend und dir selbst im Austausch gegen eine kleine Gefälligkeit."

„Und wenn ich nicht will?", frage ich trotzig und völlig irrsinnigerweise.

„Dann werden sich Fidel und Pablo um dich kümmern, wie sich unsere europäischen Freunde um deinen Boy Friend kümmern werden."

Das sind ja hervorragende Alternativen, ganz hervorragende. Entweder etwas Illegales schmuggeln oder jemand kümmert sich um Dr. Frieder und mich.

Und das ist es jetzt? Die Wahl zwischen zwei Übeln? Entweder ich ordne mich den üblen Machenschaften des organisierten Verbrechens unter und werfe über Bord, zu den Guten zu gehören, zu denjenigen, die Verbrechen aufklären und verhindern. Oder ich bleibe meinen Werten treu und gebe den Löffel ab und den von Dr. Frieder gleich mit.

„Ihr würdet mich umbringen und meinen Boy Friend auch?", muss ich jetzt doch mal nachfragen. Bei Gesprächen dieser Art, in denen es ans Eingemachte geht, läuft man häufig Gefahr, vor lauter antrainierter Höflichkeit nicht nachzufragen und einem Missverständnis aufzusitzen. Dabei gilt es, die Dinge unzweifelhaft beim Namen zu nennen. Das Töten beim Namen zu nennen. Dies wäre ein äußerst unpassender Augenblick, einem Missverständnis aufzusitzen.

Juans Sohn nickt wortlos.

„Wie heißt du? Ich verhandele mit dir um zwei Leben und kenne nicht mal deinen Namen."

Juans Sohn sieht ehrlich bestürzt aus. Soll ich ihm das glauben? „Ich bitte um Verzeihung. Wie unhöflich von mir. Mein Name ist Juan. Erfreut, dich kennenzulernen."

„Und wie lautet dein Nachname?"

„Du kennst unseren Familiennamen nicht?" Er ist bass erstaunt, nicht weniger sein Vater.

„Woher sollte ich? Ihr habt euch nicht vorgestellt. Ich weiß nur, Mariposas Vater ist deines Vaters Cousin."

Juan und Juan stecken einmal mehr die Köpfe zusammen und tuscheln auf Spanisch. Allerliebst, wirklich.

„Mein Name ist Juan Miguel Batata Junior. Mein Vater Juan Miguel Batata Senior", kommt schließlich vom Sohn. „Wir sind kubanisch-amerikanische Geschäftsleute. Mein Vater ist in Havanna geboren, ich in Miami."

Ich nicke. „Ines Fox. Ich bin nicht erfreut, euch kennenzulernen."

Juan Junior lächelt leicht. „Verständlich. Deine Entscheidung?"

„Es mag unangemessen erscheinen, aber ich hätte gerne ein Frühstück. Essen hilft bei Entscheidungen."

„Pablo hat berichtet, du bist krank?"

„Nun ja." Ich vollführe ein einseitiges Achselzucken. „Bevor ich meine Entscheidung treffe, möchte ich erfahren, was ich genau machen muss."

„Das ist nicht möglich."

Wenig später sitze ich erneut im hauseigenen Ballsaal von einer Küche, diesmal in Begleitung von Pablo, Wäschepuff und einem neuen Kleiderschrank, den ich Kleiderständer nennen möchte. Aus ihm spießen die Knochen, wie die Haken aus einer Garderobe. Fidel, so werde ich informiert, sei dabei, seine Augen zu spülen. Ich hoffe inständig, dass ich weg bin, bevor er auftaucht. Wer sich schon einmal versehentlich ins Auge gelangt hat, nachdem er Chilischoten geschnitten hat, kann sich vorstellen, wie es ihm gerade geht.

Pablo hantiert mit Lebensmitteln, die anderen behalten mich im Auge. Keine Chance, etwas zu versuchen. Und warum sollte ich? Ich würde Dr. Frieder in Gefahr bringen.

„Gibt es noch Hähnchenbeine?", frage ich.

Ja, das überrascht. Mein Bauch konnte mich problemlos überzeugen, denn er hat eine für seine Verhältnisse erstaunlich schlüssige Argumentation vorgebracht: ‚Wer weiß, ob wir zum Einsatz des schlechten Gewissens noch am Leben sind. Wenn du mich fragst, ist das unsere Henkersmahlzeit.' Dem konnte ich nichts entgegensetzen.

Wäschepuff sieht mich erstaunt an und sagt zu Pablo. „Im Kühlschrank unten rechts."

Pablo rührt sich nicht. „Ich habe die letzten zwei gegessen."

Wäschepuff blitzt Pablo böse an. Das Augenblitzen scheint ein fester Bestandteil der hiesigen Kommunikationskultur zu sein. „Das waren meine", blafft er auf Englisch und lässt ein paar spanische Sätze folgen, allesamt derb. Verständlich. Dann drängt er Pablo grob vom Kühlschrank ab, öffnet diesen und kramt unten links ein paar Salatköpfe hervor.

‚Also Salat hat mir ja nun gar nicht vorgeschwebt', mosert mein Bauch.

Wie sich herausstellt, wird der Salat nur zur Seite geräumt, um eine abgedeckte Schüssel zutage zu fördern, die wenig später vor mir steht.

Auch in einer Gangster-WG scheint der Hauptstreitpunkt das Essen im Kühlschrank zu sein.

„Gibt es noch anderes Essen?", frage ich, während ich gierig ein Hähnchenbein bearbeite, als gäbe es kein Morgen. Wie erwartet schmeckt es köstlich. Das konnte mein Bauch Wäschepuff gestern im Vorbeirennen ansehen.

„Fidels Tante Inés wird bald kommen. Sie bringt Essen", sagt Wäschepuff.

„Süßkartoffelkuchen?", frage ich.

Er nickt. „Jeden Samstag."

„Es wäre schade, das Risiko einzugehen, verhaftet zu werden, ohne ihn probiert zu haben, wäre es nicht?" Trotz meiner Lage könnte ich die englischste aller Formulierungen den ganzen Tag wiederholen. In der Übersetzung erinnert sie an ‚Asterix und Obelix bei den Briten'.

Er nickt authentisch ernsthaft. „Es wäre."

Ja, ich weiß, was man da denkt. Ihr Liebster ist in Lebensgefahr, sie selbst nicht minder, und sie denkt nur ans Essen. Das ist doch nicht normal. Aber würde es jemandem nützen, wenn ich nicht ans Essen dächte? Eben. Wenn ich allerdings meine kleinen grauen Zellen gut ernährt halte, ist nicht auszuschließen, dass ihnen etwas einfällt, das uns aus diesem Schlamassel bringt. Die Alternative wäre, heulend in der Ecke zu sitzen. Das habe ich schon probiert, es führt zu nichts und Spaß macht es auch nicht.

Bei der zweiten Hähnchenkeule, die ich in eine schmackhafte rote Salsa tunke, die der Wäschepuff aus einem Geheimfach im Kühlschrank hervorgezaubert hat, wird es laut im Gang. Eine durchsetzungsstarke Frauenstimme in gellendem spanischen Singsang naht. Da scheint jemand nicht glücklich.

Eine Mittsechzigerin walzt mit einem Korb über dem Arm in die Küche, schimpft und lamentiert in die Luft, was sich schnell ändert, als sie mich erblickt. Nun ergießt sich der Redeschwall in atemberaubendem Tempo über mich.

Die zukünftige Mariposa steht vor mir, gestärkt durch vierzig Jahre, vier Kinder, ein stures Exemplar von Ehemann und andere Widrigkeiten des Lebens. Der gut gefüllte Korb knallt auf den Küchentisch. Tante Inés baut sich vor mir auf, stemmt die Hände in die beachtlichen Hüften und liest mir die Leviten. Naturgewalt trifft es am ehesten. Ich staune und beiße automatisch in das Hähnchenbein, wie man bei einem spannenden Film ohne es zu merken in die Chipstüte greift.

Tante Inés schlägt mir das Hähnchenbein aus der Hand. Es fliegt in hohem Bogen an den Küchenschrank und klatscht zu Boden.

Wäschepuff gibt etwas auf Spanisch von sich, was den Redeschwall abrupt enden lässt.

Tante Inés holt theatralisch Luft und sagt in akzentfreiem Englisch: „Warum sagt mir das keiner? Jetzt muss ich von vorne anfangen. Du nichtsnutzige rote Gringa hast meinem armen Fidel Cayennepfeffer in die Augen geblasen?"

Ich nicke zaghaft.

„Wer macht denn so etwas? Der Junge hat noch nie jemandem etwas getan."

Ich weiß nicht, soll ich nicken, lachen oder diskutieren, dass das wohl nicht stimmen kann, wenn er für einen Mafiaboss arbeitet und vermutlich Mitglied eines Drogenkartells ist.

„Antworte, wenn ich mit dir rede!", schnauzt sie.

„Mein Name ist Inés Fox. Ich komme aus Deutschland und werde hier gegen meinen Willen festgehalten. Wie geht es dir? Erfreut, dich kennenzulernen. Fidel wollte nicht, dass ich nach Hause zu meiner Mama gehe." Ich präsentiere ihr meine kabelgebundenen Hände.

Tante Inés klappt der Unterkiefer herunter, aber nur für einen Wimpernschlag.

„Du heißt Inés?"

Ich nicke.

„Deine Mama wartet auf dich?"

Ich nicke und bekomme beim Gedanken an Mama tatsächlich etwas feuchte Augen.

„Chica!" Eine fleischige Hand legt sich über die gesamte Seite meines Gesichts. „Sorge dich nicht. Alles wird gut", tröstet sie und tätschelt noch etwas die Wange. Im nächsten Atemzug blafft sie Pablo an: „Siehst du nicht, dass das arme Mädchen nichts mehr zu essen hat? Ich habe Ropa Vieja mit Reis und Maniok gekocht. Hol einen Teller und Besteck. Los beweg dich!"

Sehnsüchtig schaut mein Bauch zum Hähnchenbein, das auf den Fliesen liegt. ‚Das schöne Hähnchenbein! Wer weiß, was das andere für ein Zeug ist', jammert er.

„Hast du von deinem legendären Süßkartoffelkuchen mitgebracht?", frage ich Tante Inés.

Sie strahlt mich an. Eine gewisse Familienähnlichkeit mit Fidel ist unverkennbar, ohne Brilli im Zahn natürlich.

„Du hast von meinem Süßkartoffelkuchen gehört? Du wirst ein Stück bekommen, ein extragroßes Stück, Sweetie."

Kapitel 29

Tante Inés' Essen, alles in allem, zieht man die Umstände ab, ist sensationell. Gäbe es ihren Süßkartoffelkuchen in Konstanz, ich wäre versucht, meine Schokokuchensucht für ihn zu lockern.

Aber auch das leckerste Essen lässt mich nur für kurze Zeit verdrängen, dass ich eine Entscheidung zu treffen habe. Kulinarisch gut versorgt wird mir schnell klar: Ich habe keine Wahl. Ich muss kriminell werden. Das alleine ist schon entsetzlich. Zu allem Übel weiß ich nicht mal, wie viel Punkte auf der nach oben offenen Kriminalitätsskala meine Kurierdienste erreichen. Schlimmer noch: Ich bin gezwungen, etwas zu tun, das vermutlich jemandem schaden wird.

Nach wie vor weiß ich nicht, was ich transportieren soll. Müsste ich raten, würde ich auf Drogen tippen. Aber einerlei, welches Transportgut, es kann der anderen Möglichkeit in Sachen Übel nicht das Wasser reichen. Die andere Möglichkeit stellt keine echte Alternative dar. Dies ist eine schwere Entscheidung, die leichtfällt.

Nach dem Essen führt Pablo mich in ein Badezimmer im Haupthaus. Mein kanariengelber Trolley steht vor der Dusche. Notebook und Handtasche bestückt mit Pass, Handy, Flugticket und Kreditkarte fehlen allerdings, das Wesentliche also. Die Handtasche bekäme ich, so wird mir gesagt, erst am Flughafen.

Vor dem Badezimmer werden mir die Fesseln abgenommen, andernfalls wären die Aktivitäten darin nicht machbar. Pablo informiert mich, dass sowohl vor der Tür, als auch vor dem Fenster jemand stünde.

„Rápido! Wasch dich!", brummt er und schließt die Tür hinter mir.

Ich genieße die Dusche. Eine profane, tägliche Routine wird angesichts der möglichen Endlichkeit aller profanen Dinge zu etwas Besonderem. In der Entspannung des prasselnden Wassers wandern meine Gedanken zu Dr. Frieder.

Dass ich ihn liebe, weiß ich seit ein paar Monaten. Er erfuhr es nur wenig später. Dass es auf Gegenseitigkeit beruht, eröffnete er mir gleich im Anschluss. Er ist weit weg, gleichzeitig fühle ich mich ihm so nah. Ich vermisse ihn unsagbar.

Als ich alleine nach Miami flog, müssen meine Gefühle zugestellt gewesen sein. Anders ist die Priorisierung nicht zu erklären. Immer mehr Dinge sind vor meine Gefühle geraten, bis sie, die ich nur mal eben absetzen wollte, nach hinten gerieten, außer Sichtweite.

Neben Dr. Frieder sehe ich im Geiste unsere beiden Fellnasen. Wir sind eine interspezifische Familie, zwei Menschen, zwei Hunde, ein Familienidyll der anderen Art, an das ich mich die letzten Monate von Herzen gern gewöhnt habe. Das Idyll gefährde ich mit meiner Unachtsamkeit. Ach, von wegen Unachtsamkeit! Grobe Fahrlässigkeit trifft es besser.

Ich versuche, die Gedanken an meine gesammelten Verfehlungen zur Seite zu schieben, weil es nichts nützt, wenn ich sie mir ständig vorhalte. Außerdem steht zu befürchten, dass sich weitere Verfehlungen dazugesellen. Bringe ich also meine Aufgabe als Kurier hinter mich, ohne noch mehr Schaden anzurichten.

Fertig geduscht, geföhnt und dezent geschminkt fühle ich mich wie ein neuer Mensch, habe sogar fast wieder ein wenig Achtung vor mir. Ich wähle den weißen Hosenanzug, den ich für den Fall der Fälle eingepackt habe. Er macht was her und verdeckt die roten Male an Handgelenken und Knöcheln, die sich nicht wegwaschen oder wegcremen lassen. Der Anzug stärkt meinem Selbstbewusstsein den Rücken. Meine innere Haltung bestimmt, ob die Mission gelingt oder nicht. Ich will Dr. Frieder und mich herausmanövrieren, also muss ich erfolgreich sein. So einfach ist das.

Wem mache ich hier was vor? Es ist mitnichten so einfach. Wer sagt mir, dass die Gangster uns in Ruhe lassen, wenn ich getan habe, was sie von mir verlangen, wenn ich transportiert habe, was sie verlangen? Die Bereitschaft zur kleinen Gefälligkeit – wie Juan Junior sie genannt hat – ist kein Garant dafür, dass Dr. Frieder und ich die Sache unbeschadet überstehen.

Ich habe sowohl die Juans als auch ihre Gangsterkollegen gesehen. Womöglich reicht ihnen schon, dass jemand von ihrer Beziehung weiß, um ihn zu beseitigen.

Zwar hat mir Juan Junior glaubhaft versichert, dass wir nach dem Kurierdienst im gleichen Boot säßen, im gleichen Atemzug hat er jedoch ergänzt, er würde nicht davor zurückschrecken, den Ermittlungsbehörden Beweise über meinen illegalen Transport vorzulegen, wenn ich meinen Teil der Abmachung nicht einhalte.

Reisefertig sitze ich im Arbeitszimmer Vater und Sohn gegenüber. Pablo und seine Kollegen haben sich strategisch vor Tür und Fenster postiert. Die Vorsichtsmaßnahmen sind überflüssig, weil jeder Fluchtversuch meinerseits Dr. Frieder gefährden würde. Oder sagen wir, ihn noch mehr gefährden würde, als ich es aktuell schon tue. Es wäre unlogisch etwas zu versuchen. Vermutlich sprechen mir die Anwesenden jegliche Logik ab. Schwer vorstellbar für sie, dass hinter meiner chaotischen Handlungsweise hin und wieder Vernunft steckt.

„Deinen Rückflug. Wir haben ihn zu einem Direktflug umgebucht und aufgezahlt", sagt Juan Junior.

Erwartet er Dankbarkeit, dass er ein paar Dollar ausgegeben hat, damit ich schnellstmöglich abfliege und den kriminellen Job für ihn erledige? Der hat sie wohl nicht mehr alle!

Ich nicke höflich und versuche mich wieder an einer Buddha-artigen Mimik. Das scheint erstaunlich gut zu klappen. Es wäre ungut, wenn meine Gedanken wie immer auf meine Mimik hüpfen und sich der Welt zeigen würden, der Verbrecherwelt.

„Wir stecken die Sache in deinen Koffer. Es ist am besten, wenn du nicht weißt, was es ist und wo wir es hintun."

Kein zusätzliches Gepäckstück? Wahnsinnsmengen an Drogen können es also nicht sein. Reine Spekulation meinerseits. Ich kenne mich nicht mit Substanzen aus, die unter das Betäubungsmittelgesetz fallen. Das schließt ihre Volumen-Wert-Verhältnisse ein. Eine Bombe wird es nicht sein, oder? Heute muss man mit allem rechnen.

Mir geht gerade auf, dass ich die schwere Entscheidung, die ach so leicht zu fällen war, mit unvollständigen Informationen getroffen habe. Die konkrete Gefährdung anderer Flugpassagiere hätte durchaus etwas an meiner Bewertung ändern können.

„Wäre es nicht besser für den Erfolg des Transports, ich wüsste, worum es sich handelt?", frage ich.

Keine Antwort.

„Ich würde gerne etwas klären." Ich lege eine Pause ein, um die Wichtigkeit des Nachfolgenden hervorzuheben. „Ich werde mein Bestes tun, damit die Aktion gelingt. Es ist in meinem Interesse. Aber einige Dinge liegen nicht in meiner Hand. Wenn ich auffliegen sollte, wenn ich nicht in Konstanz ankommen sollte, versprecht ihr, dass eure europäischen Freunde meinen Boy Friend freilassen?"

„Das geht nicht", meldet Juan Junior.

„Warum nicht? Ehrlich! Ich zweifle, ob ich kooperieren will, wenn ihr euch zu gar nichts committet."

Es entsteht eine kurze Pause des Schweigens. Dann stecken Vater und Sohn wieder die Köpfe zusammen. Sie scheinen uneinig.

Schließlich sagt Juan Senior: „Okay."

„Sollte die Aktion scheitern und ich festgenommen werden, versprecht, dass eure europäischen Freunde meinen Boy Friend freilassen. Unverletzt."

Juan Senior nickt.

„Schwört bei all euren Toten!", sage ich mit entschlossenem Blick und Pathos in der Stimme.

Die Juans sehen mich verdutzt an.

Juan Senior erhebt sich augenscheinlich unter Aufwendung von viel Kraft, hält sich mit der linken Hand an der Tischkante fest und legt die Rechte auf sein Herz. „Ich schwöre bei all meinen Toten", sagt er feierlich.

Ja, es darf bezweifelt werden, dass der Schwur eines Mafiabosses einen Pfifferling wert ist. Ein kleiner Teil von mir hegt die Hoffnung, die aberwitzige, irrationale Hoffnung, dass selbst Verbrecher Ehre haben, dass ein Schwur auch bei ihnen Bestand hat, vor allem in der konkreten Performance, die Juan Senior hier gegeben hat.

Kurz schießt mir durch den Kopf, wie ich den geschwächten Mächtigen da so stehen sehe: Die Information, dass das Oberhaupt einer solchen Organisation schwach und krank ist, könnte etwas sein, das man geheim zu halten versucht.

Zum jetzigen Zeitpunkt interessiert es mich aber wenig. Es macht keinen Unterschied.

Ich nicke entschieden. „Okay. Was kann ich tun, damit es gelingt?"

Kapitel 30

Das Taxi sammelt mich Downtown Miami beim Bayside Marketplace ein, einem Einkaufszentrum mit zweigeschossigen Bauten, Geschäft an Geschäft. Touristen und Einheimische wimmeln kaufwütig, drinnen wie draußen.

Juans Limousine hat mich dorthin chauffiert. Zuvor wurde ich informiert, dass man mir in gebührendem Abstand bis zum Flughafen folgen würde. Selbstredend dürfen Juans Kleiderschränke nicht mit mir gesehen werden, ich solle mir aber stets bewusst sein, dass ich unter Beobachtung stünde.

Entgegen der ursprünglichen Ansage darf ich meine Handtasche beim Fahrzeugwechsel wieder in die Arme schließen, mit allem darin, was eine Frau sich wünscht, die schnell das Land verlassen will. Dass mein Handy auf Werkseinstellungen zurückgesetzt und brutal seiner SIM-Karte entrissen wurde und mein Notebook fehlt, lässt mich kalt. Vorerst. Früher oder später brauche ich ein Telefon. Aber hier in Miami brächte es mich in ernste Schwierigkeiten, wiederholte Juan Junior mehrfach, würde ich mich einem Telefon oder einer SIM-Karte auch nur nähern. Gleiches gelte, natürlich, für die Polizei.

Der Flughafen ist mir fremd. Ich muss völlig neben der Spur gewesen sein vor Müdigkeit, als ich vor ein paar Tagen hier ankam.

Bewusst, dass jeder Winkel kameraüberwacht wird, spiele ich eine Rolle. Ich schlüpfe in die Bühnengestalt einer selbstbewussten, reiseerfahrenen Geschäftsfrau, etwas älter, deutlich erwachsener und ernsthafter, vor allem disziplinierter als ich. Sie hat sich ein paar Tage in Miami Beach gegönnt, musste mal raus aus dem Trott. Gut möglich, dass sie geschäftliche Beziehungen gepflegt hat, gut möglich, dass sie dies auch nur angibt, um die Reise als Spesen oder von der Steuer abzusetzen. Die rothaarige Businessfrau im weißen Hosenanzug steht relaxed in der Schlange beim Check-in und schaut flüchtig in ihr Smartphone. Es gilt, die vielfältigen Nachrichten zu checken. Sie ist schwer gefragt, natürlich.

Nur, dass es nichts zu sehen gibt. Alle Verbindungen sind gekappt. Das Handy ist zur Requisite verkommen, zum Gummimesser auf der Bühne.

Beim Check-in verschwindet der kanariengelbe Trolley im Schlund des Flughafens, und die Rothaarige – wenn man ihr eine Regung ansehen könnte, was man nicht kann, denn sie hat ein ausgesprochenes Pokerface – fühlt eine gewisse Erleichterung, den Behälter mit der Sache vorerst los zu sein. Sollten Probleme auftauchen, dann in den Innereien des Flughafens, weit weg von ihr, ohne Sichtkontakt und ohne, dass sie etwas daran ändern könnte. Fehlende Einflussmöglichkeit kann auch beruhigen.

Auf dem Weg zur Passkontrolle macht die Businessfrau einen Schaufensterbummel, beguckt sich die Auslagen der Teuer-Shops. Sie schlendert, hat es nicht eilig, denn sie ist frühzeitig aufgebrochen, wie sie es zu tun pflegt. Für Leute, die auf den letzten Drücker kommen, hat sie kein Verständnis, sie empfindet sogar etwas Verachtung für sie. Gelegentlich wirft sie sich die rote Mähne in einer charakteristischen Geste nach hinten.

Wenig später steht sie mit anderen Reisenden an der Passkontrolle, wird gefragt, ob sie ihren Aufenthalt genossen habe, was sie mit einem huldvollen Lächeln bejaht.

Nächster Halt Sicherheitskontrolle. Alles, was die Dame mitführt, landet in einer Plastikwanne und verschwindet im Röntgenkasten. Sie selbst läuft auf Nylonstrümpfen durch den Metalldetektor, der stumm bleibt. Warum sollte er auch nicht. Kurz stutzt sie, als sie von einer Sicherheitsbeamtin in eine Kabine gewunken wird. Leibesvisitation. Natürlich ist sie auch das gewöhnt, als Vielfliegerin, die Dame von Welt hat ein ansehnliches Meilenkonto. Verdachtsunabhängige Kontrollen sind an der Tagesordnung.

Nachdem sie ihre Sachen entgegengenommen hat, geht es auf Rollbändern weiter. Sie steuert einen Kaffeestand an.

Kein Mucks macht er, der Bauch der Businessfrau, als die beiden vor einem Stapel BLC-Sandwiches stehen. BLC steht für Bacon-Lettuce-Cucumber alias Speck-Salat-Gurke. Diszipliniert und sich seiner untergeordneten Rolle im Leben der Dame bewusst, fügt der Bauch sich in sein Schicksal. Er hat es geschluckt, er ist es gewohnt.

Sie bestellt einen Soja Latte und einen Donut, kauft sich eine Frauenzeitschrift, setzt sich an einen Tisch und genießt.

Am Gate angekommen, lounged sie mit ihren Mitreisenden in Warteposition, schmökert in der Zeitschrift und sucht noch einmal den Ruheraum auf, pardon die Toilette. Ihren Mitreisenden bleibt verborgen, dass sie dort ein Mädchen anspricht und es darum bittet, sein Handy benützen zu können. Die Angesprochene informiert die Geschäftsfrau kühl, sie wäre mehrfach darauf hingewiesen worden, sich von jeglichen Telefonen fernzuhalten, sie hätten sie immer im Auge, sie solle sich ja nichts einbilden.

Der gescheiterte Versuch bringt die Rothaarige wenig aus der Fassung, was daran liegt, dass sie damit gerechnet und sich darauf eingestellt hat. Wenig später stellt sie sich in aller Ruhe zum Boarding an, wirkt tiefenentspannt. Weil sie es ist.

Die Flugbegleiterin am Eingang des Flugzeugs begrüßt auf Deutsch. Das irritiert dermaßen, dass es mich – zack – geradewegs aus meiner Rolle katapultiert. Wieso spricht die Deutsch?

Aber klar! Die Besatzung eines Swiss Fluges spricht Deutsch. Das ist normal, auch in Miami. Krieg dich mal wieder ein, Ines!

„Ist Ihnen nicht gut?", fragt die Flugbegleiterin besorgt und berührt mich am Anzugärmel.

Ich lache albern auf, viel zu laut für meine Ohren. „Ich bin richtig erschrocken, dass Sie Deutsch sprechen. Ist es zu fassen?"

Sie lacht mit.

Ein Fensterplatz diesmal, noch ist der Gangplatz neben mir frei. Seit ich aus der Rolle gefallen bin, kriecht Nervosität in mir hoch. Sie schlängelt sich über meinen Rücken, schickt Gänsehautwallungen den Nacken hoch, kribbelt in der Bauchgegend, die mich andauernd auf die Toilette schicken will, obwohl ich dort gerade war. Alle naselang will ich mich umsehen, mich an den roten Malen an den Handgelenken kratzen, den Anzug zurechtzupfen, mir die Haare hinters Ohr streichen. Ich habe das Gefühl, mir sitzt etwas im Nacken. Etwas oder jemand?

Ist mein Koffer schon an Bord? Ich suche das Rollfeld nach dem Gepäckwagen ab. Nichts.

Unser Flieger steht nun schon eine Weile herum. Deutlich zu lange, wie ich finde. Es scheinen alle Fluggäste an Bord, alle, die rechtzeitig zum Aufruf am Gate waren. Was dauert denn da so lange? Ich blicke mich wiederholt um. Kommt es nur mir so vor oder empfinden andere es ebenso?

Die meisten Passagiere sind dabei, es sich bequem zu machen. Sie legen Kopfkissen, Decke und Kopfhörer zurecht, kramen Lesestoff aus dem Handgepäck oder studieren das Bordmagazin in der Tasche des Vordersitzes. Keiner zu sehen, der unruhig wartet.

Ich beuge mich über den freien Sitz und spreche die ältere Dame an, die den Gangplatz in der Mitte innehat. „Entschuldigen Sie, finden Sie nicht auch, dass wir schon ganz schön lange auf den Abflug warten?"

Sie sieht mich erstaunt an, schüttelt den Kopf und antwortet mit französischem Akzent: „Aber nein."

Dann werden das wohl meine Nerven sein, die die Zeit endlos in die Länge ziehen, damit die Zeit genauso zum Zerreißen gespannt sein möge, wie sie selbst.

Ich drücke mich im Sitz hoch und lasse meinen Blick über die Sitzreihen hinter mir schweifen, beobachte die anderen Fluggäste. Der Mann da hinten! Unsere Blicke treffen sich für einen kurzen Moment, der Mann schaut durch mich hindurch wie ich durch ihn. Der Wäschepuff. Ohne Hähnchenbein.

Ich setze mich und starre geradeaus. Ist das jetzt gut oder schlecht? Das Thema Bombe ist damit vom Tisch, vermute ich. Irgendwie auch beruhigend, nicht allein zu sein. Andererseits ist er ein Verbrecher. Bleibt zu hoffen, dass sie den am wenigsten Berühmten aus ihren Reihen für diesen Außeneinsatz gewählt haben. Ich habe keine Verbindung zu ihm. Was genau soll er tun? Mich im Auge behalten? Ich mag es nicht, in den Plänen anderer vorzukommen, ohne zu wissen, wo es langgeht.

Seit der Abfahrt aus Juans Villa habe ich das Gefühl, etwas vergessen zu haben. Herd und Bügeleisen scheiden aus. Jetzt fällt mir schlagartig ein, dass sie mir nicht gesagt haben, was in der Schweiz mit der Sache passieren soll. Wie und durch wen wird sie mir abgenommen? Ist der Wäschepuff die Antwort?

Ich betaste mein Handgelenk, mein Fußgelenk, kontrolliere, ob ich sie loshabe, die Fesseln. Gelegentlich fühlt es sich an, als trüge ich sie noch.

Endlich die Durchsage, wir stünden kurz vor dem Takeoff. Ich hole tief Luft. Phase eins ist so gut wie durchgestanden.

Nach dem Start komme ich wieder runter. Nerven und Zeit entspannen sich, schnurren zurück auf ihre reguläre Länge. Ich döse, esse und trinke, schaue einen Film. Letztendlich sind die gut neun Stunden schneller um, als mir lieb ist.

Kapitel 31

Beim Landeanflug beschleunigt mein Puls. Lampenfieber. Ich muss unbedingt wieder in die Rolle der coolen Businessfrau finden. Damit wird es mir gleich besser gehen. Aber die Darstellung will mir nicht gelingen. Madame ist wohl in Miami geblieben, bei all den anderen coolen Naturen.

Das Wetter in Zürich, so meldet der Flugkapitän aus dem Cockpit, sei regnerisch, windig und zu kühl für die Jahreszeit. Die Landung auf regennasser Piste erzeugt Gischt. Sicht gleich null. Ich will mich auf das Wetter konzentrieren, auf das, was draußen geschieht. Auch das will mir nicht gelingen.

Dann stakse ich aus dem Flugzeug, steif vom langen Sitzen, bedacht, nichts zu vergessen, nirgends anzustoßen, den Weg zu finden, schwimme antriebslos im Strom der Passagiere, tue, was die anderen tun, mache, was verlangt wird.

Zwischen all den anderen Reisenden warte ich am Gepäckband, Baggage Claim, was immer etwas von Goldschürfen hat. Noch dreht sich nichts. Gefühlt eine Ewigkeit. Dauert das immer so lange?

Am Ende der Halle, hinter all den Gepäckbändern und Menschen, öffnet sich eine Tür. Ich schnappe nach Luft. Zwei Männer und eine Frau betreten die Halle. Schwarze Hosen, royalblaue Hemden mit Schulterstücken, Waffen am Gürtel, Accessoire Hund. Das Kraftpaket von einem Deutschen Schäferhund zieht nach vorne, schleppt den Hundeführer regelrecht hinter sich her.

Nicht gut. Das ist gar nicht gut. Meine Hand greift suchend nach etwas, das Halt gibt, und rudert für kurze Zeit hilflos in der Luft herum.

Jetzt nur nicht überreagieren! Das muss gar nichts bedeuten. Ich habe bei früheren Flügen zwar noch nie so einen Trupp gesehen, trotzdem muss es gar nichts bedeuten. Vermutlich purer Zufall.

Was denke ich für einen Mist? Man muss nur eins und eins zusammenzählen, dann ist klar, weswegen die hier sind. Was mach ich denn jetzt?

Dr. Frieders Gesicht erscheint vor meinem inneren Auge. Hoffentlich halten die Juans ihr Versprechen, jetzt, wo ich verratzt bin.

Die Zollbeamten rücken näher, nur noch zwei Gepäckausgabebänder zwischen uns.

Der Hund sieht seltsam aus. Ist es normal, dass Spürhunde einen solchen gaga Ausdruck im Gesicht tragen? Der Hundeführer hat Schwierigkeiten, seinen vierbeinigen Mitarbeiter zu zügeln, spricht auf ihn ein, was die Zugmaschine nicht im Geringsten interessiert. Der Hund stemmt sich mit beiden Vorderläufen gleichzeitig in den Hallenboden, will einem Schlittenhund gleich das Hunde-Mensch-Gespann bestmöglich beschleunigen. Direkt auf das Gepäckausgabeband meines Fluges zu. Als sich das Band in Bewegung setzt, zieht die Spürnase zur Öffnung hin, aus der die ersten Gepäckstücke kommen. So fasziniert vom gebotenen Schauspiel vergesse ich fast, mir in die Hosen zu machen.

Mein Gepäck kommt als Letztes, immer. Wieso sollte das heute anders sein. Umso erstaunter bin ich, als mein kanariengelber Trolley als einer der Ersten aus der Öffnung blinzelt, herausmarschiert und mir freudig entgegen purzelt. ‚Hallo Welt, hallo Zürich! Ich bin's, der Trolley, ich bin wieder da!'

Was ich wieder für einen Schwachsinn denke. Ich werde in Kürze wegen Drogenschmuggels festgenommen und meine Fantasie hat nichts Besseres zu tun, als meinen Koffer sprechen zu lassen? Vielleicht kann ich das verwenden und auf geistige Unzurechnungsfähigkeit plädieren.

Ich muss jetzt verdammt noch mal auf cool schalten, sonst ist alles verloren. Ich weiß von nichts. Ich habe die Sache nicht eingepackt. Ja genau, ich weiß nicht, wie das, was auch immer, in meinen Koffer kommt.

Inzwischen bin ich mir sicher, dass der Hund nicht in seinem Normalzustand ist. Er winselt, hechelt, hinterlässt eine Sabberspur, und stürzt sich wie wild auf die Koffer. Nein, nicht auf *die* Koffer, auf *meinen* Koffer.

Der Hundeführer, Odermatt laut seinem Namensschild, schüttelt den Kopf und sagt zu seinen Kollegen, dass Gonzo das noch nie gemacht habe. Ha, das sage ich auch immer, wenn Santo sich danebenbenimmt.

Sein Kollege Wyss nimmt meinen Koffer vom Band, zerrt Gonzo mit, weil der das gelbe Teil regelrecht umklammert hält.

Ich schaue wie gebannt zu, unfähig, mich zu bewegen.

„Ist das Ihr Koffer?", fragt mich Wyss mit Schweizer Akzent.

„Meiner?", frage ich.

Wie kommt er darauf? Hier stehen jede Menge Leute, denen der Koffer gehören könnte. Da ich auf Dauer aber kaum abstreiten kann, dass dies mein Koffer ist – schließlich hängt mein Adressanhänger daran, schließlich klebt mein Gepäcketikett daran – nicke ich.

„Was hat denn der Hund?", frage ich.

Das war doch jetzt richtig cool. Das würde keine sagen, die etwas zu verbergen hat.

„Das werden wir gleich sehen. Führen Sie Waren mit?"

„Nein."

„Führen Sie Zigaretten, Bargeld oder Substanzen mit, die unter das Bundesgesetz über die Betäubungsmittel und die psychotropen Stoffe fallen?"

Die psycho-was? Ich schüttle den Kopf.

„Führen Sie Tiere oder Tierprodukte mit, die unter das Washingtoner Artenschutzübereinkommen fallen?"

Ich schüttle erneut den Kopf. „Ich habe nichts Ungewöhnliches eingepackt." Ich blicke ihm direkt in die Augen. Ja, ich bin schon ein bisschen stolz, dass mir das gelingt, was es nur so vortrefflich tut, weil es nicht gelogen ist.

„Kommen Sie bitte mit", sagt Wyss.

Wyss trägt meinen Trolley und die Beamtin namens Schläppi geleitet mich. Odermatt bändigt Gonzo, vielmehr versucht er sich darin. Er muss seinen vierbeinigen Mitarbeiter mit aller Kraft daran hindern, meinen Koffer zu besteigen.

Die Show überbietet die übliche Spannung am Gepäckband bei Weitem. Interessiert verfolgen die Passagiere das Schauspiel. Wer ist die Businessfrau, die da abgeführt wird, und vor allem: Was befindet sich in dem gelben Koffer, dass der Zollhund so austickt?

Wenn das alles nicht so brisant wäre und ich nicht mit an Sicherheit grenzender Wahrscheinlichkeit in Kürze verhaftet würde, wäre es witzig. So aber ...

In einem Nebenraum landet der Kanarientrolley auf einem Edelstahltisch. Ich bin selbst neugierig, was da zutage treten wird und danke den Juans insgeheim, dass sie es mir nicht verraten haben. Nur damit wir uns recht verstehen: Angst herrscht schon weiterhin vor. Wie in einem Horrorstreifen. Ich halte mir die Hand vor die Augen und linse durch die Finger. Natürlich versuche ich, die Angst nicht zu zeigen, linse auch nicht durch die Finger. Es wäre nicht zielführend, würde ich das. Ich rede mir ein: Ich habe nichts getan.

„Was hat denn der Hund?", frage ich zum zweiten Mal. Als Gonzo der Körperkontakt mit meinem Trolley versagt wird, springt er ins Geschirr, winselt, windet sich, gebärdet sich wie verrückt. Ich dachte, Spürhunde sind die Crème de la Crème in Sachen Hundeerziehung. Soll er nicht dezent anzeigen, dass er etwas entdeckt hat, indem er sich vor den Fund ablegt?

Ich erhalte keine Antwort. Schläppi weist mich an, zur Seite zu treten. Ihr Deutsch klingt nahezu akzentfrei. Ton und Formulierungen von Wyss und Schläppi sind höflich distanziert, respektvoll und formvollendet, wie bei Schweizer Staatsbeamten üblich. Man trifft hier nur zusammen, weil es der Dienstplan vorsieht, weder hat man etwas für noch etwas gegen die Menschen, mit denen man dadurch zu tun hat.

Die Beamten ziehen Einmalhandschuhe über, deren Blauton sich vortrefflich mit dem ihrer Uniformhemden beißt, und nehmen meinen Koffer auseinander. Sie entnehmen jedes Kleidungsstück einzeln, drehen es in der Luft, während vier Augen es von allen Seiten minutiös mustern. Womöglich haben sie ihren Röntgenblick eingeschaltet. Dann wird Klamotte für Klamotte zur Seite gelegt. Bei den nicht mehr ganz Frischen ist mir das durchaus etwas unangenehm.

„Ich habe nichts Ungewöhnliches in meinen Koffer getan", wiederhole ich. Schläppi wirft mir einen Blick zu, will vermutlich sehen, wie mein Gesicht dabei aussieht. Nun, sie wird überrascht sein, auch wenn sie das nicht zeigt, dass meine Miene offen und ehrlich daherkommt.

„Lassen Sie uns bitte in Ruhe die Durchsuchung durchführen", sagt Wyss sachlich.

„Pardon", murmle ich.

Odermatt hat Gonzo unter Hängen und Würgen ins Sitz kommandiert, was sich als ergebnisneutral herausstellt, denn dieser Hund kann sich wunderbar sitzend vorwärtsbewegen. Er rutscht auf dem Popo zentimeterweise in Richtung Kanarientrolley. Schweißtropfen perlen auf Odermatts Stirn. Sein Blick flackert zwischen gelbem Koffer und Gonzo hin und her. Definitiv kein regulärer Tag im Leben eines eidgenössischen Diensthundeführers.

Kleidungsstück über Kleidungsstück wird ans Tageslicht befördert, untersucht und landet auf einem Haufen. Dessous inklusive. Alles wohlbekannt, nichts, was ich nicht in meinem Koffer vermutet hätte. Moment! Was ist das? Was hält Schläppi in die Höhe und bringt Gonzo an den Rand des Nervenzusammenbruchs? Die rote Jacke habe ich noch nie gesehen. Sind die Drogen darin eingenäht?

„Die Jacke kenne ich nicht", sage ich und will sie mir genauer anschauen.

„Treten Sie bitte zurück", kommandiert Wyss.

Ich tue, wie mir geheißen. „Die wäre mir auch viel zu groß", schiebe ich hinterher, zwei Nummern mindestens. Abgesehen davon hätte ich mir solch einen Rotton nie ausgesucht, das muss doch jedem mit Augen im Kopf klar sein.

Die Jacke wird zentimeterweise untersucht und umgekrempelt. Die Zollbeamten linsen in die Taschen, tasten Kragen und Saum ab. Nachdem all das nichts zutage bringt, beginnen sie von vorn mit der Prozedur. Nach dem zweiten

Durchlauf sehen sie sich ratlos an. Wyss befördert die Jacke Richtung Hundenase. Die Augen über dem schwarz glänzenden Riechorgan treten deutlich hervor, wollen aus dem Kopf springen. Gonzo macht eindeutige Körperbewegungen. Mir liegt auf der Zunge zu sagen, was ich denke, aber ich halte es für besser, die Erkenntnis andernorts reifen zu lassen.

„Wenn ich raten müsste", meldet Odermatt sich zu Wort, „die Jacke wurde durch eine läufige Hündin kontaminiert. Würde Gonzo passiv anzeigen, hätte ich gesagt, die Jacke ist aus der Wolle einer unter Artenschutz stehenden Tierart, von Antilopen zum Beispiel."

Schläppi und Wyss klappt der Unterkiefer herunter, beziehungsweise zeigen sie die Gesichtsausdrücke Schweizer Beamten, die dem entsprechen: beherrscht und professionell. Ich schließe mich den dezenten Verwunderungen an.

Wyss' Gesicht ist anzusehen, wie es dahinter arbeitet. Nachdem es das getan hat, wendet er sich mir zu. „Offensichtlich wurde die Jacke für den Spürhund platziert."

„Aber warum?", frage ich. Natürlich ist mir klar, warum. Entweder es war ein Test, eine Generalprobe, inwieweit der Duft einer empfängnisbereiten Hundedame die trainierten Spürhunde aus der Fassung bringt und was sich in Zukunft daraus machen lässt im Schmuggelgeschäft. Oder die Aktion soll vom anderen Kurier ablenken, vom Wäschepuff.

„Haben Sie Ihren Koffer ...", fragt Wyss.

„Ich überlege schon, wann die Jacke in meinen Koffer gekommen sein könnte", unterbreche ich.

„Wir nehmen Ihre Personalien auf und Sie geben bitte genau zu Protokoll, wo Sie sich mit Ihrem Gepäck aufgehalten haben, wo Sie es haben stehen lassen und so weiter." Wyss sieht mich eindringlich an.

Ich nicke. „Selbstverständlich."

Ein Teil der Spannung fällt von mir ab. Zumindest habe ich keine verbotenen Substanzen transportiert. Das ist doch schon mal was. Es ist auch nichts in die Luft geflogen, außer ganz normal, mit Auftrieb. Eine wie auch immer parfümierte Jacke fällt nicht unter das Strafgesetz, auch wenn manches

Parfum, das freigesetzt wird, verboten gehört. Oder droht mir noch eine Anzeige wegen Irreführung der Strafverfolgungsbehörden, wegen Irreführung eines Zollhundes?

Wyss gibt seiner Kollegin ein Zeichen. Ich erwarte, dass sie den Wäscheberg zurück in den Kanarientrolley verfrachtet, stattdessen öffnet sie eine Schublade, entnimmt ihr eine Schere und schneidet fein säuberlich das Kofferfutter heraus. Daran habe ich nicht gedacht. Aber natürlich ist das ein beliebtes Versteck für Schmuggelware. Wyss derweil knöpft sich meine Drogerieartikel vor, schraubt jede Tube und jeden Tiegel auf, riecht daran und prüft die Konsistenz. Nur konsequent. Da könnte sich ja sonst was verbergen.

Wären die Umstände andere, hätte ich angemerkt, dass ich es für sinnvoll hielte, das Gepäck der Mitreisenden genauer zu untersuchen. Oder ist das schon erfolgt? Egal, dazu ist es nun eh zu spät. Darüber hinaus bin ich die letzten Tage genug Risiken für zweifelhafte Ziele eingegangen. Zur Abwechslung könnte ich mich mal heraushalten und die Leute ihren Job machen lassen.

Kapitel 32

Der erste öffentliche Fernsprecher der Swisscom, den ich am Flughafen sichte, darf an meiner Kreditkarte knabbern. Mit zitternden Fingern wähle ich Dr. Frieders Handynummer und hoffe, mich richtig an sie zu erinnern. „Bitte geh ran. Bitte geh ran. Bitte geh ran", flüstere ich. Zwanzigmal lasse ich es klingeln. Nichts. Ich beiße die Zähne zusammen. „Geheult wird nicht", raune ich, mache mich auf zu einem der Handyshops im Flughafen und besorge mir ein Einfachhandy.

Kurz habe ich überlegt, mir eine Schweizer Prepaidkarte zu besorgen und mein eigenes Handy jetzt und hier neu einzurichten, musste aber einsehen: Mein Gehirn sträubt sich. Es kann und will sich gerade nicht damit befassen.

Zehn Minuten nach dem ersten Versuch wähle ich erneut. Er geht nicht dran. Bevor ich mir ausmale, was das bedeuten kann, wähle ich mich zu Arthur durch. Ich muss mich mehrmals verbinden lassen, erreiche ihn schließlich zu Hause. Als Erstes überprüfe ich Dr. Frieders Handy Nummer mit ihm. An die habe ich mich tatsächlich richtig erinnert. Dann informiere ich Arthur in Stakkato über alles, was ich zum gegenwärtigen Zeitpunkt für relevant halte. Er stellt zwei kurze Rückfragen. Dann sagt er zu, er werde sich umgehend um Marcs Verbleib kümmern.

Nachdem ich das erledigt habe, will ich schnell weg vom Flughafen, weg aus dem Einflussbereich des Flughafenzolls, weg von all den fragwürdigen Gestalten. Den Wäschepuff habe ich während der Show am Gepäckband aus den Augen verloren.

Wie in Trance schlingere ich durch das Gewusel in der Flughafenhalle, lasse mich von der Rolltreppe hinab zum Bahnhof tragen. Wenig später besteige ich den Zug Richtung Hauptbahnhof Zürich.

Alle zwei, drei Minuten versuche ich es bei Dr. Frieder, lasse es immer zwanzigmal klingeln. Nichts.

Allmählich kämpft sich die Verzweiflung empor, zerrt an mir, nörgelt, ich solle mich ihr hingeben. Noch weigere ich mich, noch schaffe ich es, sie des Platzes zu verweisen.

„Versuchen Sie es doch in fünf Minuten noch mal, das klappt schon", meint die Sitznachbarin freundlich. Es scheint offenkundig, was in mir vorgeht.

Ich nicke.

Der nächste Versuch nach zwei Minuten. Es klingelt. ... fünfzehn, sechzehn ...

„Dr. Frieder?", frage ich hoffnungsvoll. Meine Stimme zittert gehörig.

„Jou. Wird Zeit, ne?", sagt er.

Eine Welle der Erleichterung überflutet mich. Unter Tränen frage ich: „Alles Okay mit dir?"

„Jou, wieder. Bei dir?"

„Alles wieder gut", schluchze ich. „Ich liebe dich! Es tut mir so leid, so unsagbar leid."

Dr. Frieder bleibt stumm. Meine Eingeweide krampfen sich zusammen.

„Dr. Frieder?" Ich möchte schreien, er solle etwas sagen, ganz egal, was, nur nicht schweigen.

„Jou." Seine Stimme klingt gepresst. Er schnieft leise. „Ich liebe dich auch. Schon gut. Alles wieder gut."

Ein paar Momente beiderseitigen Schweigens. Wir müssen uns sammeln.

„Ich sitze im Zug nach Freiburg", informiere ich dann.

„Dann besser umsteigen, ne? Bin in Konstanz."

Nach dem kurzen Telefonat hat sich der Rest meiner Selbstbeherrschung verkrümelt. Durch den Tränenschleier nehme ich wahr, wie mir die Sitznachbarin ein Papiertaschentuch entgegenstreckt. „Das wird wieder", meint sie lächelnd.

Ich nicke und trockne mir die Tränen, was angesichts des steten Nachschubs wenig aussichtsreich ist. Das Wetter draußen passt hervorragend. Grau in Grau, Regen, der die Zugfenster flutet und durch den Fahrtwind in Strömen nach hinten wegfließt.

Eine Viertelstunde später zerre ich meinen gelben Trolley aus dem Gepäckfach, der von außen so reisefröhlich aussieht, als wäre nichts gewesen, als wäre er nicht aufgeschlitzt worden, und bugsiere ihn auf den Bahnsteig des Züricher Hauptbahnhofs.

Kurz darauf sitze ich im Zug nach Konstanz. Wäre Dr. Frieders Standort Hintertux oder Timbuktu gewesen, hätte ich ohne zu zögern ein Ticket dorthin gelöst, aber Konstanz tut's auch.

Im neuen Zug eine neue Sitznachbarin, nicht weniger empathisch als die zuvor. Auch sie fährt nach Konstanz, weshalb ich sie bitte, mich zu wecken, sollte ich einschlafen, was ich für wahrscheinlich halte.

Nach all der Aufregung, nach all den Tränen, nach all dem Adrenalin, das mich die letzten Tage in verschiedenen Geschmacksrichtungen und Dosierungen geflutet hat, wird mit dessen Abfließen das letzte bisschen Energie weggespült. Leer und hohl bleibe ich zurück. Es müsste ein Echo erzeugen, wenn ein Gedanke durch meinen Kopf rumpelt.

Ich schrecke hoch, brauche einen Moment, bis ich weiß, wo ich bin. Meine Sitznachbarin hat mich geweckt, wir fahren in den Hauptbahnhof Konstanz ein. Jetzt nur noch heil aus dem Zug kommen, durch einen Zoll ohne Spürhund, den Bus erwischen und dann bin ich endlich bei ihm. Dann ist alles gut.

Konstanz freut sich nicht über meine Ankunft, gastunfreundlich schickt es nasskalten Wind um die Ecken. Ich muss lächerlich aussehen, wie ich durchgeweicht an der Bushaltestelle stehe. Die Haare kleben an meinem Kopf. Alle um mich herum sind mit Regenjacken und Schirmen bewaffnet oder stehen unter dem Dach. Ich stehe im Regen, in Wind und Wetter, um irgendetwas zu spüren. Ich schlottere.

Wenig später will ich den Kanarientrolley durch das Gartentor der Bruchbude zerren. Die Haustür springt auf und Dr. Frieder kommt mir entgegen. Im Bus noch habe ich mich eingeschworen: Es wird nicht mehr geheult. Ich habe die letzten Tage genug geheult, genug für ein ganzes Jahr. Als ich meinen Norddeutschen sehe, der auf mich zueilt, nicht strahlend und relaxed wie sonst, richtig mitgenommen sieht er aus, schießen mir die Tränen in die Augen. Ich kann es nicht verhindern.

Der reisefröhliche Trolley bleibt beim Gartentor stehen, hat sich im großzügigen Durchgang verkeilt. Ich stürze auf Dr. Frieder zu, halb blind vor Tränen. Auch er hat feuchte Augen, profitiert aber von mehr Selbstbeherrschung. Er öffnet die Arme, wie er es immer tut. Selbst in dieser emotionalen Ausnahmesituation kann er die Standards abrufen und wirbelt mich herum. Das fühlt sich an wie immer, als läge nichts Außergewöhnliches hinter uns, als wären wir nur ein paar Stunden voneinander getrennt gewesen.

Wir taumeln die Stufen zur Haustür hinauf, ineinander verschlungen, ein einzelnes Wesen mit vier Armen und vier Beinen. Wieder vereint.

In der Diele bedecken wir uns mit Küssen und flüstern Ich-liebe-Dich in einem fort. Schließlich fallen wir auf der knarzenden Holztreppe nach oben übereinander her. Anders kann man das nicht nennen. Unsere Kleidung leistet etwas Widerstand, vor allem mein durchweichter Anzug.

Der reisefröhliche Trolley bleibt trotzig am Gartentor stehen, in Regen und Wind, bis ihn später jemand ins Haus holt und einen fremden Hund abwehren muss, der sich Hals über Kopf in das gelbe Gepäckstück verliebt hat.

Kapitel 33

Später sitzen wir im Bett, ein Tablett mit allem zwischen uns, was Dr. Frieders Vorratsschrank hergibt: Tee, Cracker, ein Glas Fruchtcocktail, Kekse und Schokolade. Wir krümeln fröhlich vor uns hin, während draußen die Welt untergeht. Der Frühsommer hat sich vollends aus dem Staub gemacht, ist in den Süden gereist, um sich von aller Unbill des Bodenseeklimas zu erholen.

Der Sturm gehört zur zähen Sorte. Er muss nicht mal zwischendurch Luft holen, um mit unverminderter Stärke am Haus zu rütteln, um den Dachfirst zu pfeifen, Regen gegen die Scheiben zu klatschen und auf das Blech der Dachgauben zu donnern. Als würde eine Special Effects Crew für die passende Atmosphäre in einem Gruselfilm sorgen. Die Leute verstehen ihren Job.

„Schietwedder", sagt Dr. Frieder mit einem Blick zum Fenster und legt seinen Arm um mich, was nicht so einfach ist, mit dem Tablett zwischen uns.

„Och, solange man zu zweit im Trocknen sitzt", entgegne ich, schmiege meinen Kopf in die Beuge zwischen seiner Schulter und seinem Hals und nehme mir einen Cracker.

Das Dach der Bruchbude, das letztes Jahr noch die Investition in unzählige Eimer verlangte, wurde neu gedeckt. Nun ist es dicht, dass es die reine Freude ist. Überhaupt empfinde ich im Moment alles als reine Freude. Den trockenen Cracker zum Beispiel. Allem voran, dass ich bei Dr. Frieder im Bett sitze, sicher, trocken und geliebt, der Inbegriff von Geborgenheit. Das Dach, das vortrefflich das Unwetter abhält, kann uns auch vor dem Bösen da draußen beschützen, lässt einfach alles abperlen.

„Jou." Dr. Frieder schenkt mir ein jungenhaftes Grinsen, fährt sich mit der Hand durch den Blondschopf, was wenig zu dessen Ordnung beiträgt. Eine seiner bezaubernden Gesten, deren Wirkung er nicht im Mindesten zu ahnen scheint. Er schiebt mir einen Keks in den Mund.

„Cracker mit Keks, auch nicht schlecht", mampfe ich.

Den naheliegenden Informationsaustausch haben wir vertagt, wortlos, in gegenseitigem Einverständnis. Vorerst. Es gibt Wichtigeres als das, was war, und zwar das, was ist. Im Hier und Jetzt zu leben, fällt mir hier und jetzt so leicht wie nie zuvor. Nicht mit dem beschäftigen, was nicht mehr zu ändern ist, und nicht mit dem, was vermutlich ganz anders kommen wird. Eigentlich. Denn ich wäre nicht ich, würde ich nicht wissen wollen, was bei Dr. Frieder war.

„Soll ich zuerst erzählen, oder willst du?", frage ich nach dem Leben im Hier und Jetzt und fische mir ein Stück Ananas aus dem Glas.

„Ist schnell erzählt. Ich habe eine Whatsapp von dir bekommen, ich solle nach Konstanz kommen, es sei dringend. Das klang authentisch, ich bin sofort losgefahren. Vor deiner Tür kassierten mich zwei Gorillas ein, verfrachteten mich in einen Transporter. Da saß ich dann, gefesselt, geknebelt und mit einem Sack über dem Kopf."

„Oh Gott", hauche ich mit aufgerissenen Augen. Das habe ich mir nicht vorgestellt. Ich habe vergessen, was ich mir vorgestellt habe, aber das sicher nicht. „Ich sag ja immer, meine Haustür ist ein gefährlicher Ort, an dem man sich nicht unbedarft aufhalten darf. Und dann?" Das ist, was ich dazu sagen möchte? Besseres fällt mir nicht ein?

Er wirft mir einen schrägen Blick zu. Auch er hat wahrgenommen, dass mein Kommentar an Fingerspitzengefühl missen lässt, allerdings stößt es Dr. Frieder nicht so sauer auf, als dass er es zur Sprache bringt.

„Dann ging es in einen Keller. Dort wurde ich auf einen Stuhl gefesselt, der Sack überm Kopf kam weg, der Rest blieb. Stunden später das Ganze retour." Trotz seines minimalistischen Erzählstils vermag er ein Bild zu zeichnen, das mir Schauer über den Rücken jagt.

„Du warst die ganze Zeit an einen Stuhl gefesselt und geknebelt? Du hast die ganze Zeit nichts zu essen oder zu trinken bekommen?" Und ich dachte, meine Art der Unterbringung war übel.

„Wasser ja. Sonst nichts. Bevor du fragst: Die Gorillas trugen Masken. Größe, Gewicht und Augenfarbe weiß ich in etwa. Untereinander haben sie italienisch gesprochen, ihr Deutsch war akzentfrei."

„Sie wollten nicht wissen, ob du die Audiodatei angehört oder weitergegeben hast?"

„Welche Audiodatei?"

„Die ich dir geschickt habe."

„Nee. Wat da zu hören?"

„Eine Unterhaltung zwischen dem Mafiaboss Juan Miguel Batata Senior und seinem Kleiderschrank Fidel. Auf Spanisch, von mir auf Juans Anwesen belauscht, ohne es zu verstehen. Die welterschütternde Aufnahme, die das Geheimnis aller Geheimnisse offenbart, ist der Grund für alles. Der Grund, warum du entführt wurdest und warum sie mich unter Druck gesetzt haben."

„Hmm." Er hangelt nach seinem Handy und tippt darauf herum. „Nichts."

„Seltsam. Alles drehte sich um diese Aufnahme. Es war ihnen extrem wichtig, die Verbreitung zu verhindern. Das gibt's doch nicht! Wie können die da nicht mit dir drüber gesprochen haben?"

Ich gebe meinem Kopf etwas Zeit, dahinter zu steigen. „Oder haben sie die Aufnahme gelöscht, bevor du sie bemerkt hast?"

„Müssen sie dann wohl."

„Na oder sie ist gar nicht angekommen", murmele ich, "weil ich sie nicht richtig oder versehentlich an jemand anderen geschickt habe. Oder sie wurde abgefangen. Wenig wahrscheinlich, dass es was bringt, aber ich muss bald meinen Account checken. Danach haben sie dich bei mir vor der Tür rausgeschmissen?"

„Sie haben mich verschnürt wie ein Paket im Uniwald abgeladen. Im strömenden Regen und Matsch. Sagten, da läge ein Messer in einem Umkreis von zwei Metern. Bevor ich das Messer gefunden und mich befreit hatte, waren sie schon lange weg."

Ich nehme Dr. Frieder in den Arm und bedecke sein Gesicht mit Küssen. „Es tut mir so leid", flüstere ich.

„Nur nich wieder plinsen, ne?", brummt er.

Ich schüttle den Kopf und schlucke den Kloß herunter, der sich bilden will, verkneife mir die Nachfrage, ob plinsen weinen bedeutet.

Und dann bin ich dran mit Erzählen, was selbstredend nicht in einer Minute über die Bühne gebracht ist. Bis auf ein paar gezielte Zwischenfragen lässt Dr. Frieder mich ausschütten, was es auszuschütten gibt, was ausgeschüttet werden muss. Bei den unschönen Details, wie mich Juans Kleiderschränke jeweils festsetzten, zeige ich Mut zur Lücke. Ich will ihn nicht unnötig beunruhigen, das bringt nichts, nachträglich schon dreimal nicht.

Als ich meinen Bericht schließe, zeichnet Dr. Frieder die Male der Fesseln nach, setzt einen Kuss auf jedes Handgelenk, schiebt das Tablett zum Fußende des Bettes und nimmt mich in den Arm. So sitzen wir eine Weile ineinander verschlungen und schweigen.

„Zwischendurch habe ich so verflucht, dass ich diesen blöden Fall lösen wollte", quillt es aus mir heraus. „Ich war so dumm. Ich habe keinen Gedanken an die Konsequenzen verschwendet, erst, als es zu spät war. Glaubst du mir das?"

„Sofort."

Ich löse mich aus seiner Umarmung und schenke ihm ein Lächeln.

Er lächelt zurück. „Und jetzt?"

„Jetzt? Keine Ahnung. Ich bin hin und hergerissen. Einerseits denke ich, das alles muss doch für irgendwas gut gewesen sein. Andererseits ist es global betrachtet völlig egal, wer Vanessa umgebracht hat und ob der Täter bestraft wird. Fest steht, mit Vanessa hat es keinen Engel getroffen." Ich lege ein Päuschen ein. „Wobei man bei solchen Betrachtungen ganz schnell in die moralische Bredouille gerät."

„Und Jürgen?", fragt Dr. Frieder.

„Welcher Jürgen?"

„Der Obdachlose, der in Büdingen womöglich Zeuge von Vanessas Ermordung wurde."

Ich starre ihn an. „Den habe ich komplett vergessen. Er hat es nicht geschafft?"

Dr. Frieder presst die Lippen aufeinander und schüttelt in Zeitlupe den Kopf. „Jürgen war sechsundsechzig Jahre alt, seit sieben Jahren obdachlos. Am Anfang schlief er noch in seinem Auto, mit seinem Hund, dann ging der Wagen nicht mehr durch den TÜV. Ab da waren laut Arthur seine Stammplätze Stadtgarten und Marktstättenunterführung."

„Oh je, der Arme. Und dann so ein Ende. Gibt's den Hund noch?"

Er schüttelt den Kopf. „Wurde letztes Jahr überfahren."

„Dieser Jürgen hatte aber auch ein Pech. Kann man das noch Pech nennen? Und dabei wäre es nicht unwahrscheinlich gewesen, dass er in seiner Lage geschwiegen hätte, gegen eine entsprechende Summe", spekuliere ich drauflos. Kurz darauf wird mir bewusst, dass ich damit unterstelle, ein Obdachloser hätte aufgrund seiner finanziellen Bedrängnis ein anderes Gerechtigkeitsbewusstsein, wäre eher käuflich, als jemand mit einem Dach über dem Kopf. „Vielleicht aber auch nicht", ergänze ich daher.

Dr. Frieder nickt ernst, als könne er genau nachvollziehen, was ich meine. Das ist eine der beeindruckenden Eigenschaften meines Norddeutschen: Einerlei, wie verworren meine Gedankengänge, er scheint nie Mühe zu haben, zu folgen, nachzuvollziehen, zu verstehen, selbst, wenn mir etwas entschlüpft, das noch gar nicht ausgebrütet war.

„Und nu?", fragt er.

„Und nu ermitteln wir weiter", sage ich mit betont fester Stimme. Mein Tonfall scheint überzeugter davon, als ich.

„Wegen Jürgen?"

„Wegen Jürgen", bestätige ich und erhebe meine Tasse. Es fühlt sich an, als hätte ich getrunken. Als würde Alkohol mich dazu bewegen, mich darauf einzulassen, obwohl ich mir mehr als unsicher bin. Dabei ist nur Tee in der Tasse.

Unterschwellig habe ich den Fall ad acta gelegt, weil er uns zu viel abverlangt und zu viel angetan hat. Moment, wir wollen präzise sein: Ich selbst habe uns zu viel abverlangt und angetan. Die Episode in Miami und Dr. Frieders Entführung gehen allein auf meine Kappe. Der Mordfall war der Auslöser, den Karren in den Dreck gefahren habe ich ohne fremde Hilfe.

Dr. Frieder erhebt ebenfalls seine Teetasse und stößt mit mir an. „Auf Jürgen", bekräftigt er.

Wir nehmen beide einen Schluck und schauen uns über den Tassenrand in die Augen.

„Sicher?", fragt er.

„Was ist schon sicher. Eine Nacht drüber schlafen? Ich bin heute nicht so wirklich ich selbst, wenn ich ehrlich bin."

„Und wenn du lügst?", feixt er.

„Haha. Du weißt, was ich meine. Vielleicht bisschen nachdenken?"

„Büschen nachdenken? Nicht dass du noch vernünftig wirst." Er stellt die Teetasse ab und beginnt, meinen Hals zu küssen.

„Vernü-was?", frage ich mit einem Kichern. „Kenne ich nicht."

„Glaube ich sofort", sagt er und küsst sich weiter vor.

Kapitel 34

Der Morgen grüßt mit strahlend blauem Himmel, kein Wölkchen. Als wäre die Welt gestern nur untergegangen, um heute aufzuerstehen. Ich öffne das Fenster der Dachgaube und lasse frisch gewaschene Luft ins Zimmer und in meine Lungen strömen.

Eine Kohlmeise zupft beharrlich an einem Zapfen der Latschenkiefer in Nachbars Garten, in der Eckkneipe wird bereits hitzig diskutiert, im großen Busch, der Eckkneipe für Spatzen.

Die Welt ist wieder in Ordnung, so der Anschein. Der Konstanzer Frühsommer tritt auf, wie man ihn gemeinhin aus dem gephotoshopten Reiseprospekt kennt, ich bin wieder da, wo ich hingehöre, und die bösen Buben sind weit weg in Miami. Letzteres würde sich besser anfühlen, wenn sie nicht gezeigt hätten, dass ihr Arm weit reicht. Noch besser würde es sich anfühlen, wäre mir nicht bewusst, dass auch hier böse Buben und böse Mädels am Werk sind. Jemand aus dem dortigen oder hiesigen Pack hat Vanessa auf dem Gewissen. Und Jeff. Und Jürgen.

„Kaffee heute schwarz", verkündet Dr. Frieder und stellt den Kaffeebecher mit einem Klonk vor mir auf den Küchentisch, dass der Inhalt droht überzuschwappen. In einer ähnlich schwungvollen Bewegung der anderen Hand zaubert er den Brotkorb hinter seinem Rücken hervor.

„Croissants!", rufe ich begeistert. „Wo hast du die denn her?" Ich habe gar nicht mitbekommen, dass er das Haus verlassen hat.

„Brötchentüte Lieferservice Spätbestellung bis einundzwanzig Uhr. Hatte was gut zu machen."

„Ersatz für die Croissants am ersten Ferientag, die du für deinen Streich geopfert hast?"

Er nickt.

„Nee, hattest nichts gutzumachen. Geht völlig im Saldo unter." Ich beiße herzhaft ins Gebäck, das dieses unvergleichbare Knistern von sich gibt, wenn hauchzarte Krusten unter Zähnen zerblättern, zerkrümeln und zerrieseln. „Mmh!"

Wir genießen eine Weile vor uns hin.

„Mehr braucht's eigentlich nicht", stelle ich mit einem Seufzer fest und lecke mir die Finger.

„Keine Ermittlungen?", fragt er lächelnd.

„Ich weiß nicht so recht."

Die Nacht war keine Hilfe, die Frage mit Gewissheit zu beantworten. Oft hofft man, das Gehirn macht weiter, während man selbst schläft, was oft erstaunlich gut funktioniert. Diesmal nicht.

„Wie wäre es, wenn ich alles bei Arthur ablade, was ihm noch an Info fehlt, und dann sehen wir weiter? Du musst eh aufs Präsidium, um Anzeige zu erstatten."

Er nickt stumm und sieht mich prüfend an. „Ich könnte auch allein ..."

„Untersteh dich!", rufe ich und werfe lachend das Küchenhandtuch nach ihm. Will er mich schonen? Wo kommen wir denn da hin.

Er fängt es gekonnt und lacht.

„Deine Entführer haben untereinander italienisch gesprochen. Heißt das, dass die kubanisch-amerikanische Mafia Verbindungen zur italienischen Mafia pflegt?", frage ich.

„Sie haben auch akzentfrei deutsch gesprochen."

„Stimmt. Es soll ja durchaus deutsches organisiertes Verbrechen geben, neben kubanisch-amerikanischem, italienischem, russischem und schweizerischem."

Bei dem Gedanken an Schweizer Kriminelle kommt mir unwillkürlich Roger Merian in den Sinn. Es ist schon verrückt, dass eigentlich neutrale Ausdrücke für lange Zeit mit ihm verknüpft sind.

„Apropos, hast du gehört, dass Roger Merian verschollen ist?"

Dr. Frieder nickt.

„Das weißt du schon? Von wem?"

„Von Arthur."

„Und?"

„Was und?"

„Was weißt du da so?"

„Roger Merians Flugzeug ist vom Radar verschwunden, eine Suchaktion läuft mit wenig Aussicht auf Erfolg."

„Ach was."

„Fläche zu groß. Es wurden Trümmerteile im Indischen Ozean gesichtet. Es wird davon ausgegangen, dass das Flugzeug abgestürzt ist und die vier Personen an Bord zu Tode kamen."

„Vier?"

„Der Flugkapitän, der Copilot, die Flugbegleiterin und Roger Merian."

„Hui." Ich beobachte, wie sich das anfühlt. Nichts ist da. Weder Bedauern noch Genugtuung noch eine andere Empfindung, weder eine angemessene noch eine, die fehl am Platze wäre. Einfach nichts.

„Hmm", mache ich.

„Was los?", fragt er.

„Ich frage mich, ob ich nicht irgendetwas spüren müsste, wenn sich das Gleichgewicht zwischen Gut und Böse verschiebt. Wenn ein ausgewachsener Psychopath wie Roger Merian abtritt, ist das eine drastische Veränderung, eine, die wahrzunehmen sein müsste."

„So was wie eine Erschütterung der Macht? Zu viel Star Wars geschaut?"

Ich grinse ihn an und stecke mir den letzten Knusperzipfel in den Mund. „Ich sollte Mama Bescheid geben, dass ich wieder da bin, und die Abholung unserer verfressenen Mitbewohner vereinbaren".

Ich überlege, wie Mamas Handynummer lautet, lasse das Reptiliengehirn ran und tippe drauflos. „Oh Verzeihung, verwählt." Man kann den Reptilien keinen Vorwurf machen, Nummern waren selten dazumal.

Dr. Frieder hält mir sein Handy hin. „Leichter so, ne?"

„Ich bin's. Bin wieder da", tröte ich in den Äther, nachdem Mama mir, „Marc", entgegengeflötet hat.

Unverkennbar: Sie hat etwas für meinen Liebsten übrig. Aber wer hat das nicht, da ist sie in guter Gesellschaft. Fast jeder hält ihn für die bessere von uns Hälften. Dem muss ich mich anschließen.

Mama will wissen, wie es war, erwartet die Zusammenfassung eines Hautnahberichts in Sachen traumhafter Kurzurlaub in Florida mit erkenntnisreichen Ermittlungsaktivitäten.

„Ist nicht alles gelaufen, wie ich dachte, aber jetzt bin ich wieder da", weiche ich aus.

Mama will Santo und Fila vorbeibringen, sie sei eh auf dem Sprung.

„Darf ich an deinen Rechner?", frage ich nach dem kurzen Telefonat.

Dr. Frieder macht eine einladende Geste, blickt aber nicht von seinem Kursbuch für das Bodenseeschifferpatent auf.

„Seezeichen 13, wo steht das nochmal?", murmelt er vor sich hin.

Ich ziehe los, sein altersschwaches Notebook mit Riesendisplay vom Sideboard im Wohnzimmer zu hieven. Dr. Frieder ist nicht auf Stand, was die Informationstechnologie angeht. Selbstredend hat er ein Smartphone und bedient versiert alle Kommunikationskanäle, jedoch liegt ihm nicht viel daran, stets das Neueste zu haben, was der Markt hergibt.

So muss ich eine Weile warten, bis sein Notebook hochfährt und sich warm turnt, nur um festzustellen, was ich vermutet habe: Die Mail mit der Audiodatei befindet sich nicht im Ordner der gesendeten Mails. Ich logge mich in die Cloud in der Hoffnung, dass die Synchronisation mit meinem Handy stattgefunden hatte, bevor die Juans und ihre Schergen eingreifen konnten, dann gäbe es eine Sicherung der Datei. Aber nichts.

Kurz erwäge ich, Susan anzurufen, ob sie die Aufnahme hat, verwerfe es aber sofort wieder. Erstens Zeitverschiebung, zweitens, wie wahrscheinlich ist es, dass die Datei bei ihr existiert, wenn sie hier fehlt? Juans Jungs haben mein Notebook aus dem The Charmond abgeholt und ... ich hoffe, Susan und

Mariposa geht es gut. ‚Du wirst wieder zurück nach Deutschland gehen, aber wir müssen hierbleiben‘, flattert mir durch den Kopf. Ich nehme mir vor, mich bald nach ihnen zu erkundigen.

Sollte ich tatsächlich die Ursache für all die Vorkommnisse der letzten achtundvierzig Stunden nie zu Gesicht respektive zu Ohr bekommen? Nie erfahren, welches Thema so haarsträubend war, so erschütternd, dass die Juans all diese Hebel in Bewegung gesetzt haben? Das wäre ungeheuerlich.

„Nichts", melde ich an Dr. Frieder. „Sie haben penibel sauber gemacht."

Ich verwende ein paar Minuten, um Absender und Betreff meiner aufgelaufenen Nachrichten durchzugehen, ohne sie zu öffnen. Einerseits, um nichts Wichtiges zu versäumen und andererseits zur Beruhigung. Den Posteingang zu checken ist eine jahrelange Routine. Digitales Patiencelegen: Ich trenne die Mitteilungen vom Werbemüll, Passendes auf den einen Stapel, Überflüssiges auf den anderen. Die Gewohnheit aufzunehmen sagt meinem Körper: Alles ist wie immer, du kannst dich entspannen, alles ist gut. Heute aber schwebt über jeder Nachricht eine Unwetterwolke, Juans Leute könnten für ihr Sein oder Nichtsein verantwortlich zeichnen und mitlesen.

Mama erscheint an der Haustür, begleitet von Santo und Fila, die sich an ihr vorbeidrücken und auf Dr. Frieder und mich zustürmen. Die Hunde springen an uns hoch, tanzen um uns herum, versuchen unsere Hände zu lecken. Ohne Tränenseligkeit freuen sie sich schlichtweg darüber, dass wir wieder zusammen sind.

Santo hält die Nase hoch in die Luft, wittert und saust die Treppe nach oben.

Mama sieht mich fragend an.

„Hundejungs lieben meinen Koffer. Lange Geschichte", winke ich ab und schließe meine Mama fest in die Arme, halte sie länger fest als normalerweise.

„Was ist los?", fragt sie deutlich irritiert über meine Liebesbezeugung.

„Ich habe Marc und mich in Schwierigkeiten gebracht. Jetzt ist alles wieder gut. Ich bin froh, wieder hier zu sein und euch zu haben."

„Aha!" Mama sieht Dr. Frieder fragend an, der daraufhin mit einer Schulter zuckt.

Doch Mama hat keine Zeit, weder für Rührseligkeiten noch für lange Geschichten, springt in ihren roten Sportwagen, der mit laufendem Motor vor dem Haus steht, und braust mit quietschenden Reifen davon. Ein paar Fußgänger schaffen es gerade noch, aus dem Weg zu springen. Na, nicht ganz, aber nahe dran.

Dr. Frieder und ich knuddeln Santo und Fila ausgiebig, schmusen, verteilen Leckerli, werfen ein paar Bälle im Garten und verteilen Leckerli, und verteilen noch mal Leckerli.

Anschließend machen wir uns zu viert auf zum Polizeipräsidium, besteigen Dr. Frieders liebevoll restaurierten, türkisweißen VW-Bus T1 alias Bulli.

Arthur in seinem Büro bekommt in etwa die spartanische Zusammenfassung von Dr. Frieder zu hören, wie ich am Vorabend. Der Kriminaloberkommissar bohrt tiefer, was zu keiner weiteren Erkenntnis führt, außer dass er Größe, Gewicht und Augenfarbe der Entführer notieren kann.

„Ich möchte, dass du dich in Hypnose versetzen lässt, um Einzelheiten aus deinem Unterbewusstsein zu befreien", sagt Arthur.

Ich muss grinsen, denn das klingt verhältnismäßig ungewohnt aus dem Mund von Arthur von Leisfall. Ich hätte nicht vermutet, dass er mit Hypnose arbeitet.

Mein Norddeutscher hingegen hat nichts zu grinsen, er ist not amused. „Das denke ich nicht."

„Natürlich ist es freiwillig. Wenn wir deine Entführung aufklären wollen Marc, brauchen wir mehr Informationen, die Entfernung, die das Fahrzeug zurückgelegt hat zum Beispiel."

„Um in einem bestimmten Umkreis nach einem Keller zu suchen?", spottet Dr. Frieder.

„Du wärst erstaunt, was sich noch ermitteln lässt. Geräusche, die du unbewusst wahrgenommen hast beispielsweise."

„Im Allgemeinen mag das stimmen, in meinem Fall nicht. Ich entscheide mich dagegen."

Erstaunt sehe ich zu meinem Norddeutschen.

„Nun gut." Arthur wendet sich mir zu. „Zu dir."

Nachdem ich mit meinem Bericht geendet habe, droht Arthur mit dem Zeigefinger. „Du, und das möchte ich hiermit noch mal mit außerordentlichem Nachdruck betonen, hältst dich ab sofort komplett aus allem heraus. Du bringst dich und andere in Gefahr und behinderst die offiziellen Ermittlungen."

Ich sehe ihn stumm an.

„Ich meine es ernst, Ines. Halte dich raus!"

Bevor ich dagegenhalten kann, steckt ein Kollege den Kopf zur Tür herein.

„Einen Moment noch." Arthur hebt eine Hand und stoppt mit der anderen den Mitschnitt unserer Vernehmung.

Ich hole tief Luft, um endlich ein paar Fragen loszuwerden, da erhebt er sich.

„Ich habe jetzt eine Besprechung. Der Kollege geleitet euch hinaus." Und schon schreitet er aus dem Raum. Wie überaus praktisch für ihn.

„Ich kann deinen adeligen Freund immer weniger leiden", knurre ich Dr. Frieder mit zusammengekniffenen Zähnen zu.

Vor dem Präsidium, zurück in der Sonne, meint Dr. Frieder: „Man guckt ihm auf die Finger. Arthur ist stark darauf bedacht, sich keinen Fehler zu erlauben, schon gar nicht, Informationen herauszugeben."

„Ach so", staune ich. „Das wusste ich nicht. Beim letzten Fall haben wir doch super zusammengearbeitet. Ich war ihm eine große Hilfe."

Dr. Frieder lacht auf. „Aus seiner Sicht ein Stein im Schuh."

Ich ziehe eine Grimasse. „Das hat er gesagt? Wie nett! Angesichts dessen, in welchem Umfang ich bei der Aufklärung der letzten beiden Fälle beigetragen habe ... Undankbarer Herr von und zu."

Dr. Frieder legt einen Arm um meine Schulter. Wir steuern auf den Bulli zu. Er sticht heraus, der Kontrast von dunklem Türkis und Weiß erfrischt im farblosen Meer zeitgenössischer Wagen.

„Arthur hat noch nicht verstanden, dass du bei Widerstand erst recht loslegst." Er zieht den Autoschlüssel aus der Jeans.

„Ist doch gar nicht wahr", brause ich auf. „Ich überlege, was Sinn ergibt, und entscheide entsprechend."

„Willst du sagen, du warst bis vor Kurzem unentschlossen, ob du weiter nachforschen möchtest, und daran hat sich durch das Gespräch eben nichts geändert?"

„Welches Gespräch? Verhör trifft es besser." Ich sehe ihn aus zusammengekniffenen Augen an und will weiter kontra geben, da dreht der Gedanke eine Zusatzrunde durch mein Oberstübchen. Ich entspanne meine Gesichtszüge. „Ja gut, Arthurs Verhalten mag mich schon motivieren, die Ermittlungen fortzusetzen. Aber das ist doch normal, das ist doch bei jedem so. Wenn er nichts verrät, will man es selbst herausfinden."

„Nee."

„Was nee?"

„Is nich bei jedem so", sagt er, nachdem er mir die Beifahrertür von innen geöffnet hat.

„Sei es, wie es sei, ich möchte heute noch zweierlei tun. Mein Handy in seine alte Form bringen und in der Stadt nach Bekannten von Jürgen schauen", entgegne ich und schwinge mich auf den Beifahrersitz.

„Was ist mit Essen?"

„Also gut, dreierlei."

„Einkaufen?"

„Viererlei."

„Mit den Hunden gehen?"

Ich muss lachen.

Wir sind heute überdurchschnittlich anhänglich, was verständlich ist, nach alldem. Trotzdem entscheiden wir, uns zu trennen, um die To-do-Liste flotter abzuarbeiten. Zur Belohnung winkt ein gemütlicher Feriennachmittag im Garten der

Bruchbude, gefolgt von Extremrelaxen, Superkuscheln und hingebungsvoller Zweisamkeit in der Nähe des bald gut gefüllten Kühlschranks.

Kapitel 35

Dr. Frieder fährt mit dem Bulli einkaufen, will ihn mit Lebensmitteln vollladen.

„Bis unters Dach", meint er beim Abschied.

Ich will ihm noch mitgeben, dass es unklug ist, hungrig einkaufen zu gehen, da knattert er schon davon.

Für mich also der Part der To-do-Liste, der in der Innenstadt stattfindet. Zwanzig Minuten später fühle ich mich mit einer Ersatz-SIM-Karte in meinem Smartphone wieder wie ein Mensch der Gegenwart.

Mit ein paar Kaffeebechern to go und einer Tüte Butterbrezeln bewaffnet mache ich mich auf zur Marktstättenunterführung. Santo und Fila führe ich als Eisbrecher mit, sollten Obdachlose mit Vierbeinern zugegen sein.

Ich muss zugeben, ich habe wenig Kompetenz in Sachen Kommunikation mit Obdachlosen. Gilt es doch, ein gesundes Maß an Normalität an den Tag zu legen und gleichzeitig die besonderen Lebensumstände zu berücksichtigen. Das ist anspruchsvoll. Hinzu kommt, dass mir Erfahrungswerte fehlen, wie es sein muss, ohne Dach über dem Kopf zu leben.

Allesamt wieder Fähigkeiten, die nützlicher wären, in der Schule zu erlernen, als Luftmaschen zu häkeln.

Zwei Obdachlose ohne Hund sitzen mit überdimensionalen Rucksäcken in einer der Ausbuchtungen am seeseitigen Ausgang der Marktstättenunterführung. In der Sonne und windgeschützt. Sie sind Mitte zwanzig und verursachen spontan das Bedürfnis, ihnen eine Dusche inklusive Bürste für die Fingernägel, Wasch- und Friseursalon zu spendieren.

„Hallo zusammen. Lust auf Kaffee und Butterbrezeln?", frage ich um ein offenes Lächeln bemüht, strecke ihnen das Papptablett mit vier Kaffee und die Bäckertüte entgegen.

Der eine sieht mich grimmig, der andere amüsiert an.

„Sehen wir aus, als hätten wir Almosen nötig?", blafft der Grimmige.

„Nein, ich meine ...", doch, wollte ich sagen, das Wörtchen bleibt aber stecken. „Also wollt ihr oder nicht?"

„Na, geben Sie schon her, dann fühlen Sie sich besser", sagt der Amüsierte und grinst.

Ich bin kurz irritiert und gebe mir einen Ruck. „Kanntet ihr Jürgen?"

„Ich kenne mindestens drei Jürgen", sagt der Amüsierte, der Kaffee und Brezeltüte auf einer Mauer abgelegt hat und sein Smartphone hervorwurschtelt. „Jürgen und wie weiter? Böhler, Görlitz oder Federlein?"

„Äh, ich weiß nicht. Er ist vor ein paar Tagen ermordet worden."

Die beiden sehen mich verwundert an, der Grimmige schaut weniger grimmig, der Amüsierte weniger amüsiert.

„Der Dreifachmord?"

Ich nicke.

„Moment, Sie denken, wir sind Obdachlose?"

Ich laufe knallrot an, spüre, wie meine Ohren aufglühen wie Warnblinker. Auch wenn ich zum Erröten neige, dermaßen glühendrot bin ich selten. Es wird nicht besser dadurch, dass ich sie geduzt und sie mich gesiezt haben.

Der Amüsierte beginnt herzhaft zu lachen, der Grimmige mit. Die beiden kriegen sich gar nicht wieder ein, klopfen sich auf die Schenkel.

„Ich hab ja gesagt, wir sollten mal Zeit für Körperpflege investieren", prustet der Amüsierte, wuschelt Santo über den Kopf, während der Grimmige japst und sich die Tränen aus den Augen wischt.

Ich versuche, meine Würde wiederzufinden, und entscheide spontan, dass das am besten geht, wenn ich mit lache. „Wie peinlich. Tut mir leid."

Der Amüsierte winkt ab und deutet auf Pappbecher und Bäckertüte. „Wollen Sie das dann den Jungs drüben im Stadtgarten bringen? Ich meine, da sitzt eine Gruppe zusammen. Da würde ich es mal versuchen."

Ich winke ab. „Nein, lasst es euch schmecken."

Als ich aus der Unterführung erneut den Bäcker ansteuere, höre ich es noch hinter mir kichern.

Neuer Kaffee, neue Brezeln, neues Glück.

Auf dem Kies vor der Konzertmuschel, unter den schützenden Dächern, die aussehen wie übergroße Blütenkelche, sitzt eine Gruppe von vier Leuten zusammen. Ihr Sack und Pack, teilweise in Mülltüten gehüllt, haben sie so aufgebaut, dass es sie gegen den Ostwind schützt, der kühl vom See herüberweht. Ja, okay, das sieht schon etwas anders aus, als bei den Jungs vorhin.

Man ist angeregt ins Gespräch vertieft, die Stimmung kommt gelöst und freundschaftlich daher. Ich komme mir vor wie ein Störenfried und es kostet mich Überwindung, mich dazuzustellen.

Der Älteste der Gruppe ist klein, mager und trägt ein rotes Käppi. Zwei sehen aus, als könnten sie Brüder sein, was aber an ihrem Einheitslook aus Vollbärten und längeren Haaren liegen mag.

Beim vierten Mann handelt es sich bei näherem Hinsehen um eine Frau. Ist sie etwa so alt wie ich? Sie könnte zehn Jahre jünger oder älter sein, schwer zu sagen. Ihre Statur ist meiner ähnlich, groß gewachsen, nur, dass bei ihr am oberen Ende dunkelbraune wirre Locken vom Kopf abstehen und ihre Haut einen wunderschönen olivfarbenen Schimmer hat, wettergegerbt ja, auf eine attraktive Art. Eine hübsche Frau in unförmiger Montur aus Männerkleidung, die ihre Weiblichkeit verschleiert, was sich bei ihrem Lebensstil als praktisch erwiesen haben mag.

Santo und Fila sind auf den schwarz-weißen Hund getroffen, der ein Border Collie Mix sein könnte. Er heißt meine beiden schwanzwedelnd am Lagerplatz willkommen. Nicht selbstverständlich. In Sekundenschnelle sind die Vierbeiner den Zweibeinern weit voraus in der Kommunikation und wissen schon eine Menge voneinander: Ihre Plätze in der Rangordnung, Gesundheitszustand, generelle Gemütsverfassung und tagesaktuelle Laune. Ruckzuck haben sie sich entschieden, dass sie sich leiden können. Vielleicht können sie sogar riechen, was das Gegenüber zum Frühstück hatte und ob es geschmeckt hat.

„Hallo zusammen. Lust auf Kaffee und Butterbrezeln?", frage ich mit einem bemüht offenen Lächeln zum zweiten Mal heute. Geht schon besser.

Ich ernte irritierte Blicke von den Zweibeinern, deren Gespräch ich unfein unterbreche, der schwarz-weiße Vierbeiner dagegen ist sofort zur Stelle und bejaht meine Anfrage.

„Don't!", sagt rotes Käppi kaum vernehmbar, woraufhin der Hund kehrtmacht und sich neben ihn setzt.

Rotes Käppi streckt die Hand aus und lächelt mich an. „Sehr gerne. Das ist überaus freundlich von Ihnen, vielen Dank." Er spricht fehlerfreies Deutsch, garniert mit leicht britischem Zungenschlag, was ihm eine distinguierte Aura verleiht. Er nimmt Papptablett mit Kaffeebechern und Brezeltüte entgegen und reicht sie weiter, ohne sich selbst zu bedienen.

„Ich heiße Ines und habe mich gefragt, ob ihr Jürgen kanntet."

„Angenehm. Mich nennen alle den Don." Rotes Käppi fasst an seine Kopfbedeckung und deutet an, sie zur Begrüßung zu lüpfen, ohne die Bewegung auszuführen. „Natürlich kannten wir Jürgen. Er war ein ganz besonderer Mensch." Der Don entzieht mir für ein paar Wimpernschläge seinen Blick, nickt betrübt, und schaut mit deutlich mehr Glanz in den Augen wieder zu mir auf.

„Mein herzliches Beileid. Schlimme Sache", sage ich.

Schweigsames Nicken reihum. Ich kann nicht zweifelsfrei erkennen, ob die Brüder aus Betroffenheit stumm bleiben, oder weil sie mit Brezeln und Kaffee beschäftigt sind.

„Wieso möchtest du das wissen?", fragt der Don.

Naheliegend, dass die Frage kommt und die Antwort von mir fordert, die schwer zu geben ist und Gefahr läuft, missverstanden zu werden. Sogar mir selbst gegenüber kann ich nicht schlüssig argumentieren, warum zum Henker ich mehr herausfinden will, immer noch. Einmischeritis, natürlich. Aber erklärt es das komplett? In Ermangelung einer anderen Strategie versuche ich, so nahe wie möglich an der Wahrheit zu bleiben.

„Lange Geschichte", seufze ich mit einer Geste, die alles und nichts bedeutet. Ich umreiße kurz, warum und wieso.

„Jetzt bist du eine verrückte Totenstalkerin?", fragt die Frau mit bemerkenswert tiefer Stimme. Ihre dunklen Augen blitzen auf.

„Äh nein, natürlich nicht. Ich will nur ..."

„Hast du Jürgen gekannt?", unterbricht sie mich und durchleuchtet mich mit ihrem Blick.

Ich trete von einem Fuß auf den anderen. Noch immer stehe ich als Fremdkörper herum, während die Vier auf Decken auf dem Boden kauern und zu mir aufschauen. Schon die abweichende Körperhaltung macht es schwer, ins Gespräch zu kommen. Darüber habe ich tatsächlich vorher nachgedacht und entschieden, ich setze mich nicht dazu, weil ich es nicht will, und das ist auch in Ordnung.

„Nein, habe ich nicht, wieso fragst du das?"

„Estefania, die spanische Señorita hier, war dem Jürgen seine Freundin", sagt einer der Brüder mit einem anzüglichen Lächeln, dem er zu allem Überfluss Kussimitationen folgen lässt.

Estefania blitzt ihn an. „Ich bin Deutsche und wir waren kein Liebespaar. Das habe ich dir schon tausendmal gesagt."

„Obwohl der zweimal so alt war. Obwohl der ihr Vater hätt sein könne", ergänzt der zweite Bruder bissig und erntet ebenfalls ein paar Blitze von Estefania.

„Oh, das tut mir leid", sage ich ehrlich betroffen an sie gewandt, übergehe die Spitzen der Brüder. „Wie geht es dir? Mein herzliches Beileid zum Verlust deines Freundes."

Sie kämpft kurz mit den Tränen, dann siegt der Instinkt, der Argwohn, den sie mir entgegenschickt. Vermutlich traut sie kaum jemandem, schon gar nicht, wenn sie die Person nicht kennt. Das wird sich bewährt haben.

Ich gebe mir einen Ruck, trete an dem Don vorbei, der sich mit dreht, um mir nicht den Rücken zuzukehren, und gehe vor Estefania in die Hocke.

Uns unterscheidet weniger, als uns verbindet, wenn es auch auf den ersten Blick nicht so aussehen mag. Würde ich links alle Gemeinsamkeiten auflisten und gegenüber die Unterschiede, wäre die rechte Seite mager. Ein paar falsche Entscheidungen im geschäftlichen Bereich, pures Pech, eine persönliche Krise, und genauso gut könnte ich statt ihrer hier sitzen.

„Seltsam, ich weiß. Ich kann verstehen, dass du mir nicht traust. Komme ich einfach daher." Ich seufze und verdrehe die Augen. „Ich bin extrem neugierig. Du machst dir keine Vorstellungen. Und da ich von der Polizei nichts erfahre, muss ich selbst nachforschen, wenn ich was wissen will. Verstehst du das?"

Estefania nickt stumm, wartet, was da noch kommt. Noch habe ich sie nicht erreicht.

„Du hast sicher auch schon überlegt, was passiert ist, und wer daran schuld ist, dass ein feiner Kerl wie Jürgen tot ist?"

Wieder nickt sie und blinzelt, kann die Tränen aber erfolgreich zurückdrängen. Das harte Leben, das sie führen muss, wird in Sachen Selbstbeherrschung hilfreich sein. Na wenigstens.

„Auch, wenn alles, was wir tun, Jürgen nicht zurückbringen wird, wüssten wir, warum er gestorben ist und wer der Täter ist. Wir könnten dafür sorgen, dass der Täter bestraft wird."

Sie nickt erneut, weiterhin mit Glanz in den Augen.

„Weißt du irgendwas, das dabei weiterhelfen könnte?"

Estefania schüttelt den Kopf, die schwarzbraunen Locken tanzen.

Ich blicke in die Runde, die Brüder stieren dumpf vor sich hin, beißen in eine Brezel und nippen am Kaffee.

Der Don sieht mir geradewegs in die Augen und nickt. „Das ist ein ehrenwertes Vorhaben." Unglaublich, wie viel Würde der kleine magere Mann ausstrahlt, sobald er den Mund aufmacht. Seine wettergegerbte Hand mit Dreck unter den Fingernägeln tätschelt gedankenverloren seinen Hund.

„Ist Jürgen öfter allein in Büdingen gewesen?", frage ich. Irgendwo muss man ja anfangen.

Estefania sieht mich groß an. „Nein nie. Ich weiß nicht, was er da gemacht hat. Das frage ich mich schon die ganze Zeit. Wieso war Jürgen dort?"

Eine Ahnung, ein vages Unbehagen, das einmal eine Gänsehaut werden könnte, geht am unteren Ende meines Nackens in Startposition, um parat zu sein, den Nacken zu erklimmen, sollte es nötig werden.

„Meinst du, ich kann seine Sachen behalten?", fragt sie unvermittelt, was ihr nicht nur meinen erstaunten Blick, sondern auch den vom Don einbringt. Sie blickt verschämt zu Boden. „Da sind ein paar Andenken."

„Wieso du?", fragt der erste der Brüder streitlustig.

„Bitte, Leute." Der Don hebt beschwichtigend beide Hände.

„Hatte er denn seine Sachen nicht dabei?", frage ich.

Estefania schüttelt den Kopf.

„Das heißt, er hat seine Sachen hiergelassen und ist alleine nach Büdingen gegangen?"

Sie nickt.

Ich war bisher davon ausgegangen, dass Jürgen dort sein Lager hatte, dort übernachtete, sein gesamtes Hab und Gut dabeihatte und nur zufällig am falschen Ort war. Nun begab er sich absichtlich an den falschen Ort? Wozu?

„Erzählt mir doch ein bisschen von Jürgen. Was war er für ein Mensch?"

„Er war ein freigiebiger Mensch. Wenn er mal etwas hatte, hat er immer geteilt. Und er konnte gut zuhören. Aber seit Jack, sein Hund und Kumpel, letzten Sommer überfahren wurde, war er nicht mehr derselbe. Wie sagt man? Desillusioniert?", sagt der Don mit Traurigkeit in Augen und Stimme.

„Das hat ihn bestimmt hart getroffen. Also mich würde es das." Ich deute auf Santo und Fila, die sich inzwischen auf dem Kies ausgestreckt haben wie die Fakire.

Der Don nickt.

„Der war nicht traurig, der war stinksauer", sagt der eine Bruder.

„Stinksauer auf die beiden Schlampen, die Blonde, die das Auto gefahren hat, und die Schwarzhaarige, die daneben saß. Stinksauer war der Jürgen", spuckt der zweite Bruder regelrecht hinterher. „Einfach weitergefahren sind die."

„Fahrerflucht?", frage ich.

Estefania nickt. „Jürgen war bei der Polizei, aber das hat nichts gebracht."

„Die Bullen haben keine Lust den Tod vonner Töle vonnem Penner zu untersuchen", sagt der zweite Bruder abfällig.

„Armer Jürgen", murmele ich. „Es wurde nicht ermittelt?"

„Nein", sagt Estefania. „Mal schauen, ob ich das noch zusammenkriege. Die Polizei meinte, wenn jemand einen Hund überfährt, nicht stehen bleibt, es nicht meldet, ist das keine Fahrerflucht. Ein Hund ist eine Sache. Jürgen hätte dafür sorgen müssen, dass seine Sache den Straßenverkehr nicht gefährdet. Sie meinten, Jürgen soll froh sein, dass er nicht die Reparatur am Wagen bezahlen muss."

„Das gibt's doch nicht!" Fassungslos starre ich sie an.

„Jürgen meinte, die Frau hätte ohne Probleme bremsen können, wenn sie aufgepasst und nicht mit ihrer Beifahrerin diskutiert hätte." Sie kehrt in sich und flüstert kaum vernehmbar: „In den letzten Tagen hatte ich den Eindruck, er hat Jacks Verlust endlich verwunden."

Der Don sieht sie erstaunt an. „Du hast recht. Es schien, als hätte er Jacks Verlust endlich verwunden." Dann guckt er beseelt, bedenkt erst mich dann Estefania mit einem Lächeln. Sie versucht, ihm entsprechend zu antworten, was zu gequält aussieht, um als Lächeln durchzugehen.

Die in meinem Kopf eingetroffenen Puzzleteile suchen nach ihren Plätzen. Sie sausen herum, sehen sich nach Andockstellen um, wissen nicht, wo sie passen, wissen nur, sie sind Teil des Ganzen, wichtige Teile des Ganzen und werden zum Einsatz kommen. In Kürze. Bis das der Fall ist, heißt es, immer in Bewegung bleiben.

„Also fassen wir zusammen: Keiner weiß, warum Jürgen in Büdingen war, er ist allein hingegangen und hat nichts mitgenommen. Was noch?"

„Er hat etwas mitgenommen", widerspricht der Don.

„Ich dachte ..."

„Er hat seine *Sachen* dagelassen." Der Don deutet auf eine blaue Mülltüte. „Aber seinen kostbarsten Besitz hat er mitgenommen. Ohne den ging er nirgendwo hin."

Estefania nickt.

„Was war das?"

„Ich weiß es nicht", sagt der Don und sieht zu Estefania.

„Ich auch nicht", sagt diese. „Er hat es gehütet wie seinen Augapfel, es nie jemandem gezeigt, auch mir nicht."

„Woher wisst ihr dann, dass er es mitgenommen hat?"

„Es war nicht zu übersehen." Der Don breitet seine Arme aus und deutet einen Meter an.

„So groß?" Die Ahnung am unteren Ende meines Nackens scharrt mit den Hufen. Sie möchte endlich da hinaufsteigen und für Gänsehaut sorgen. „Und wie breit?"

Dons Hände zeigen nun zehn Zentimeter an.

„Verpackt?"

„In einer schwarzen Nylontasche", sagt der Don.

Der zweite Bruder sieht zu Boden, nur für einen Wimpernschlag, dann wendet er sich betont unbeschwert der Bäckertüte zu, „will keiner mehr, oder?", und nimmt sich die letzte Brezel, ohne eine Antwort abzuwarten.

„Du weißt, was es ist, habe ich recht?" Ihm hier traue ich zu, dass er es ausgenutzt hat, sollte Jürgen eine unaufmerksame Minute gehabt haben.

„Nö, wie kommst du drauf?", fragt er und beißt in den dicken Teil der Butterbrezel.

„Wenn man ein neugieriger Mensch ist, wie ich, finde ich es nicht abwegig, in eine Tasche zu gucken, wenn sich die Gelegenheit bietet", antworte ich achselzuckend.

„Ich bin nicht neugierig", schmatzt er.

„Hat die Polizei euch befragt?", fällt mir ein.

Die Brüder schütteln langsam die Köpfe. „Warum?", fragt der erste Bruder.

„Na weil ihr so was wie Jürgens Familie seid. Wundert mich. Könnte noch kommen. Auch seine Sachen will die Polizei sicher sehen, ob ein Hinweis darin enthalten ist."

„Was soll da schon für 'n Hinweis drin sein", sagt der erste Bruder.

„Mich haben sie vorgestern gesprochen." Estefania errötet leicht, soweit man das bei ihrem Teint sagen kann. „Jürgen und ich haben uns gegenseitig als Notfallkontakt angegeben. Aber wir hatten wirklich keine Liebesbeziehung. Er war einfach ein guter Freund. Eher wie ein Vater."

„Ja klar", schmatzt der zweite Bruder.

„Was war Jürgen eigentlich von Beruf?" Auf die Frage hätte ich schon früher mal kommen können. Bei Obdachlosen tendiert man im Allgemeinen dazu, anzunehmen, sie seien schon immer ohne Wohnung gewesen, sie hätten kein früheres Leben gehabt, also auch keinen Beruf. Nachlässig, gelinde gesagt.

„Er war Tierarzt im Zoo."

„Was?", blaffe ich wenig geistreich. Jetzt muss ich mich doch mal setzen, lasse mich aus der Hocke nach hinten kippen, bis mein Allerwertester auf dem Kies landet.

„Was hast du?", fragt der Don.

„Warum ist Jürgen auf der Straße gelandet?" Nächster Versuch meiner neuen Strategie, Fragen, die komplizierte Antworten nach sich ziehen, zu ignorieren. Diesmal klappt es sogar, ohne rot zu werden.

Der Don schaut zu Estefania.

„Er war über dreißig Jahre in einem Zoo in Hamburg, Hagenbeck, glaube ich heißt der. Er hat immer gesagt, das war sein Traumberuf. Dann brach in dem Zoo ein mysteriöses Raubkatzensterben aus. Tigerbabys, erwachsene Tiger, Leopardenkinder und was weiß ich noch alles sind gestorben. Er konnte nichts dagegen tun. Er war verzweifelt. Das warf ihn so aus der Bahn, dass er in psychotherapeutische Behandlung musste und nicht mehr praktizieren konnte. Dann starb seine Frau, er rutschte weiter ab, verlor seine Stellung, fand mit

Ende fünfzig keinen Job mehr und musste aus seiner Wohnung."

„Und da ist er nach Konstanz gekommen?"

Estefania nickt. "Er hat eine Weile mit Jack im Auto gewohnt. Er dachte, hier im Süden ist es wärmer."

Die vage Ahnung hat sich auf den Weg gemacht, ist die Hälfte meines Nackens emporgeklommen und schickt von dort Wellen von Gänsehaut über meinen Körper.

Neun Augenpaare sehen mich erwartungsvoll an, vier menschliche und drei hündische. Ja, das ergibt sieben, aber da sind zwei Stadttauben auf dem Kies, die Hoffnung hinsichtlich der Bäckertüte hegen, die mir der zweite Bruder leer entgegenstreckt. Soll wohl heißen, netter Snack, aber nimm deinen Müll wieder mit.

„Ich danke euch", sage ich, übersehe die Bäckertüte geflissentlich und erhebe mich. „Ihr habt mir sehr weitergeholfen. Wenn ich genau Bescheid weiß, informiere ich euch."

Kapitel 36

„Ich weiß, du willst mir nichts sagen, aber kannst du mir nicht ohne zu wollen sagen, wann genau Vanessa letzten Sommer im Inselhotel gearbeitet hat?" Ich stehe am Gondelhafen, Handy am Ohr, und betrachte den Steg, an dem vor einigen Tagen ein Boot explodiert ist. Das Boot selbst fehlt, nur ein paar verkohlte Planken lassen noch darauf schließen.

Diesen losen Faden habe ich völlig aus den Augen verloren. Ob man zwischenzeitlich mehr herausgefunden hat? Ich möchte es zu gerne wissen, aber nicht so begierig, als dass ich eine der wenigen Fragen verballere, die mir Arthur vielleicht, möglicherweise, sollte er denn in Stimmung sein, beantwortet. Es gilt, sparsam mit Telefonjokern umzugehen.

„Wie du korrekt feststellst, will ich nichts sagen", sagt Arthur am anderen Ende. „Außerdem, Ines, habe ich dir ausdrücklich ..."

„Jajaja", unterbreche ich ihn. „Dann anders: Es wäre mir ein Leichtes, im Inselhotel nachzufragen, wann Vanessa dort gearbeitet hat. Ich weiß bereits, dass der Arbeitsvertrag für zwei Monate im Sommer abgeschlossen wurde. Du magst dich erinnern, ich habe ihre Mails besorgt und dir zur Verfügung gestellt. Ich habe nur das konkrete Datum vergessen. Auch das kriege ich heraus. Die Frage ist, ob du das Ungemach meiner nervtötenden Eigenschaften – ich sage nur Stein im Schuh – auf die Belegschaft im Inselhotel herniederprasseln lassen willst. Oder ersparst du uns das mit einer unbedeutenden kleinen Antwort deinerseits hier und jetzt?" Ich hole Luft. Das war selbst für mich eine verschwurbelte Rede.

Am anderen Ende seufzt es, so ganz von unten heraus. „Du bist kein Stein im Schuh", murrt er.

„Ach nein? Ich meine, so etwas vernommen zu haben". Ich muss grinsen. Arthur will sich stets oberkorrekt verhalten. Er windet sich peinlich berührt, dass ich von seiner Äußerung Dr. Frieder gegenüber weiß.

Ein weiterer Seufzer kriecht aus meinem Handy, gefolgt von Papierrascheln. „Vanessa hat vom 1. Juli bis zum 19. August im Inselhotel gearbeitet. Sie hat das von vornherein auf zwei Monate befristete Arbeitsverhältnis vorzeitig abgebrochen. Die Kündigung ging von ihr aus, so die Aktenlage. Unter der Hand hieß es aus dem Personalbüro, sie sei im gegenseitigen Einvernehmen erfolgt, weil Vanessa deutlich zu lax mit den ihr anvertrauten Daten umgegangen sei."

„Hui, jetzt packst du aber aus", kann ich mir da nicht verkneifen.

Er schnaubt. „Vielleicht bist du doch ein Stein im Schuh."

Ich kichere. „Meine neue Lebensaufgabe: Stein im Schuh eines Adligen. Ich danke dir, mein lieber Arthur von und zu", flöte ich vergnügt.

„Halt! Du hast doch etwas herausgefunden", vernehme ich, da ist mein Finger schon unterwegs und tippt auf Auflegen.

Santo und Fila begucken mich, warum ich so gute Laune habe. „Jetzt gehen wir zu Herrchen, der war jagen im großen Superwald der Menschen. Ich kann mir durchaus vorstellen, dass er auch für euch etwas ergattert hat", plappere ich auf sie ein.

Santo wedelt. Er hat früh begriffen, dass mein Wohlbefinden eng mit dem seinen verknüpft ist. Fila neigt den Kopf und denkt sich ihren Teil, vermutlich, dass ich nicht ganz gebacken bin.

„Erst bringen wir noch etwas in Erfahrung", informiere ich und marschiere zum Kassenhäuschen des Bootsverleihs. Unwissen ist dazu da, vernichtet zu werden, bevor es sich verbreitet wie Springkraut.

Im Kassenhäuschen sitzt der Mittvierziger, der bei der Explosion zugegen war.

„Hi, Sie waren ja ganz schön schnell mit dem Feuerlöscher unterwegs, neulich bei der Explosion. Ich glaube, ich wäre erst mal erstarrt. Nein, ich *bin* erst mal erstarrt", sage ich lächelnd. „Gut, dass niemand verletzt wurde."

Er nickt. „Oh ja, nicht wahr? Wäre schlecht fürs Geschäft." Dann beeilt er sich zu ergänzen: „Und für die Verletzten, nicht wahr? Für die Verletzten natürlich vor allem."

Ich winke ab. „Ja, das will keiner. Wissen Sie schon, was die Ursache war?"

„Der Akku."

„Der Akku? Wie Handy-Akkus sich selbst entzünden können?", frage ich.

Er nickt. „Ähnlich."

„Wie passiert denn so was?"

„Schwer zu sagen. Entweder der Lithium-Ionen-Akku ist mal runtergefallen, wurde beschädigt oder es ist Wasser eingedrungen. So toll die Dinger sind, mit denen kann man leider viel falsch machen."

„Auf jeden Fall kein Sprengstoff oder so?"

„Kein Sprengstoff oder so."

Also Zufall. Kann man das glauben? Oder kann man einen Akku so beschädigen, dass er zur geplanten Uhrzeit explodiert? Ich schüttle den Kopf. Für mich ist damit vom Tisch, dass die Explosion Plan B bei der Ermordung von Vanessa war. Wie hätte jemand sicherstellen können, dass die beiden genau dieses Boot besteigen? Er hätte den Bootsverleiher einweihen müssen. Bei dem Gedanken mustere ich mein Gegenüber, als könnte man vom Augenschein beurteilen, ob jemand gut oder böse ist. Er nickt vor sich hin, zur Bestätigung dessen, was er gerade gesagt hat. Hat ein bisschen was von einem Wackeldackel.

„Dann wünsche ich Ihnen, dass das nicht noch mal passiert", sage ich.

„Das ist ein guter Wunsch. Wir hatten nur zwei Akkus aus dieser Baureihe. Den anderen haben wir gleich entsorgt."

Kurz darauf sind die Hunde und ich über Rheinbrücke und Seestraße nach Hause getrabt, in bestem Sonnenschein. Der See hat ein Glitzern aufgefahren, wieder einmal, dass es in den Augen schmerzt. Was für ein wohliger Schmerz. Ein Lüftchen spielt mit den bunten Flaggen auf der alten Rheinbrücke, lässt sie tanzen, ohne Kraftanstrengung und Eile.

Wasservögel in allen Größen und Farben paddeln die Promenade entlang. Sie erhoffen sich Leckereien, putzen sich, rufen Grüße in die Welt, schimpfen und meinen es nicht so, treiben durch die Strömung vom See in den Rhein oder mühen sich entgegengesetzt in der Gegenstromanlage ab.

Gut gelaunte Menschen auf der Konstanzer Flaniermeile, ich mittendrin, alle scheinen Zeit zu haben, gemäßigten Schrittes unterwegs, die Sonne und das Leben genießend.

Der perfekte Tag an einem grandiosen Ort. Ich sauge alles auf, fülle die Leere, die ich noch gestern in mir spürte, mit sagenhaften Sachen. Ganz bewusst picke ich das Beste heraus und verinnerliche es. Ja, es dürfte durchaus eine Rolle spielen, dass der Kriminalfall sich vor meinen Augen entwirrt. Kuriose Glückshormone sprudeln, wenn man den Knoten durchhaut, den gordischen, wenn es auch erst der halbe Knoten ist.

Ich pfeife vor mich hin und ernte ein paar belustigte Blicke von Passanten. Völlig schnurz. Hach, das Leben ist schön, und was für ein Segen, an so einem Ort leben zu dürfen.

Wider Erwarten hat Dr. Frieder nicht nur ungesundes Zeug in den Bulli geladen, bis unters Dach. Unter den Einkäufen befindet sich Vieles, dessen Wurzeln vor Stunden in der Erde steckte, soweit es nicht selbst die Wurzel von etwas war. Wider Erwarten hat er nicht in den eigenen, sondern in meinen Kühlschrank ausgeladen. Das bunt bestückte Gemüsefach lässt sich kaum aufziehen, so prall gefüllt ist es. Mein Blick verfängt sich allerdings in einem anderen Ding.

„Schokokuchen!", frohlocke ich. „Und was ist denn das?"

Dr. Frieder tritt von hinten an mich heran, legt die Arme um mich und schaut über meine Schulter in den Kühlschrank.

„Wenn du das fragen musst, ist bei deiner Erziehung was schiefgelaufen. "

Ich kichere und ziehe eine Flasche heraus. „Hui, Champagner!"

„Einiges zu feiern, ne?"

„Was denn?" Ich lasse die Kühlschranktür los und drehe mich in seinen Armen um, seinem Gesicht entgegen.

Die Antwort muss warten, wir sind mit zügellosem Geknutsche beschäftigt, bei geöffneter Kühlschranktür, als wären wir Schauspieler in einem Liebesfilm, der in den Tropen spielt und die Klimaanlage ist ausgefallen.

„Was gibt's denn zu feiern und wieso hast du meinen Kühlschrank gefüllt und nicht den deinen?", frage ich atemlos. Von meinen Ermittlungserfolgen weiß Dr. Frieder noch nichts. Mir fiele anderes ein, das genug Grund zum Feiern böte, schließlich haben wir uns gestern wiedergefunden, an einem Stück, unversehrt. Aber ich will hören, wie er es formuliert.

„Später. Was gibt's Neues?", fragt er.

Ich fixiere ihn aus zusammengekniffenen Augen. Er weiß genau, was vorenthaltene oder verschobene Informationen für meine Neugier bedeuten. Ich spiele die Unwirsche, was aber zu wünschen übrig lässt, weil ich lächeln muss.

Er grinst und tippt mir mit dem Zeigefinger auf die Nase. „Du zuerst."

Na gut. Meine Stimmung schwirrt hoch genug. Zudem hat mein Mitteilungsbedürfnis meine Wissbegierde eingeholt, ist ihr kurzzeitig ebenbürtig. Das kommt selten vor, ähnlich einer partiellen Sonnenfinsternis.

Gestrafft setze ich Dr. Frieder darüber in Kenntnis, was ich im Stadtgarten erfahren habe und was das für Möglichkeiten eröffnet.

Er nickt langsam. „In sich schlüssig, wenn auch ..."

„Ja, sag es nur, wenn auch ohne Beweise. Ist mir bewusst. Die müssen noch her", unterbreche ich ihn.

„Rufst du Arthur an?"

„Aber nein, ich zitiere ihn her."

Dr. Frieder grinst.

„Aber erst muss ich wissen, was es zu feiern gibt und dann muss ich noch was klären", beharre ich.

„Du brauchst nicht mehr auf einen Fernseher zu sparen", sagt er.

„Ach nein?"

„Wir stellen meinen auf."

„Aha."

„Er stand hoch genug."

„Wofür?"

„Um nicht nass zu werden."

„In der Bruchbude steht Wasser?"

„Jou."

„Wasserrohrbruch?"

„Nicht direkt."

„Ein indirekter Wasserrohrbruch?"

„Ich vermute, er wurde verbrochen."

„Jemand ist in die Wasserleitung der Bruchbude eingebrochen? Wer?" Normalerweise würde ich ungeduldig, weil ich ihm jedes Informationswürmchen einzeln aus der Nase ziehen muss. Heute nicht. Heute genieße ich es.

„Mein Vermieter hat gekündigt, Eigenbedarf. Der Brief lag im Briefkasten, zeitgleich stand das Wasser knöcheltief."

„Zugestellt und vollstreckt?"

„So sieht's aus. Habe ihm telefonisch den Schaden gemeldet und auf meine Kündigungsfrist verzichtet. Er freut sich."

„Der spinnt ja wohl!", entrüste ich mich. Ich nehme gerade Anlauf, um von eitel Sonnenschein zu fuchsteufelswilder Form aufzulaufen – das gehört sich so, wenn einem solch eine Ungeheuerlichkeit zu Ohren kommt, schon aus Solidarität und Mitgefühl muss man sich aufregen – da geht mir ein Licht auf. Ja, zugegeben, lange Leitung.

„Was zu feiern?", frage ich und glotze ihn mit großen Augen an.

Dr. Frieder grinst breit. „Jou."

Ich stoße einen Juchzer aus und werfe mich ihm in die Arme. „Da freue ich mich!"

„Das man gut", sagt er in meine Haare, bevor er mich im Kreis herumwirbelt. „Wäre schade, wenn nich."

Kapitel 37

Mein Norddeutscher will hin- und herfahren, um seine Habseligkeiten herüberzuschaffen, bevor sie zu viel Feuchtigkeit aufnehmen. Ein Dr. Frieder besitzt nicht viel und will nicht viel, was Materielles angeht.

„Nich wegen dem büschn Lüttkram", hat er meine Hilfe kategorisch abgelehnt.

So bleibt mir Zeit, bei Tom durchzurufen, in der Hoffnung, dass es weitergeht mit der Entwirrung des Falls.

„Wie geht's denn so?", setze ich das Gespräch in bestem Plauderton in Gang.

„Was willst du?", kommt erstaunlich mürrisch zurück.

„Fragen, wie es dir geht, und ob du irgendwelche neuen Erkenntnisse hinsichtlich Vanessas und Jeffs Tod hast."

„Geht so und wieso sollte ich?"

„Die Polizei hat bei deiner Befragung nichts durchsickern lassen?"

„Nein."

„Okay. Aber ich habe Neues."

„Kein Interesse."

„Echt jetzt?" Das muss ich erst mal verdauen. Wie kann einen Neues nicht interessieren? Es soll Menschen geben, die nicht mal mit der Hälfte meiner Neugier auskommen, aber dermaßen desinteressiert? Da er das unmöglich ernst meinen kann, sehe ich darüber hinweg.

„Ich habe Grund zur Annahme, die Puschelspritze wurde durch ein Blasrohr abgeschossen. Kannst du nicht vielleicht doch ein Geräusch gehört haben, ein Surren oder ein Blasgeräusch? Hast du nicht vielleicht doch aus dem Augenwinkel gesehen, wie sich die Blätter in Büdingen bewegt haben? Ich kann mir schwer vorstellen, dass man da gar nichts mitkriegt."

„Willst du sagen, ich hätte gelogen?", braust er auf.

Hoppla. „Nein, natürlich nicht. Ich dachte nur ..."

„Und was für eine Puschelspritze?"

„Na der Injektionspfeil."

Schweigen am anderen Ende.

„Tom?"

„Ich kann mich an keinen Injektionspfeil erinnern."

Ich schnaube und will schon etwas Sarkastisches erwidern, man hätte das dezente Knallrot des Injektionspfeils in Vanessas nacktem Oberarm natürlich leicht übersehen können, da lasse ich es in einem Anfall von Vernunft stecken. Ich würde ihn verärgern.

„Ich sagte doch, ich habe nichts mitbekommen. Ich bin gefahren und habe am Konzil gesehen, dass die beiden tot waren. Punkt."

„Hast du nicht gesagt, an der Rheinbrücke?", platze ich heraus, bevor ich mein Gehirn eingeschaltet habe.

„Am Konzil", beharrt er.

Ich könnte wetten, das hat er mir beim ersten Mal anders erzählt. Aber ist das relevant? Er stand unter Schock. Wäre ich an seiner Stelle gewesen, wäre es mir genauso ergangen. Er hat – für wer weiß wie lange – zwei Tote durch die Gegend kutschiert, ohne etwas zu ahnen. Der Moment, wenn man sich umdreht und feststellt, die Passagiere leben nicht mehr: Das kann das Gedanken- und Seelenleben ins Chaos stürzen. Zumal er Vanessa kannte und Gefühle für sie hegte. Im Nachhinein ein Wunder, dass er fähig war, recht normal mit mir zu sprechen.

„Alles Okay mit dir?", frage ich.

„Jaja. Ich erinnere mich nur nicht mehr an alles."

„Verständlich. Das war ein Schock. Vielleicht will dein Unterbewusstsein dich schützen, indem es dich vergessen lässt. Aber mal was anderes. Weißt du, ob Sarah mit Vanessa befreundet war?"

Er zögert. „Welche Sarah?"

„Die vom Inselhotel, die Kollegin von Niklas."

„Ach die. Natürlich, sie waren Freundinnen."

„Dachte ich mir. Ich werde mal hören, wie's ihr geht", sage ich.

„Ja aber ...", höre ich, da habe ich schon aufgelegt.

Als ich bei der Rezeption des Inselhotels anrufe, schickt man mich freundlich, aber bestimmt in die Wüste. Anrufe zu

Mitarbeitern könnten nicht durchgestellt werden und selbstverständlich gebe man private Handynummer nicht heraus, wo käme man denn da hin.

„Aber Dienst hat sie gerade?"

„Ja, aber ...", höre ich, da habe ich schon aufgelegt. Mit Höflichkeiten kann ich mich im Moment nicht aufhalten.

Es ist Zeit für einen Spaziergang mit den Hunden. Es ist auch Zeit für einen Kuchen mit einer Kaffeespezialität, die ein Häubchen aus Milchschaum krönt.

Zwanzig Minuten später betrete ich die Seeterrasse des Inselhotels, die heute gut besucht ist, sodass ich mit einem der hinteren Plätze vorliebnehmen muss.

Ein Ort, der etwas von einer Oase hat. Abgeschieden vom Rauschen der Stadt, auf der einen Seite durch das Hotel geschützt, auf der anderen Seite durch den See, gleichwohl offen, um bis zum Horizont zu schauen. Wäre Föhn, könnte man den Blick auf die Alpenkette bis nach Österreich genießen.

Ich habe Glück, Sarah hat Dienst und kommt mit gehetztem Gesichtsausdruck herangeschossen.

„Hallo Sarah, was ist los?", frage ich.

„Ines, richtig?"

Ich nicke.

„Was willst du?"

„Hören, wie's dir geht. Es ist schwer, wenn eine Freundin ums Leben kommt."

„Es geht so." Sie streicht eine Strähne hinters Ohr, was ins Leere läuft, weil sie auch heute jede ihrer schwarzen Strähnen zu einem Pferdeschwanz zusammengenommen hat. Sie sieht sich um.

„Alles in Ordnung?", frage ich.

„Ich darf keine privaten Gespräche während der Arbeit führen", sagt sie mit einer Handbewegung und kneift die getuschten Wimpern ungnädig zusammen.

„Ich würde dir gerne ein paar Fragen stellen. Wir wollen doch den Tod von deiner Freundin Vanessa aufklären, stimmt's?"

Sie nickt, zögert. Vermutlich, weil ich durchaus strategisch von wir gesprochen habe. Sie blickt auf ihre Uhr. „In einer Dreiviertelstunde habe ich frei."

„Prima, dann warte ich bei der Ausfahrt?"

Zeit genug, für einen Ausflug in die Kuchen- und Kaffeewelt. Und um die Seele baumeln zu lassen. Und um Gespräche zu belauschen.

Am Nachbartisch wäscht eine Mutter ihrem Teenagersohn den Kopf. Angesichts der Gelassenheit, mit der er es erträgt, ist er geübt darin, ihre Vorwürfe zu überhören: „Entsetzliche Jeans mit Löchern, wie unpassend."

Unsere Blicke treffen sich, er zieht eine Grimasse. Ich lächle, zucke mit den Achseln und deute auf meine ripped Jeans. Er grinst und informiert seine Mutter, die mir daraufhin einen ärgerlichen Blick zuwirft. Ich versuche mich an jenem huldvollen Nicken, das ich mir von Yata abgeguckt habe.

Einen Latte macchiato und zwei Kuchenstücke später walze ich durch den Kreuzgang des Inselhotels Richtung Ausgang. Ich habe noch Zeit. So schlendere ich mit den Hunden nach rechts über den Parkplatz, der von Wirtschaftsgebäuden und dem inseleigenen Heizwerk umrahmt wird. Ziel ist die nordwestliche Ecke der Insel, genauer die beeindruckende Trauerweide, die dort ihre Äste ins Hochwasser streckt und die Strömung damit spielen lässt.

Sarah und Tom stehen diskutierend an einer Hausecke und rauchen. Sarah trägt ihre Haare jetzt offen. Beide haben den linken Arm vor der Brust verschränkt, den rechten Ellbogen darauf aufgestützt, die Zigaretten zwischen Zeige- und Ringfinger. Sie spiegeln ihre Körperhaltung.

Wie ich die beiden da so stehen sehe, trifft mich die Erkenntnis mit einem kolossalen Knüppel. Ich müsste platt auf dem Boden liegen, mit solcher Wucht trifft sie mich. Puzzleteile schießen heran, sausen in meinem Gehirn um die Windungen, kriegen gerade so die Kurve und wollen hektisch andocken.

Ich trete den Rückzug an, lasse Sarah und Tom nicht aus den Augen und hoffe inständig, dass sie mich nicht entdecken. Ich beschwöre Santo und Fila im Flüsterton, sie mögen mir folgen, ohne, dass wir uns verheddern und ich wieder auf der Nase lande. Auf halbe Körpergröße geduckt husche ich hinter einer Reihe Autos zum Haupteingang des Hotels zurück.

Jetzt heißt es, vernünftig sein, auch wenn es schwerfällt. Wie gehe ich vor, ohne ein zu großes Risiko einzugehen? Ich will nicht so weit gehen, als dass die Erfahrungen in Miami mich geläutert hätten, aber ein paar Tage wird der Einfluss wohl noch zu spüren sein.

Ich sehe auf die Uhr. Fünf Minuten noch.

„Ich habe nicht viel Zeit", flüstere ich ins Handy. Ich kann regelrecht hören, wie Arthur von jetzt auf gleich die Haare zu Berge stehen.

Schmuck- und stillos übers Handy muss ich ihn jetzt informieren. Dabei habe ich es mir so schön ausgemalt, Herrn von und zu in meine Wohnung zu beordern. Ich hätte Entscheidendes herausbekommen, wollte ich sagen, und er möge bitte in der nächsten halben Stunde vorbeikommen, gerne auf einen Kaffee, den ich koche. Schon die Einladung wäre Unterhaltung vom Feinsten gewesen. Wir hätten am Küchentisch gesessen, sechs Hände an drei Kaffeebechern, Dr. Frieder natürlich mit von der Partie. Zunächst hätte ich in der Zusammenfassung berichtet, schließlich unter Berücksichtigung der Details erläutert, wie die Puzzleteile ineinandergreifen. Arthur hätte sein Handy auf den Tisch gelegt, um das Gespräch aufzuzeichnen, aber aufgrund meiner gerunzelten Stirn seinen schwarz gebundenen Moleskine gezückt. Einmal wieder hätte ich amüsiert angemerkt, dass Arthur von Leisfall, ein Mitglied meiner Generation, einen analogen Notizblock mitführe, wie Columbo.

Ich seufze. Das Skript muss umgeschrieben werden, und zwar flott. Ich bringe Arthur in zwei Sätzen das Wesentliche bei. Er seufzt.

„Ich treffe mich gleich mit Sarah vom Inselhotel. Sie ist Toms kleine Schwester, richtig?", schließe ich.

„Das ist mir unbekannt." Ich vernehme Tastaturgeklapper. „Ihre Nachnamen unterscheiden sich."

„Aha." Ich überlege, ob das an meiner Einschätzung etwas ändert, das tut es nicht. Wenn nicht Bruder und Schwester, dann Halbgeschwister oder Cousin und Cousine, in jedem Fall aus dem gleichen Stall.

Arthur und ich wechseln noch ein paar Worte, seine sind eindringlich, gegen Ende geradezu flehend. Dann stecke ich schnell das Handy in die Vordertasche meiner Jeans, denn Sarah stößt zu mir. Sie lächelt entspannt. Kein Hinweis darauf, dass sie aus einer lebhaften Diskussion kommt. Nikotin wirkt Wunder?

„Hallo Ines", sagt sie, holt eine Zigarettenpackung aus dem bunten Shopper, den sie über der Schulter trägt, und bietet mir eine an.

„Danke nein. Gehen wir im Stadtgarten spazieren?"

Sie nickt und zündet sich eine an.

„Süße Hunde hast du." Sarah wuschelt Santo über den Kopf. Wie es seine Art ist, begrüßt er den Neuankömmling freundlich, sucht Körperkontakt und baut eine Beziehung auf. Fila hingegen hält sich im Hintergrund, wedelt sachte mit dem Schwanz und checkt ab, ob sie nett sein muss, weil der Neuankömmling Essen mitgebracht hat. Ist das nicht der Fall, kann man sich das ganze Gedöns mit dem Betatschen durch Fremde ersparen.

Wir bummeln auf dem Susosteig Richtung Stadtgarten. Rechts von uns die eingezäunte Bahnlinie, links ein Geländer, dahinter die Böschung zum wassergefüllten Stadtgraben, der die Insel vom Festland trennt.

„Vermisst du Vanessa?", frage ich.

Sarah neigt den Kopf und zuckt mit den Schultern. „Sie war ja schon lange nicht mehr da. Klar, wir haben gewhatsappt und geskypt, aber ..." Sie vollführt eine Handbewegung.

„Das ist nicht das Gleiche?", vermute ich.

Sie nickt.

„Wolltest du sie besuchen?"

„Ja. Wir wollten zusammenarbeiten."

„In Miami Beach?"

Sarahs Blick schweift in die Ferne. „Paris, London, ja auch Miami Beach. Sie wollte mir Jobs besorgen. Sie hatte Beziehungen, weißt du?"

Ich nicke. Das kann ich gut nachvollziehen. Obwohl Sarah an einem wunderschönen Ort arbeitet, drängt es sie in die Welt hinaus. „Weißt du, was sie gemacht hat?"

Sarah blickt mich verwundert an. „Sie hat als Rezeptionistin und in der Administration gearbeitet. Oder was meinst du?"

„Du weißt nicht, was sie wirklich gemacht hat?"

Sarah kneift die getuschten Wimpern zusammen und beäugt mich argwöhnisch. „Was willst du damit sagen?"

Ich seufze. „Vanessa hat Daten gestohlen, Kreditkartendaten, auch anderes, das sich zu Geld machen ließ."

„Du lügst doch!"

Ich schüttle den Kopf. „Ich war in Miami, Sarah."

Sie glotzt mich an, die Zigarette hängt unbeachtet nach unten.

„Ich war im The Charmond und habe Susan West kennengelernt, die Vanessas Mutter sein soll, es aber nicht ist. Vanessa hat dich belogen. Sie war nicht die schillernde Erbin eines Art déco Hotels in Miami Beach, das sie einmal führen würde. Das hat sie nur vorgegeben. Sie brauchte eine Referenz, um in Hotels reinzukommen."

„Das stimmt nicht", blafft sie.

Ich nicke ernst. „Es tut mir leid, aber das ist die Wahrheit. Sie war eine Betrügerin."

Sarah schüttelt heftig den Kopf, als könnte sie den Sachverhalt aus der Welt schaffen, wenn sie ihn nur ausdrücklich genug verneint.

Ich mag mich gerade selbst nicht besonders. Es ist nicht nett, was ich Sarah antue, aber sie wird es früher oder später sowieso erfahren. So bringt es uns wenigstens weiter. Hoffe ich. Lasse ich ihr doch etwas Zeit, es zu verarbeiten, dann werden Fragen kommen.

Wir sind im Stadtgarten angekommen, halten uns links und spazieren auf die Vogelvoliere zu. Wie man so fröhlich vor sich hin zwitschern kann, während man hinter Gittern nur auf und ab, hin und her flattern kann, statt sich frei durch die Lüfte zu schwingen, bleibt mir ein Rätsel. Aber wer weiß, was die Vögel von sich geben. Womöglich jammern und nörgeln sie tagein tagaus und unsere Menschenohren machen daraus fröhliches Gezwitscher. Jeder hört, was er will. Na, zumindest haben sie eine gute Aussicht. Gefängnis mit Seeblick.

Die Fragen, auf die ich gehofft habe, kommen nicht. Sarah stiert trotzig vor sich hin, nimmt hin und wieder einen Zug und lässt den Rauch mit erhobenem Kinn entweichen.

„War Tom hinter Vanessa her letzten Sommer?", frage ich.

Sie schüttelt den Kopf.

Dachte ich es mir doch.

Ich beobachte Sarah gespannt, was da noch kommt. Ihr Gesichtsausdruck hat sich schlagartig geändert, sie blickt mich kritisch an, ist innerhalb weniger Minuten ernsthafter, erwachsener geworden.

„Du wusstest, was Vanessa tat, stimmt's?", geht mir ein Licht auf. Vor mir steht ein Schauspieltalent, das jetzt nickt.

„Aber, dass sie kein Hotel erben wird, das wusstest du nicht."

Sarah wirft ihre schwarzen Haare nach hinten. Haben die Geschwister die charakteristische Bewegung gemeinsam vor dem Spiegel eingeübt? Oder vererbt sich so was? Was mir wieder für unsinnige Gedanken durch den Kopf geistern ...

Ich lotse Santo und Fila um zwei Kinderwagen herum, die Seite an Seite direkt auf uns zusteuern, die Mütter angeregt ins Gespräch vertieft über Pampers versus Stoffwindeln.

„Du wirst uns jetzt begleiten", haucht plötzlich Toms Stimme direkt neben meinem Ohr. Ich zucke heftig zusammen. Mein Riesenschreck entspringt nicht dem Gesagten, sondern dem Gegenstand, der sich hart in meine Seite bohrt.

Wie konnte Tom so nah an mich herankommen, ohne dass ich ihn bemerkt habe? Wie konnte mir seine Annäherung völlig entgehen? Es war nicht so weit hergeholt, dass der Bruder ein Auge auf seine Schwester hat, wenn sie sich mit mir trifft.

Ich werfe einen Blick auf das, was sich mir in die Seite drückt. Hat Tom doch tatsächlich eine Zeitung über die Waffe gelegt. Der Südkurier? Na, wenn Mama das wüsste.

Tom spricht italienisch mit Sarah. Italienisch! Eine weitere Sprache, derer ich nicht mächtig bin, soweit es über Pizza, Spaghetti und Latte macchiato hinausgeht. Italienisch! Die Panik, die in mir aufsteigt, will ich nicht oben haben. Dr. Frieders Entführer haben Italienisch gesprochen. Zufall?

Ich gehe Charles Selbstverteidigungstechniken durch. Keine will darauf passen, dass mir jemand eine Handfeuerwaffe in die Seite rammt. Das ist definitiv nur für Fortgeschrittene.

„Du musst mich nicht mit einer Waffe bedrohen, damit ich mitkomme, Tom", sage ich laut. „Aua!"

„Wir gehen jetzt ganz ruhig durch den Stadtgarten. Kein Ton! Verstanden?"

Ich schlucke und nicke.

Sarah beugt sich zu Santo und Fila hinunter und löst die Leinen.

„Bitte nicht. Fila jagt Züge. Wenn einer kommt, ist sie weg. Wer weiß, was ihr passiert."

„Der Hund ist jetzt deine kleinste Sorge", flüstert Tom und übt mehr Druck in meine Seite aus, um seine Aussage zu bekräftigen.

Inzwischen sind wir an der Voliere vorbei und haben die Konzertmuschel neben uns.

„Ich weiß, was du denkst", flüstert Tom. „Du überlegst, dich loszureißen. Zu deiner Information: Ich habe einen Schalldämpfer montiert."

Er hat meine Gedanken gelesen. Wir müssen gleich Slalom durch einen Pulk Touristen laufen, der uns entgegenkommt. Bei dessen Sichtung habe ich meine Möglichkeiten abgewogen.

„So gut kannst du gar nicht sein, selbst nach dem, was ich von Juan gehört habe", ergänzt er.

Mir wird schlecht. Meine Beine drohen ihren Dienst zu quittieren. Da ist die Verbindung! Kein Zufall!

„Und wenn ich dich nicht gleich treffen sollte, irgendjemanden wird es schon treffen, bei all den Leuten. Ich habe da weder Bedenken noch Vorbehalte."

Meine Beine wollen zittern, ich verbiete es ihnen. Klein Ines in mir drin will Panik schieben, kopflos herumrennen wie ein Huhn. Die Charles trainierte Ines redet beruhigend auf sie ein, versucht sie unter Kontrolle zu halten und macht einen erstaunlich guten Job dabei. Ich könnte das nicht.

Santo und Fila laufen weiterhin brav neben uns. Warum sollten sie auch nicht.

„Ksch, ksch", macht Sarah und fuchtelt mit den Armen, um die Hunde zu vertreiben. Santo blickt zu ihr auf, wedelt, läuft freudig auf sie zu und tanzt um sie herum. Er hält es für ein neuartiges Spiel. Fila hingegen knurrt verhalten, als wäre sie noch nicht sicher, ob es angebracht ist. Sie sieht mich an, ich nicke ihr zu, will sie in ihrem Verdacht bestätigen.

„Weg mit dir, blöder Köter." Sarah kickt, wenn auch in die Luft.

Fila weicht zurück und knurrt.

Ich werfe einen Blick nach rechts, wo ich vor wenigen Stunden den Don mit seinem Hund, Estefania und die Brüder zurückgelassen habe. Doch der Kiesplatz vor der Konzertmuschel liegt menschenleer da, nur ihre Sachen türmen sich.

„Was habt ihr mit mir vor?"

„Kein Ton. Schon vergessen?" Tom rammt das Metall in meine inzwischen schmerzende Seite. Blau und grün wird die sein.

„Ihr habt beide mit Vanessa zusammengearbeitet?"

„Vanessa hat für meinen Bruder gearbeitet." Sarah wirft Tom einen stolzen Seitenblick zu.

„Sarah!" Tom schüttelt missbilligend den Kopf.

Juans Bemerkung kommt mir in den Sinn. ‚Wir sind verantwortlich für unsere Mitarbeiter. Verantwortlich für ihren Schutz, verantwortlich für ihre Fehler.'

Und da gleitet das letzte Puzzleteil ohne Widerstand an seinen Platz, dockt geschmeidig an, fühlt sich wohl, wo es ist, denn dort gehört es hin. Das vollständige Bild, klar und deutlich. Es würde mir eine gewaltige Genugtuung verschaffen, befände ich mich nicht in der aktuellen Lage.

„Dich als ihren Verehrer zu bezeichnen war nur, um zu erklären, dass du öfter mit ihr zusammen warst?", frage ich.

„Die Liebesgeschichte war Sarahs blöde Idee", brummt Tom und wirft seiner Schwester einen schrägen Blick zu.

„Ich kann aber nichts dafür, dass der Loser Niklas Stalking daraus gemacht hat", mault Sarah.

„Ihr wusstet beide nicht, dass Vanessa nicht die Tochter der Wests vom The Charmond in Miami war, oder?"

„Nein", sagt Sarah.

„Doch", zeitgleich Tom.

Sarah schaut ihren Bruder verdutzt an.

„Genug jetzt. Kein Ton mehr", zischt er.

Aber das kann ich mir nicht leisten. „Du hast Jürgen umgebracht, nachdem er deine Mitarbeiterin getötet hat. Habe ich recht?", flüstere ich und betrachte Toms Gesicht, das Gesicht eines Dressmans, das sich nun als das eines Mörders offenbart. Keine Regung. Seine Augen jedoch verfinstern sich.

„Das werte ich als ja", sage ich eine Spur zu laut, woraufhin ich den Schalldämpfer wieder zu spüren kriege.

„Wer von euch beiden saß eigentlich mit Vanessa im Auto, als sie Jürgens Hund Jack überfahren hat?"

Sarah blickt erstaunt zu ihrem Bruder.

Der zuckt mit den Achseln, als wäre es nichts, eine Bagatelle. „Das war dann wohl ich."

Dann passiert alles gleichzeitig. Ein schwarz-weißes Fellknäuel wuselt auf Santo und Fila zu, um sie zu begrüßen. Man kennt sich und freut sich ganz dolle, einander so bald wiederzusehen. Sarah und Tom missdeuten es als Überraschungsangriff aus dem Hinterhalt, sie zucken zusammen, gehen in Abwehrhaltung und Abstand zu Dons Hund und mir.

Die Waffe löst sich von meinen Rippen. Jetzt oder nie! Ich lasse mich seitlich fallen, stütze mich mit den Händen ab. Mit einem Fuß trete ich in einer sichelförmigen Bewegung in Toms Kniekehle, während der andere Fuß sein Bein von vorne blockiert. Der ganze Kerl will aus dem Gleichgewicht geraten.

Eine Sekunde lang scheint sein Körper von der umgebenden Luft festgehalten zu werden. Da trifft etwas von hinten auf seinen Kopf und zerspringt in tausend grüne Scherben. Jetzt endlich stürzt Tom vornüber und landet auf dem Boden. Er stöhnt. Seine untere Körperhälfte setzt auf Asphalt auf, die obere auf Kies. Es sieht nicht bequem aus, wie die Steinchen sich in sein hübsches Gesicht drücken.

Sarah in Schockstarre blickt mit offenem Mund auf ihren Bruder hinunter. Bevor sie etwas aus der Situation machen kann, wird sie von einer Frau meiner Bauart in Männerklamotten von hinten an den Schultern gepackt. Estefania wirbelt Sarah herum. Die fängt eine rechte Gerade, wie ich sie nicht besser hätte landen können. In der B-Note macht Estefania Charles Konkurrenz.

Mittendrin drei Hunde, die sich jetzt darauf besinnen, es sei ein hervorragender Augenblick, den Stadtgarten zusammenzubellen. Wenn mich nicht alles täuscht, steuert mindestens eines der Babys in den Kinderwagen hinter uns sein Geschrei bei. Verständlich.

Als Arthur mit einem Trupp uniformierter Polizisten den Stadtgarten stürmt, ist schon alles passiert, Estefania und dem Don sei Dank. Das Ganze war eine Aktion, wie man sie nicht besser hätte planen können. Na, bis auf den Umstand, dass ich Estefania von Herzen gegönnt hätte, dem Mörder ihres Freundes Jürgen eine zu verpassen und nicht dessen Schwester. Aber man kann nicht alles haben.

Ich grinse Arthur entgegen. Er runzelt die Stirn, schüttelt unmerklich den Kopf und schließt kurz die Augen. Seine Art mir zu sagen, was ich doch für einen hervorragenden Job gemacht habe. Na, so in etwa.

Kapitel 38

Am gleichen Abend bekomme ich ihn doch noch, den Moment mit Arthur und Dr. Frieder an meinem Küchentisch, den Moment, in dem ich alles erzähle, sechs Hände, drei Trinkgefäße. Keine Kaffeebecher, sondern drei Gläser. In einem gut ausgestatteten Haushalt, dessen Glaswaren nicht vor wenigen Monaten Opfer des wütenden Mobs gewesen sind, wären es Champagnerflöten, Champagnertulpen oder Champagnerschalen und keine einfachen Wassergläser. Aber man kann nicht alles haben.

„Schön, dass du über mein Handy einiges mithören konntest", sage ich, stoße mit Dr. Frieder an und proste Arthur zu.

Letzterer nickt, lässt sein Glas aber stehen.

„Vanessa hat Jürgens Hund Jack letzten Sommer überfahren, was zu vermeiden gewesen wäre, hätte sie sich nicht durch oder mit Tom de Luca abgelenkt, der mit im Wagen saß. Er wurde von Jürgen als schwarzhaarige Frau verkannt, bei der Mähne kein Wunder."

„Ines hatte ein Faible für den Schönling", erklärt Dr. Frieder Arthur grinsend, der verdutzt von meinem Norddeutschen zu mir blickt und wieder zurück.

Dr. Frieder kassiert einen Knuff auf den Oberarm, was er mit Zuprosten und einem noch breiteren Grinsen quittiert.

Ich fahre fort: „Erschwerend kam hinzu, dass Vanessa den Unfallort verließ und Fahrerflucht beging, moralisch zumindest. Obwohl zur Anzeige gebracht, blieb die Tat unbestraft, aufgrund einer zum Himmel stinkenden Schande in der deutschen Gesetzgebung, wonach das empfindsame und hochintelligente Wesen Hund nur eine Sache ist. Aber das weißt du besser als ich, Arthur."

Ich nehme einen Schluck und genieße den Moment. Ja, das ist jetzt vielleicht keine meiner besten Charaktereigenschaften, diesen Augenblick dermaßen auszukosten, aber auch verständlich, wie ich finde, nach alldem.

„Der schmeckt ganz hervorragend, der Champagner." Ich proste Dr. Frieder zu.

Er prostet zurück und zwinkert. Arthur lässt den Champagner links liegen. Er macht sich auch keine Notizen in seinem kleinen Block, wie erhofft, er hat darauf bestanden, seine Memo-App anzuwerfen. Sei's drum.

„Als Vanessa vor ein paar Tagen erneut in Konstanz auftauchte mit ihrem frisch Angetrauten, hat Jürgen sie gesehen und erkannt. Da er meist im Stadtgarten war und sie im Inselhotel abgestiegen sind, war das nicht schwer, das liegt ja gleich nebenan."

Ich nehme einen Schluck Champagner.

„Jürgens Stadtgartenfreunde Estefania und der Don hatten den Eindruck, Jürgen hätte in den Tagen vor dem Mord den Verlust seines Freundes Jack endlich verwunden. Ich interpretiere es eher so, dass er Vanessa und damit die Chance gesehen hat, das vergangene Unrecht zu vergelten. Als er beobachtete, dass Vanessa und Jeff ein Seepferdle bestiegen, und hörte, es gehe auf eine XXL-Tour, wusste er, jetzt oder nie. Er hat sein Blasrohr aus Tierarztzeiten geschnappt und sich umgehend nach Büdingen begeben. Dort hat er hinter Baum und Hecke Stellung bezogen und darauf gewartet, dass Tom mit seinen Fahrgästen vorbeifuhr. Ich nehme an, das Zeug, das Vanessa umgebracht hat, war Pentobarbital oder Ähnliches?"

Dr. Frieder kommt Arthur zuvor und schüttelt den Kopf. Er lässt mich eine Weile zappeln, will Spannung erzeugen. Arthur wartet mit ungeduldig wippendem Fuß, was ihm gar nicht ähnlichsieht.

„Was war es dann?", frage ich an Dr. Frieder gewandt, der einmal wieder nicht mit den Informationen rüberkommen will, nur des Spannungsbogens wegen. Um die Zeit zu überbrücken nehme ich einen Schluck und schaue Dr. Frieder über den Rand des Glases hinweg an.

„Das Gift der schwarzen Mamba", verkündet er schließlich theatralisch.

„Hui", kann ich da nur sagen.

Dr. Frieder lässt es sich nicht nehmen zu referieren: „Die schwarze Mamba, Dendroaspsis polylepsis, gehört zu den giftigsten Schlangenarten weltweit."

„Und ist schwarz", steuere ich grinsend bei.

„Nein, die Innenseite ihres Mauls ist es. Sie produziert einen Cocktail aus wirksamen Neurotoxinen und Kardiotoxinen, die erst lähmen und dann das Herzmuskelgewebe schädigen. Bei der Dosis, die Vanessa injiziert wurde, hatte sie keine Chance."

Wenn Dr. Frieder referiert, wird er richtig geschwätzig. Ich mag das. „Obwohl Pentobarbital für Barbie doch passend gewesen wäre", kann ich mir nicht verkneifen. Ja ich weiß, das ist geschmacklos. Macht mir aber gerade nichts.

Dr. Frieder grinst. „Mag sein, aber Pentobarbital ist intramuskulär witzlos und die nötige Dosis bei intravenöser Injektion wäre nicht mit einer flugfähigen Leichtspritze zu machen."

Arthur nickt etwas verkrampft. Ich deute das mal so, dass er ganz froh ist, dass Dr. Frieder den medizinischen Part vorträgt.

„Und das Gift hatte Jürgen noch aus seiner Zeit als Tierarzt im Zoo?", frage ich.

„Das ist anzunehmen", sagt Arthur. „Es gibt keine entsprechenden Aufzeichnungen, aber der Zoo, in dem Jürgen arbeitete, hat seit jeher eine schwarze Mamba in seinem Bestand." Seine Hand zuckt kurz Richtung seines Glases.

„Wir verraten es keinem, wenn du ein Schlückchen ...", sage ich lächelnd und deute auf sein Glas.

Arthur schüttelt entschieden den Kopf. Dienst ist Dienst und Champagner ist Champagner.

Ich zucke mit einer Schulter und hole Luft, denn ich will weitermachen, mit dem Aufrollen des Doppelfalls. „Lange hat mir Kopfzerbrechen bereitet, warum gerade Tom die Rikscha fuhr, warum er freiwillig Vanessas Glück aus nächster Nähe erleben wollte, und warum Vanessa sich freiwillig in die Nähe ihres abgewiesenen Verehrers oder gar Stalkers begeben haben soll. Das ergibt nur Sinn, wenn die Geschichte erfunden ist, was sie denn auch war. Tom und Vanessa waren kein Paar, er hat sie auch nicht gestalkt. Sie wurden allerdings oft zusammen gesehen, denn Vanessa hat auf krimineller Ebene mit Tom gearbeitet. Genauer hat sie *für* Tom gearbeitet. Und das ist auch das Motiv, warum Tom Jürgen ermordet hat. Er muss gesehen haben, wie Jürgen auf Vanessa schoss, und sah es als seine Pflicht an, sie sofort, vom Fahrradsattel aus mit seinem Wurfmesser zu rächen. Er fühlte sich verantwortlich für sie. Ein Kodex. Möglich wäre auch, dass Jeffs ungeplanter Tod Jürgen schockte und er seine Deckung verließ, was es für Tom leichter machte. Der Rikschafahrer von Welt trägt im übrigen Handschuhe, man weiß ja nie." Ich nehme einen Schluck Champagner. „Was ist eigentlich mit dem Blasrohr und der zugehörigen Nylontasche?"

„Beides haben wir inzwischen", sagt Arthur. „Zwei Jungs haben das Blasrohr mitsamt der Tasche entwendet. Ihre Mutter hat sie zum Präsidium gebracht und gezwungen, zu gestehen." Um Arthurs Mundwinkel zuckt die Andeutung eines Lächelns. „Und was Tom de Luca angeht, so steht er tatsächlich seit ein paar Monaten in latentem Verdacht, Teil des italienischen organisierten Verbrechens zu sein."

„Ha!", sage ich. Mein Zeigefinger pikst einmal wieder von ganz alleine in die Luft. „Ein Fall von doppelter Rache: Jürgen rächte seinen Freund Jack, Tom rächte seine Mitarbeiterin Vanessa. Jeff hingegen hatte die blödeste aller Rollen, er war ein Kollateralschaden."

Epilog

Nach Toms und Sarahs Verhaftung, mit all den Vernehmungen und Aussagen inklusive Protokolle gegenlesen und unterschreiben, mit der ganzen Geschäftigkeit, die der Endphase des Projekts Ferienumdeutung folgte, habe ich beinahe vergessen, mich nach Susans und Mariposas Befinden zu erkundigen.

Susan sagt mir am Telefon, es ginge ihr gut. Nicht mehr und nicht weniger, das sei doch das wichtigste, sei es nicht? Sie will nicht auf die Begegnung mit Juans Kleiderschränken eingehen, sie habe damit abgeschlossen, so schlimm sei es auch nicht gewesen. Es ginge ihr gut.

Als sie meldet, Jahrone ließe grüßen, kann ich regelrecht sehen, wie ein Lächeln über ihr Gesicht huscht. Über meines auch. Ich wage nicht zu fragen, ob aus Jahrone und Mariposa inzwischen etwas geworden ist. Nicht ausgeschlossen, dass die Unternehmenspolitik des Charmond Hotels Liebesbeziehungen zwischen Mitarbeitern untersagt, wer weiß das schon. Womöglich müsste ich mir hinterher wieder vorwerfen, ich hätte es an Fingerspitzengefühl vermissen lassen.

Was Mariposa angeht, bin ich mir erst unsicher, ob ich sie überhaupt kontaktieren soll, schließlich hat sie mich bei ihrem hochgradig kriminellen Cousin zweiten Grades auf Al Capones Anwesen vergessen, gelinde gesagt. Ich gebe mir einen Ruck und rufe bei ihr durch.

Mariposa freut sich, von mir zu hören, wer hätte es gedacht. Nach den anfänglichen Höflichkeiten druckst sie etwas herum.

„Ehrlich, heute tut es mir leid, furchtbar leid, dass ich dich bei Juan zurückgelassen habe. Ich hätte nicht ohne dich von der Insel aufbrechen sollen. Bitte akzeptiere meine Entschuldigung."

„Das weiß ich zu schätzen. Entschuldigung akzeptiert. Ich habe mich in ernste Schwierigkeiten gebracht und hätte deine Hilfe gebrauchen können. Aber zum Glück ist alles gut gegangen."

„Stimmt. Ich werde dir noch einen Link schicken."

„Was für einen Link?"

„Wirst du sehen. Eine Überraschung." Ihre Stimme bringt ein Lächeln mit.

Nach unserem Telefonat öffne ich die Mail, die sie mir geschickt hat. Der Link verweist auf einen Artikel im Miami Herald, der hauptsächlich aus einem Bild besteht. Darauf sind Mariposa und Jahrone zu sehen, Arm in Arm. Sie stehen in einer Gruppe von vielleicht zehn weiteren Frauen und Männern, unten herum alle identisch gekleidet. Ich muss laut auflachen.

Die Bildunterschrift lautet: This trend is getting a lot of attention these days on Miami streets: White harem pants. (Dieser Trend erhält derzeit eine Menge Aufmerksamkeit auf Miamis Straßen: weiße Haremshosen.)

Also gut, noch ein Epilog

An Tag siebenundvierzig der neuen Zeitrechnung, die damit begann, dass Dr. Frieder mit Sack und Pack bei mir einzog, sitze ich mit dem Rest des heiligen Morgenkaffees an meinem neuen Notebook und checke meine Mails. Ich trenne die Mitteilungen vom Werbemüll, Passendes auf den einen Stapel, Überflüssiges auf den anderen. Ganz entspannt. Ich genieße, welche Ruhe dabei durch meinen Körper strömt.

Mein Blick bleibt an einer Zeile hängen. Bei dieser Absender-Betreff-Paarung kann ich nicht anders, als die Mail sofort zu öffnen.

Schreiend springe ich auf.

„Was ist?" Dr. Frieder sieht geringfügig beunruhigt von den Übungsbögen zum Bodenseeschifferpatent auf.

„Das gibt's doch nicht!", schreie ich.

Er wartet geduldig, bis ich die Worte in meinem Kopf sortiert, mich geräuspert und mich ihm frontal zugewendet habe, Blick direkt auf seine blauen Augen gerichtet, um ihm zu signalisieren, dass ich keine Scherze mache und eine neue Absurdität die Bühne unseres Lebens betreten hat.

Ich hole tief Luft und hauche: „Nachricht von einem Geist."

ENDE

Aber nur vorerst.
Das wäre sonst ja auch ..., wäre es nicht?

Danksagung

Vielen Dank an alle Leser und Leserinnen. Noch immer ist die Vorstellung wunderbar, dass jemand eines meiner Bücher liest. Es kribbelt. Für Euch schreibe ich. Ich will Euch glückliche Stunden bescheren und es erfüllt mich, wenn das Vorhaben gelingt.

Danke, dass Ihr mich wissen lasst, dass das Vorhaben gelungen ist, für die wundervollen Kontakte, die Rezensionen und Rückmeldungen, die mir regelmäßig ein dümmliches Grinsen aufs Gesicht zaubern. Ich *muss* weitermachen, denn ich kann nicht genug davon bekommen. Der Austausch mit Euch ist mindestens so schön wie das Schreiben selbst. Das hätte ich nie erwartet.

Peter Magulski, der beste Schriftstellerinnengefährte aller Zeiten, ist mein Erstleser, Zweitleser und Am-Ende-mehrmals-Leser. Er motiviert, packt Wind unter meine Schwingen, wenn die schriftstellerische Thermik mal nachlässt, hinterfragt kritisch, genießt aber auch und freut sich mit, wenn mir etwas gut gelungen ist. Er ist mein Admin, beantwortet IT-technische Fragen, ist immer zu einer Diskussion bereit, kann zuhören, wie keiner sonst, und versorgt mich, wenn ich vor lauter Schreiben keinen Nerv für Profanes habe, wie Essen zu kochen. Im dritten Teil hat er Ines und mich zudem erstmalig in Kampftechniken beraten. Danke Dir für alles, Liebe meines Lebens. Ohne Dich ist alles nichts! Bis zur Unendlichkeit und weiter <3

Herzlichen Dank an Susanne Zeitz, meine liebe Autorenfreundin und Schreibschwester, mit der ich mich regelmäßig treffe und die auch Testleserin ist. Unsere Freundschaft, unser Gedankenaustausch über alles rund um Schreiben, Hunde und Leben ist ein großes Geschenk.

Danke auch an meine liebe Autorenkollegin Karoline Dichtl, die auch im dritten Teil Enormes für mich geleistet hat. Du bist umwerfend! Gnadenlos, aber umwerfend. Und ich bleibe dabei: Du bist ein Juwel!

Ganz besonders lieben Dank an Dr. Johannes Kördel, meinen Vater, der nicht nur seit der ersten Stunde hoch motivierter Testleser ist, sondern bei „Seekoller" auch von veterinär-medizinischer Seite her beraten hat. Es erwärmt mein Herz, wie Du mich unterstützt, und damit meine ich nicht nur die Tafeln Ragusa Noir, mit denen Du mich so liebevoll versorgst.

Auch beim dritten Buch haben mich noch viele liebe weitere Menschen unterstützt. Meine Testleser haben mich durch offenes Feedback, Schulterklopfen, die richtigen Fragen am richtigen Ort und durch das Aufspüren von Fehlern begleitet und dafür gesorgt, dass „Seekoller" – so hoffe ich – in der Qualität noch besser ist, als seine Vorgänger. Ohne Euch, Ihr Lieben, sähe das hier ganz anders aus. Ich danke Euch von Herzen! Vermutlich ist Euch nicht einmal im Ansatz klar, wie wertvoll das ist, was Ihr für mich tut. Es fühlt sich einfach schön und sicher an, Euch an meiner Seite zu wissen: Christina Abert, Gabriella Bartlau, Jochen Bartlau, Constanze Gabele, Daniel Kenner, Sandra Knoche, Anne Mohl sowie meine Schreibschwestern Renate Schieß und Uschi Steidle.

Ein liebes Dankeschön an Marianne und Rainer Magulski. Zuvor findige Testleser durfte ich ihnen die dritte Folge vor der Veröffentlichung vorlesen. Die direkten Rückmeldungen und Gespräche dabei waren für mich eine schöne Erfahrung.

Bevor Du gehst ...

Danke, dass Du „Seekoller" gelesen hast, mir Deine Lesezeit anvertraut hast. Ich hoffe, ich habe Dich nicht enttäuscht und ich konnte Dich abtauchen und erfrischt wiederauftauchen lassen. Das würde mich freuen, dafür schreibe ich.

Als Selfpublisherin habe ich keinen schlagkräftigen Verlag hinter mir, der sich um die Vermarktung meiner Bücher kümmert und die Werbetrommel rührt. Wenn Dir gefällt, was ich schreibe, dann freue ich mich, wenn Du mich unterstützt. Das kannst Du auf viele Weisen tun, die Dich nichts kosten, außer ein paar Minuten.

Am meisten hilfst Du mir, wenn Du eine Bewertung bei Amazon hinterlässt. Gute Rezensionen verschaffen meinem Buch Sichtbarkeit, nur was sichtbar ist, wird von anderen gelesen. Du musst nicht viel schreiben, die Bewertung kann kurz ausfallen.

„Seekoller" bei Amazon:

www.amazon.de/Seekoller-Eine-Bodensee-Miami-Krimikomödie-Ines-ebook/dp/B07D53QVBX/

Natürlich freue ich mich aber auch, wenn Du Deiner Familie und Freunden von meinem Buch erzählst, es verleihst oder es mal zu einem Geburtstag verschenkst ... okay, Letzteres kostet dann doch mehr als ein paar Minuten.

Willst Du wissen, wie es weitergeht?

Sende mir eine Mail an

kontakt@christiane-koerdel.de

oder melde Dich auf meiner Website

www.christiane-koerdel.de

zu meinem Newsletter an. Dann verpasst Du nichts. Ich verschicke wenige Newsletter im Jahr, nur, wenn es wirklich etwas zu sagen gibt, wenn ein neues Buch als eBook herauskommt oder die gedruckte Ausgabe erhältlich ist, zum Beispiel. Na, und vielleicht zu Weihnachten.

Aktuelles findest Du auch auf meiner Autorenseite

www.facebook.com/christianekoerdel.de,

die sich gerne mit Deinem ,Gefällt mir' schmückt. Wenn Du magst: Ich freue mich über Deine Freundschaftsanfragen unter

www.facebook.com/christiane.koerdel
www.lovelybooks.de/autor/Christiane-Kördel

Kurz: Ich freue mich darauf, Dich kennenzulernen!

Bis hoffentlich demnächst,

Deine Christiane